Uwe Goeritz

Die Braut
des Templers

Bibliografische Information der Deutschen Nationalbibliothek:

Die Deutsche Nationalbibliothek verzeichnet diese Publikation in der Deutschen Nationalbibliografie; detaillierte bibliografische Daten sind im Internet über http://dnb.dnb.de abrufbar.

© 2021 Uwe Goeritz

Coverbilder: von Enrique Meseguer, Efraimstochter und Gerhard Janson auf Pixabay

Covergestaltung: Uwe Goeritz

Herstellung und Verlag: BoD – Books on Demand, Norderstedt

ISBN: 978-3-7534-4502-1

Inhaltsverzeichnis

reitag, der 13. Oktober 1307 war ein schwarzer Tag für das Gerichtswesen des Mittelalters, denn Frankreichs König Philipp der Schöne bricht das Recht und versucht, mit Unterstützung des Papstes, sich in den Besitz des beträchtlichen Vermögens des Ordens der Armen Ritter vom Tempel Salomons zu bringen. Für die Wäschemagd Aveline beginnt an diesem Tag eine abenteuerliche Flucht. Wochen zuvor hatte sie sich in den Tempelritter Kuno von Bärenberg verliebt und nun versuchen sie ihren Verfolgern zu entkommen.

Gegen die strengen Regeln des Ordens, den Papst und den König, sowie im Kampf gegen die Kräfte der Natur und die Widrigkeiten ihres beschwerlichen Weges, können sich die beiden Liebenden nur auf Kunos Knappen und das Schwert des Ritters verlassen. Obwohl Aveline nicht an Märchen glaubt, wird ihr Weg zu einem Märchen, das wahr zu werden scheint. Doch welche Macht vermag schon zwei liebende Herzen voneinander zu trennen?

Die handelnden Figuren sind zu großen Teilen frei erfunden, aber die historischen Bezüge sind durch archäologische Ausgrabungen, Dokumente, Sagen und Überlieferungen belegt.

1. Kapitel
Staubige Pfade

Der heiße Hauch des Sommers ließ die Luft über den erhitzten Dächern der Stadt flirren. Schon wochenlang war kein Regen gefallen und aus dem Haus ging zu dieser mittäglichen Stunde wirklich nur der, der es unbedingt musste. Die Seine floss mit so wenig Wasser wie schon lange nicht mehr durch das Land. In einiger Entfernung waren die Stadtmauern von Paris zu erkennen, aber die junge Frau hatte dafür keinen Blick.

Aveline war vor ein paar Wochen einundzwanzig Jahre alt geworden und lebte mit ihrer Mutter außerhalb der Stadt in einer Hütte. Es war nicht weit bis zur Kirche Saint-Gervais, in deren Nähe das Ordensgebiet La Ville Neuve du Temple lag. Der hohe Bergfried, der die Kommende der Tempelritter krönte, befand sich hinter Aveline.

Ihre Mutter arbeitete als Wäscherin für den Orden und Aveline half ihr dabei, seit sie zurückdenken konnte.

Andere Frauen in ihrem Alter hatten schon eigene Kinder, aber für Aveline blieb nur die Arbeit. Mutter hatte keine Magd, alle Tätigkeiten hingen an Aveline und sie kannte es auch nicht anders. Ohne sie hätte Mutter ihre lukrative Tätigkeit nicht mehr ausführen können.

Den schweren Weidenkorb mit beiden Händen vor sich her tragend, erreichte Aveline schwitzend den Fluss und sah vom Ufer hinab, um eine Stelle zu finden, an der das Wasser tief genug war, um nicht völlig verschmutzt zu sein. Schließlich sollte die Wäsche ja sauber und nicht noch dreckiger werden.

Sich den Schweiß mit dem Handrücken von der Stirn wischend, blickte sie sich um. Mit jedem Tag wurde es schwieriger, einen Platz für das Waschen zu finden. Und jedes Mal wurde ihr Weg mit dem Korb damit länger!

Unbarmherzig knallte die Sonne auf ihren Rücken. Aveline hatte sich nur das Wollkleid übergezogen und wenn Mutter gewusst hätte, dass sie die Unterkleidung fortgelassen hatte, dann wäre sicher erneut eine Flut von Schimpfwörtern über sie niedergegangen.

Züchtig, hochgeschlossen, anständig und vollständig sollte die Kleidung nach Mutters Vorstellung sein.

Aber dafür war es einfach viel zu heiß!

Am liebsten hätte sie natürlich das leinene Unterkleid alleine getragen, doch damit hätte Mutter sie nie im Leben vor die Hüttentür gelassen.

Das knöchellange und langärmlige Kleid war an sich schon die reinste Folter. Mit der Unterkleidung noch darunter würde Aveline vermutlich jetzt schon wegen Überhitzung am Wegesrand liegen.

Hätte sie nicht nach draußen gemusst, sie hätte sich in der Hütte verkrochen, doch die Mutter war am Tage zuvor gestürzt und konnte nur noch humpelnd ein paar Schritte in der Hütte laufen.

Dieser Korb war schon Avelines zweiter Gang an diesem Tag und es war abzusehen, dass auch noch ein dritter nötig sein würde.

Alle Menschen schwitzten und damit fiel übermäßig viel Wäsche zum Waschen an. Das war gut für Mutter und deren Geldbeutel, aber eine Qual für Aveline.

Bereits am Morgen, als es noch einigermaßen kühl gewesen war, war sie am Fluss gewesen und nun schleppte sie den Korb weiter. Die Last zog ihr die Arme lang.

Aveline hatte den Korb auch noch so voller Schmutzwäsche gestopft, dass darin kein Platz mehr war. Auf diese Art hatte sie vermeiden wollen, noch ein viertes Mal den Weg gehen zu müssen, aber diese Idee stellte sie nun als wenig brauchbar heraus.

Schnaufend stand sie für einen Moment am Wegesrand, als ein Reiter an ihr vorüber galoppierte und der dabei von den Hufen seines Reittieres aufgewirbelte Straßenstaub sie einhüllte. Einen Augenblick lang versuchte Aveline die Luft anzuhalten, doch sie musste schnaufend Atem holen und schluckte eine volle Ladung von dem Staub, der sich nicht legen wollte.

Hustend und sich den Dreck von der Stirn wischend, fuchtelte sie wütend mit der Faust dem Reiter hinterher.

Ihr Weg war doch auch so schon schwer genug!

Der braune im Wind wehende Mantel kennzeichnete den Mann als Boten der Tempelritter und vermutlich würde sie am nächsten Tag den Staub auch aus diesem Kleidungsstück waschen müssen.

Wie aus so vielen Gewändern der anderen Knechte, deren Kleidung gerade in ihrem Korb lag.

Nur langsam sank die Wolke zu Boden und wurde von ihr sofort wieder aufgewirbelt, als sie sich den Staub vom Kleid klopfte.

Aveline richtete ihren Gürtel und ihr Blick fiel auf ihre Füße. Mit den nackten Zehen stand sie im verwelkten Gras. Ein paar Tage zuvor waren abermals ein Paar Schuhe zerschlissen und bis zum nächsten Markttag ging Aveline damit eben barfuß. Und ohne die Schuhe waren auch die Stümpfe sinnlos.

Noch ein Kleidungsstück, das zu ihrem Glück in der Hütte geblieben war. Jetzt, im Sommer, brauchte sie eigentlich weder Stümpfe noch Schuhe, aber die Mutter bestand nun einmal darauf, dass sie anständig gekleidet war. Vermutlich war dies nur der vornehmen Kundschaft geschuldet und der klatschsüchtigen Nachbarschaft.

„Los jetzt!", trieb sie sich nun selbst an, denn die Hitze wurde immer unerträglicher.

Die Augen mit der flachen Hand gegen die Sonne abgeschirmt, suchte sie den Platz, an dem sie sich nun endlich ihrer Wäsche entledigen konnte.

Dreißig Schritte links von ihr sah es vielversprechend aus. Direkt am Ufer war eine tiefere Stelle im Fluss, wo sie sicher bis zu den Hüften im Wasser stehen konnte und das Wasser war noch sauber!

Fast ein Wunder in der sonst so schlammigen Brühe!

Mit nahezu der letzten Kraft zerrte Aveline den Korb zum Ufer, kniete sich an das Wasser und kippte sich zuerst drei Hände voll von dem lauwarmen Nass über den Kopf, wobei ihre langen hellbraunen Haare mit den Spitzen in das Gewässer eintauchten.

Weit und breit war kein Mensch zu sehen, wie sie sich schnell noch einmal vergewisserte.

Eilig zog sie sich das Kleid bis zu den Knien herauf und schob es unter den Gürtel, der es damit oben hielt. Geschwind krempelte sie sich danach noch die langen Ärmel herauf.

Einen Augenblick später stand sie mit beiden Beinen im Strom. Das Wasser reichte ihr fast bis zu den Knien. Es war nicht kalt, aber es erfrischte Aveline dennoch einigermaßen.

Zunächst schlug sie die Wäschestücke gegen einen Stein, damit der grobe Schmutz herauskam, was abermals eine Wolke aus Staub zur Folge hatte. Danach schrubbte sie die Wäsche mit einer Seife, die Mutter aus Holzasche und Rindertalg gefertigt hatte und wusch die Kleidungsstücke anschließende im Fluss aus, wobei die Seifenreste das zuvor noch saubere Wasser eintrübten.

Es war eine mühsame, kräfteraubende und altbekannte Arbeit für sie. Das konnte Aveline vermutlich sogar im Schlaf. Immer wieder rutschten ihr dabei die Haare in die Stirn, obwohl diese eigentlich durch das Haarband hinter den Ohren bleiben sollten. Aber um sich einen Zopf zu binden, war sie einfach viel zu beschäftigt.

Aveline wollte nur schnell fertig werden und danach zurück!

Die noch feuchte Wäsche landete Stück für Stück im Korb neben ihr und damit würde dessen Gewicht auf dem Rückweg zweifellos noch größer sein.

Mit dem Rücken zur Stadt, dem Gesicht zum Fluss und über ihre Arbeit gebeugt, schuftete sie mit nackten Armen und Beinen, als eine dunkle Männerstimme sie aufschreckte.

Aveline fuhr herum und erblickte zwei Männer, die nicht weit hinter ihr am Ufer standen. Ihre gierigen Blicke ängstigten Aveline.

„Na wen haben wir den hier?", fragte ein älterer Mann mit einem zerzausten Bart seinen etwas jüngeren Begleiter.

Der Klang dieser Stimme und das Lachen der beiden Männer ließ sie erschaudern.

Das verhieß nichts Gutes und ringsum war keine Hilfe in Sicht!

2. Kapitel
Gottes Wege

en Blick gesenkt, die Hände gefaltet, so kniete Kuno vor dem kleinen Seitenaltar in der Kirche. Eigentlich wollte er hier zur Jungfrau Maria beten, doch seine Gedanken schweiften immer wieder ab. Seufzend hob er seinen Blick und schaute die Gestalt der Jungfrau an, die auf dem Altar stand.

Das Jesuskind im Arm haltend, hatte sie etwas Mütterliches und Kuno musste dabei an seine eigene Mutter zurückdenken. Und an jenen Tag, an dem er sie verlassen hatte.

Für einen Ritter war es wohl müßig, an die eigene Mutter denken zu müssen, doch wenn dem so war, dann war er eben irgendwie doch kein wirklicher Ritter. Oder doch?

Kuno von Bärenberg war der dritte Sohn seines Vaters und wie es so Tradition in der Familie war, hatte sein ältester Bruder Siegfried Vaters Burg übernommen. Sein Bruder Balthasar war, ebenfalls der Tradition folgend, auf dem Weg, um Abt in einem Kloster zu sein und ihn hatte der Vater vor die Wahl gestellt, als Mönch oder freier Ritter zu leben.

Damit war Kuno eigentlich der einzige gewesen, der seinen Weg hatte wählen können. Und er hatte sich für beides entschieden.

Er war Mönch und Ritter.

Direkt nach dem Ritterschlag, das war nun auch schon wieder fast zehn Jahre her, war er in den Orden der armen Ritterschaft Christi und des salomonischen Tempels zu Jerusalem eingetreten. Oder eben kurz: er war ein Tempelritter geworden, wie alle Menschen sie nannten.

Nun war er neunundzwanzig Jahre alt und dachte immer noch an die Mutter!

Was hatte er sich damals vorgestellt, als er in diesen Ritterorden eingetreten war? Einst hatte ihm der Großvater von seinem Kreuzzug in das Heilige Land erzählt. Im Jahre 1271 war er bis Akkon gekommen und war dort auch mit den Tempelrittern zusammengetroffen.

Vielleicht hatten seine Erzählungen Kuno diesen Schritt wagen lassen, denn in den Geschichten des Großvaters waren die Ritter vom Tempel immer die strahlenden Helden gewesen.

Er selbst hatte es dem Großvater gleichtun wollen, aber Kuno war nur bis Tartosa[1] gekommen. Fast zwei Jahre, von 1300 bis 1302, hatten sie versucht, die alte Festung für den Ritterorden zurückzugewinnen, aber sie waren daran gescheitert.

Nach einem Angriff der Mamelucken hatte er damals schwer verletzt den Stützpunkt verlassen müssen. Das Heilige Land hatte er daher nie gesehen.

Das war dann aber auch sein einziger Einsatz in einer Schlacht gewesen. Seit dieser Zeit, und seit er wieder gesundet war, was nach der Schwere der Verletzungen fast einem Wunder geglichen hatte, lebte er nun hier in der Kommende des Großmeisters bei Paris.

Und was war nun seine Aufgabe? Botschaften überbringen, Boten beschützen und gelegentlich das Waffenhandwerk üben.

Natürlich waren auch diese Aufgaben wichtig, weil sie dem Erhalt des Ordens dienten, aber war das wirklich das, was ein Ritter tun sollte? Kuno war weit ab von jedem Feind und von jedem Pilger, den es zu beschützen gab.

Bruder Ignatius, sein Freund und Meister, trat zu ihm und legte ihm die Hand auf die Schulter.

„Seid ihr schon wieder in Gedanken versunken?", fragte ihn der greise Freund.

---

[1] Tartosa → Tartus – Eine Hafenstadt im heutigen Syrien

Vor Ignatius konnte man nichts verheimlichen. Er hatte die siebzig schon fast erreicht und war der älteste Ordensbruder, den Kuno bisher gesehen hatte. Den weißen Bart trug der alte Mann mit Stolz.

In Tartosa hatten sie sich kennengelernt. Gegenseitig hatten sie sich dort das Leben gerettet und so war der ältere Bruder sein Mentor und Meister geworden.

Und vielleicht war Kuno auch nur deshalb hier in dieser Kommende.

Jedenfalls hatte sich nach dem Rückzug aus dem Heiligen Land das Verhältnis von kämpfenden zu arbeitenden Brüdern deutlich zu Ungunsten der Ritter verschoben. Eigentlich waren sie nun nur noch ein Mönchsorden, der auch ein paar Ritter besaß.

Ächzend ließ der alte Mann sich in die Bankreihe hinter Kuno fallen. Das Knien auf den kalten Steinen ging bei ihm schon ein paar Jahre nicht mehr und von einigen Pflichten war er ebenfalls entbunden worden.

Am meisten schmerzte es den alten Freund wohl, dass er schon ein paar Jahre nicht mehr auf sein Pferd steigen konnte, obwohl er selbstverständlich noch ein Streitross besaß. Für den alten Mann war es vermutlich nur noch ein Statussymbol, denn ohne das Ross war er eben kein Ritter.

Schwert, Kettenhemd und Ross machten den Ritter aus. Und mehr hatte keiner von ihnen. Sie waren arme Ritter, was nicht bedeuten sollte, das sein Bruder Siegfried mehr sein Eigen nannte, denn die Burg war nur vom Herzog Rudolf von Sachsen an ihn belehnt worden. Und die spärlichen Einnahmen des Landes reichten gerade so, um die Burg und die Mannschaft kampfbereit zu halten.

Aber die erzwungene Untätigkeit brachte nur nutzlose Gedanken in Kunos Kopf. Und es waren schon fünf Jahre der Langeweile!

Kuno wandte sich dem alten Freund zu und der zeigte neben sich auf die Bank. Sollten sie hier, im Angesicht Gottes, darüber reden, welchen Weg Kuno einschlagen wollte? War dieser Orden wirklich sein Weg bis zu dem Alter von Ignatius?

Der alte Mann hatte alles in seinem Leben erreicht, was ein Ritter erreichen konnte. Manchmal erzählte er von den Kreuzzügen und mitunter hatte Kuno das Gefühl, Ignatius erzählte dasselbe, wie sein Großvater damals. Vielleicht hatten die beiden Männer einst Seite an Seite in der Schlacht gestanden.

„Ihr habt sicher gefragt, was euer Weg ist. Oder?", fragte Ignatius.

„Ja. Woher wisst ihr das?"

„In eurem Alter habe ich mich das auch oft gefragt. Aber ich hatte den Vorteil, dass ich damals im Heiligen Land täglich gebraucht wurde. Ich kann euch verstehen! Aber warum fragt ihr vor dem Abbild der Maria? Und nicht dort drüber am Hauptaltar? Oder vor dem Abbild des heiligen Georg?"

„Ich kann es euch nicht sagen", entgegnete Kuno.

„Könnt ihr nicht? Oder wollt ihr nicht?"

„Was meint ihr, Bruder Ignatius?"

„Ihr fragt die Maria und eigentlich fragt ihr eure Mutter!"

Betroffen schwieg Kuno und sah den älteren Freund an. Wie immer hatte der alte Mann den Nagel auf den Kopf getroffen. Die Erfahrung eines langen Lebens steckte da in ihm. Sicherlich waren damals auch seine Fragen ähnlich gewesen. Zu gut verstanden sie sich beide.

Vielleicht war Kuno auch nur noch wegen Ignatius hier im Orden. Wer wusste schon, was Gottes Wege waren.

„Euren heutigen Weg kenne ich allerdings schon!", sagte der alte Mann und nahm die Botentasche nach vorn, die er mit in die Kapelle gebracht hatte.

„Und auch dabei geht es um die Jungfrau Maria, zumindest indirekt. Ich habe eine Botschaft für die Äbtissin der Abtei Notre-Dame de Cala[2].“

Kuno kannte das Nonnenkloster gut, denn schon sehr oft hatte er Nachrichten dorthin überbracht. Meist waren es private Briefe von Ignatius, da eine seiner Schwestern als Äbtissin in diesem Kloster lebte.

Obwohl es der Orden eigentlich mit privaten Nachrichten etwas strenger nahm, hatte Ignatius, vermutlich aufgrund seines hohen Alters, einen Sonderstatus vom Großmeister erhalten.

---

[2] Cala → Chelles ist eine französische Gemeinde im Osten des Großraums von Paris

3. Kapitel
Zukunftsangst

Ignatius blickte dem jungen Mann nach, der den Brief überbringen würde. Er sah den Ritter und er erkannte sich selbst dabei, wie er in diesem Alter gewesen war, damals, im Heiligen Land.

Er war nun beinahe siebzig und hatte Angst vor der Zukunft. Allerdings nicht für seine eigene, sondern für die des Ordens. Vor vierzig Jahren hatte es in ihrem Ritterorden noch mehr kämpfende, als dienende Brüder gegeben. Mit dem Verlassen der Burgen im Nahen Osten hatte sich das Verhältnis immer mehr zu Ungunsten der Kämpfer verschoben.

Selbst hier, in der Kommende des Großmeisters, gab es kaum noch kämpfende Brüder. Was war aber ein Ritterorden ohne Ritter? Eigentlich nur noch ein Mönchsorden.

Ächzend erhob er sich und ging zum Ausgang der Kapelle. In der offenen Tür stehend, zog es seinen Blick in den Himmel hinauf.

Er erkannte die dunklen Wolken am wolkenlosen Septemberhimmel. Vor seinem Geist zogen sie dahin und es waren Wolken der Habgier!

Ignatius arbeitete in der Registratur und er wusste, wie reich der Orden geworden war. Waren sie einst als arme Ritter angetreten, um die Pilger auf ihrem Weg nach Jerusalem zu beschützen, so hatte der Orden über die Zeit hinweg große Reichtümer angehäuft.

Und Reichtümer zogen immer die Gier an!

Im letzten Jahr hatte der König in ihrer Kommende Schutz vor seinem Volk gesucht, denn er war nicht in der Lage, mit Geld umzugehen und gleichzeitig der größte Schuldner des Ordens. Aus dieser Kombination braute sich Unheil über ihnen zusammen.

Ignatius wusste es und er verstand auch, dass es nicht aufzuhalten war. Das Schicksal raste unerbittlich auf sie zu, wie ein Ritterheer, das mit eingelegter Lanze einen Hügel hinabstürmte. Wer konnte dem widerstehen?

Nichts und niemand auf der Welt!

Langsam stieg Ignatius die Treppe zu seiner Registratur hinauf und dachte dabei an den Ursprung der ganzen Gelder.

Einst war es eine Art von Schutz für die Pilger gewesen. Sie konnten in der Kommende am Beginn ihrer Reise ihr Geld gegen eine schriftliche Garantie eintauschen, die sie am Ziel der Fahrt wieder zurücktauschten.

Unterwegs hatten sie dann nichts in der Hand, was einen Überfall lohnen würde, denn schließlich mussten sie in jener Kommende am Ende ihren Namen und die Summe nennen.

Welcher Räuber konnte schon lesen? Und welcher Wegelagerer war so unverfroren, in eine bewaffnete Burg zu gehen, um den Gegenwert eines geraubten Dokumentes einzulösen?

Da aber viele Pilger unterwegs zu Tode gekommen waren, wurde auch nicht alles wieder abgeholt.

Und Spenden hatten sie auch noch bekommen, denn viele Fürsten und Könige beteiligten sich lieber mit Geldern an den Kreuzzügen, anstatt mit Männer oder dem eigenen Leben. Doch Kreuzzüge gab es nun mal keine mehr. Nur in Spanien hielten sie noch gegen die Mauren stand. Nur dort gab es noch Kämpfer, die wirklich gegen den Feind ihre Burgen hielten.

Es gab weniger Kampf und mehr Verwaltung. Weniger Ritter, mehr Knechte.

Dazu kam dann noch, dass mit den weniger werdenden Rittern auch die Moral zu Boden sank. Viel zu viele der Brüder hielten sich nicht an die Regeln des heiligen Benedikts von Nursia, nach denen sie in der Gemeinschaft leben sollten.

Immer wieder trafen dazu Nachrichten ein. Vermutlich ging es in anderen Orden ähnlich zu, aber ihr Reichtum machte sie zusätzlich angreifbar. Vielleicht wäre dem nicht so, wenn sie wieder im Heiligen Land eine wichtige Rolle spielen würden, allerdings dann ohne einen neuerlichen Kreuzzug!

In den vielen Jahren seines langen Lebens hatte er die Unsinnigkeit dieser Kriegszüge erkannt. Sie wurden von Päpsten oder Königen aufgerufen, die noch nie zuvor auch nur einen Muslim zu Gesicht bekommen hatten.

Und wozu führten sie Krieg? Doch nie dafür, das Pilger nach Jerusalem kommen konnten. In seiner Zeit hatte er unzählige Muslime kennengelernt und zu einigen sogar Freundschaft geschlossen. Das war aber auch normal, denn oft hatten sie sich gegenseitig in der Wüste geholfen, wenn es galt, Räuber zu jagen. Mitunter hatten Kreuzritter und Templer auch muslimische Karawanen unterstützt.

Unter den Moslems gab es genauso viele ehrliche Menschen, wie unter den Christen. Und sicherlich ebenso viele Verbrecher und Halsabschneider.

Sie alle hatten den gleichen Gott und alle drei Religionen gingen auf Abraham zurück!

Juden, Moslems und Christen unterschieden sich nur im Verkünder dieser Weisheit, doch falls er diese Wahrheit hier laut aussprechen würde, dann würde man ihn wegen Ketzerei verurteilen.

Ignatius betrat das Scriptorium und setzte sich an sein Pult. Dieser Stuhl war das einzige Privileg, was er mit seinem Alter in der Schreibstube erhalten hatte. Die anderen Ordensbrüder standen an ihren Pulten. Keiner von ihnen hatte Frankreich jemals verlassen, geschweige denn irgendwann mal ein Schwert im Kampf geführt.

Seufzend schlug er das Kommendenbuch auf. Lange Zahlenkolonnen standen auf den Seiten. Jede Zeile stellte Geld dar und mit jeder Zeile mehrte sich der Besitz des Ordens. Allerdings erhöhten sie auch die Gefahr, denn auch der König hatte hier seine Zeichen gelassen. Gigantisch waren seine Schulden!

Ein junger Mönch trat mit einer Frage zu ihm, die ihn für eine Weile von den Zukunftsängsten ablenkte.

Doch dann zogen abermals die dunklen Gedanken über seinen Geist. Vor einem Jahr hatte er noch beabsichtigt, dass Kuno sein Nachfolger werden würde. Der junge Ritter hatte das Zeug dazu, ein Meister zu sein und vielleicht wäre er ein guter Großmeister geworden, doch nun waren die Aussichten eher trübe.

Wenn Ignatius im Alter des jungen Mannes gewesen wäre, er hätte beim Papst seinen Abschied eingereicht. Vielleicht sollte er das dem jungen Ritter raten?

Das Gebet vor der Marienstatue war wohl mehr als ein Zeichen dafür, dass Kuno von Bärenberg einen anderen Weg vor sich hatte.

Denn bei der Verschwendungssucht von Philipp IV, würde dieser König ihnen wohl kein Jahr mehr lassen. Zu groß war die Gier des Monarchen.

Philipp der Schöne war jetzt vierzig Jahre alt und sein Volk hasste ihn, weil er nur noch billige Münzen in Umlauf brachte. Hunger war die Folge, obwohl die Felder gute Ernte erbrachten. Aber wer wollte schon seine guten Feldfrüchte gegen billiges Geld abgeben?

Und dieser König hatte im letzten Jahr die Pracht in ihrer Kirche erblickt!

Ignatius hatte die Augen des Königs gesehen, als dieser vor dem Hochaltar gestanden hatte. Eigentlich wartete er seit Philipps Auszug aus der Kommende darauf, dass er zurückkam, um Tribut von ihnen zu verlangen, wie er ihn auch von anderen Klöstern forderte.

Hätten sie genug Ritter, dann hätten sie ihm leicht die Stirn bieten können. Aber so?

Der Blick des alten Ritters ging von einem Ordensbruder zum nächsten. Sie waren mächtig mit der Feder, aber würde das reichen?

4. Kapitel

Marias Rettung?

Der Schlag hatte Aveline unvermittelt getroffen. Sich die schmerzende Wange mit einer Hand haltend, blickte sie voller Angst die Fremden an. Wer waren diese beiden Männer? Vermutlich Bettler aus der nahen Stadt, denn kein ehrbarer Mann würde sich doch an einer Frau vergreifen!

Was machten die hier überhaupt mitten am Tage? Noch immer stand sie nahe des Ufers, mit den Füßen im Wasser.

„Bitte ihr Herren! Lasst mich doch in Ruhe meine Arbeit machen!", ersuchte sie die Männer.

Doch der Ausdruck in den Augen der beiden war kalt und ließ Aveline erschaudern.

Sie trug zwar den kurzen Dolch an ihrem Gürtel, aber die beiden Bettler hatten lange Wanderstöcke in den Händen. Wenn sie auch nur die Hand in die Nähe der Waffe brachte, dann würde sie wohl mit diesen Knüppeln Bekanntschaft schließen.

Was wollten die Männer überhaupt von ihr? Sie besaß doch nichts! Der Beutel mit den paar Kupfermünzen lag bei der Mutter in der Hütte. Hätte sie sich damit freikaufen können?

Vielleicht! Was hatte sie noch, um sich diese Beiden gewogen zu machen? Allenfalls das silberne Medaillon an ihrem Halsband.

Es war ein Anhänger mit dem Abbild von Maria, der Mutter Gottes und ihr wertvollster Besitz. Sollte sie ihn opfern? Oder lieber die Jungfrau Maria um ihren Beistand für eine andere Jungfrau bitten?

Doch wenn sie den Anhänger übergab, dann würde sie das sicherlich trotzdem nicht vor diesen beiden Männer schützen. Das konnte nur die heilige Maria!

„Maria, Mutter Gottes, bitte stehe mir bei!", rief sie zum Himmel hinauf.

Das Lachen der Bettler klang erneut ziemlich schauerlich.

Nur mit viel Glück würde sie hier unbeschadet aus dieser Situation herauskommen. Konnte jetzt nicht irgendein Reiter die nahe Straße entlang kommen? Jetzt hätte sie sich über die Staubfahne gefreut, aber weit und breit war keine Menschenseele zu sehen.

Der jüngere von beiden ließ seinen Stock fallen, packte sie am Handgelenk und zog sie aus dem Wasser.

„Komm schon, kleine Meerjungfrau!", sagte er.

Alles sich dagegen sträuben nutzte Aveline nichts, denn der Mann war einfach viel zu stark! Nun blieb ihr wirklich nur noch der rettende Griff zum Dolch, doch der schmerzhafte Schlag eines Knüppels traf ihren Arm, wie sie es zuvor befürchtet hatte.

Unnütz entglitt ihr die Waffe aus der Hand und landete im verwelkten Gras zu ihren Füßen.

„Verschont mich! Bitte!", fehlte sie, als ihr Kleid schon in den Händen des Bettlers in Fetzen ging.

Der Mann hatte ihr in den Kragen gegriffen und es vorn bis zum Gürtel aufgerissen. Das Blitzen des kleinen Silberanhängers in der Sonne lenkte ihn aber offensichtlich von seinem weiteren Vorgehen ab.

Jetzt hing das Abbild der Maria am Band um ihrem nackten Hals. Bisher hatte der Kragen des Kleides es verdeckt.

Einen Wimpernschlag später fetzte der Mann ihr das Band vom Hals, das Leder schnitt dabei in ihr Fleisch und Aveline schrie vor Schmerz auf.

„Schau mal!", sagte der Mann und hielt das Band hoch, damit der andere es sehen konnte, dabei hielt er aber ihren Arm mit der anderen Hand im festen Klammergriff.

Eine Flucht war für Aveline dadurch völlig ausgeschlossen.

„Du tust mir weh!", jammerte Aveline, als die Finger sich noch fester um ihren Arm schlossen.

Der Mann warf dem anderen ihren Anhänger zu und ein neuer schmerzhafter Schlag traf Avelines Wange.

„Wir teilen uns die Beute. Du den Anhänger und ich die Frau!", sagte er und zeigte ein schiefes Grinsen, das durch die Reihe verfaulter Zähne nicht besser wurde. Ein ekliger Geruch aus seinem Mund schlug Aveline entgegen.

Offensichtlich hatte der Umstand, dass sie keine Unterwäsche trug und dadurch ihre nackte Haut sicherlich mehr als deutlich zu sehen war, die Gier des Mannes geweckt, denn seine zweite Hand griff in das offene Kleid und umschloss eine ihrer Brüste sehr schmerzhaft.

Ihr Schrei brachte den Mann nur zu einem hämischen Lachen.

Warum half die Jungfrau ihr nicht? Und auch ihr Gürtel wurde ihr nun einfach vom Leib gezogen. Das machte allerdings der andere Mann, denn der jüngere der beiden war viel zu sehr mit ihrer Brust beschäftigt.

Da der Gürtel bisher ihr Kleid oben gehalten hatte, fiel dieses nun nach unten und bedeckte damit wenigstens ihren Unterleib.

Allerdings ließ das quetschende Gefühl nicht nach. Weder das an ihrem rechten Arm, noch das an ihrer linken Brust.

Vergeblich versuchte Aveline, ihn mit der linken Hand zu schlagen. Geschickt wich er ihr aus, ohne sie dabei loszulassen. Ihr Schlag ging ins Leere. Aber ohne sie loszulassen, konnte er ihr auch nicht das Kleid zerreißen.

Nun versuchte sie den Mann zu treten, doch das heruntergerutschte Kleid behinderte sie zu sehr. Zuvor wäre das vielleicht gegangen.

„Erst Meerjungfrau und nun Wildkatze? Warte du Biest! Ich werde dich zähmen!", sagte der Mann.

Es dröhnte in ihrem Kopf, so laut hatte er es gesagt. Nun war der letzte Moment für ein Bittgebet!

Der Mann ließ von ihr ab, aber nur, um ihr nun mit beiden Händen das Kleid der Länge nach zu zerreißen.

Der Wollstoff war eigentlich ziemlich stabil, aber die Kraft des Mannes war stärker.

Schnell versuchte Aveline mit beiden Händen ihre Blöße zu bedecken, doch der Bettler bekam ihre Arme zu packen. Sie vor sich daran festhaltend musterte er seine Beute und war damit sichtlich zufrieden.

Einen Wimpernschlag später landete sie mit dem Rücken im Gras zu Füßen des Mannes, der sich über ihr aufbaute und seinen Kittel nach oben zog.

Er trug keine Bruoch unter seinem Wams und damit konnte sie sein bereits steil aufragendes Glied sehen.

Als er sich vor ihr auf die Knie fallen ließ, zog sie die Beine an und presste ihre Schenkel zusammen.

Der Bettler packte ihr Knie und versuchte sich Zugang zu ihrem Körper zu verschaffen, doch die Todesangst gab ihr übermenschliche Kräfte.

Sich am Boden windend, und dabei ihre Angst herausschreiend, versuchte sie zu entkommen, als der Mann von ihr fortgerissen wurde.

Aveline erblickte einen weißen Mantel mit einem roten Kreuz.

Ein Ritter prügelte auf die beiden Männer ein.

Halbnackt am Boden liegend sah sie zu und eigentlich wäre nun der Moment für eine Flucht, aber sie konnte sich nicht bewegen. Der Anhänger der Maria flog durch die Luft und Aveline fing ihn geistesgegenwärtig auf.

Das Metall an ihre Brust drückend, verfolgte sie diesen Kampf, der über ihr Leben entscheiden würde.

Zwei Männer gegen einen Ritter? Der Ritter hatte noch nicht mal sein Schwert gezogen. Warum nur? Wo war ihr Dolch? Suchend blickte sie sich um. Konnte sie ihm zu Hilfe eilen?

5. Kapitel
Brüder in Waffen

ie Entfernung bis zum Kloster war nicht sehr groß und sein Pferd ziemlich schnell, aber wozu sollte Kuno das Tier jagen? Auch im lockeren Galopp würde er sein Ziel sehr schnell erreichen.

Mit der Tasche in der Hand ging Kuno gedankenverloren zum Stall hinüber. Noch immer hing er an der Frage fest, was sein Weg sein würde. Diesen heutigen war er schon so oft geritten, dass er seinem Pferd dabei blind vertrauen konnte.

Einmal in der Woche machte er diesen Botengang. Fast hätte er schon den alten Freund in der Kirche gefragt, ob er neuerdings eine Botschaft hatte.

Im Stall angekommen nickte er nur seinem Knappen Tjaden zu, der allerdings schon das Tier für ihn gesattelt hatte.

Tjaden kannte Ignatius ebenfalls gut und Kuno verstand sich blind mit seinem Knappen. Das musste man wohl auch, wenn man als Ritter überleben wollte. Und eigentlich hatte er es nur Tjaden zu verdanken, dass er damals die Verletzungen überlebt hatte, denn der Knappe war ihm im Kampf in Tartosa zur Seite gesprungen.

Einst, als er noch nicht sein Knappe gewesen war, hatte ihm Tjaden das Kämpfen beigebracht. Kuno konnte sich an keinen Tag erinnern, an dem er nicht mit dem Mann zusammen gewesen war.

Tjaden war fünfzehn Jahre älter als er und vermutlich bereits an dem Tage von Kunos Geburt als sein Knappe auserwählt worden.

Zusammen hatten sie reiten geübt und Vater hatte immer darauf bestanden, dass sie alles gemeinsam machten. Eine Art von Freundschaft war daraus entstanden und da hier im Orden alle gleich waren, war das auch völlig in Ordnung.

Mit Unverständnis hatte Kuno damals bei den verschiedenen Turnieren gesehen, wie andere Ritter ihre Knappen behandelten. Von klein auf hatte ihm der Vater immer wieder erzählt, dass Ritter, Knappe und Streitross eine Einheit bilden mussten. Versagte nur einer davon, so würden alle sterben.

Noch gut konnte sich Kuno daran erinnern, wie er zum Ritter wurde und Tjaden zu seinem Knappen. Am Tage der Schwertleite hatten sie beide vor dem Vater und dem Herzog gekniet.

Den Treueeid hatten sie nicht nur auf den Herzog, sondern auch, auf Drängen des Vaters, aufeinander abgelegt. Und, da sie eine Einheit waren, würden natürlich auch seine Entscheidungen Einfluss auf das Leben von Tjaden haben.

Allerdings erst, wenn er dann mal seine Bestimmung gefunden haben würde. Vielleicht konnte er auf dem Weg nach Cala ein wenig darüber nachdenken. Irgendwie war Tjaden wohl mehr wie ein Bruder zu ihm, als es Siegfried jemals gewesen war. Dabei hatte Tjaden dasselbe Alter, wie Kunos älterer Bruder.

Durch das zusammen leben und gemeinsam kämpfen waren sie Brüder geworden. Brüder in Waffen, Waffenbrüder. Zwei Männer, die sich blind aufeinander verlassen mussten, obwohl es schon ewig keinen Kampf mehr gegeben hatte.

„Mein Streitross sollte auch mal wieder laufen? Oder?", fragte Kuno und griff sich die Zügel.

„Er wird langsam träge in seiner Box!"

„Kannst du ihn heute mal nach draußen bringen und etwas bewegen? Ich würde dann morgen mit ihm einen Ritt machen?"

„Natürlich!", entgegnete Tjaden und hielt ihm den Steigbügel des Reitpferdes hin.

Tjaden half ihm auch beim Aufsteigen auf das Pferd, aber da Kuno ja nur einen Botengang machen wollte, hatte er auf das Kettenhemd und den Panzer verzichtet. Auch der Schild blieb an der Wand des Stalles.

Nur mit Schwert und Dolch am Waffengurt, sowie dem weißen Mantel mit dem roten Kreuz um den Schultern, nickte er dem Freund von oben herab zu.

Kuno drückte die Sporen in die Flanken seiner Stute und das Tier trabte los.

Mit einer Hand am Zügel ging sein Blick zwischen den Ohren des Pferdes hindurch auf den Weg, der ihn von der Kommende nach Cala bringen würde.

In der Hitze des Tages, Anfang September, war es ganz gut, dass er das schwere Kettenhemd nicht tragen musste. Zwar half der weiße Mantel gegen die Hitze, aber trotzdem ritt es sich so viel besser.

Wie Kuno Tjaden kannte, kümmerte der Knappe sich vermutlich gerade darum, das Metallgeflecht einzufetten und sorgsam zu verpacken.

Es war eine tägliche Routine für den Knappen, denn die Wartung der Ausrüstung war dessen Aufgabe in Friedenszeiten.

Und das war es eben auch, was Kuno so daran störte. Es war diese Routine! Und nichts passierte. Seit fünf Jahren wickelte Tjaden die Rüstung aus den Packsäcken, breitete diese aus, fettete sie ein und wickelte sie anschließend wieder zusammen.

Die Tage, an denen Kuno die Rüstung getragen hatte, die konnte er in den letzten fünf Jahren sicherlich an zwei Händen abzählen. Von den Tagen, an denen er den Boten des Großmeisters beschützen musste, mal abgesehen. Und damit waren seine Gedanken neuerdings bei der Frage, die er der Maria in der Kapelle hatte stellen wollen.

Was sollte er tun?

„Gib mir ein Zeichen!", bat er die Jungfrau Maria.

Der staubige Pfad führte zur Seine hinunter und obwohl man beim Ritt eigentlich nicht viel hören konnte, war es ihm, als würde er den Schrei einer Frau vernehmen.

War da wirklich jemand in Not? Oder hatten ihm seine Sinne nur einen Streich gespielt?

In der flirrenden Hitze des Tages ließ er seinen Blick über die Gegend schweifen und verhielt sein Pferd, das eigentlich schneller laufen wollte.

Weit vor sich sah er zwei Männer und eine Frau, was eigentlich nicht ungewöhnlich war. Doch dann schlug einer der Männer die Frau zu Boden!

Kuno trieb die Sporen in die Flanken der Stute und das Tier machte einen gewaltigen Satz.

War es nicht auch seine Aufgabe, die Schwachen zu beschützen? Damit hatte ihm vielleicht die Jungfrau Maria dieses Zeichen gegeben.

Er sollte dieser Frau dort vorn helfen. Ihr beistehen, wie Ignatius es einst mit den Pilgern im Heiligen Land gemacht hatte!

Das war sein Weg!

Aber war er das wirklich?

Für einen Moment traten die drängenden Zukunftsfragen erst einmal in den Hintergrund, aber zum Schweigen würde er sie damit wohl kaum bringen.

Zuerst kam die Hilfe, dann die Frage und danach hoffentlich die Antwort.

Wenige Augenblicke später war Kuno im Kampf mit zwei Bettlern, die eine junge Frau offenbar berauben und missbrauchen wollten.

Zwei Männer mit Knüppeln, da lohnte es sich für ihn noch nicht mal, das Schwert zu ziehen. Ganz davon zu schweigen, dass er die Waffe nicht mit dem Blut dieser elenden Feiglinge beflecken wollte.

6. Kapitel
In seiner Schuld?

Am Boden hockend, die Knie schützend vor den Körper gezogen, den Dolch in der einen Hand und das Kleid mit der anderen vorn zusammenhaltend, sah Aveline zu, wie der Ritter nun den zweiten Mann am Halse gepackt hatte.

Der ältere Bettler war bereits tot und lag zwei Schritte neben ihr. Sein Kopf war seltsam zur Seite gedreht.

Der Ritter brüllte: „Ihr wolltet euch also zu zweit an einer wehrlosen Frau vergreifen?"

Der Bettler versuchte strampelnd dem Griff des Kämpfers zu entkommen, doch der hielt den Mann so, wie dieser zuvor Aveline festgehalten hatte. Am Arm und am Halse gepackt, schleifte er ihn zum Ufer, wo noch ihre Wäsche lag.

Dort drückte der Ritter den Bettler in den Strom und hielt den zappelnden Menschen mit dem Kopf unter Wasser. Es dauerte eine Weile, bis er nicht mehr um sich trat und der Ritter ihn einfach los ließ.

Die Seine trug den Leichnam langsam davon. Nur einen Augenblick später landete der andere tote Körper im Fluss und folgte seinem Kumpan.

„Ist euch irgendein Leid geschehen?", fragte der Mann, als er zu ihr trat.

„Nein! Danke, gnädiger Herr!", sagte Aveline erleichtert.

Er gab ihr die Hand, um ihr aufzuhelfen und im Reflex griff sie zu. Aber damit ließ sie das Kleid los und stand unmittelbar danach nackt vor dem Tempelritter.

Der Mann schlug keuch seine Augen nieder, hatte damit aber ihre unbedeckten Brüste vor sich, worauf nun sein Blick ruhte.

Geschwind wandte sie sich von ihm ab und suchte ihren Gürtel, um das Kleid wieder einigermaßen zu schließen.

„Ihr solltet hier nicht alleine sein!", sagte er, hinter ihr stehend, während sie immer noch den Gürtel suchte.

Der Lederriemen musste doch hier irgendwo sein.

Erst langsam begriff Aveline, dass der Mann sie richtig vornehm ansprach. Nicht so, wie es die Knechte immer taten. Trotzdem fehlte der Gürtel und sie konnte sich doch so nicht mehr zu ihm umdrehen!

„Gnädiger Herr. Könntet ihr mir bitte meinen Gürtel reichen?", fragte sie und schaute über ihre Schulter zu ihm zurück.

Durch die hochgekrempelten Ärmel blieb das Kleid wenigstens hinten auf ihrem Körper und bot ihm nicht auch noch einen Blick auf ihre unbekleidete Kehrseite.

Der Mann sah sich um, sagte dann aber: „Ich finde ihn nicht. Der muss wohl irgendwie verloren gegangen sein. Wartet! Ich gebe euch meinen Mantel!"

„Das kann ich nicht annehmen!", rief sie aus, doch der Ritter hatte ihr schon den Umhang um die Schultern geworfen.

Der leichte Stoff floss um ihren Körper und schloss sich vor ihr. Mit einer Hand den Mantel zuhaltend drehte sie sich zu dem Ritter zurück.

„Ich danke euch, aber ich kann diesen Mantel nicht annehmen. Er gehört euch!"

„Gebt ihn mir einfach zurück, wenn ihr wieder in der Kommende seid! Mein Name ist Kuno von Bärenberg."

„Gewiss, gnädiger Herr. Das werde ich tun!", sagte sie und verbeugte sich vor ihm.

Der Ritter pfiff nach seinem Pferd, das zu ihm gelaufen kam. Nach einem kurzen Gruß schwang er sich in den Sattel und ritt die Straße entlang.

Ihr Blick folgte ihm noch eine Weile, bevor sie daran dachte, dass sie ja noch die Wäsche fertig machen musste.

Und das im zerrissenen Kleid! Was würde die Mutter dazu sagen?

Durch die Rettung aus dieser Not stand sie auch noch bei dem Ritter in der Schuld. Wie konnte sie ihm danken? Vielleicht durch eine kleine Gabe? Aveline dachte nach, was der Ritter annehmen durfte. Eigentlich nur Sachen, das wusste sie schon.

Ihre Finger strichen über den Stoff mit dem deutlich sichtbaren roten Tatzenkreuz. Damit stand sie nun wirklich unter dem Schutz Gottes. Das Gebet an die Jungfrau Maria hatte wirklich geholfen.

Schnell kniete sich Aveline zu ihrem Korb und verrichtete ein Dankgebet für ihre Errettung.

Am Fluss stehen dachte sie nach, denn mit dem Mantel konnte sie nicht ins Wasser, den brauchte sie noch für den Rückweg. Oder sollte sie einfach einen anderen nehmen? Einen der Knechte, den sie bereits gereinigt hatte? Das würde gehen!

Und diesen Mantel würde sie gleich säubern.

Gedacht, getan.

Wenig später stand sie erneut im Wasser und setzte ihre Arbeit fort, wobei ihre Gedanken auch weiterhin bei der Frage waren, was sie ihrem Retter als Dank für die Hilfe geben konnte.

Vielleicht konnte sie etwas Sticken?

Der Ritter hatte wie ein Löwe um sie gekämpft und da konnte sie doch ein Tuch mit dem Abbild einer Raubkatze besticken. Das klang gut und sie beschloss, es auch am Abend in der Hütte zu tun.

Ein Tuch konnte man immer brauchen, sei es als Halstuch oder um sich die Hände damit abzutrocknen.

Im Wasser stehend blickte sie sich abermals um. Was wäre, wenn sie nochmals überfallen würde? Immer noch war keine Menschenseele zu sehen, aber der Anhänger war nun wieder um ihren Hals.

Für Angst hatte sie im Moment keine Zeit.

Schnell strich sie mit den Fingerspitzen über das Abbild der Heiligen Jungfrau, sprach ein Bittgebet und machte eiligst weiter.

Zügig und ohne weitere Unterbrechungen ging ihr die Arbeit von der Hand. Zum Schluss säuberte sie besonders gründlich den Mantel ihres Retters.

Mit all der Wäsche im Korb war sie schließlich wieder auf dem Heimweg, aber mit jedem Schritt, den sie der Hütte näher kam, wurde die Angst auch davor größer, was die Mutter wohl sagen würde.

Unter dem braunen Mantel eines Knechtes war sie praktisch nackt!

Das zerrissene Kleid schlackerte nur so um ihren Leib und der Mantel reichte ihr auch noch nur bis etwa zu den Knien!

Damit konnte sie den Zustand des Kleides nicht vor den strengen Augen der Mutter verbergen.

Und lügen durfte sie nicht. Dafür konnte sie in die Hölle kommen. Das hatte der Pfarrer erst am Sonntag zuvor im Gottesdienst gesagt und sicherlich nicht umsonst, wie sie nun fand.

Aveline bog in die Gasse zur Hütte der Mutter ab und musste an zwei alten Frauen vorbei. Freundlich grüßte sie und nickte den beiden zu, doch hinter sich hörte sie das Tuscheln.

Ihre nackten Beine unter dem Mantel waren viel zu auffällig!

Am nächsten Tag wäre es allen in der Siedlung bekannt und daran konnte sie nun nichts mehr ändern. Sie spürte, wie ihr das Blut in den Kopf schoss.

Mutter versuchte immer jede Schande von ihnen fernzuhalten und nun war daran eigentlich nichts mehr zu ändern, dass es in wenigen Augenblicken alle in den Hütten wussten.

Aveline war das nun so etwas von peinlich, aber es half nichts mehr. Noch zehn Schritte und sie hatte die Hütte erreicht. Schon sah sie die Mutter in der Tür stehen, senkte den Blick und zog den Kopf zwischen die Schultern.

7. Kapitel
Die Qual der Gedanken

ach dem Kampf, der ihn nur kurz aufgehalten und mäßig gefordert hatte, war Kuno nun wiederum auf dem Weg nach Cala. Doch nun gingen seine Gedanken nicht mehr voraus, sondern nur zurück. In seinem Kopf steckte das Bild der Frau fest, die er gerade gerettet hatte.

Es waren zwei Dinge, die seinen Geist dabei beschäftigten: Zum einen war das Gesicht der Frau dem der Marienstatue in der Kapelle sonderbar ähnlich gewesen und zum zweiten war es die erste Frau gewesen, die er beinahe nackt gesehen hatte.

Ersteres konnte kein Zufall sein!

Das Zusammentreffen nach dem Ruf zur Maria und nachdem er zu ihr gebetet hatte, war vermutlich Absicht gewesen.

Und wenn dies kein Zufall gewesen war, dann war es sicherlich genauso Bestimmung gewesen, dass er sie nackt gesehen hatte. War diese Frau die Antwort auf die Fragen gewesen?

Mit verhaltenem Zügel, im leichten Trab, folgte er in der mittäglichen Hitze seinen Pfad.

Sie war wunderschön gewesen und obgleich er sie eigentlich nicht hätte ansehen dürfen, so hatte er es einfach tun müssen. Und nun bekam er dieses Bild nicht mehr aus seinem Kopf.

Das schöne Gesicht, diese langen braunen Locken, die wohlgeformten Brüste und das kleine Dreieck der Haare auf ihrer Scham.

Sein Keuschheitsgebot hätte eigentlich sofort seine Augen davor verschließen müssen, doch er hatte es nicht gekonnt. Würde Kuno die unbekannte fremde Frau wiedersehen? Vielleicht schon am nächsten Tag, wenn sie ihm den Mantel brachte?

Noch nie hatte er bisher über Frau und Kind nachgedacht. Das hatte er bislang auch nicht nötig gehabt, denn sein Gelübde und seine Angehörigkeit in diesem Ritterorden hatten es eher verboten, doch nun wandelte sich da wohl gerade etwas. Und wenn es wirklich ein Zeichen Gottes war, dann war damit wohl auch sein Ausscheiden aus dem Templerorden gemeint.

Zwar durfte man darin auch verheiratet sein, aber eben nicht als Ritter! Und obschon er in den letzten Jahren nicht wirklich viel mit dem Rittertum zu tun gehabt hatte, so fühlte er sich nicht auserwählt, nur noch in der Kommende zu sitzen und Zahlen in Bücher zu schreiben.

In der Zeit seiner Genesung hatte ihm Ignatius damals das Lesen, Schreiben und Rechnen beigebracht, aber dazu auserkoren fühlte er sich nicht.

Ignatius tat das in der Kommende, weil er mit seinen Knien nicht mehr auf ein Pferd steigen konnte. Manchmal half er dem älteren Freund beim Schreiben, wenn dessen zitternde Hände mal wieder nicht mehr mochten, aber tun wollte Kuno eigentlich etwas anderes.

Schließlich war er ja kein Bücherwurm, sondern ein Mann des Schwertes!

Grübelnd hatte er das Tor der Abtei erreicht, ohne wirklich auf den Weg geachtet zu haben. Das Pferd hatte gewusst, wo es hin sollte.

Kuno sprang aus dem Sattel, läutete die Glocke an dem Tor und ein paar Augenblicke später erschien Schwester Gertrud, die zuerst stutzte, da er ja seinen Mantel nicht trug, ihn dann aber erkannte und in den Vorraum bat.

Wie es sich gehörte, senkte er seinen Blick, als er durch das Kloster ging. Dieser Weg war ihm altbekannt, denn seit einigen Jahren lief er ihn jeden Donnerstag!

Eigentlich hätte er der Nonne einfach nur den Brief geben und danach auf die Antwort der Äbtissin warten müssen, allerdings hatte Ignatius darauf bestanden, dass er die Botschaften immer persönlich übergab.

Wenig später wartete er, an einen Fenstersims gelehnt mit dem Blick auf den Blumengarten des Klosters, auf die Antwort der Äbtissin. Aber Kuno sah nicht die wunderschönen Blumen, sondern er hatte abermals die nackte Frau vor seinen Augen. Und sein Körper reagierte auf dieses Bild in einer unerwarteten und für ihn sehr peinlichen Weise.

Da er den Mantel nicht mehr trug, war die Beule in seiner Hose mehr als deutlich zu erkennen. Mit Kraft lehnte er sich vorwärts gegen die hüfthohe Wand, um seine Erregung zu verbergen.

Er musste sich ablenken, um sein Problem in den Griff zu bekommen, bevor die Äbtissin ihm den Brief geben würde, aber egal, wohin er seinen Blick nun richtete, das Abbild der nackten Frau folgte ihm einfach überallhin.

Am liebsten wäre er jetzt unten im Garten in die Regentonne gesprungen, doch dort waren gerade drei Nonnen damit beschäftigt, Wasser für die Blumen daraus zu schöpfen.

Hätte er doch einfach nur draußen gewartet!

Suchend schaute er sich nach einer Bank um, auf die er sich einen Moment setzen konnte, doch auch da stand nur eine unterhalb des Fensters im Garten.

Bis dorthin würde er an den drei Nonnen vorbei müssen. Es war eine Qual seiner Gedanken und vielleicht eine Prüfung von Gott an der Standfestigkeit seines Glaubens!

Aber gerade zeigte etwas anders seine Standfestigkeit! Und Kuno würde in wenigen Augenblicken auch noch auf sein Pferd steigen müssen.

Die Äbtissin erschien, übergab ihm den Brief und verabschiedete sich eiligst. Nun musste er Gertrud etwa zweihundert Schritte bis zum Tor folgen. Die Nonne lief vor ihm und die Glocken riefen die anderen Ordensschwestern zum Gebet.

Damit würde ihm keine Frau mehr begegnen.

Auch Gertrud hatte es nun sehr eilig und schließlich stand er vor dem Kloster.

Sollte er ein kurzes Bad in der Marne nehmen? Bis zu dem Fluss war es nicht weit. Zumindest mit dem Pferd, aber in seiner derzeitigen Lage würde er wohl kaum auf dem Sattel sitzen können. Die paar Schritte in dem Nonnenkloster waren schon die reinste Tortur gewesen.

Allerdings löste sich nun sein Problem auch schon von selbst, denn mit dem Erreichen seines Pferdes war alles gut und die Hose passte wieder.

Zweifelnd blickte er auf das geschlossene Tor des Klosters zurück. Es war eine Prüfung von Gott gewesen. Und nun würde er auf dem Rückweg auch an der Stelle vorbei müssen, an der er die Frau gerettet hatte.

War sie eventuell noch dort?

Behände schwang er sich in den Sattel und trabte los. Heimwärts! Sicherlich würde der Weg etwa eine Stunde dauern, bis er neuerdings an dem Ufer der Seine sein würde.

Nun ließ er die Stute laufen und trieb sie sogar noch an. Erwartete er, dass die Frau noch dort war? Er hatte sie noch nicht mal nach ihrem Namen gefragt.

Unendlich lang schien sich die Landstraße seinem Ziel entgegen zu schlängeln. So lang war ihm der Weg bisher noch nie vorgekommen. War es nur in der Erwartung auf das Bild der unbekannten Schönen? Sicherlich!

Endlich hatte er das Ufer des Flusses erreicht und stoppte das Pferd. Suchend blickte er sich um, konnte die Frau aber nicht mehr erspähen.

Fast enttäuscht musste er sich damit trösten, dass er sie am nächsten Tag sicherlich wiedersehen würde. Hoffentlich.

8. Kapitel

Nachtgedanken

Das Donnerwetter der Mutter war sicher in der ganzen Siedlung zu hören gewesen. Noch jetzt klingelten Aveline die Ohren und dabei war das schon Stunden her. Die beinahe erfolgte Schändung war der Mutter dabei nicht so schlimm vorgekommen, wie das Fehlen der Unterwäsche.

Dass sie beinahe nicht mehr lebend nach Hause gekommen wäre, das war wohl Nebensache gewesen. Mutter hätte es offenbar lieber gesehen, sie wäre in Ehre gestorben, als das sie mit nackten Beinen durch das Viertel lief!

Nun war es draußen dunkel und Aveline saß am Tisch in der Hütte. Noch zwei weitere Male war sie an dem Tag am Fluss gewesen, um zu waschen. Immer mit einem mulmigen Gefühl in ihrem Bauch dafür aber korrekt gekleidet.

Wobei das in der Hitze mehr als lästig gewesen war.

Neben ihr lag der Mantel ihres Retters und in den Händen hatte sie ein leinenes Tuch, das sie mit dem Bild eines Löwen bestickte. Im Schein des kleinen Talglichtes schien sich die Raubkatze auf dem Tuch zu bewegen.

Schon oft hatte Aveline Tiere auf Tücher gestickt und die Nachbarinnen lobten sie häufig für ihre Fingerfertigkeit, doch dieses Tuch musste etwas ganz Besonderes werden.

Der Anhänger an ihrem Halse hatte nun ein neues Band, einen neuen Gürtel hatte Aveline ebenfalls und zum Glück auch noch ihre Unschuld behalten, obwohl die Mutter da anscheinend keinen so großen Wert darauf legte.

Hauptsache die Strümpfe waren am Bein!

Avelines Blick ging zum Lager der Mutter hinüber, auf das diese sich gerade eben niedergelassen hatte. Selbst in der Nacht

40

trug Mutter das lange leinene Unterkleid bis zum Halse geschlossen.

Bei der derzeitigen Hitze in der Hütte hätte sich Aveline auch gern einfach nur nackt unter die Decke gelegt.

Es würde sicher erneut bis zum Morgen dauern, bevor sich der Innenraum der Hütte auf angenehme Temperaturen abgekühlt haben würde.

Das Strohdach half da nur wenig, wenn die Sonne den ganzen Tag auf die Hüttenwand knallte und ihre Hütte war die einzige in der Siedlung, die zu fast drei Seiten den ganzen Tag Sonne abbekam.

An manchen Sommertagen konnte man abends nicht die Hand auf die mit Lehm beschichtete Außenwand legen, ohne sich dabei eine Verbrennung zu holen.

Mutter begann zu schnarchen und die Handarbeit fing wieder Avelines Aufmerksamkeit ein. Sorgsam, Stich für Stich, nahm die Raubkatze langsam Gestalt an. Sie setzte die Stiche besonders eng und daher dauerte es auch etwas länger, bis das etwa Handtellergroße Tier auf einer Ecke des Tuches so abgebildet war, wie es sich Aveline vorgestellt hatte.

Groß, kräftig, auf den Hinterbeinen stehend und mit weit aufgerissenem Maul. Vermutlich so, wie der Ritter es mögen würde. Und so, wie der Mann um sie, oder für sie, gekämpft hatte.

Mit dem Bild des Löwen vor Augen holte sie sich die Momente des Kampfes nochmals vor ihren Geist. Sie sah, wie der Ritter mit wehendem Mantel und nur mit seinen Fäusten die beiden Räuber bezwungen und getötet hatte.

In den Mantel gehüllt, der nun neben ihr lag und dessen Stoff ihre Finger gerade versonnen streichelten. Und wie vornehm der Ritter sie behandelt hatte! Nicht so, wie es die Knechte hier manchmal taten.

Natürlich herrschte ein rauer Ton in der Siedlung. Beschimpfungen, Beleidigungen und obszöne Schmähungen waren an der Tagesordnung, aber das andere gefiel ihr viel besser.

Versonnen zog sie das Tüchlein an ihre Brust. Da sie am nächsten Tag sowieso die Wäsche in die Kommende der Templer bringen musste, würde sie dabei auch die gerade eben fertig gestellte Stickerei mitnehmen.

Was würde der Empfänger wohl dazu sagen?

Kuno von Bärenberg! Der Name flog immer wieder durch ihren Kopf. Ein adliger Ritter und hochgeborener Herr. Würde er das Tuch überhaupt annehmen?

Sicherlich war es für ihn nur eine kleine Gabe. Eine Nichtigkeit, doch Aveline legte ihre ganze Liebe in diese Arbeit.

Bei den Gedanken an seinen fremdländischen Namen und seine Gestalt zog ein Kribbeln durch ihren Bauch. Ein Lächeln legte sich um ihren Mund.

Kuno von Bärenberg. Das klang so himmlisch. Allerdings war er ein hoher Herr. Das konnte nichts werden! Es würde eine Schwärmerei bleiben.

Da Aveline jeden Tag mit den Tempelrittern und deren Knechten zu tun hatte, wusste sie auch gut Bescheid, wie es bei den Männern dort in der Kommende zuging.

Aveline hob ihren Blick zur Tür. Hatte der Ritter nicht eigentlich schon gegen das 70. Gebot des Ordens verstoßen? „Die Brüder sollen ihre Aufmerksamkeit nicht auf das Angesicht von Frauen richten", stand dort und sie hatte ihm nicht nur ihr Gesicht, sondern auch ihre Brüste gezeigt. Und ihren nackten Schoß, wie ihr gerade siedend heiß durch den Kopf schoss. In ihrer gesamten Nacktheit hatte sie vor ihm gestanden.

Seufzend erhob sie sich von dem Hocker, drückte ihren Rücken durch und streckte sich. Es würde eine kurze Nacht werden, wenn sie überhaupt schlafen könnte.

Noch waren ihre Gedanken völlig durcheinander. Das Licht des Mondes lockte sie vor die Hütte. Die schmutzige Gasse des Tages war in ein silbernes Licht getaucht und hatte dieselbe Farbe, wie auch der kleine Anhänger um ihren Hals.

Alles war in Silber gefasst. Stille war draußen und es war angenehm. Der kühle Wind der Nacht hatte die Hitze des Tages vertrieben. Zumindest vor der Hütte. Nun betrachtete sie ihr Werk auf dem Tuch. Auch der Löwe schien zu leuchten.

Von dem Tuch glitt ihr Blick die Gasse entlang zur Umzäunung der Kommende. Irgendwo dort hinten schlief ihr Retter gerade.

Vielleicht wäre ein Dankgebet auch für ihn nicht schlecht. Zusätzlich zu dem Tuch. Irgendwie kamen ihre Gedanken von dem Mann nicht mehr los und trotzdem musste sie ihn aus ihrem Kopf bekommen.

Er war ein Tempelritter und stand weit über ihr. Und er sollte keuch wie ein Mönch leben.

Wie ein Löwe hatte er um sie gekämpft. War sie seine Löwin? Das Kribbeln in ihrem Bauch rutschte eine Etage tiefer und fing sich in ihrem Schoß. Im Moment hatte sie völlig unkeusche Gedanken in sich, da war sie keine Löwin. Sie fühlte sich eher wie eine rollige Katze, die sich nach dem Kater sehnte.

Wo kamen diese Empfindungen auf einmal her? Hatte der Mond sie ihr in den Kopf gelegt? Fragend richtete sie ihren Blick auf die fast halbe Scheibe am Nachthimmel, die gerade versinken wollte.

Mit jedem Augenblick, den sie länger in das Silberlicht starrte, verstärkte sich das Gefühl in ihr. Aveline musste zurück in die Hütte, bevor sie diese Empfindung überwältigen würde!

Mit Mühe riss sie sich von dem Licht los und ging in die Wärme der Behausung zurück.

Was war das gewesen? Das war unzüchtig!

Niemals durfte sie auch nur so etwas denken!

Sorgfältig legte Aveline das Tuch zusammen, kniete sich in die Ecke und begann vor dem kleinen Kreuz das Vater-Unser. Danach streifte sie sich das Kleid über den Kopf, faltete die Strümpfe sorgsam auf dem Hocker zusammen und legte sich im Unterkleid zur Mutter auf ihr Lager.

Ihr Körper war hier, ihre Gedanken in der Kommende. Und sie bekam sie einfach nicht zurück! Wenn sie die Augen schloss, dann sah sie den Mann vor sich. Da war mehr als Dankbarkeit in ihr, aber im Angesicht ihrer Situation war dies völlig nutzlos.

9. Kapitel
Grüne Augen

Kuno hatte den Kreuzgang zu dieser nächtlichen Stunde ganz für sich alleine. Hinter ihm waren noch ein paar Ordensbrüder in der Kirche, um das Nachtgebet zu verrichten, doch alle anderen schliefen sicherlich schon lange.

Vor Kuno befand sich der Mond am Himmel und leuchtete zu ihm herab. Obwohl es nur ein halber Mond war, war sein Licht doch ziemlich hell und er konnte seinen Blick auch nicht von diesem Silberlicht abwenden.

Eigentlich sah Kuno nicht den Mond, sondern er hatte die Augen der Frau vor sich. War er zuvor hier herausgekommen, um nicht nachzudenken, so war nun das genaue Gegenteil eingetreten.

Er konnte nicht schlafen und er konnte auch nicht mehr klar denken.

Ein Blick ihrer Augen hatte gereicht, dass er nun nicht mehr davon fort kam. Groß waren sie gewesen, wunderschön und vom tiefsten Grün. Vielleicht hatten die Ordensgründer genau wegen dieser Situation vorgeschrieben, dass man als Ordensritter den Frauen nicht in die Augen sehen durfte.

Man war darin gefangen!

Dieses Band des Blickes war stärker als die dickste Kette. Sie hatte ihn damit gefesselt! Mit dem Anblick des Mondes ließ sich Kuno auf einer steinernen Bank nieder. Von der Seite lief eine Katze zu ihm und strich ihm schnurrend um die Beine. Hier waren sie beide jetzt Geschöpfe der Nacht.

Die Sehnsucht hatte ihn gepackt und dabei sollte er doch keuch sein. Das hatte er bei seiner Aufnahme in den Orden damals geschworen.

Vorbei und vergessen mit nur einem Augenaufschlag!

Kuno lehnte sich mit dem Rücken an der Wand der Kirche an und wusste, dass darin das Abbild seiner unbekannten Schönen zu finden war. Es schien ihm, als riefe sie ihn. Aber er würde davon nicht mehr loskommen, wenn er neuerdings vor dem Altar stand.

So sehr sich alles gerade in ihm sträubte, so sehr hörte er auch diesen leisen Ruf in seinem Kopf. Dieser Lockruf, der ihn in die Kapelle ziehen wollte. War das noch Gottes Wille? Oder waren hier finstere Dämonen am Werk? Aber würden diese ihn in eine Kirche rufen wollen?

Hatte er am Morgen nicht zur Maria um ein Zeichen gebetet, bevor das alles passiert war?

Die kleine Katze machte sich mit einem lauten „Miau!" bemerkbar und er sah zu ihr hinab. Sie hatte dieselben grünen Augen und der Mond ließ sie leuchten. Wie Kerzenlichter strahlten sie ihn an, brannten sich tief in seiner Seele ein.

Die meisten der Katzen hier hatten blaue Augen. Nur diese hier hatte grüne! Auch das konnte kein Zufall sein.

Ignatius hatte ihm einst erzählt, dass sich ihnen auf den Kreuzzügen Katzen angeschlossen hatten. Diese hier war sicher eine der Nachfahren jener Katzen. Und sie zog ihn zur Seitentür der Kapelle. Vermutlich war auch das Absicht.

Im Moment steckte wohl Gott in diesem kleinen Fellträger, denn immer wieder lief die Katze von ihm fort zur Tür der Kapelle und kam zurück. Noch ein Zeichen?

Es half wohl alles nichts und Kuno erhob sich von seiner Bank.

Leise betrat er die Kapelle und die kleine Katze blieb an der Tür sitzen. Es schien so, als würde das Tier ihn auffordern, diesen Weg zu gehen.

Kuno strich ihm über den Kopf, schloss die Tür und ging durch das Gotteshaus hinüber zum Marienaltar.

Jemand hatte eine Kerze dort entzündet, deren Schein die Statue von unten beleuchtete. In der ganzen Kapelle war Stille und die letzten Ordensbrüder verließen gerade das Kirchschiff.

Damit konnte Kuno in eine stille Zwiesprache mit Maria treten. Was war wohl der Wille der Heiligen Jungfrau?

Die Figur lächelte mit geschlossenen Augen, als ob sie schlief. Ruhe strahlte sie aus und in Kunos innerem tobte es. Was war die Absicht von Maria gewesen? Warum hatte sie ihn mit dieser Frau zusammengebracht? Die Unbekannte ähnelte der Skulptur von Maria in frappierender Weise!

Lag auch dahinter ein Plan?

War es nur eine Prüfung seiner Stärke? Wenn ja, dann hatte er diese wohl nicht bestanden! Oder doch?

Noch war nichts geschehen, allerdings sehnte er sich nach dieser Frau. Nie zuvor hatte er auch nur annähernd so etwas einem anderen Menschen gegenüber gefühlt.

Und dabei war ihr Zusammentreffen nur ganz kurz gewesen. Es hatte nur gereicht, um ihre Augen zu sehen, die sich tief in seine Seele gebrannt hatten. Und natürlich auch den Rest ihres nackten, makellosen und wunderschönen Körpers, obwohl er da keine Vergleichsmöglichkeiten hatte.

In der Kapelle des Dorfes bei Vaters Burg war auf einem Seitenaltar die Vertreibung aus dem Paradies dargestellt. Dort hatte er das Bild der Eva in seiner Jugend bewundert. Auch diese Frau hatte einen wunderschönen Körper gehabt, aber der Leib jener unbekannten Frau war runder geformt.

Und nun verglich er Eva auch weiterhin mit der anderen Frau. War das schon wieder eine Prüfung?

Im Schein der Kerze saß er in dieser Kapelle. Niemand sonst war wach und seine Gedanken schienen die Frau zu rufen. Mit dem Bild der nur spärlich bedeckten Frau in seinem Kopf würde er wohl kaum in den Schlaf kommen.

Und vergessen konnte er sie auch nicht. Das hatte schon im Kloster in Cala nicht funktioniert. Wie war es nur möglich gewesen, das die Nonnen sein Problem übersehen hatten? Vielleicht war es doch nicht so augenfällig gewesen, wie er gedacht hatte.

Immer neue Bilder der nackten Frau schwirrten in seinem Kopf umher und er würde sie nur dort herausbekommen, wenn er sich auf ihre Augen konzentrierte.

Mit dem Blick in das Gesicht der Madonna versuchte er es und es schien ihm zu gelingen. Dann war es ihm so, als ob die Statue die Augen öffnete und ihn anlächelte.

Leise fragte er sie: „Was hast du mit mir vor?"

Kuno wartete einen Moment, aber natürlich bekam er keine Antwort. Stattdessen hörte er die Stimme der Frau in seinem Kopf, die sich bei ihm für die Hilfe bedankte.

War das die Antwort?

Kuno musste bis zum nächsten Tag warten, um sie wiederzusehen. Dann würde er vielleicht eine erschöpfende Antwort bekommen. Zumindest hoffte er das.

Er erhob sich und ging zur Ausgangstür. Die kleine Katze saß immer noch davor und der Mond ging gerade unter.

Finsternis sank über den Kreuzgarten und er schritt in der Dunkelheit leise zu den Wohnbauten hinüber. Würde er nun schlafen können? Immer noch in Gedanken stieg er die Treppe zum Schlafsaal hinauf und suchte sein Lager auf.

Mit offenen Augen in der Dunkelheit zur Decke starrend, betete er das Vater-User und versuchte das Bild der Frau aus seinem Kopf zu vertreiben.

Nur die grünen Augen waren zum Schluss noch da, dann glitt er in das Traumland hinüber. Würde sie auch dort sein?

10. Kapitel
Der süße Brei

ie gesäuberte Wäsche war ausgeliefert und damit wieder bei ihrem jeweiligen Besitzer. Alles, bis auf den einen Mantel, den Aveline noch persönlich übergeben wollte. Mit dem nun fast leeren Korb unter dem Arm folgte sie dem Weg innerhalb des Gebäudekomplexes.

Hier drin war fast überall Schatten und damit die Hitze auch viel erträglicher, als zwischen den Hütten vor dem Ordensgebiet.

Innerhalb der Umzäunung waren nur wenige Frauen unterwegs. Man hätte sie an den Fingern zweier Hände abzählen können. Fast alle anfallenden Arbeiten wurden von den Ordensbrüdern verrichtet.

Jedenfalls kannte Aveline hier nahezu jeden Stein, denn schon als Kind war sie, an der Hand der Mutter, hier gewesen. Seit Jahren hielt sie sich beinahe jeden Tag hier auf und daher kannte sie auch die Kleidung der verschiedenen Ränge innerhalb des Templerordens. Das musste sie auch, denn sie wusch diese Sachen ständig.

Aber nur selten war der weiße Mantel eines Ritters dabei. Schon viel eher die braunen der Knechte.

Wie vermutlich überall in den Kommenden gab es auch hier Kapläne, Ritterbrüder, gewappnete Brüder, Arbeitsbrüder und Knappen, doch in dieser Niederlassung lebte auch der Großmeister des Ordens. Nur ein einziges Mal hatte sie ihn aus der Nähe gesehen. Mit dem weißen Bart schien er ihr sehr liebenswürdig zu sein, aber trotzdem hatte sie einen großen Respekt vor dem hohen Amt des Mannes.

Als einfache Magd war es ihr inmitten der hochgeborenen Herren bisher immer etwas seltsam zu Mute gewesen. Viel lieber war sie unter den Arbeitsbrüdern, bei denen allerdings ein etwas rauerer Ton herrschte.

Aveline blieb unter einem als Sonnensegel dienenden Leinentuch stehen und blickte sich um. Ihre Augen suchten die Gestalt ihres Retters.

Sie kannte hier jedes Haus und jeden Pfad, obwohl sie in den Donjon[3], die Kirche, die Befestigungsgänge und in den Innenraum des Tores nicht hinein durfte. Alle sonst zugänglichen Stellen des Bezirkes konnte sie freilich beinahe mit verbundenen Augen abschreiten.

Rechts, hinter dem breiten Weg, wo sich auch der Donjon befand, waren die Kreuzgänge, auf denen sie sich zu dieser mittäglichen Stunde aber nicht aufhalten durfte.

Jetzt liefen dort die Brüder und redeten über alles Mögliche. Oder beteten stumm. Vielleicht war der Ritter gerade ebenfalls dort?

Der Donjon dahinter war ein wirklich schönes Bauwerk. Oft hatte sie davor gestanden und es bestaunt. Nicht nur die gigantische Höhe dieses Wohnturmes war es, die ihr gefiel, sondern auch die Art, wie er gebaut war.

Er bestand aus Stein und hatte an jeder Ecke einen kleinen Rundturm. Für sie, die täglich in einer Hütte aus Lehm mit Stroh als Dach lebte, waren diese Steingebäude schon etwas anderes.

Nirgendwo konnte sie den Ritter erblicken. Wo konnte er sein? Sollte sie einfach jemanden nach ihm befragen? Vielleicht Bruder Jakobus, der immer in der Küche Dienst tat. Das hatte noch den Vorteil, dass dann auch eine warme Mahlzeit für sie herausspringen konnte.

Aveline wandte sich zur Seite und eilte an den offen stehenden Speichern entlang. Die Gebäude wurden gerade ausgefegt, was zu einer ziemlichen Staubwolke führte. Kurz hielt sie die Luft an und rannte daran vorbei.

---

[3] Donjon → Wehrturm oder Wohnturm einer Burg

Demnächst war die Ernte fällig und von den ausgedehnten Ländereien würden die Bauern den Zehnt in diese Speicher bringen müssen. Das war die Pacht, die auch Mutter, allerdings in Münzen, für die Nutzung des Landes aufbringen musste, denn schließlich stand auch ihre Hütte auf dem Gebiet des Ordens, wenn auch außerhalb des ummauerten Bereiches.

Aveline richtete ihren Blick abermals auf den gepflasterten Weg vor sich. Außerhalb des Tores waren die Wege staubig, hier drin war gerade ein Mönch mit einem Besen beschäftigt, den Zugang zu einem Wohngebäude zu säubern.

Vor ihr befanden sich die Werkstätten, Ställe und natürlich auch die große Küche. Der Rauch aus dem Schornstein zeigte ihr den Weg.

Rechts neben ihr erhoben sich die Unterkünfte der Ordensbrüder, die sie zwar betreten durfte, was aber nur ungern gesehen wurde. Zumindest für sie als Frau.

Als Kind war sie damals regelmäßig durch die Räume getobt und dort hatte sie auch vor über zehn Jahren mit Bruder Jakobus eine Art von Freundschaft geschlossen. Sie mochte den beleibten Mann mit dem stets gutmütigen Lächeln im Gesicht.

Sie setzte ihren Weg fort, eine kleine Katze lief ihr vor die Füße und Aveline stoppte, um sie zu streicheln. Die Ordensbrüder fütterten die Katzen jetzt im Sommer, damit sie ihnen im Winter die Mäuse aus den Speichern vertrieben.

Das schwarz weiße schnurrende Fellbündel rieb sich an ihrem Rock und es gefiel der Katze sichtlich in der warmen Sonne, wo Aveline doch immer wieder versuchte, im Schatten zu bleiben.

Somit trennten sich ihre Wege auch schon nach wenigen Schritten.

Mit dem Korb in der Hand begab sich Aveline durch den Nebeneingang in die Küche. Diese Pforte war den Dienstboten und Lieferanten vorbehalten. Nur die Ordensbrüder betraten das Gebäude durch das andere Tor, aber dieses führte nicht in die Küche, sondern in den großen Speisesaal.

An manchen Tagen stand sie hinter dem Durchlass zum Saal und lauschte dort, mit der Genehmigung von Jakobus, den Lesungen, die die Ordensbrüder während ihrer Mahlzeit erhielten.

Aveline blickte sich in dem Raum um und erkannte Bruder Jakobus, der mit einem Löffel gerade in einem großen Topf rührte, der über dem Feuer hing.

„Guten Tag Aveline. Möchtest du mal probieren?", fragte der Mann, als er bemerkte, dass sie in den Raum getreten war.

Das ließ sie sich nicht zwei Mal sagen. Schnell stellte sie den Korb zur Seite. Schon einen Wimpernschlag später hatte sie sich eine Schüssel gegriffen und war zu dem Mönch geeilt.

Das karge Mahl am Morgen wollte nun etwas aufgebessert werden und beim Blick in den Topf knurrte ihr Magen ziemlich laut.

Auch der Ordensbruder musste es gehört haben, denn er legte den Löffel zur Seite und griff sich eine der Kellen.

Eine große Menge Hafergrütze landete in Avelines Schüssel, aber noch bevor sie ihren Holzlöffel aus dem Beutel an ihrem Gürtel ziehen konnte, gab ihr Jakobus noch einen kräftigen Schluck Sahne über den Brei.

Es war süße Sahne, wie Aveline beim ersten Löffel feststellte.

„Ich danke dir!", sagte sie mit vollem Mund und hockte sich in die Ecke der Küche zu ihrem Korb.

Von dort aus beobachtete sie löffelnd die Männer, die unter der Leitung von Jakobus das Mahl für die Bewohner der Kommende vorbereiteten.

Jakobus hatte ihr einmal erzählt, dass alle hier dasselbe bekamen und damit aß der Großmeister an diesem Tag genau denselben Brei, wie sie jetzt auch.

Aber sie noch vor ihm!

Die Glocken der Kirche verkündeten das Ende des Gottesdienstes und damit den Beginn des mittäglichen Mahls.

Hektische Betriebsamkeit kam in das Dutzend Männer in dem Raum und Jakobus schwitzte nun noch ein bisschen mehr.

Trotzdem hatte er noch die Zeit, ihr eine zweite Kelle Grütze in den Napf zu geben.

Die war wirklich lecker und würde lange satt machen.

11. Kapitel
Hohe und niedere Minne

Er hatte bemerkt, wie Kuno nach dem Abendgebet noch einmal den Schlafsaal verlassen hatte und erst sehr spät wieder zurückgekommen war. War der junge Ritter schon am Morgen zuvor etwas seltsam gewesen, so war er nach der Rückkehr von der Abtei in Cala nur noch verwandelter.

Ignatius hatte die Augen des jungen Mannes gesehen und darin etwas bemerkt, was er selbst vor vielen Jahren tief in sich verschlossen hatte.

Kuno hatte nichts gesagt, aber sein Seufzen beim Erwachen am Morgen war bezeichnend gewesen. Und es erinnerte Ignatius daran, wie er einst selbst in jungen Jahren gewesen war.

Nach all der Zeit hatte er plötzlich neuerdings dieses Bild im Kopf. Diese braunen Augen, die blonden Locken und die kleinen Grübchen, wenn sie gelacht hat. Und dieser rote Mund, der so schön singen konnte. Die liebliche Stimme dieser Frau war auch nach über vierzig Jahren noch in seinem Kopf.

Flynn vom Haselhain war ihr Name gewesen.

Und nun seufzte Ignatius ebenfalls, aber er konnte das nach außen hin auf sein betagtes Alter schieben. Als ältester der Ritter hatte er so etwas wie eine Sonderstellung. Narrenfreiheit hätte man es wohl früher auf Vaters Burg genannt.

Nur der Narr durfte alles ungestraft sagen.

Und alte Männer nun ebenfalls.

Seine Gedanken hingen wieder an Flynns Lippen und die Trauer um den Abschied von der geliebten Frau umfasste sein Herz. Warum geschah das gerade jetzt?

Viele Jahre hatte er nicht mehr an sie gedacht und nun schien es so, als ob die Freundin ihn gerufen hätte. Eine Träne lief über seine Wange herab und Kuno zeigte darauf. Sollte das so etwas wie „Ein Ritter weint nicht!" heißen? Obwohl Ignatius sich bestimmt nicht erklären musste, nahm er sich dennoch vor, es dem jüngeren Ritter zu erläutern.

Nach dem Gottesdienst setzte er sich im Kreuzgang neben Kuno und nun war der Zeitpunkt gekommen, um die Erinnerung neuerdings aufzufrischen. Allerdings waren Teile dieses Gedenkens ziemlich schmerzlich.

Leise begann er zu erzählen: „Es ist schon viele Jahre her. Sie hieß Flynn und war die Tochter eines Vasallen meines Vaters. Ich war etwas jünger, als ihr es jetzt seid. Damals…"

Bei diesen Worten und der Nennung ihres Namens hatte er ihre Gestalt noch einmal ganz deutlich vor sich.

„Ich habe es zuerst mit der hohen Minne bei ihr versucht. Mit meiner Laute stand ich unter dem Fenster des Palas, obwohl ich vermutlich auch zu ihr hätte hineingehen können. Sie hat meine Gesänge gemocht. Es heißt, ich sei ein begnadeter Sänger gewesen", setzte er fort.

Ignatius suchte in seiner Erinnerung nach den Worten zu einer dieser Melodien.

„Ich habe damals die Lieder von Walther von der Vogelweide sehr geschätzt und die Damen wohl auch", sagte Ignatius lächelnd.

Obwohl ein Kreuzgang wohl nicht der richtige Platz dafür war, stimmte er eines dieser Lieder an.

„Unter der Linde an der Heide, da unsere zweier Betten waren, da möget ihr finden schön anzusehen gebrochen Blumen in dem Gras. Vor dem Walde in einem Tal, Tandaradei, schön sang dort die Nachtigall. Dass er bei mir läge, wüsste es jemand, verhüte es Gott, so schäm ich mich. Was er mit mir tat, soll niemand niemals erfahren, nur er und ich und ein kleines Vöglein, Tandaradei, doch das mag wohl verschwiegen sein."

Wehmütig lauschte er den verfliegenden Klängen und sah auch gleichzeitig das Verstehen in den Augen des anderen Mannes.

„Was ist geschehen?", fragte Kuno nach.

„Irgendwann kam der Moment, an dem es von der hohen Minne zur niederen ging. Wie in dem Lied, so haben wir uns getroffen. Nur, dass es wohl eine Ulme war, die unsere Liebe sah. Weitab von allen anderen, an einem kleinen Bach. Nur ein paar Tage später, als ich bei ihrem Vater um ihre Hand anhalten wollte, ist sie auf einer Reise von Räubern überfallen und getötet worden", sagte Ignatius.

In der Erinnerung verfangen konnte er nun seine Tränen nicht mehr aufhalten.

Der junge Freund gab ihm offensichtlich die Zeit, sich wieder zu sammeln, dann setzte er fort: „Ich bin danach in den Orden eingetreten, um Reisende und Pilger zu beschützen, weil ich es für Flynn nicht tun konnte! Ich glaube, sie wartet dort noch auf mich!" Er zeigte mit dem Finger nach oben.

Und wieder fragte er sich, warum er gerade jetzt dem jungen Mann sein Herz öffnete. Vielleicht, weil dessen Blick wohl seinem damals ähnlich gewesen war?

„Wie bemerkt man das, wenn es einem zur Minne treibt?", fragte Kuno.

Ignatius blickte nach oben. Er suchte Flynns Augen in den Wolken. „Man spürt es im Herzen, wenn es die hohe Minne ist. Weiter unter, bei der niederen! Deswegen vermutlich auch niedere Minne!"

„Und wenn man beides fühlt?", fragte Kuno ihn.

„Dann habt ihr das große Glück gefunden! Nur wenigen Menschen ist dies vergönnt! So, wie bei mir und Flynn. Und uns war es auch nur einen Sommer lang von Gott gewährt worden, diesen Segen zu finden", entgegnete Ignatius.

Er schaute den Ritter von der Seite an und Kuno sah auf seine Schuhspitzen herab.

„Hier, im Orden, werde ich wohl weder das eine, noch das andere finden. Oder?", fragte der junge Freund leise.

„Das trifft vermutlich zu, allerdings könntet ihr den Orden auch verlassen. Ich hätte es für Flynn sicherlich getan", entgegnete Ignatius und ein Sonnenstrahl, der gerade irgendwo reflektiert worden war, traf in diesem Moment sein Gesicht.

War es eine Art von Bestätigung seiner Worte? Sicherlich, denn er würde sie im Himmel wiedertreffen, wenn er dereinst diesen Orden verließ.

Er hatte ein Gottgefälliges Leben geführt und würde danach ganz sicher mit Flynn für ewig vereint sein.

„Sie wartet auf mich!", sagte er leise und erhob sich ächzend von der Steinbank.

In seinen Gedanken wiederholte er das Lied aus Jugendtagen.

Langsam um den Kreuzgang schreitend, sang er es leise vor sich hin und ignorierte die verwunderten Gesichter der anderen Ordensbrüder.

Vermutlich war es wirklich nicht der richtige Platz für einen Minnesang, aber was hatte er zu verlieren? Das Andenken und die Liebe zu Flynn würden für immer in ihm sein.

In der Erinnerung waren sie beide jung. Da war es wieder der Sommer von vor so vielen Jahren, als er mit seiner Laute unter ihrem Fenster gestanden hatte.

Die Wärme dieses einstigen Sommers war auf seiner Haut zu spüren und ein Windhauch fühlte sich an, als würde Flynn seine Wange streicheln.

Die Geliebte hatte sein Herz umfangen und mit dieser Liebe in sich konnte er getröstet ins Jenseits gehen. Zu seiner Flynn!

12. Kapitel
Auge in Auge

Mit dem Löffel in der Hand rülpste Aveline laut in der Ecke der Küche. Zwei ganze Schüsseln von der leckeren Grütze hatte sie gegessen. Nun musste sie noch schnell das Dankgebet für dieses Mahl abgeben! Zuvor leckte sie den Löffel sauber, steckte diesen in die Gürteltasche und stellte den Napf zurück.

Mit gefalteten Händen vor dem kleinen Kreuz in der Ecke kniend, bedankte sie sich für die reichhaltige Kost und auch für den, der sie ihr gegeben hatte.

Schon alleine für diesen Brei hatte sich der Weg gelohnt, aber sie hatte ja noch eine weitere Aufgabe. Sie wollte Ritter Kuno seinen Mantel und das Tuch übergeben.

Aveline erhob sich und trat vorsichtig an den Durchgang zum Speisesaal. Dort blieb sie am Rande stehen, um die Mönche aus der Küche nicht zu behindern, die den Brei zu den anwesenden Ordensbrüdern hinübertrugen.

In dem anderen Raum befanden sich gewiss ein paar hundert Männer und trotzdem war dort vollkommene Stille. Auf einer etwas erhöhten Bank saßen an der Stirnseite des Raumes der Kaplan und der Großmeister, zusammen mit ein paar anderen älteren Männern.

Aber es waren nicht nur weiße Mäntel dort zu sehen, sondern auch ein paar braune. Also aßen auch Knechte neben dem Großmeister. Und am Rande dieses Tisches saß einer, der die Lesung vornehmen würde.

Normalerweise hätte Aveline jetzt wieder zu ihrer Mutter gemusst, aber einen Gottesdienst durfte man nicht einfach so verlassen und mit der Lesung wurde dieses Mahl zu einem Dienst an Gott.

Wenn sie jetzt noch einmal rülpsen musste, dann würden es sicher alle in dem Raum hören!

Alle Männer bekamen dasselbe und mit dem Beginn der Lesung begann auch das Mahl. Schweigen herrschte und nur einer redete.

Zuerst in Latein, was sie nicht verstand, danach erzählte er in Französisch die Andacht und die konnte Aveline nun verfolgen.

Der Mann erzählte von dem Weg Jesu, vom gelobten Land und von Jerusalem. Sicherlich waren einige der Anwesenden schon dort gewesen.

Aveline begann ihren Blick über die anwesenden Männer schweifen zu lassen. Ihre Augen suchten dabei Kuno von Bärenberg! Wo saß der Ritter? Es waren nur etwa zwei oder drei Dutzend weiße Mäntel in dem Raum zu sehen, aber seiner lag ja hinter ihr im Korb!

Würde er seinen Umhang tragen, dann wäre es sicher ein leichtes für sie gewesen, ihn zu finden. Aber so? Sollte sie vielleicht Jakobus fragen? Der kannte hier jeden und für ihn wäre es sicher kein Problem, ihr kurz zu sagen, wo sie suchen sollte.

Aveline blickte zu seiner Seite, doch der Bruder lauschte andächtig der Erzählung und sie wollte ihn dabei nicht stören. Zumal es unhöflich gewesen wäre, während des Gottesdienstes zu sprechen.

Und jeder nebenan würde es hören können!

In der Tiefe des Raumes war es schwierig, die Gesichter der Männer voneinander zu unterscheiden. Fast alle sahen ähnlich aus!

Gleiche Kleidung, gleiche Haltung und gleicher Bartwuchs. Obgleich sie ihn nur kurz am Tage zuvor gesehen hatte, so hatte sich doch sein Aussehen tief in ihrem Gedächtnis eingebrannt.

Aus der Nähe würde sie ihn wohl sogar mit der Rüstung von den anderen unterscheiden können, denn er war groß gewesen. Sie selbst war schon schlank und hochgewachsen, größer, als alle

Männer in der Küche, doch er hatte sie noch um mehr als einen halben Kopf überragt.

Sicherlich waren nicht viele Männer von seiner Körpergröße in diesem Raum. Aber beim gebückten Essen an der Tafel half ihr das nur wenig.

Wie lange konnte das dauern? Die ersten Männer waren schon fertig und steckten die Löffel ein. Auch die Andacht näherte sich ihrem Ende und mit dem „Amen" des Großmeisters begann das Dankgebet für das Mahl, in dessen Amen alle Männer dröhnend einstimmten.

Es schien die Mauern des Raumes zum Beben zu bringen.

Jetzt musste sie Jakobus schnell befragen, bevor dieser die Näpfe einsammeln musste.

„Jakobus! Kannst du mir sagen, wo ich den Ritter Kuno von Bärenberg finde?", fragte sie.

„Am dritten Tisch in der Mitte!", sagte der Mönch und zeigte nach links.

Ihre Augen suchten nun im Gewimmel der aufstehenden Männer die Gestalt des Ritters. Dann fand sie ihn und ihr Herz begann schneller zu klopfen.

Sie durfte nicht zwischen die Männer laufen, obwohl ihre Füße das nun unbedingt wollten. Eine Frau im Speisesaal der Tempelritter würde allerdings nur einen Tumult auslösen und zu ihrem sofortigen Rauswurf führen.

Gerade wollte Jakobus davon eilen, als sie ihn an der Kutte zu greifen bekam und ihm sagte: „Kannst du ihn hierher bringen? Ich habe noch seinen Mantel!"

Sie zeigte auf den Korb hinter sich.

Jakobus nickte und lief in solch einer Geschwindigkeit los, die man dem beleibten Mann gar nicht zutraute.

Der Raum leerte sich ziemlich zügig, denn alle musste ja wieder an ihre Arbeiten gehen und eigentlich hätte sich nun auch Aveline beeilen müssen, um zur Mutter zurückzukommen, doch sie konnte sich von ihrem Platz nicht fortbewegen.

Nicht mal zum Korb konnte sie gehen, denn ihre Augen hingen an dem Ritter und seinen Bewegungen.

Schon am Tage zuvor hatte sie ihm zugesehen. Nackt und am Boden hockend! Bei dem Gedanken an diese Situation schoss ihr das Blut in den Kopf und sie spürte ihr Herz noch heftiger bis zum Halse schlagen.

Gerade war Jakobus bei ihm und zeigte zu ihr. Der Ritter nickte und suchte nun mit seinen Augen nach ihr!

Aveline lehnte an der Tür und wenn diese sie nicht gehalten hätte, sie wäre wohl in den Saal gefallen.

Sie mit den Augen gefangen haltend, kam Kuno auf sie zu.

Er ging langsam und mit wiegenden Schritten.

Und mit jedem Schritt, den er auf sie zu machte, krallten sich ihre Finger mehr in das Holz der offenstehenden Durchgangstür.

Aveline hätte ihren Blick niederschlagen müssen, doch sie konnte nicht. Sie war gefangen!

Und ihre Knie zitterten.

Was war hier los?

Noch zehn Schritte trennten den Ritter von ihr. Wenn sie die Tür loslassen würde, um seinen Mantel zu holen, sie würde wohl in die Küche fallen. Oder in seine Arme!

Zwei Schritte vor ihr blieb er stehen und fragte: „Habt ihr meinen Mantel mitgebracht?"

Sie wollte nach hinten zeigen, verlor dabei aber durch eine ungeschickte Bewegung den Halt der Tür. Damit war es passiert und sie fiel in den Speisesaal!

Aber noch bevor sie den Boden berühren konnte, hatte Kuno sie aufgefangen. Zitternd lag sie in seinen Armen, während er am Boden kniete.

13. Kapitel
Seelenfenster

Er hatte in dieser Nacht kaum geschlafen. Immer wieder hatte er nur dieses Grün im Kopf gehabt. Gegen den Blick dieser Augen gab es keinen Widerstand! Kuno hatte damals mit einem verwundeten Arm zehn Mamelucken niedergekämpft und er blieb bei jeder Übung im Zweikampf Sieger. Und das, wo ihn die anderen Ritter sicherlich nicht gewinnen ließen.

In dieser Kommende war er einer der stärksten Kämpfer und trotzdem bekam er seine Gefühle nicht unter Kontrolle. Vermutlich konnte der stärkste Mann das nicht. Und das Gespräch mit Ignatius nach dem Morgengebet hatte ihn nur noch mehr durcheinander gebracht.

Nun saß er im Refektorium und spürte, dass die Frau in der Nähe war. Das konnte allerdings gar nicht sein, denn zu diesem Raum hatten nur die Ordensbrüder zutritt.

Gedankenverloren folgte er der Andacht, ohne wirklich zu verstehen, worum es ging.

Er löffelte seinen Brei, ohne zu schmecken, was er da aß. Immer wieder fragte er sich, warum sie noch nicht da war. Er kannte noch nicht einmal ihren Namen. Was wäre, wenn sie einfach so aus seinem Leben verschwand.

Sein Herz krampfte sich bei dieser Vorstellung regelrecht zusammen. Er musste sie wiedersehen! Unbedingt! Kam sie noch? Oder hatten sie sich verpasst? Vielleicht würde ein Bittgebet an Maria helfen?

Löffel um Löffel näherte sich das Mahl dem Ende. Aus dem Dankgebet für das Mahl machte er innerlich ein Bittgebet dafür, die unbekannte Schöne wiederzusehen.

Und genau in diesem Moment erschien einer der Mönche aus der Küche an seinem Tisch und zeigte einfach wortlos zur Durchgangstür.

Dort stand sie!

Obwohl es auf diese Entfernung eigentlich unmöglich war, konnte er ihre grünen Augen sehen. Wie die Leuchtfeuer, die Schiffe sicher durch die Nacht geleiteten, so führte ihn dieses Grün auf dem Weg zu ihr.

Als er vor ihr stand, fiel sie ihm in die Arme. Weich war sie und so zerbrechlich.

Kuno traute sich kaum, sie richtig festzuhalten. Er kniete im Durchgang zur Küche und versank in ihren Augen. Es waren tiefe Fenster zu ihrer Seele. Und damit bekam er seinen Blick nun nicht mehr von ihrem Gesicht los.

Sie mussten wohl ewig so verharrt haben, bevor sie der Mönch mit einem Trunk störte.

Sie nickte und trank den Becher mit einem Zug leer, dann gab sie das Gefäß zurück, richtete ihr Kleid und erhob sich mühsam. Schwankend blieb sie vor ihm stehen und Kuno schaute sich um. Der Speisesaal war leer und zum Glück konnte niemand sehen, dass er seinen Blick gerade nicht vor der Frau senkte.

„Gnädiger Herr. Ich habe euren Mantel gesäubert!", sagte sie und ging schwankend in die Küche.

Fast wollte er ihr hinterherlaufen, um sie zu stützen, doch sie nahm den Mantel aus einem Korb und kam bereits zurück zu ihm.

„Bitte schön. Ich danke euch für meine Errettung. Wenn ihr nicht gekommen wärt, wer weiß, was dann mit mir geschehen wäre!", sagte sie leise und zog unter dem Mantel ein leinenes Tuch hervor.

„Das habe ich gestern für euch gemacht!", setzte sie hinzu und übergab es mit einer Verbeugung.

„Ein Löwe?", fragte er, nachdem er das Tuch entfaltet hatte.

„Ja! Weil ihr wie ein Löwe für mich gekämpft habt!"

„Ich danke euch dafür. Er ist wirklich wunderschön und eine hervorragende Arbeit! Wie ist eigentlich euer Name?"

„Aveline!", antwortete sie fast stotternd.

Er sah, dass sie errötete und nun selbst den Blick niederschlug. So konnte er aber nicht mehr ihre Augen sehen. Allerdings bemerkte er, dass sie nun noch schöner geworden war. Das Rot auf den Wangen stand ihr gut.

Freilich waren das alles Gedanken, die er nicht haben durfte. Oder doch?

Das Gespräch mit Ignatius ging ihm nochmals durch den Kopf. Dabei war es aber gerade nicht die hohe Minne, die durch seinen Körper raste, sondern ein eher handfestes Gefühl.

Wollust würde man es wohl nennen!

Nun musste er sich schnell von ihr verabschieden, bevor ihr niedergeschlagener Blick das einfangen würde, was der Mantel eventuell verbergen konnte. Geschwind legte er ihn sich um die Schultern und steckte das Tuch ein.

Eine letzte Verbeugung von ihr, dann gingen sie in unterschiedliche Richtungen davon.

Nun jagte zusätzlich zu diesen grünen Augen auch noch ihr Name durch seinen Kopf.

Aveline!

Das klang so malerisch! Seine Hand tastete sich zu dem Tuch, das er unter sein Wams geschoben hatte. Nah an seinem Herzen war nun diese Arbeit, die ihre Hände geschaffen hatten. Eigentlich waren damit ihre Hände auf seiner Brust.

War das schon wieder so ein unkeuscher Gedanke? Aber es fühlte sich gut an. Sinnierend setzte er seinen Weg fort.

Tjaden trat vor ihn hin und dadurch riss er Kuno aus seinen Überlegungen heraus.

„Das Streitross steht bereit!", sagte der Knappe nur.

Kuno fiel ein, dass er ja an diesem Tage wiederum seine Übungen hoch zu Ross machen wollte. War er dazu im Moment in der Lage? Er war mit seinen Gedanken bei Aveline! Sollte er die Übung wagen? So abgelenkt, wie er gerade war?

Vielleicht war das genau die richtige Abwechslung, um nicht ständig an Aveline denken zu müssen.

Er nickte seinem Knappen zu und sie gingen zur Rüstkammer, wo Tjaden ihm in Gambeson und Kettenhemd half. Dann trat er zu dem Pferd.

„Was meinst du, Tjaden, ist der alte Junge schon bereit für das Ringelstechen?"

„Vielleicht solltest du erst ein paar Runden auf dem Platz mit ihm reiten, damit er sich aufwärmen kann. Er war nicht oft unterwegs in der letzten Zeit."

„So, wie ich auch. Ein richtiges Streitross wird hier kaum noch gebraucht. Wie meine Fähigkeiten als Ritter! Meine Stute kommt öfters aus dem Stall und ich bin eigentlich nur noch ein Briefträger. Wenn Ignatius nicht immer seine Korrespondenz mit der Äbtissin pflegen würde, so käme ich vermutlich gar nicht mehr aufs Pferd!", sagte Kuno.

In seinen Gedanken setzte er stumm hinzu: „Und dann hätte ich Aveline nicht getroffen!"

Tjaden hielt den Steigbügel und Kuno schwang sich in den Sattel. Durch die Last des ungewohnten Kettenhemdes war es etwas beschwerlich und auch Kuno musste sich erst neuerdings daran gewöhnen.

Tjaden reichte ihm den Helm und Kuno ließ das Reittier erst mal ein paar lockere Runden auf dem Sandplatz drehen.

Langsam spielte sich das Gespann von Ross und Reiter wieder ein, dann kamen die alten Erfahrungen zurück. Sie wurden eine Einheit!

Schließlich reichte Tjaden ihm Lanze und Schild.

Nun galt es, den kaum Handtellergroßen Ring mit der einge-legten Lanze zu durchstoßen.

Kuno brauchte drei Versuche dazu, was mit der Sicht auf die vergangene Zeit kein so schlechtes Ergebnis war. Oder in Anbe-tracht dessen, dass er sich eigentlich nicht auf sein Ziel konzentrie-ren konnte, sondern immer nur Avelines Augen vor sich hatte.

Vielleicht würde er sie am folgenden Tag wiedersehen?

Sicherlich, denn die Wäschemagd war bestimmt täglich in der Kommende.

Für einen Augenblick war er abgelenkt und sofort traf ihn das Gegengewicht schmerzhaft in den Rücken.

Hier galt es bei der Sache zu bleiben.

Träumen konnte er später auch noch!

14. Kapitel
Stille Wasser

Mit eiligen Schritten näherte sich Aveline wieder dem Tor. Der Korb war nun leer und Kuno hatte auch das Tuch angenommen. Noch immer klopfte ihr Herz schneller, denn es hatte sich gut angefühlt, in seinen Armen zu liegen, obwohl der Moment für sie etwas peinlich gewesen war.

Im Saal der Kommende, halb auf dem Boden und halb auf seinem Knie liegend. Jakobus hatte ihr schnell einen Becher Wasser gebracht und sie hatte es auf die Hitze des Tages geschoben.

Allerdings war die Hitze nicht von außen gekommen, sondern tief aus ihrem Leib. Nun hatte sie aus nächster Nähe sein Gesicht sehen können und er hatte auch nicht die Augen niedergeschlagen, wie er es noch am Tage zuvor getan hatte.

In seinen blauen Augen schien das Wasser des Flusses zu sein. So tief, dass man darin ertrinken konnte. Die dunkelbraunen Haare fielen in kleinen gekringelten Locken bis auf seine Schultern und der Bart war gut gepflegt. Nicht zu kurz und nicht zu lang.

Als sie das Tuch übergeben hatte, da hatten sich ihre Hände zwangsläufig berühren müssen und diese Berührung hatte ihren Herzschlag so weit nach oben getrieben, dass er sich jetzt noch nicht wieder normalisiert hatte.

Und jedes Mal, wenn sie an diese blauen Augen dachte, dann schlug ihr Herz schneller. Hatte sie gehofft, mit dem Tuch und dessen Übergabe Ruhe zu finden, dann war nun genau das Gegenteil eingetreten.

Die Berührungen des Ritters hatten ihr innerstes in eine totale Unordnung gebracht. Das war ihr noch nie passiert und sie war oft mit Knappen und Knechten zusammen gewesen.

War es wirklich der heiße Tag gewesen, oder die zwei Schüsseln Grütze, die sie von den Füßen geholt hatten? Oder der Blick seiner Augen? Vermutlich wirklich letzteres!

In ein paar hundert Schritten würde sie bei der Mutter in der Hütte eine Erklärung für ihr langes Säumen brauchen und im Moment war ihr Herz völlig aus dem Takt. Zu nahe waren seine Lippen den ihren gewesen, als er sich besorgt über sie gebeugt hatte.

Dennoch musste sie sich den Mann aus dem Kopf schlagen, denn er war dreifach für sie verboten!

Kuno war ein Adliger, hatte ein Keuschheitsgelübde abgelegt und durfte ihr als Tempelritter eigentlich noch nicht mal in ihr Gesicht sehen.

All das wusste sie seit Jahren und dennoch konnte sie ihrem Bauch nicht befehlen, was der Kopf doch wusste. Der Kopf hätte das Herz stoppen müssen, doch das wäre ihr Tod. Und vielleicht wäre nur der Tod eine Erlösung aus ihrer derzeitigen Not.

Aveline passierte das Tor, nickte den beiden dort Dienst tuenden Knechten freundlich zu und war in ihren Gedanken doch weit hinter sich, wo Kuno sicher jetzt im Kreuzgang umherging und vielleicht über sie nachdachte.

Vielleicht lachte er auch gerade über das törichte Mädchen, das ihm zu Füßen gefallen war. Schon zwei Mal hatte er sie gerettet. Am Tage zuvor vor den Räubern und nun vor dem eigenen Unvermögen, in seiner Gegenwart eine stützende Tür festzuhalten.

Der Sonnenschein knallte ihr ins Gesicht und die unbarmherzige Hitze schlug zu.

Mit dem leeren Weidenkorb, den sie mit beiden Händen vor ihrem Bauch hielt, rannte sie in den dicken Wollsachen die Gasse entlang.

Schwitzend, schnaufend und japsend erreichte sie wenig später Mutters Hütte, in der es aber auch nicht viel kälter war. Um wie vieles angenehmer war es da in dem steinernen Speisesaal gewesen. Selbst in der geheizten Küche war es kühler als hier!

„Wo hast du dich den so lange rumgetrieben?", wollte die Mutter wissen.

Nun musste sie mit der Wahrheit rausrücken, zumindest mit der halben.

„Bei Jakobus gab es heute Grütze!"

„Du hast nur Flausen im Kopf! Hier wartet die Arbeit und du schlägst dir da drin den Bauch voll!", begann die Mutter zu zetern.

Schnell füllte Aveline sich den Korb mit der Wäsche und hörte weiterhin den Wortschwall der schimpfenden Mutter.

„Wenn ich dich hier nicht so dringend brauchte, ich würde dich dem erstbesten Knecht zur Frau geben!", fuhr Mutter sie zornig an.

Das würde ihr vielleicht sogar helfen, um den Ritter aus dem Kopf zu bekommen!

„Kann ich wenigstens die Strümpfe und Schuhe hier lassen? Ich kann doch damit nicht in den Fluss?", fragte Aveline.

Sofort sah sie an Mutters Gesichtsausdruck, dass sie diese Frage wohl lieber nicht hätte stellen sollen.

„Hast du gestern nichts gelernt?", brüllte die Mutter sie an.

Aveline duckte sich unter den Worten fort, als wären es Schläge. So ähnlich hatte sich die Ohrfeige des Bettlers am Tage zuvor angefühlt.

Mit dem schweren Korb in der Hand rannte Aveline aus der Hütte. Gefolgt von einem Schwall von Beschimpfungen, die hinter ihr her flogen.

Sie rannte bis zum Ende der Gasse, wo sie danach hinter einer Häuserecke stehenbleiben konnte, um wieder zu Atem zu kommen.

Dann würde sie die Strümpfe eben erst am Fluss ausziehen!

Zumindest musste sie sich auf dem nun folgenden Weg vorsehen, um die Schuhe nicht zu beschädigen, die eigentlich der Mutter gehörten und die sie nun an diesem Tag gezwungenermaßen trug.

In der Kommende ergab das Tragen dieser Lederstücke ja noch einen Sinn, aber hier waren sie völlig unnütz! Aveline trug sie nur für den Weg zum Wasser und danach wieder zurück. Nur um dem Willen der Mutter zu gefallen!

Viele hundert vorsichtige Schritte später saß Aveline im vertrockneten Gras, streifte sich die Schuhe von den Füßen und löste die Strümpfe vom Gürtel, mit hoch gestreiften Kleidern und dem nackten Hintern im Gras, denn anders war an die Haltebänder nicht heranzukommen, die am Band um ihre Hüften befestigt waren.

Wenig später stand sie, mit bis zu den Knien heraufgezogenem Kleid, im Fluss, wie an jeden Tag, solange sie zurückdenken konnte.

Heute trug sie ein Unterkleid darunter und hätte das andere Kleid auch gut am Ufer lassen können, doch die Erinnerung an den Tag zuvor sauste gerade angstvoll durch ihren Kopf.

Im leuchtend weißen Leinenkleid alleine an der Stelle zu stehen, an der sie am Tage zuvor nur knapp der Schändung entgangen war? So viel Wagemut brachte sie gerade nicht auf.

Nun musste sie schnell arbeiten, um die versäumte Zeit wieder aufzuholen. Bei jedem Kleidungsstück blickte sie sich dennoch vorsichtig um, ob sich jemand in ihrer Nähe befand.

Es war einen schwere, aber monotone Arbeit. Da brauchte sie nicht nachzudenken und damit flogen ihre Gedanken ständig zu dem Mann, dessen Augen so blau waren, wie das Wasser der Seine, dass nun ihre nackten Knie umspülte.

Es fühlte sich an, als streichele er ihre Schenkel!

Diese unzüchtigen Vorstellungen und Gefühle konnte sie vermutlich nur loswerden, wenn sie nicht die Wäsche gegen den Stein schlug, sondern ihren Kopf!

15. Kapitel
Kreuze und Kringel

Langsam glitt die Spitze der Feder über das Pergament und hinterließ dabei eine schwarze Spur aus Tinte in dem Buch. Die Sonne des Vormittags schien über die Schulter des Ordensbruders und beleuchtete die gerade geschriebenen Zeilen.

Vorsichtig legte Lorenzo die Feder in die Ablage und wartete, bis die Schrift getrocknet war. Zeit für ein Gebet und er widmete es seinem Vater.

Mit gefalteten Händen dachte er an sein Elternhaus zurück. In einer kleinen italienischen Stadt, nördlich von Rom, war der Vater ein angesehener Kaufmann gewesen. Über zehn Jahre war ihr letztes Treffen nun schon her.

Bei ihm hatte Lorenzo alles gelernt, was ein guter Kaufmann zu wissen hatte. Doch dann hatte das Schicksal gnadenlos zugeschlagen. Drei seiner Wagenladungen waren durch Räuber verloren gegangen und Vater war daraufhin im Armenhaus gelandet.

Alles hatte die einst wohlhabende Familie durch den Überfall verloren!

Für Lorenzo war danach eine Zeit der Wanderschaft gekommen, die ihn zuerst zum Pilger, dann zum Mönch und schließlich zu einem Mitglied des Templerordens gemacht hatte.

Praktisch machte er nun, nach all der Zeit, wieder dasselbe, wie damals.

Wenn auch etwas anders, moderner!

Hatte der Vater noch mit den alten römischen Zahlen geschrieben und alle Beträge mit Rechenmünzen auf dem Kassenbrett ausgerechnet, machte Lorenzo nun seine Buchführung mit den neuen arabischen Zahlen.

Sein Blick blieb an dem gebeugten Rücken von Ignatius hängen. Der alte Ritter, der vor ihm an seinem Pult saß, hatte ihm alles darüber beigebracht. Einst hatte er diese Form zu rechnen aus dem Heiligen Land mitgebracht. War es früher fast unmöglich gewesen, ein geordnetes Kassenbuch zu führen, so war dies nun mit ein paar Federstrichen schnell erledigt, wenn man es zu lesen verstand.

Gerade hatte er mit ein paar Kringeln den Gegenwert eines guten Pferdes in sein Buch geschrieben. Die Tinte war trocken und er klappte das Buch leise zu.

Nur ein paar Kringel in Zeilen untereinander geschrieben. Die großen Kaufleute in Rom, Genua, Venedig oder Mailand rechneten vermutlich nun auch schon so, denn das Buch, das ihm Ignatius empfohlen hatte, das war über hundert Jahre alt und in Italienisch geschrieben.

Warum gab es eigentlich noch Händler, die das alte System benutzten? Wie sein Vater damals zum Beispiel? Der hatte noch Kreuze in sein Kassenbuch gemacht. Seine Augen wanderten zu dem Kruzifix in der Ecke des Raumes. Das war hier das einzige Kreuz! Und genau jetzt war es Zeit für das Gebet vor dem Mahl.

Er trat zu Ignatius und der alte Mann blickte milde lächelnd zu ihm auf. Der alte Mönch war schon so gebrechlich, dass Lorenzo ihn stützen musste, um mit ihm zur Kirche hinüber zu gehen.

Auf diesem Weg und im Kreuzgang kamen ihm viele Ordensbrüder entgegen. Nur wenige kannte das neue System, viele konnten sicherlich noch nicht mal schreiben.

Lorenzo wusste, dass es ein Privileg war, dass er von klein auf rechnen, schreiben und lesen gelernt hatte. Nur wenigen war diese Gunst vergönnt. Viele arbeiteten mit reiner Muskelkraft.

Er hingegen konnte im Geiste arbeiten! Und mit Ignatius über die alten Philosophen reden. Diese Unterhaltungen versüßten seinen Tag. Da konnte er endlich an etwas anderes denken, als nur an Zahlen.

Doch das eine sorgte dafür, dass er das andere tun konnte.

Ihren Weg kreuzte nun Kuno von Bärenberg, der sich ihnen anschloss. Der Ritter war nur zwei Jahre älter als er. Beide nickten sich zu und nahmen den älteren Mann in ihre Mitte.

Die Glocke rief zum Gottesdienst und wenig später saßen sie so in einer Bank in der Kirche.

Nach dem Gottesdienst ging Kuno, um nach seinem Pferd zu sehen und würde sich danach wieder mit ihnen treffen.

Lorenzo begann Ignatius auf dem Weg zum Speisesaal zu führen.

Hinter der Tür des Raumes trennten sich aber ihre Wege, denn Lorenzo war heute dazu bestimmt, etwas aus der heiligen Schrift vorzutragen.

Daher nahm er am Tisch des Großmeisters Platz, der am Kopfende des Raumes stand.

Als die Brüder aus der Küche das Essen auftrugen, klappte er das Buch auf und begann zu lesen.

Über den Rand des Buches hinweg hatte er alle im Blick, aber Kuno hatte sich verspätet. Auch die junge Frau, die in den letzten Tagen immer heimlich seinen Worten gelauscht hatte, die konnte er heute nicht sehen.

Dafür stand Jakobus an ihrem Platz und hörte ihm mit gefalteten Händen zu.

Lorenzo mochte den beleibten Mönch, der nachts im Schlafsaal neben ihm lag.

Er mochte ihn ein bisschen zu viel und gleichzeitig wusste er, dass auch Jakobus ihn gern hatte. Über die Entfernung von mehreren Dutzend Schritten trafen sich ihre Blicke.

Da war eine tiefe Freundschaft entstanden, obgleich der andere Mönch nicht mal ansatzweise sein Wissen hatte. Aber Jakobus konnte kochen! Fast so gut, wie Lorenzos Mutter, die er viel zu früh verloren hatte.

Schnell musste er sich von dem Mönch losreißen und erneut auf seinen Text konzentrieren, aber er fühlte, dass der andere Mann an seinen Lippen hing. Alle anderen hatten ihren Blick in den vor ihnen stehenden Napf gerichtet und nach dem Gebet würde Lorenzo sein Mahl in der Küche einnehmen.

Dann wäre er Jakobus so nah, wie sie es danach erst in der Nacht wieder waren.

Der Text endete und alle sprachen das Dankgebet. Nun konnte er es kaum erwarten, in die Küche zu kommen.

„Das war ein sehr schöner Text!", sagte der Mönch, als er ihm den Napf gab.

Es gab eine wohlschmeckende Gemüsesuppe und Lorenzo lobte das Mahl. Zu ihrem Glück konnte keiner sehen, wie sich die Gesichtsfarbe des Mönches nach diesem Lob veränderte.

Und ebenfalls zu ihrer beider Glück konnte niemand ihre Gedanken lesen. Auf irgendeine geheimnisvolle Weise fühlten sie sich beide wohl voneinander angezogen.

In der Küche stehend redeten sie über religiöse Themen, nur um miteinander im Gespräch zu bleiben. Doch die Arbeit trennte sie wieder.

Zumindest die von Jakobus, denn Lorenzo konnte sich nun abermals Ignatius widmen, der vor dem Speisesaal auf einer Bank gesessen hatte.

Nun kam erneut die Zeit der tiefsinnigen Gespräche mit Ignatius, wobei Lorenzos Gedanken in der Küche geblieben waren.

16. Kapitel
Ewige Liebe

as Ende des Freundes war sehr schnell gekommen. Noch vor ein paar Tagen hatten sie draußen auf der Bank gesessen und nun saß Kuno hier in der Kapelle am Sarg des Freundes.

Friedlich und ruhig war Ignatius in der Nacht eingeschlafen und stand nun vermutlich wieder bei Flynn. Die Worte des alten Freundes waren nur zu deutlich in seinem Kopf gewesen.

In den letzten drei Wochen hatte er diese Worte in sich selbst gespürt, denn Aveline war fast jeden Tag in der Kommende. Täglich sah er sie beim Mahl an der Tür stehen. Und dennoch hatte er in diesen Tagen noch nicht einen Schritt näher auf sie zu gemacht.

Das eine Mal hatte er sie im Arm gehabt und seit diesem Tage waren sie nur auf Distanz geblieben. Manchmal nur zwei Schritte entfernt, aber auf Abstand.

Schließlich konnte er ja nicht wissen, ob ihn das Gefühl überfallen würde. Und nun spürte er die Trauer um seinen Freund in sich. Seltsamerweise aber auch Freude darüber. Vielleicht war es das, was Ignatius nun gerade spürte, wenn Tote etwas spüren konnten.

Fast täglich hatte der alte Mann in den letzten Tagen von dieser alten Liebe erzählt. Von einer ewigen Liebe, die ihn nun wieder zu sich geholt hatte.

Mitunter hatten sie stundenlang über die Minne gesprochen, was in Anbetracht des Ortes, immerhin war dies hier eine Kommende der Templerritter, bisweilen für seltsame Blicke der anderen Ordensbrüder gesorgt hatte.

Allerdings waren Gedanken ja frei.

Mit dem Blick auf den Sarg des Freundes fielen ihm so viele dieser Gespräche wieder ein. Nie zuvor in seinem Leben hatte

Kuno so viel über Frauen gelernt, wie bei diesen Runden im Kreuzgang. Vom Umwerben der angebeteten Dame des Herzens, vom Schmerz der Trennung und der Zurückweisung. Der Erfüllung und dem Glück, wenn sie dem Mann gewogen war und ihm endlich ihr Band schenkte.

Nach Auffassung von Ignatius gab es so etwas nur zwischen den Adligen. Nur die hochgeborene Dame konnte den Sinn eines Liedes erfassen. Oder ein Gedicht zu würdigen wissen.

Die Bauern trieben es einfach irgendwo miteinander und das war dann noch nicht mal die niedere Minne, sondern einfach nur im Stroh den Vogel fangen!

Coitus per Vaginam, wie es wohl im Lateinischen heißen würde.

Und dann dachte er an das, was er in sich fühlte, wenn er Aveline sah. Sie war nur eine Waschmagd. Konnte sie ihn verstehen, wenn er ihr das Lied sang, das der Freund in den letzten Tagen so oft gesungen hatte? Wenn sie sich in die Augen sahen, dann sagten ihre Blicke wohl noch viel mehr.

Da war ein Verständnis zwischen ihnen, das keine Worte brauchte. Er fühlte sich zu ihr hingezogen und brauchte dafür keine Laute, kein Pergament. Dann sang sein Herz und nur sie konnte es hören. Zumindest hoffte er das. Aber in ihren Augen erblickte er dieses Funkeln, wenn sie ihm begegnete.

Der alte Freund hatte noch etwas gesagt, was nun in Kunos Kopf war: Im Orden gab es weder die hohe, noch die niedere Minne. Hier gab es das Gebot der Keuschheit und die Liebe zu Gott.

Mit anderen Worte, wenn er mit Aveline den Vogel fangen wollte, so bedeutete dies sein Ausscheiden aus dem Ritterorden.

Im Moment stand wohl mehr dafür, als dagegen, dass er den Orden verlassen würde, doch was kam danach?

Und hatte das überhaupt eine Zukunft? Zu weit stand Aveline in der Rangordnung unter ihm. Normalerweise wäre sie ihm wohl nie aufgefallen, wenn er nicht an jenem Tage mit ihr zusammengetroffen wäre.

Sein Blick wanderte zur Statue der Maria. Wenn es ihr Wille war, dann würde er es tun. Aber woran erkannte er dies? War es nur die fleischliche Lust, die durch seine Glieder raste? Die sein Herz schneller schlagen ließ, wenn er nur den Blick dieser grünen Augen spürte?

Vielleicht, aber wie konnte er Klarheit gewinnen?

Indem er es einfach tat?

Aveline würde ihm nicht ausweichen, wenn er es fordern würde, doch was waren die Konsequenzen?

Das Gelübde der Keuschheit zu brechen, dass hieß auch, die Regeln des heiligen Benedikts von Nursia zu übertreten. Und nach diesen Vorschriften lebten sie hier alle zusammen.

Übertrat er die eine Regel, so brach er den heiligen Eid. Brach er damit aber auch die Treue zu Gott? Eine schwere Frage, die er dem Freund hätte stellen sollen, doch den konnte er nun nicht mehr befragen.

Kuno erhob sich aus der Bankreihe und trat zum Sarg, der den toten Körper von Ignatius verbarg. Der Geist des Freundes war frei und sicherlich erneut mit seiner Braut vereint.

Er legte die Hand auf den Sarg und sagte leise: „Lebt wohl, alter Freund!"

All die Tage, an denen sie zusammen gewesen waren, die sausten nun in einer langen Reihe von Bildern in Bruchteilen eines Wimpernschlages vor seinen Augen dahin.

Gute Tage und schlechte Tage.

Tage des Kampfes und des Gebetes.

Ein buntes Bild nach dem anderen, wie ein Buch, das man Seite für Seite umblätterte und das sich langsam mit jedem Bildnis seinem Abschluss näherte. Einem Ende, das Ignatius mit Flynn bei Gott verband.

Kuno zog bei diesem letzten Bild seine Hand zurück und dachte daran, dass er nach dem Mittagsmahl wohl auch wieder auf die Dame seines Herzens treffen würde. Dabei war diese Dame dann eine Magd, aber spielte das eine Rolle?

Seinem Herzen war es zumindest egal.

Der Ritter wandte sich zu der Statue der Maria, nickte ihr zu und ging aus der Kapelle.

Er betrat den Kreuzgang und seine Schritte führten ihn den Weg entlang, den er so oft an der Seite des alten Freundes gegangen war.

Und auch in diesem Moment schien er bei ihm zu sein.

„Höre auf dein Herz!", hörte er eine liebliche Frauenstimme.

War es Maria gewesen? Oder Flynn? Oder etwa Aveline? Vielleicht alle drei in einem!

Was sagte sein Herz? Es schlug schneller, wenn er an Aveline dachte. So schnell, wie es sonst nur vor einer Schlacht geschlagen hatte.

Unwillkürlich zog es seine Schritte zum Refektorium hinüber und mit jedem Schritt, der ihm näher an den Speisesaal brachte, schlug sein Herz schneller.

Dort würde sie sein. Aveline! Hoffentlich! War das schon eine Entscheidung? War Aveline für ihn die ewige Liebe?

17. Kapitel
Unkeusche Gedanken

ndlich war der September zu Ende und die Hitze damit auf ein erträgliches Maß gefallen. Es war Montag, der 2. Oktober des Jahres 1307 und Aveline war erneut auf dem Weg zur Kommende. In den letzten vier Wochen hatte es nicht einen Augenblick gegeben, ob wach oder im Traum, in dem sie nicht an den Ritter gedacht hatte.

Ihr Kopf wusste, dass es falsch war, aber ihr Bauch schob einen Gedanken nach dem anderen in ihren Kopf. Mitunter trafen sie auch bei ihren täglichen Wegen aufeinander. Und im Gegensatz zu den anderen Männern senkte Kuno nicht mehr den Blick vor ihr. In diesen Momenten durchbohrten sie seine blauen Augen und trafen sie bis ins Mark!

Es hatte ihr eine solche Mühe abverlangt, die täglichen Gänge in die Kommende von Mutter zu übernehmen, dass sie es ohne die Aussicht, den Ritter sehen zu können, wohl gelassen hätte.

Mutter konnte ja nun schon seit zwei Wochen wieder ohne Krücke laufen.

Hätte Aveline auch nur mit einer Silbe den Grund der Besuche erwähnt, sie wäre vermutlich sofort in ein Kloster gekommen. Allerdings wohl nicht in diese Kommende, sondern in das Kloster der Benediktinerinnen. Ohne Aussicht darauf, den Mann jemals wiedersehen zu können.

Daher verkniff sie sich jede Bemerkung und verhielt sich Mutter gegenüber wie ein Engel.

Aveline hatte die täglichen Arbeiten nun dermaßen gestrafft, dass der Gang zur Kommende zum Mittag da einfach mit hineinpasste.

Damit war aber auch klar, dass sie eigentlich nur noch von der Kommende verpflegt wurde, denn jedes Mittagsmahl nahm sie nun bei Jakobus ein. Nur, um dem Ritter nahe zu sein. Und sie wusste, dass er wusste, dass sie in der Nähe war, denn oft traf sie sein Blick, wenn sie an der Durchgangstür lehnte und zu den Männern hineinsah.

Es blieb nur zu hoffen, dass sie nicht von einem der Ordensbrüder aus dem Gebäude geworfen wurde, denn als Wäscherin hatte sie ja so rein gar nichts in der Küche verloren.

Vermutlich schützte sie nur die langjährige Freundschaft zu Jakobus vor dem Rauswurf und darum nahm sie dem Mönch nun auch oft ein paar Kleinigkeiten und kleine Aufmerksamkeiten mit, um sein Wohlwollen zu behalten.

Auch an diesem Montag führte sie ihr Weg an den Speichern entlang. Die Gebäude waren mittlerweile mit den Abgaben gut gefüllt und darin lag Stroh für die Pferde und Korn für die Männer.

Aus einem Teil des Korns wurde auch Bier gebraut und gerade an diesem Tag hatte sie für Jakobus einen Krug mit einem extra starken Bier dabei. Aveline mochte zwar kein Bier, aber sie hatte es selbst in der Woche zuvor extra für den Mönch gebraut.

Den Korb mit der Wäsche links und den Krug rechts in der Hand haltend, war es nicht so einfach, dem Weg zu folgen. Eines von beidem zu tragen war schon schwierig, beides eigentlich unmöglich!

Und dazu kam jetzt noch, dass sie sich beeilen musste, um den Anfang des Mahles nicht zu verpassen, denn wer zu spät kam, der war von der Mahlzeit ausgeschlossen!

Wie das nun aber auch zwangsläufig so hatte sein müssen, stieß sie auf dem Weg zum Speisesaal auch noch mit einem Ritter zusammen und weil es eben keine Zufälle gab, war es Kuno, den sie dabei fast zu Boden riss!

Der Mann war ebenfalls auf dem Weg zum Mittagsmahl und hatte sich offenbar gleichermaßen verspätet.

Und nun lag sie am Boden und Kuno hatte das starke Bier auf seinem Mantel. Ein riesiger Fleck befand sich genau auf dem Tatzenkreuz, das auf seinem Umhang abgebildet war.

Jeder andere Ritter hätte ihr für diese Unvorsichtigkeit wohl einfach eine Ohrfeige gegeben und ihr den Mantel zur Reinigung überlassen, Kuno hingegen kniete sich neben sie und half ihr auf.

„Ist dir etwas passiert?", fragte er.

Sie stutzte, denn er war vom „Sie" zum „Du" verfallen, wie es die Knechte taten, die einen vertrauten Umgang mit den Frauen pflegten. Für einen Ritter war das vollkommen ungewöhnlich, allerdings gefiel ihr das sehr.

„Es tut mir leid! Das wollte ich nicht!", stammelte Aveline, richtete sich auf und versuchte das Bier abzuwischen, was rein logisch ein sinnloses Unterfangen war.

Aber von sinnvollen oder logischen Handlungen war sie nun unendlich weit entfernt.

Alle anderen Bewohner der Kommende befanden sich beim Mittagsmahl und damit waren sie praktisch alleine. Nur die beiden Posten waren noch am Tor, aber die befanden sich fast am anderen Ende des Weges.

Kuno stand vor ihr und sie versuchte immer noch verzweifelt das Bier von seinem Mantel zu bekommen, als ob man Straßenstaub davon abklopfen würde, doch Bier ließ sich so nicht entfernen.

Kuno unterbrach sie auch nicht in ihrer nutzlosen Tätigkeit.

Erst eine ganze Weile später griff der Ritter nach ihrer Hand, um sie nun doch zu stoppen. Seine Finger schlossen sich sanft um ihr Handgelenk und sie standen unmittelbar voreinander.

Ihr Blick war tief in seinen Augen versunken.

Praktisch hielt Kuno sie nun an der Hand aufrecht, denn wenn er jetzt losließ, dann würden ihre Beine versagen.

Seine Lippen waren direkt vor ihr und tief in sich spürte Aveline das unbändige Verlangen, diesen Mund zu berühren. Seinen Geschmack auf ihren Lippen zu fühlen, doch das durfte nicht sein.

Und wie zuvor ihr logisches Denken mit dem Bier versagt hatte, so scheiterte es nun auch bei dem Verlangen nach diesem Kuss.

Mit der freien Hand umfasste sie seinen Nacken, zog seinen Kopf ein Stück zu sich und presste ihre Lippen auf die seinen.

Dieses Gefühl war herrlich und der Ritter zuckte nicht zurück.

Im Moment standen sie beide auf der Straße der Kommende im Kuss vereint und waren damit auch gleichzeitig einem Rauswurf um Gürtelbreite nahe.

In manchem ihrer Träume hatte es genau in dieser Art begonnen, aber bald würden die Brüder des Ordens wieder aus dem Speisesaal kommen und sie standen fast direkt davor.

Sie war unfähig eine Bewegung zu machen oder sich von ihm zu lösen.

Aveline presste sich an ihn an und spürte seinen Körper an ihrem Bauch, an ihrer Brust.

Und an ihrem Unterleib, obwohl das nicht sein konnte. Oder doch?

Diese Reaktion des Mannes verschlug ihr den Atem. Vorsichtig tasteten ihre Finger dort hin, um sich von der Falschheit ihrer Annahme zu überzeugen, doch die Beule unter Kunos Mantel war echt.

Diese Situation wurde nun noch unmöglicher, doch er blieb einfach so stehen. Beide waren sie in den Augen des jeweils anderen versunken.

18. Kapitel
Im Fegefeuer der Gefühle

Aveline lag mit dem Rücken im Stroh, ihr Kleid befand sich neben ihr und das Unterkleid war bis über die Hüften nach oben gestreift. Kuno hatte sich zwischen ihre gespreizten und bestrumpften Schenkel geschoben und der Schmerz hatte sie wieder zur Besinnung gebracht.

Schnaufend stieß der Ritter sein Glied in ihren Unterleib. So weit waren ihre Träume bisher nie gegangen, da war Aveline immer bereits erwacht, wenn er zum Saum ihres Kleides gegriffen hatte.

Aber das hier war kein Traum!

Sie biss sich in die Hand, um nicht die ganze Kommende auf das aufmerksam zu machen, was hier in diesem Gebäude, zum Glück hinter verschlossenen Toren, gerade geschah.

Noch vor wenigen Augenblicken hatten sie küssend auf dem Weg vor dieser Scheune gestanden und nun raste die Erkenntnis dieser Handlung durch ihren Kopf.

Sie war verloren! Wenn die Schändlichkeit ihrer Handlung ruchbar würde, dann konnte sie nur noch in den Fluss springen.

„Nein! Das dürfen wir nicht!", versuchte sie Kuno aufzuhalten, aber er war zu stark und nun offenbar ebenso wenig zu einer logischen Handlung fähig, wie sie zuvor, als sie versucht hatte, das Bier aus seinem Mantel zu klopfen.

Und nun klopfte er an. An ihrem Schoß mit jedem Stoß!

Aveline wollte es und sie wollte es auch wieder nicht.

Wenn irgendein Knecht hier hereinkam, dann würde die Mutter das Haus verlieren, und die Arbeit, und das Ansehen der Nachbarinnen! Wo die alte Frau doch immer so sehr auf ihre Ehre Wert legte.

Und nun das hier!

Aveline hatte einen adligen Herrn dazu verführt, sein Gelübde vor Gott zu brechen! Wenn Gott jetzt einen Blitz auf sie schleudern würde, sie hätte es verdient!

Aber diese Freude, die gerade mit jedem tiefen Stoß in ihren Körper fuhr, die würde sie den Tod lächelnd ertragen lassen. Der Schmerz war fort und es war wunderschön!

Kuno hatte sich die Hose bis zu den Kniekehlen heruntergestreift. Er trug einteilige Hosen, die vermutlich besser zum Reiten geeignet waren, als Bruoch und Beinlinge, wie sie die Knechte trugen. Wobei sie im Sommer die Bruoch unter dem Wams auch schon mal fort ließen.

Gürtel und Mantel des Ritters lagen neben ihr auf ihrem Kleid, in der Art, wie er auf ihr lag.

Dieses Gefühl ihn tief in sich zu spüren, das könnte so herrlich sein, wenn die schrecklichen Konsequenzen nicht gerade in diesem Moment in ihrem Kopf wären und ihr die Stimmung ruinierten.

Schnaufend und kraftvoll stieß er immer wieder in ihr Fleisch, eine Hand um ihre nackte Brust gehalten, die er durch den Ausschnitt des Unterkleides nach draußen gezogen hatte.

Jäh zog er sich aus ihrem Schoß mit einem Ruck zurück, der ihr den Atem nahm.

Kuno richtete sich im Knien auf und sie sah, wie diese blutbeschmierte Spitze, die ihr gerade noch solche Lust und Pein bereitet hatte, schubweise seinen Samen neben sie in das Stroh spritzte.

Was für eine Vergeudung! Allerdings eine wohldurchdachte Verschwendung und offenbar war Kuno doch noch zu logischem Denken fähig, denn sonst hätte sich vielleicht sein Samen in ihrem Leib verfangen.

Mit angezogenen Knien im Stroh liegend, richtete sie sich auf und küsste den Mann, der schnaufend zwischen ihren Schenkeln kniete.

„Das war so wundervoll!", hauchte sie und setzte für sich selbst in Gedanken hinzu: „Dafür könnte ich sterben!"

Ohne ein Wort erhob er sich und reichte ihr die Hand, um sie auf die Füße zu ziehen.

Das Unterkleid rutschte über ihre blutbefleckte Scham und er zog sich die Hosen hoch. Auf ihre Jungfräulichkeit legte Aveline keinen Wert, denn sie war ja nur eine Magd und der Knecht, den ihr die Mutter irgendwann mal aussuchen würde, der würde darauf auch kein großes Augenmerk legen.

Aveline bückte sich nach Mantel und Gürtel des Mannes und hielt ihm beides hin.

„Bitte verratet es keinem!", bat sie den Mann und setzte noch hinzu: „Meine Mutter würde sonst Haus und Arbeit verlieren und wir sind doch darauf angewiesen!"

Der Mann nickte und im selben Moment fiel ihr die Eigennützigkeit dieses Wunsches ein.

Sie hatten sich beide versündigt!

Beide würden sie ins Fegefeuer geworfen werden für das, was sie gerade getan hatten.

Aveline senkte den Blick, biss sich auf die Lippe und hob ihr Kleid auf. Schnell richtete sie das Unterkleid und schloss es mit der Schnürung am Halse, dann zog sie sich das Kleid über den Kopf und suchte mit den Augen im Halbdunkel der Scheune nach ihrem Gürtel, doch der lag vor dem Tor, wie ihr jetzt einfiel.

Und da mussten sie nun wieder hinaus!

Sicher liefen gerade hunderte Ordensbrüder diesen Weg entlang! Wie kamen sie da ungesehen hinaus? Zumindest nicht gemeinsam!

„Ich gehe zuerst!", sagte sie, denn wenn eine Magd im Stroh war, dann war das nicht so schlimm, wie ein Ritter. Oder ein Ritter mit einer Magd,

„Ich werde auch euren Mantel reinigen!", setzte sie noch hinzu und wickelte sich den Mantel zusammen.

„Ich danke dir!", sagte der Mann, immer noch schnaufend, während er versuchte die Spuren im Stroh zu verwischen.

Im Moment wusste sie nicht, wofür er ihr dankte. Für die Reinigung? Oder für das, was da gerade im Stroh geschehen war. Zumindest würden sie gemeinsam im Fegefeuer landen und wenn sie dort das taten, was sie gerade hier gemacht hatten, dann wollte sie dort bis in alle Ewigkeit mit Kuno sein.

Sie gab ihm einen letzten Kuss und ging zum Tor.

Vorsichtig schob sie es einen Spalt weit auf und spähte hinaus.

Korb und Gürtel lagen mitten auf dem Weg! Dutzende Ordensbrüder liefen offenbar achtlos gerade daran vorbei und zum Glück fragte sich keiner, wem beides gehörte.

Als wäre nichts geschehen lief Aveline zum Korb, hob unterwegs vom Weg den Gürtel mit dem Dolch auf und legte beides zusammen mit Kunos Mantel in das Behältnis.

Sie kniete noch mitten auf dem Weg und räumte die Scherben des Kruges zusammen, als Kuno aus der Scheune trat und über den Weg ging, ohne zu ihr zu sehen.

Einer der Knechte kauerte sich neben sie und nahm ihr die Tonscherben ab. Während er diese zur Abfallgrube brachte, lag Avelines sehnsüchtiger Blick auf den breiten Schultern von Kuno, der ohne Mantel die Straße hinab in Richtung Küche ging.

Jakobus würde heute auf sein Bier verzichten müssen, aber vielleicht konnte Aveline noch ein paar Reste des Mahls bei ihm bekommen.

Schnell erhob sie sich mit ihrem Korb und eilte zum Nebeneingang des Gebäudes.

Etwas kalt gewordene Gemüsesuppe erhielt sie und dachte dabei an das schöne Gefühl in ihrem Schoß.

Der Schmerz war lange fort!

19. Kapitel
Den Vogel gefangen

Er hatte es getan! Langsam ging Kuno den Weg entlang und spürte dabei Avelines Blick in seinem Rücken. Er hatte seine Augen auf den Pfad vor sich gerichtet, doch er sah nur sie dabei. Und obwohl er sich gern zu ihr hätte umdrehen wollen, so durfte er es doch nicht.

Kuno versuchte das Chaos in seinem Herzen zu ordnen und jeder Blick in ihre Augen hätte ihn jetzt nur zu einer unvernünftigen Handlung verleitet. In seinem Kopf ging er immer wieder diese letzten Augenblicke durch.

So oft hatte er über die Minne nachgedacht und dann war es einfach so geschehen.

Ohne Lied, ohne Gedicht, einfach so im Stroh.

Fast einen Monat lang hatte er darüber nachgedacht und innerhalb eines Augenblickes war es dann auch geschehen. Und damit blieb ihm jetzt die Frage, was er nun tun sollte.

Von diesem Tage an würde er, wenn er in ihre Augen sah, an diese Momente im Stroh denken müssen. Das war unumkehrbar und würde für immer in seinem Gedächtnis bleiben. Jetzt wäre abermals der Zeitpunkt gewesen, Ignatius zu befragen, doch der Freund war tot und fehlte ihm gerade so sehr.

Kuno dachte daran, was der alte Mann über sich und seine Flynn gesagt hatte. Das klang alles ganz anders. Er hatte um sie geworben, Lieder gesungen, Gedichte erfunden, um sie der Liebsten vorzutragen.

Enthaltsam waren sie sich näher gekommen, bis zu jenem Moment auf der Wiese am Bach. Im Grase liegend, im Schatten einer Ulme. Das war romantisch und man konnte es den Enkeln im Winter am Kaminfeuer erzählen.

Was hatte er zu berichten? Dass sie einfach übereinander hergefallen waren? Wie hungrige Tiere! Stöhnend, schnaufend, im Stroh einer halbdunklen Scheune. Und dennoch war es schön gewesen.

Wunderschön, denn Aveline war in diesem Augenblick wunderschön gewesen. Ihm war das pure Glück begegnet.

Und ging es nicht einfach nur darum? Um dieses Gefühl?

Bis vor einem Monat hätte er daran noch keinen Gedanken verschwendet. Er hätte jeden ausgelacht, der auch nur etwas in dieser Form erzählt hätte. Vermutlich musste man es erlebt haben, um es zu begreifen.

Die Erzählung von Ignatius war ja bis vor ein paar Augenblicken auch noch nicht wirklich umfänglich für ihn zu verstehen gewesen.

War es wirklich nur das Freien um die Geliebte gewesen, das sie voneinander unterschied? Dann hatten ihre Augen dieses Umwerben ohne Worte schon lange gemacht!

Jeder Blick in diese wundervollen grünen Augen, die denen einer Katze so ähnelten, der hatte vermutlich mehr gesagt, als tausend Gedichte oder hunderte Lieder es vermochten.

Da lag eine Tiefe der Empfindungen darin und vermutlich hatten seine Augen Aveline dasselbe gesagt.

Immer noch sah er sich auf dem Weg stehen und spürte, wie weich sich ihre Lippen im Kuss angefühlt hatten. Wie eine einzige Handbewegung von ihr diesen Mechanismus in ihm ausgelöst hatte, dem er sich nicht mehr hatte entziehen können.

Mit dieser einfachen Handbewegung hatte sie den Vogel gefangen und ihn aus seinem Käfig befreit!

Und wie von fern sah er sich nun selber über Aveline im Stroh liegen. Er sah ihr Gesicht vor sich, als er in ihren jungfräulichen Schoß gestoßen war und sie kurz vor Schmerz aufgestöhnt hatte, bevor die Lust ihre Gesichtszüge verändert hatte.

Kuno spürte wieder, wie seine Hand die harte Spitze ihrer Brust gestreift hatte und fühlte erneut das Zucken in ihrem Unterleib. All das konnte er sehen und empfinden.

Doch was kam nun?

Sollte er es dem Kaplan beichten?

Das würde sein Ende als Ordensritter bedeuten, aber hatte er das nicht sowieso schon vorgehabt. Damit blieb allerdings immer noch die Frage, was nun kam.

Was sollte er nach seinem Austritt tun?

Sollte er als freier Ritter durch die Lande ziehen? Das würde jedenfalls auch die Trennung von Aveline bedeuten, denn kein fahrender Ritter hatte eine Frau bei sich.

Bis er diese Frage gelöst hatte, musste er im Orden bleiben und versuchen, die Gefühle für Aveline zu verbergen, denn noch einmal würden sie vermutlich nicht unentdeckt bleiben.

Standhaft bleiben, wo es ihn doch zu ihr zog!

Schwierig!

Kuno setzte sich auf die Bank, auf der er mit Ignatius oft gesessen hatte, wenn er ihm von Flynn erzählt hatte. Und wieder waren seine Gedanken bei Aveline. Nun sah er sich mit ihr dort am Bach. Nackt im Gras. Er konnte die Weichheit ihrer Haut unter den Fingern spüren.

Er wusste, dass es schwierig werden würde, ihr weiterhin Widerstand entgegen zu setzen. Zumindest dann, wenn er in ihrer Nähe sein würde.

Dieser Blick ihrer grünen Augen würde das Feuer in ihm jederzeit von vorn in Brand setzen. Auch wenn es ihm schwerfiel, er würde Aveline für ein paar Tage aus dem Wege gehen müssen, bis er eine Antwort hatte, was werden sollte.

Sein Blick ging den Weg entlang zur Spitze des Donjons.

Vielleicht gab es wieder mal einen Brief zu überbringen? Einen Boten auf einem langen Weg zu begleiten, wo er dann unterwegs zu einer Antwort kommen konnte.

Und fast sofort zog es Kuno zum Großmeister, um dort wenig später zu fragen, ob es einen Botengang für ihn gab.

Das musste vermutlich für Jacob de Molay ziemlich befremdlich wirken, dass ein junger Ritter so vor ihn trat, aber nach kurzem Überlegen gab es für den nächsten Tag einen Auftrag, der ihn zusammen mit dem Knappen und einem Kurier des Großmeisters in den Süden bringen würde.

Nachdem er kurz darauf Tjaden informiert hatte, und dieser die Ausrüstung zu überprüfen begann, begab sich Kuno in das Badehaus.

Beim in die Wanne steigen bemerkte er Avelines Blut an sich und abermals hatte er dieses schmerzerfüllte Gesicht vor sich, als er sein Glied in sie gestoßen hatte.

Es würde schwierig, das für eine Weile zu vergessen. Zu intensiv waren die Bilder in seinem Kopf. Im warmen Wasser sitzend, mit geschlossenen Augen, dachte er kurz darauf erneut daran zurück. Es zog in seinen Lenden und zu seinem Glück verbarg das durch die Seife etwas trübe Wasser nun seine Leibesmitte.

Das musste enden!

So würde er wohl nicht reiten können!

Damit konnte er im Moment noch nicht mal die Wanne wieder verlassen!

Er hatte abermals das Gefühl, in ihren zuckenden Leib zu stoßen und wusste nicht, ob er an sich halten konnte, wenn sie jetzt hier gewesen wäre.

Jedoch genau aus diesem Grund hatte er ja die Entfernung von Aveline gewählt!

Kuno kniff sich in den Arm, damit der Schmerz die Lust in seinem Körper besiegte. Es funktionierte ganz gut und somit konnte er die Wanne auch wieder verlassen.

Sauber saß er später erneut im Kreuzgang. Den Blick endlos in die Ferne gerichtet und mit dem Tuch in der Hand, dass sie ihm geschenkt hatte.

Eine Ablenkung war praktisch aussichtslos!

Zumindest dann, wenn er keine Abwechslung hatte. Was würde der Weg ihm bringen?

Klarheit?

Eine Idee für die Zukunft?

Vielleicht auch ein Gespräch mit Tjaden auf dem Weg. Hoffentlich alle drei Dinge!

Kuno steckte das Tuch zurück unter sein Wams, erhob sich von der Bank und ging zum Stall hinüber.

20. Kapitel
In Richtung südlicher Sonne

Schon ein paar Tagen waren sie unterwegs. Es ging in südliche Richtung und das Ziel ihres Ausflugs würde Montpellier am Mittelmeer sein. Im Reiche des Königs von Aragon! Im letzten Jahr hatte Tjaden seinen Ritter schon einmal auf solch eine Reise begleitet. Zu Zeiten des Sommers war der Ort wirklich sehenswert und er hatte sich gefreut, dort auch alte Bekannte wieder getroffen zu haben.

Dieses Mal schien aber alles etwas anders zu sein. Zu dritt waren sie unterwegs. Er, der Ritter und der Bote des Großmeisters und das Tempo, das Kuno vorlegte, das war mörderisch.

Normalerweise war diese Strecke, hin und zurück, in etwa in drei Wochen zu schaffen, doch bei ihrer derzeitigen Geschwindigkeit würde der Weg wohl keine zehn Tage dauern. Vorausgesetzt, dass ihre Reittiere das durchhielten.

Vermutlich würden sie damit auch nicht sehr lange in der Stadt am Meer bleiben. Tjadens Gedanken gingen zurück zu dem Tag, als er vor Jahren das Schiff in der Hafenstadt verlassen hatte.

Damals, als Kuno beim Angriff der Mamelucken schwer verletzt worden war, da war der Ritter in Montpellier in die medizinische Schule gebracht worden, die durch Papst Nikolaus IV. zu einer bedeutenden Universität gemacht worden war.

Dort hatte es jüdischen, arabischen und christlichen Ärzte sowie Studenten gegeben. Er hatte es ein wenig befremdlich gefunden, dass arabische Ärzte nun die Verletzungen heilten, die arabische Kämpfer dem Ritter zugefügt hatten, doch es gab wohl niemanden sonst, der diese Wunden so gut hätte kurieren können.

Dennoch hatte es fast ein Jahr gedauert, bis Kuno den Arm wieder vollständig hatte gebrauchen können.

Am Anfang dieser Zeit hatte noch nicht viel dafür gesprochen, dass er den Arm überhaupt behalten würde.

Sie bogen in eine neue staubige Landstraße ab. Es war mitten im Herbst und dennoch brannte die Sonne unbarmherzig auf sie herab. Diese Hitze machte das Reiten nur noch viel schwieriger!

Tjaden bildete den Schluss der kleinen Gruppe und musste daher auch noch schneller reiten, als der Ritter an der Spitze.

Zusätzlich bekam Tjaden auch noch den Straßenstaub ab und hatte sich daher, wie einst im Heiligen Land, ein Tuch vor den Mund gebunden.

Mit dem Sonnenaufgang waren sie losgeritten und auch an diesem Tage würden sie bis zur Abenddämmerung im Sattel bleiben.

Das waren fast zwölf Stunden, die sie damit täglich unterwegs waren. Es mussten eilige Botschaften sein, die sie zu überbringen hatten!

Vor ihnen stieg der Weg deutlich an. Eine Bergkette war zu überwinden und die Pferde liefen damit langsamer. Tjadens Hengst schnaufte schon deutlich und es war sicherlich noch nicht mal die Tageshälfte.

Die Sonne stand etwas links von ihnen und ihr Schein drang nur schwach durch den umherfliegenden Staub bis zu ihm hindurch. Aber er würde seinem Herrn auch blind folgen. Das war ja nun mal auch die Aufgabe eines Knappen.

Allerdings verband die beiden etwas mehr, als das Verhältnis von Dienstherrn und Knecht, denn sie waren wie Brüder aufgewachsen und es gab da eine tiefe beiderseitige Zuneigung zwischen ihnen.

Mit einer Hand tätschelte Tjaden den Hals seines Pferdes, um es zu beruhigen. Das kurze Schwert schlug gegen die Seite des Tieres und die schwere Streitaxt auf der anderen Seite war für den Transport gut verzurrt.

Bei diesem wilden Galopp konnte er die Axt nicht einfach in der Halterung am Sattel belassen. Er brauchte sie vermutlich auch die nächsten Tage nicht, aber sie war nun mal seine Waffe!

Sein Blick ging nach vorn, wo Kuno das längere Schwert schräg über dem Rücken trug. Damit war auch er nicht kampfbereit, aber er konnte so besser reiten.

Der Ritter hatte das schwere Kettenhemd samt eiserner Handschuhe an, aber die Beine steckten nur in der Hose. Die schweren Kettenhosen und den Brustpanzer hatte er in der Kommende zurückgelassen, weil die Gefahr einer größeren Auseinandersetzung wohl ziemlich gering war.

Auch Schild und Lanze waren in Paris geblieben und die Helme baumelten bei ihnen beiden hinter dem Sattel. Mit dem schweren Topf auf dem Kopf konnte man in diesem Tempo sowieso nichts mehr sehen.

Selbst mit dem leichten Helm, den Tjaden hinter sich angebunden hatte. Sein Kettenpanzer war deutlich kürzer, als der seines Ritters. Knappen mussten schnell und beweglich sein. Und er war auch noch ziemlich kräftig.

Das Üben mit der schweren Streitaxt hatte ihm starke Muskeln gegeben und im Gegensatz zu seinem Ritter machte er seine Übungen täglich.

Das wichtigste war aber, dass sie sich aufeinander verlassen konnten und im Moment war da so etwas wie ein Zweifel in ihm. Die Augen von Kuno hatten ihm gesagt, dass er etwas Schweres überlegte.

Hatte Kuno immer noch mit dem Tode von Ignatius zu kämpfen?

Einst waren die beiden Adeligen in dem Lazarett in Montpellier gewesen. Während er sich draußen aufhalten konnte und gelegentlich durch die Schänken der Altstadt gezogen war, hatten sich die beiden Ritter dort noch mehr angefreundet. Das war vermutlich auch normal, wenn man lange nebeneinander im Bett lag und zusah, wie andere Männer neben einem starben.

Nun war Ignatius gestorben. Friedlich in seinem Bett. Nicht im Kampf, wie viele andere Ritter vor ihm.

Am Abend, wenn sie wieder am Lagerfeuer sitzen würden, dann musste er den Ritter einfach fragen.

Immer langsamer wurde sein Pferd und die anderen beiden hatten schon ein paar Pferdelängen Vorsprung bekommen. Natürlich hatte sein Hengst schwer zu tragen, denn Tjaden war deutlich schwere, als die beiden anderen Männer, aber Kuno hatte doch die Rüstung an.

Dass der Bote, in seinem leichten Gewand und ohne Waffen, so schnell war, das war ja fast normal, aber der Ritter? Etwas stimmte nicht mit seinem Pferd!

Mit jedem Schritt wurde der Abstand größer und das Tier schnaufte nun immer lauter. War es nach den drei Tagen schon so erschöpft? Es war doch erst ein Viertel der Strecke!

Das durfte nicht sein!

„Mach schon mein brauner!", sagte er laut in das Ohr seines Tieres.

Offenbar aber so laut, dass es auch Kuno vorn gehört hatte, denn der Ritter verhielt nun anscheinend sein Pferd. Schnaufend holte der Hengst ein wenig Abstand auf.

Es dauerte trotzdem eine ganze Weile, bis sein Pferd und er neuerdings zu den anderen aufgeschlossen hatten, obwohl der Ritter deutlich das Tempo gedrosselt hatte.

Langsam ritt Tjaden bis zu ihm nach vorn. Nebeneinander reitend sagte er schließlich: „Wir sollten heute Abend in einem Dorf Rast machen. Ich glaube, mit einem Hufeisen stimmt etwas nicht."

„Dann lass uns gleich das nächste Dorf nehmen. Wir können es uns nicht leisten, das Pferd zu verlieren!", rief ihm Kuno zu und zeigte mit der Hand nach vorn, wo sich schon die ersten Dächer eines Dorfes zeigten.

21. Kapitel
Entscheidungen der Lust?

Mehr als eine Woche hatte Aveline jeden Tag, außer Sonntag, nach Kuno in der Kommende gesucht. Niemand hatte ihr sagen können, wo er sich befand und sie hatte schon geglaubt, dass er in irgendeinem Gefängnis der Templer saß, für das, was sie getan hatten. Da sie allerdings unbehelligt geblieben war, hatte sie diesen Gedanken schließlich verworfen.

Jeden Tag hatte sie den gereinigten Mantel durch das Tor getragen und danach wieder zur Mutter zurück.

Nun war es Donnerstag und als Aveline die Hütte mit dem Korb verlassen wollte, stand Kuno mit zwei Pferden am Zügel direkt vor ihr.

Fast wäre sie ihm um den Hals gefallen, doch der Gedanke an die hinter ihr stehende Mutter ließ sie diese Idee schnell verwerfen. Sie verbeugte sich und nickte ihm nur zu.

„Gnädiger Herr, womit kann ich euch zu Diensten sein?", fragte sie.

„Weißt du, wo ich meine Pferde unterstellen kann?", entgegnete er und deutete auf die beiden wunderschönen Reittiere hinter sich.

Offenbar wollte er sie nicht in den Stallungen der Kommende belassen und daher überlegte Aveline, in welchem Stall wohl noch Platz war.

„Gern helfe ich euch", sagte sie, stellte den Korb zur Seite und nickte Mutter zu, die daraufhin mit dem Wäschekorb zur Kommende ging.

Schließlich führte Aveline Kuno die Gasse entlang zum Stall des Stellmachers, der am anderen Ende der Siedlung lebte und natürlich durfte Kuno für ein paar Münzen die beiden Tiere dort einstellen.

„Euren Mantel trägt aber gerade meine Mutter in die Kommende!", sagte Aveline, im Stall stehend.

Mit dem Blick auf die Einstreu in der Pferdebox dachte sie an das andere Mal zurück, als sie mit Kuno im Stroh gewesen war.

„Ich habe euch gesucht und dachte, euch ist etwas passiert!", sagte sie.

„Ja! Eigentlich ist es das wirklich! Ich habe einen Boten des Großmeisters mit wichtigen Dokumenten begleitet. Und ich habe auch eine Entscheidung getroffen: Ich werde den Orden verlassen!", erklärte der Ritter.

„Meinetwegen? Nein, Herr! Bitte! Das dürft ihr nicht!", rief Aveline erschrocken aus und warf sich vor Kuno auf die Knie.

„Bitte steh auf! Es ist nicht deine Schuld! Ich werde am Montag den Großmeister um meinen Abschied bitten. Du hast mich nur zum Nachdenken gebracht, ob der Dienst im Orden wirklich für mich das richtige ist!"

Kuno zog sie wieder auf die Füße, weil sie sich nicht vor ihm aufrichten wollte. Vielleicht konnte sie ihn ja doch noch dazu bewegen, sein ganzes Leben nicht einfach so wegen ihr fortzuwerfen. Ihr flehender Blick fing seine Augen ein.

„Mach dir keine Sorgen! Ich werde in den Osten gehen! Da werden immer kräftige Hände und tapfere Ritter gebraucht!", sagte er und streichelte eines seiner Tiere.

„Na, wenn ihr meint!", sagte Aveline und stand nun direkt vor ihm.

Sie war ihm zu nah, als dass sie sich seiner Ausstrahlung noch entziehen könnte. Erneut zog sie ihn zu sich und der Kuss war nicht zu vermeiden.

Kuno kam ihr entgegen. Das fühlte sich gut an, aber trotzdem musste Aveline jetzt dafür sorgen, dass er seine Entscheidung noch einmal überdachte.

Sie löste sich aus diesem himmlischen Kuss, auch wenn es ihr schwerfiel, trat einen Schritt zurück, was ihr noch schwerer fiel, und versuchte nun wortreich und mit sich überschlagender Stimme auf ihn einzureden, seine Zukunft nicht zu opfern.

Schließlich verschloss er mit einem Kuss ihren Mund.

„Ich werde mich morgen in die Klausur begeben, um noch einmal über deine Einwände nachzudenken", sagte er danach und wandte sich zur offenen Stalltür, um zu gehen.

Wenn er in die Klausur ging, so würde sie ihn verlieren. Der Orden würde niemals zulassen, dass er sie weiterhin traf und wenn er in den Osten ging, so wäre er ebenfalls fern. Angst sauste durch ihren Leib.

Aveline nahm all ihren Mut zusammen und griff nach seiner Hand.

„Gnädiger Herr! Wenn ihr morgen in die Klausur gehen wollt, so bitte ich euch, bleibt in dieser Nacht bei mir! Bitte!", sagte sie flehend.

Er drehte sich zu ihr zurück, blickte ihr tief in die Augen und sagte dann: „So soll es geschehen!"

Kuno trat auf sie zu, um sie erneut zu küssen.

Aveline wich einen Schritt zurück, deutete eine Verbeugung an und erklärte: „Wenn es dunkel ist und meine Mutter schläft, so werde ich mich zu euch hier in diese Scheune schleichen! Jetzt muss ich mich eilen und noch waschen!"

„Ich werde dich hier erwarten!", entgegnete er.

Aveline rannte zurück zum Haus der Mutter, griff sich den Korb mit der schmutzigen Kleidung und hastete damit zum Fluss, denn sie musste die versäumte Zeit wieder aufholen!

Im Wasser des Flusses stehend, dachte Aveline daran, ob die Bitte um diese Nacht nicht schon wieder ziemlich eigennützig und selbstsüchtig gewesen war. Was würde er in der Klausur denken und sagen, wenn er zuvor mit ihr im Stroh gewesen war?

Es war die Begierde gewesen, die sie zu dieser Frage verleitet hatte, aber Wollust war eine der Todsünden!

Aveline war mit jedem Mal, bei dem sie in Kunos Nähe weilte, einen Schritt näher an der Hölle! Schnell schlug sie ein Kreuz und griff sich an den Anhänger. Aber wenn es doch Marias Wille gewesen war, dass sie sich getroffen hatten, dann war Aveline vor der Hölle geschützt.

Obwohl sie eigentlich arbeiten musste, flogen ihre Gedanken dabei ständig zu Kuno. Aveline konnte nicht anders, denn das Wasser hatte neuerdings die Farbe seiner Augen und umspülte erneut ihre nackten Knie!

Schließlich hatte sie alle Wäsche sauber im Korb und jagte zurück.

Aveline kam zum selben Zeitpunkt wie ihre Mutter zur Hütte zurück. Aus beiden Richtungen mit den beiden Körben. Ihrer war voller sauberer Kleidung und jener der Mutter mit schmutziger aus der Kommende.

Arbeit für den nächsten Tag!

Nun musste die feuchte Wäsche hinter der Hütte noch zum Trocknen aufgehängt werden, doch ihre Gedanken waren auch dabei ständig bei Kuno, der jetzt vermutlich in der Scheune des Stellmachers auf sie wartete.

Dabei jagten immer neue Zweifel durch ihren Kopf. Sollte sie wirklich zu ihm gehen? Das letzte Mal im Stroh war einfach nur himmlisch gewesen! Vielleicht sollte sie es als eine Art von Abschied sehen, denn egal wie er entscheiden würde, sie würde ihn verlieren.

Das konnte nie etwas werden!

Kuno würde im Orden bleiben, oder in den Osten gehen, weit fort von ihr.

In beiden Fällen würde er dann für sie unerreichbar sein! Das war er schon immer gewesen!

Der Ritter und die Waschmagd! Was hatte sie sich nur gedacht?

Das hier war doch kein Märchen!

Aveline beschloss, nur ein letztes Mal das Lager der Liebe mit dem Mann zu teilen, der nun schon solch einen großen Platz in ihrem Herzen eingenommen hatte.

Das war ihr letzter Wunsch und was danach kommen würde, das war ihr momentan völlig egal.

Eine letzte Nacht wollte Aveline noch diese Lust spüren können!

Nun wartete sie in der Hütte darauf, dass die Mutter einschlief. Eigentlich war auch sie durch die schwere Arbeit des Tages müde, doch die Aufregung ließ sie nicht zur Ruhe kommen.

Sie spürte, wie mit jedem vergangenen Augenblick des Wartens ihr Herz schneller schlug. Sie wollte diesen Mann! Für diese Nacht!

Es dauerte ungewöhnlich lange, bis Mutter endlich schnarchte, dann schlich sie aus der Hütte. Ein letzter zweifelnder Blick zurück und sie eilte davon.

Durch den strahlend hellen Vollmond war es fast Taghell in der Gasse und sie lief durch die Nacht.

Hoffentlich sah sie niemand!

War der Mann noch da? Zwar hatte er es ihr versprochen, aber wie konnte sie sich dessen so sicher sein?

Nun zog sie die Angst um ihn vorwärts. Wie ein Schatten huschte sie den Weg entlang. Die dünnen Lederschuhe machten kein Geräusch auf dem Lehmboden.

Noch zehn Schritte trennten sie von dem Tor des Stalles und ihr Herzschlag ging wohl kaum noch schneller.

22. Kapitel

In Klausur

So schnell war wohl noch nie zuvor jemand von Paris bis Montpellier und zurück geritten, wie sie. Nicht mal die Hälfte der veranschlagten Zeit hatten sie dafür benötigt! Natürlich hatte der Großmeister ihnen gesagt, dass es eilige Post war, aber noch mehr als diese Aufforderung hatte ihn die Sehnsucht nach Aveline gezogen.

Und nun saß Kuno in der Scheune und wartete auf den Abend. Am nächsten Tag, Freitag, dem 13. Oktober, würde er sich in der Kommende in die Klausur begeben, um zu überlegen, was er tun sollte.

Er wusste, dass dies ein Wendepunkt in seinem Leben werden würde. Für immer mit der Frau, oder für immer alleine. Aber war der Umstand, dass er hier auf sie wartete nicht schon Entscheidung genug?

Diese Klausur konnte er auch hier in diesem Gebäude machen.

In Anbetracht des Ortes, an dem Jesus geboren war, war wohl ein Stall mit einer Krippe ein viel besserer Platz dafür, als jede Kirche.

Mit geschlossenen Augen lehnte er sich im Sitzen gegen die Wand. Seine Gedanken flogen davon und versuchten eine Abwägung aller Eventualitäten. Was würde werden? Zumindest wollte er diese Frau nicht verlieren und damit war alles klar. Aber war dem wirklich so?

Konnte er sein Gelöbnis vor Gott und den Schwur auf den Orden der Templer so bedenkenlos brechen?

War Aveline einfach nur eine Prüfung seiner Stärke?

Eine Versuchung des Teufels? Aber wieso hätte sie dann das Antlitz der Maria? Was wollte Gott? Seinen Arm? Sein Schwert? Oder sollte er Aveline beschützen? Zu sehr war sie ihm schon ans

Herz gewachsen. Es würde schwierig und sehr schmerzhaft, sie da wieder herauszureißen, wenn es nicht gar unmöglich war!

„Lieber Gott! Was ist dein Wille?", fragte er nach oben, zur Decke der Scheune.

Schweigen war um ihn herum. Nicht mal die beiden Pferde, die auf Armlänge neben ihm in der Box standen, gaben einen Laut von sich.

Von fern war mit einem Male das Lachen eines Kindes zu hören. War das ein Zeichen? Sollte er Kinder haben? Dann wäre die Entscheidung für Aveline richtig.

„Gib mir ein Zeichen, ob das wirklich dein Wille ist!", sagte er und schreckte gleichzeitig zurück.

Versuchte er gerade, Gott zu einer Antwort zu zwingen? Erschaudernd blickte er vor seine Füße und dort erschien ein helles Kreuz. Es war ein Lichtstrahl der schon tief stehenden Sonne, der durch die Ritzen der Stallwand fiel, aber eben auch ein Zeichen.

Es war ein großes, göttliches „Ja!"

Was war nun zu tun? Am nächsten Morgen würde er bei Jacob de Molay um seinen Abschied bitten und danach zum Papst reiten, damit dieser das Gelöbnis von ihm nahm.

Das war sicher von Anfang an der Plan Gottes gewesen, denn all seine bewegliche Habe war hier mit ihm zusammen in dieser Scheune. Alles, bis auf den Knappen und das Ross. Die würden erst frei sein, wenn der Papst ihm seinen Segen gegeben hatte.

Dorthin würde er alleine gehen und die letzten Schritte im Büßergewand zurücklegen.

Ohne Tjaden und Aveline!

Danach wäre er allerdings frei.

Tjaden war schon ein wenig vorbereitet, aber der Knappe würde ihm sowieso überallhin folgen. Bei Aveline war Kuno sich noch nicht sicher. Würde sie am Abend zu ihm kommen? Zwar hatte sie dies gesagt, aber hielt sie Wort? Wenn ja, dann war auch das geklärt!

Kuno erhob sich und ging in die Box hinüber. Er streichelte dem Reitpferd, seiner braunen Stute mit dem weißen Fleck auf der Stirn, den Kopf und das Tier legte vertraut seine Nase auf Kunos Schulter. So viele Wege hatten sie zusammen zurückgelegt und nun würde sie ihm auch auf diesem letzten Pfad als Ritter des Ordens begleiten.

Durch den schnellen Ritt hatte er auch noch vierzig Schilling gespart, da sie nirgendwo in einer Herberge geblieben waren. Dieser kleine Vorrat an Münzen würde ihm nun den Weg nach Rom etwas leichter machen, aber er konnte ja immer noch in Pilgerherbergen und Klöstern Station machen.

Schwer hing das Säckchen an seinem Gürtel und würde ihm die Freiheit bringen.

Nun blieb ihm nur übrig, auf Aveline zu warten. Erneut sauste ein Zweifel durch seinen Kopf. Wie konnte er so sicher sein, dass sie zu ihm kommen würde?

Falls die Mutter sie nicht gehen ließ, oder mit einem Knecht vermählen würde, dann wäre Aveline für ihn verloren. Da sie keinen Vater hatte, konnte die Mutter über das Schicksal der Tochter bestimmen. Niemand hätte darauf Einfluss.

Das wäre wohl auch so, wenn er unterwegs nach Rom war und sie hier zurücklassen musste. Würde sie nach seiner Rückkehr noch hier sein? Oder sollte er sie einfach mitnehmen?

Dazu brauchte er aber noch ein zusätzliches Pferd und das kostete hundert Schilling. Viel zu viel für einen armen Ritter. Sein Blick fiel auf die an der Scheunenwand abgestellten Packsäcke. Darin war sein wertvollster Besitz. Kettenhemd, Brustpanzer, Helm und Armschutz. Ohne dies, und sein Schwert, war er nur noch ein Knecht!

Und ohne Aveline? Kein Mann!

Leise seufzte er und klopfte der Stute gegen den Hals.

Von draußen waren die Geräusche der Menschen zu hören, die zu ihren Hütten zurückgingen. Er hörte lachen, singen und erzählen. Wortfetzen wehten zu ihm herein. Noch war die Sonne am Himmel und solange sie dort stand, war Aveline fern.

Sein Herz rief leise und sehnsuchtsvoll nach ihr und konnte sie doch nicht erreichen.

Erneut ließ er sich an der Rückwand des Stalles nieder. Zwei Kerzen hatte er mitgebracht, die er nun neben sich ablegte. Wenn es dann dunkel war, dann würden diese beiden Lichter die Finsternis vertreiben.

Die Dunkelheit in seinem Herzen konnte allerdings nur Aveline verjagen. Seufzend blickte er auf seine Füße.

Das Warten konnte so lange sein.

Viel zu langsam kamen die Dämmerung und danach die Nacht. Vorsichtig befestigte er die Kerzen auf einem Holz und machte Feuer, wobei er wegen der Einstreu sehr umsichtig zu Werke gehen musste.

Ein Funke reichte und die Scheune würde mit ihm darin ein Raub der Flammen.

Auf der Gasse trat Ruhe ein. Der Nachtwind wehte um das Gebäude und raschelte im Strohdach.

Wo blieb die Geliebte nur?

Sorgfältig breitete er etwas Stroh auf dem Boden der leeren Box aus, ging noch einmal zu seinen Pferden und lauschte dabei weiterhin nach draußen.

Waren da Schritte zu hören?

Endlich öffnete sich die Tür einen Spalt und Aveline flog in seine Arme. Der erste leidenschaftliche Kuss der Nacht verband ihre Lippen. Kuno zog sie ganz eng an sich. Sie war da! Nichts anderes zählte mehr.

23. Kapitel

Tag der Rache

Eine ganze Weile befand sich der Brief des Königs schon im Zimmer des Kommandanten der Wache. Das gesiegelte Schriftstück war von der königlichen Kanzlei mit der Auflage versehen worden, es erst am Freitag, dem 13. Oktober 1307 zu öffnen.

Nun lag das Dokument auf dem Tisch und die dazugehörende Mitteilung, genau dem Inhalt folgend zu handeln, hatte sie beide nicht ruhen lassen.

Cedric war neben den Kommandanten an den Tisch getreten und betrachtete im Kerzenschein den Brief. Dieses Geheimnis und die Neugierde auf dessen Inhalt, hatte es nicht zugelassen, dass dieses Schreiben noch länger ungeöffnet liegen blieb.

Daher waren sie eigentlich mitten in der Nacht in das Zimmer gekommen. Noch hatte der Hahn nicht gekräht und dennoch war es schon Freitag.

Jetzt sah Cedric zu, wie der ältere Mann das Siegel brach und danach das Schriftstück entfaltete. Zusammen lasen sie den Befehl des Königs und er konnte sein Glück kaum fassen.

Endlich war es so weit!

Dieser Befehl des Königs beschuldigte die Tempelritter der Häresie, der Sodomie und der Ketzerei und damit würde es den Templern nun an den Kragen gehen.

Seit fünf Jahren, seit seinem Ausscheiden aus dem Orden, hatte er darauf gewartet, es den Ordensbrüdern heimzahlen zu können.

Es war nur eine kleine Verfehlung gewesen, die ihm das Amt eines Komturs gekostet hatte, aber der Zorn saß noch immer tief.

Aber nun konnte seine Rache Gestalt annehmen!

Bereits am 14. September 1307 hatte König Philipp IV. den Haftbefehl ausgefertigt, und zwar für alle Templer ohne Ausnahme.

Diese Briefe waren an alle Dienststellen in Frankreich gegangen und damit sollten an diesem Tag alle Ordensbrüder, überall im Lande, verhaftet werden.

Gleichzeitig würden alle Männer des Königs zuschlagen, wie er hier in Paris, wo sich das Hauptquartier der Templer befand. Daher war der Brief auch so lange geheim gewesen, damit sich die Ordensbrüder nicht gegenseitig warnen und eventuell in das Ausland flüchten konnten.

Nun musste alles ganz schnell gehen.

„Ich mobilisiere die Männer!", bot sich Cedric an.

Der Kommandant nickte und wenig später lief Cedric durch die Gänge, um seine Männer zu wecken.

Zwar hatte er hundert Kämpfer zur Verfügung, aber die Tempelritter waren gute Streiter, deshalb mussten sie schnell und so früh wie möglich zuschlagen, denn wenn eine konzentrierte Gegenwehr zustande kam, dann würden sie vielleicht verlieren und dann würde weder der Wunsch des Königs, noch seine Rache an den Templern, erfüllt werden können.

Verschlafen traten die Männer auf den Gang, wo er ihnen den Befehl des Königs bekannt gab, allerdings ohne das Ziel zu nennen, sondern nur den Auftrag, sich zu rüsten und zu gürten.

Nun kam Bewegung in die Wachmannschaft, denn nur selten kam solch ein Befehl des Königs.

Und auch Cedric ließ sich durch seinen Knappen in seine Rüstung helfen. Über den Gambeson aus Filz kam der Kettenpanzer, der den ganzen Körper umschloss. Nur das Gesicht blieb frei. Darüber der Brustpanzer und der Waffenrock. Zum Schluss gürtete der Knappe ihm das Schwert am Waffengurt um und gab ihm den Helm in die Hand. Der würde dann aber am Pferd bleiben, denn mit diesem Topf konnte man im Nahkampf kaum etwas sehen.

So gerüstet trat er aus seinem Raum und sah seinen Männern zu, die nun ebenfalls aus ihrem Schlafsaal herauskamen.

Im Gegensatz zu ihm trugen sie bereits Schilde in den Händen.

Cedric schritt die Reihe ab und kontrollierte die Bewaffnung, denn einen Fehler wollte er sich nicht leisten und jede Nachlässigkeit seiner Kämpfer würde auf ihn zurückfallen.

Als der Hahn den Sonnenaufgang vermeldete, betraten sie die Ställe, in denen die Knechte bereits die Pferde gesattelt hatten.

Mit dem Beginn des Tages donnerten die Hufe von hundert Pferden durch die verschlafenen Gassen von Paris.

Cedric kannte das Ziel ihres Ritts, aber er musste seine Leute noch einweisen.

In Sichtweite der Kommende der Templer hob er, an der Spitze seiner Männer reitend, die Hand und stoppte damit die Gruppe. Nun war es Zeit für den Befehl, den er so laut sprach, dass auch einige der aufgeschreckten Bürger es hören konnten.

Damit mussten sie nun eilen, um vor dem Gerücht das Tor der Kommende zu erreichen. Mit dem neuen Tag würde es ja auch geöffnet werden.

Die vier Wachen am Tor wurden durch den Handstreich überrumpelt und waren geknebelt, sowie in Ketten gelegt, bevor auch nur ein Laut der Warnung ihre Kehlen verlassen hatte.

Ungehindert stürmten seine Männer das Areal und da Cedric sich hier drin gut auskannte, konnte er die Kräfte gezielt aufteilen.

Ställe, Schlafsäle und Kapelle waren schnell besetzt.

Die kaum vorhandene Gegenwehr wurde geschwind und blutig gebrochen. Die zum großen Teil noch mit den Unterhemden bekleideten Templer wurden mit Stricken und Ketten gefesselt und danach im Refektorium unter Bewachung festgesetzt.

Nun konnte sich Cedric mit einer Handvoll seiner Männer dem Donjon nähern.

Der Eingang dieses Gebäudes wurde zwar bewacht, aber auch hier gelang es schnell die Wachen zu überwältigen.

Unter seiner Führung stürmten sie in dem Gebäude nach oben und durchsuchten alle Räume.

Der zweite Auftrag des Königs war es ja, allen Besitz der Tempelritter sicherzustellen und der war vermutlich in diesem Gebäude. Während seine Männer die Kellerräume durchsuchten und er an ihren Rufen hören konnte, dass sie Kisten voller Gold gefunden hatten, trat er in das Zimmer des Großmeisters.

Der greise Mann befand sich zwar bereits gefesselt im Refektorium, aber hier waren sicher Beweise für die Anklage des Königs zu finden und seine Aufgabe war es jetzt, diese Schuldbelege zu sichern. Und das konnte nur er, denn kaum einer seiner Leute konnte schreiben oder lesen.

Gründlich durchsuchte er den Raum und wühlte in jeder Kiste. Er las jedes Schriftstück und legte die Dokumente, die er gesucht und gefunden hatte, fein säuberlich auf das Pult des Großmeisters.

Damit hatte er Jacob de Molay am Kragen!

Auf diesen Pergamenten stand, dass ein Teil der Anschuldigungen stimmte. Und alles andere würde der greise Ritter auch noch gestehen. Mit diesen Briefen vor der Nase konnte er nur zugeben, dass König Philipp die Templer zu rechtens verfolgt hatte.

Lächelnd legte Cedric die Briefe zusammen und band eine Schnur darum.

Anschließend stieg er hinab in den Keller, um sich von der Menge der Beute zu überzeugen.

Die Schriftstücke lagen derweil sicher im Raum des Großmeisters.

24. Kapitel
Freude und Angst

as war das für eine Nacht gewesen! Und sie war noch nicht zu Ende, denn der Hahn hatte noch nicht den neuen Tag verkündet.

Aveline lag neben dem Mann in der Pferdebox und betrachtete ihn.

Kuno schnarchte laut und das Licht der beiden Kerzen schien auf seinen Körper. Sie waren beide nackt wie Adam und Eva und sie waren im Paradies.

Er hatte die Kerzen auf einem umgedrehten Holzeimer an ihr Kopfende gestellt und diese hatten die ganze Nacht gebrannt. Kerzen! Wie auf einem Altar in der Kirche, denn nur dort hatte sie bisher Kerzen schon mal gesehen. Bei der Mutter reichte es nur für das Talglicht mit seiner schummrigen Beleuchtung.

Die Zuwendungen, die Kuno ihr in dieser Nacht zugedacht hatte, die waren ein Geschenk Gottes gewesen. Noch nie hatte sie erlebt, dass sich so der Boden unter ihren Füßen gedreht hatte, wie in diesen Stunden der Nähe.

Obwohl es schon fast Mitte Oktober war, war ihnen in dieser Nacht nicht kalt geworden. Der Stall war nicht so groß und die beiden Pferde in der Nachbarbox wärmten dieses Gebäude gut durch. Es war so heiß gewesen, dass sie sich beide ihrer Kleidung vollständig entledigt hatten.

Wenn Mutter sie jetzt so fand, so würde sie den Tod durch ihre Hand finden, aber es war Aveline egal. Alles war egal, wenn Kuno nur in ihrer Nähe war.

Der geliebte Mann hatte eine dünne Schicht Stroh unter sie gelegt. Jetzt ruhte er neben ihr auf dem Rücken.

Aveline lag auf der Seite, hatte den Kopf in eine Hand gestützt und musste den Mann einfach ansehen. Die Kerzen tauchten seinen nackten Leib in ein strahlendes Licht. Er war wirklich wunderschön! Die breite Brust, die starken Arme.

Nur wenige Narben waren auf dem Körper des Kämpfers zu erkennen. Ihre Augen glitten langsam an ihm abwärts und etwas anderes zog nun ihre Aufmerksamkeit auf sich. Offenbar hatte Kuno gerade einen Traum, denn an seiner Leibesmitte wuchs etwas wie ein Turm in die Höhe! Während er schnarchte, ragte dieser Freudenspender, der ihr in dieser Nacht drei Mal solche Glücksgefühle gebracht hatte, steil empor.

Nun hatte Aveline Zeit, um auch diesen wundervoll geformten Teil seines Leibes ausgiebig zu erkunden.

Wie ein Pfahl ragte er etwa eine Hand hoch aus einem dichten Gewirr aus gekringelten Haaren. Sonst waren an Kunos Körper kaum Haare, nur auf der Brust wuchsen ein paar und ein dünner Streifen zog sich vom Nabel an abwärts.

Immer noch schnarchte Kuno und somit gingen nun, nach den Augen, ihre Finger langsam auf Nachforschung.

Vorsichtig betastete sie das, was sie in dieser Nacht so herrlich in ihrem Schoß gespürt hatte. In dem kleinen Säckchen darunter war noch etwas vorhanden, obwohl er doch schon drei Mal dessen Inhalt in das Stroh neben ihr gespritzt hatte.

Reichte die Ladung noch für ein viertes Mal? Sollte sie ihn wecken, um es zu versuchen? Oder sollte sie sich einfach holen, was die Wollust nun von ihr verlangte? Heiß pochte es bereits in ihrem Unterleib!

Die Lüsternheit war erwacht und wollte gestillt werden!

Der Verstand versank im Nebel der Leidenschaft.

Aveline erhob sich, trat mit gespreizten Beinen über ihn und blickte zu ihm herab. Schnell hockte sie sich über Kuno und senkte danach langsam ihren Unterleib auf diesen Pfahl aus Fleisch herab.

Als dieser ihre feuchte Scham berührte und wenig später in ihren Schoß glitt, raubte ihr dieser Sinnesreiz fast den Atem! Sie ließ

110

sich nach vorn fallen, stütze sich mit beiden Händen auf seiner Brust ab und begann sich auf ihm zu bewegen.

Aufgespießt auf seinem Glied keuchte sie voller Wonne.

Es dauerte nicht lange und Kuno erwachte. Er hob sie von sich, legte sie mit dem Rücken auf den Boden und stieß erneut kraftvoll zu.

Diese Empfindung der unbändigen Kraft des Mannes in ihrem Schoß war so wunderschön, dass sie dafür sterben könnte!

Doch als er sich abermals aus ihr zurückziehen wollte, um seinen Samen neben sie zu versprengen, verschränkte sie ihre Beine hinter ihm und gab ihn nicht frei.

Aveline hatte beschlossen, wenn Kuno gehen würde, ihrem Leben ein Ende zu setzen, indem sie in den Fluss sprang. Und auf diesem letzten Weg auf Erden wollte sie einen Teil von ihm in sich behalten.

Mit aller Kraft hielt sie ihn in sich. Alles Zerren nutzte ihm nichts und somit musste er ihr seinen Lebenssaft in den Leib geben.

Als sie sein Pulsieren in ihrem Unterleib spürte, drehte sich erneut alles um Aveline. Die Box, der Stall, die Kerzen. Die ganze Welt war in Bewegung! Keuchend lag sie unter ihm und es fühlte sich an, als würden Sterne auf ihre nackte Haut fallen.

Stöhnend und jammernd nahm sie zitternd seinen Samen entgegen.

Schwer fiel Kuno auf ihre Brust. Sie küssten sich und schliefen beide abermals ein.

Glücklich sich gegenseitig umarmend.

Ein Tumult auf der Straße riss Aveline aus diesem schönen Schlaf.

Erschrocken fuhr sie hoch.

Waren sie entdeckt worden?

Der Stellmacher wollte doch erst am Abend aus Paris zurück sein? Sich das Unterkleid vor den nackten Leib haltend, horchte Aveline im Sitzen nach draußen. Wenn Mutter sie hier so fand, dann war alles aus!

Frauen schrien vor dem Stall und es war Aveline, als ob sie auch die Mutter hören würde.

Sie sprang auf und in Bruchteilen eines Wimpernschlages hatte sie sich angezogen. Nun blickte Aveline in die fragenden Augen des nackten Mannes.

Die Tür des Stalles war noch verschlossen. Niemand hatte sie gefunden! Das Geschrei musste also eine andere Ursache haben.

„Ich gehe mich erkundigen!", sagte sie erleichtert.

Möglichst unauffällig schlich Aveline aus dem Haus und trat auf die Gasse. Gerade noch rechtzeitig bemerkte sie, dass noch ein paar Strohhalme in ihrem Haar hingen.

Als diese am Boden lagen, traf Aveline auf die Mutter.

„Was ist los?", fragte sie vorsichtig und erwartete wüste Beschimpfungen, weil es schon heller Tag war und sie nicht in der Hütte geschlafen hatte.

Doch stattdessen sagte die Mutter: „Der König hat den Templerorden aufgelöst! Er lässt alle Ordensbrüder in Ketten legen!"

„Aber das kann er doch nicht tun!", rief Aveline entsetzt aus.

Der geliebte Mann war in Gefahr!

Sie ließ die Mutter stehen und rannte zurück, um Kuno die Nachricht und die Warnung zu überbringen.

„Ihr müsst fort! Schnell! Eilt euch!", rief sie, als sie den Stall betrat.

Mit sich überschlagender Stimme erzählte sie Kuno, der sich gerade anzog, was vorgefallen war.

„Was hast du getan?", hörte sie mit einem Mal die Mutter hinter sich keifen.

Die Situation mit dem halbnackten Ritter und ihrem Lager im Stroh sprach wohl für sich. Erschrocken fuhr Aveline herum und sah die zum Schlag erhobene Hand der Mutter.

„Du nichtsnutziges, unwürdiges Ding! Du bist eine elende Dirne!", fuhr Mutter sie an und trat einen Schritt auf sie zu.

Aveline duckte sich vor dem zu erwartenden Schlag weg.

Kuno schob sich vor sie und gab der Mutter einen Beutel Münzen.

„Ich kaufe sie dir ab. Das ist mein Brautgeld!", sagte er nur.

Die Mutter zählte nach und zog die Schnur an dem Säckchen zu. Sie blickte Aveline an und sagte laut: „Nun ist sie euer! Macht mit ihr, was euch gefällt! Ich will sie nie wieder zu Gesicht bekommen!"

Sie drehte sich um und ging wortlos davon.

Aveline eilte zur Tür und blickte ihr nach, aber Mutter warf keinen Blick zu ihr zurück.

Mutter hatte recht! Aveline hatte Schande über sich und sie gebracht. Nie wieder würde sich Aveline in dieser Siedlung sehen lassen können, aber sie hatte ja sowieso vorgehabt, ihrem Leben ein Ende zu setzten. Die Tränen schossen ihr in die Augen und sie drehte sich zu Kuno um.

Was konnte sie nun noch tun? Den Tod suchen, wie sie es beabsichtigt hatte? Das ging nun aber nicht mehr, denn ihr Leben gehörte, durch seine Münzen, ab sofort Kuno!

Er hatte sie der Mutter abgekauft, aber sicher nicht wirklich als Braut! Bestimmt nur als Magd! Kuno war vom Geliebten zu ihrem Herrn geworden.

Aveline wischte sich die Tränen fort. „Mein Herr! Verfügt über mich!", sagte sie und kniete sich vor ihn hin.

Kuno griff ihr an die Schultern und stellte sie daran ziehend wieder auf die Füße.

„Ich muss meine beiden Freunde retten!", sagte er, zog sich weiter an und wollte danach auf die Gasse gehen.

Mit beiden Händen hielt Aveline ihn fest, doch er versuchte sich von ihr loszureißen.

„Sie werden euch fangen und einsperren!", jammerte sie.

Warum wollte er sich in diese Gefahr bringen?

„Bitte bleibt!", flehte sie ihn an.

Kuno zögerte und überlegte.

„Hast du einfache Sachen für mich?", fragte er sie schließlich.

Sie nickte, rannte hinter Mutters Hütte, nahm dort das Gewand eines Landmannes von der Leine und brachte es zu Kuno in den Stall.

Aveline hatte nun begriffen, dass sie ihn nicht von seinem Weg abbringen konnte.

Kuno zog sich das Wams aus und den Kittel an.

Sie schmierte ihm noch etwas Straßenstaub in sein Gesicht, verschmutzte den Bart und damit sah Kuno jetzt wie ein Bauer aus.

Er küsste sie und ging, obwohl sie ihn nicht gehen lassen wollte.

Mit Angst im Herzen blieb sie im Stall zurück und betete zu Maria, dass der Geliebte und Herr unbeschadet zu ihr zurückkehren würde.

Sollte er allerdings am Abend noch nicht bei ihr sein, so würde sie den Tod wählen, was sie ja sowieso schon vorgehabt hatte.

Nur so konnte sie die Schande von der Mutter nehmen, zu der sie aber eigentlich schon nicht mehr gehörte.

Vor Angst zitternd hockte sie sich in die Box.

25. Kapitel
Hilfe für Freunde

Konnte ein Tag schöner beginnen, als in dieser Form? Kuno lag auf dem Rücken und sah über sich das Gesicht von Aveline. Sie hatte die Augen geschlossen und den Mund leicht geöffnet. Ein leises Keuchen entfuhr ihren Lippen, während sie ihren Unterleib langsam auf ihm auf und ab bewegte. Die Haare klebten an ihrer schweißnassen Stirn und die pure Verzückung lag in ihren Gesichtszügen.

Kuno hatte mit seinen Berührungen ein Raubtier in ihr geweckt und im Moment war er ihre Beute. Sie hatte die Hände auf seine Schultern gestützt und bei jeder Bewegung ging ein Zittern durch ihren Körper. Dieses lief auch durch ihre Brüste, die schwer zu ihm herab hingen.

Eigentlich waren sie klein und halbkugelförmig, aber in der jetzigen Position wirkten sie derb und prall. Bei diesem Anblick würde es wohl nicht mehr lange dauern, bis sie alles aus ihm herausholen würde und daher drückte er sie mit dem Rücken auf das Lager aus Stroh nieder.

Trotz der bereits vorangegangenen drei Mal war sie immer noch gierig und schien unersättlich zu sein. Bei jedem Stoß kam sie ihm nun stöhnend mit dem Unterleib entgegen.

Wenig später hielt er ihren zitternden Leib umklammert. Er hatte sich ihr nicht entwinden können und somit seinen Samen in ihren Leib geben müssen.

Glücklich und erschöpft fiel er auf sie, nahm sie in den Arm und sie schliefen wieder ein.

Der Tumult auf der Gasse, der sie danach weckte, war ziemlich laut. Nach den Sonnenstrahlen, die durch die Ritzen in der Tür bis zu ihnen hereinfielen, musste es schon fast Mitten am Tag sein!

Kuno hatte doch am Morgen in der Kapelle sein sollen und danach um seinen Abschied bitten wollen.

Offenbar hatten sie beide völlig ermattet von dem Spiel der Lust den Tagesbeginn verschlafen, doch nun würde er gehen müssen!

Während er noch nackt im Stroh saß, war Aveline schon nach draußen geeilt, um den Grund der Unruhe zu ergründen.

Bei ihrer Rückkehr bestätigten sich die Befürchtungen, die ihm Ignatius kurz vor seinem Tode noch mitgeteilt hatte.

Der König hatte den Templerorden aufgelöst und alle Ritter verhaften lassen. Nun musste er eilen, um seinen Freunden zu helfen.

Tjaden und Wolfgang waren in Not!

Nachdem er Avelines Mutter das Geld der Unterkunft, das er auf dem Weg nach Montpellier und zurück gespart hatte, übergeben hatte, lief er, als Knecht verkleidet zum Tor der Kommende.

Es war die hellste Aufregung in den Gassen der Siedlung.

In dieser Ansiedlung lebten alle Menschen vom Orden und ohne diesen würden sie wohl schon bald Hunger leiden müssen.

Wortfetzen von Sodomie, Häresie und Ketzerei hörte er und am Tor standen Wachen mit dem Wappen von König Philipp! Die blauen Waffenröcke mit der goldenen Lilie waren ein unverkennbares Zeichen dafür, dass nun hier der König seine Hand auf dem Vermögen der Templer hatte.

In dem allgemeinen Tumult am Tor, wo drei überforderte französische Waffenknechte versuchten, sicherlich fünfzig aufgebrachte Einwohner aufzuhalten, konnte Kuno durch das Tor in die Kommende schlüpfen.

Nun durfte er sich nur nicht fangen lassen!

Er konnte sehen, wie einige Männer, nur mit einem Hemd bekleidet, in Ketten abgeführt wurden. Die Waffenknechte des Königs waren ziemlich ruppig mit ihnen! Wenn Tjaden ihnen in die Hände gefallen war, so würde Kuno ihm wohl kaum helfen können. Vielleicht war der Knappe aber auch bei einer Dirne in der Siedlung gewesen.

Wohin sollte Kuno nun gehen? Wo könnte sich Tjaden versteckt haben, falls er hier gewesen war?

Vielleicht in der Kapelle? Denn dort wäre er zumindest im Asyl der Kirche auf heiligen Boden. Ob ihm das etwas genutzt hätte, blieb mal dahingestellt.

Doch Kuno musste es zuerst dort versuchen und wenn er den Freund dort nicht fand, so war das dann wenigstens der Platz für ein Bittgebet!

Auf Schleichwegen erreichte er das Tor der Kapelle, das schief in den Angeln hing. Offenbar waren die Häscher mit Gewalt in das Gotteshaus eingedrungen. Damit würde er den Knappen dort wohl kaum finden können.

Ein Blick in das Kirchenschiff bestätigte nur seine schlimmsten Befürchtungen.

Alle wertvollen Gegenstände waren aus der Kirche verschwunden. Kahl und geplündert sah der Altar aus. Mit ein paar eiligen Schritten lief er zum Seitenaltar, wo sich das Abbild der Maria befand. Davor betete Kuno kurz für den Freund und nahm dann das kleine Kreuz an sich, das Ignatius immer so geschätzt hatte.

An diesem entweihten Ort durfte es nicht bleiben!

Wohin sollte sich Kuno nun wenden? Zum Donjon?

Sollte er die Botschaften sicherstellen, die er erst am Tage zuvor dem Großmeister mitgebracht hatte? War das zu riskant? Sein Pflichtgefühl zog ihn vorwärts.

Schnell hatte Kuno das Gebäude erreicht und schob sich vorsichtig durch das angerichtete Chaos in den Räumen nach oben.

Eilig hatte er den Stapel Papiere vom Tisch des Großmeisters an sich genommen, unter sein Wams geschoben und war auch schon wieder auf dem Weg nach unten.

Und wohin nun?

Zum Stall!

Wenn es Tjaden geschafft hatte, den Verfolgern zu entgehen, dann würde er wohl dort auf ihn treffen.

Mit den Briefen und dem Kreuz unter dem Wams rannte Kuno durch die Kommende.

Überall waren die blauen Kittel zu sehen, aber für einen dreckigen Knecht schienen sich die Männer nicht zu interessieren.

Dennoch machte Kuno viele Umwege, bis er endlich das Stallgebäude vor sich sah.

Allerdings würde es schwierig werden, das Gebäude zu betreten, denn viele blaue Umhänge waren davor zu sehen. Die Streitrösser waren sehr wertvoll.

Hatte sein Freund es geschafft, in das Stallhaus zu gelangen? Und wenn ja, wie konnte Kuno da ungesehen hinein? Die Waffenknechte würden ihm den Zutritt sicherlich verwehren!

Hinter der Ecke eines Gebäudes stehend, spähte er zum Stall hinüber. Direkt neben den Stallungen befand sich die Scheune, in der er damals mit Aveline im Stroh gewesen war.

Er erinnerte sich wieder an dieses Gebäude. Gab es da nicht einen Durchgang unter dem Dach, durch den das Stroh in den Pferdestall geworfen werden konnte? Vielleicht? Hoffentlich!

Kuno machte einen schnellen Lauf über die Gasse hinüber und huschte danach ungesehen in das Halbdunkel der Scheune. Hier drin, wo es nur Stroh gab, waren keine der Waffenknechte. Denen ging es nur um die wirklich wertvollen Dinge.

Seine Augen brauchten einen Moment, um sich an das Dämmerlicht zu gewöhnen, dann suchte er die Leiter nach oben, wo sich auch der Heuboden befand.

Aber Kuno konnte sie nicht finden! Daher würde er irgendwie anders nach oben klettern müssen.

Mühsam zog er sich an einem der Stützbalken hinauf.

Kuno brauchte drei Versuche mit schmerzhaften Abstürzen, bevor er auf dem Heuboden angelangt war.

Von dort aus balancierte er zum Stall hinüber. Noch nie war er hier oben gewesen und den Durchlass hatte er nur von der anderen Seite aus gesehen. War dieser eventuell vom Stall aus mit einer Klappe gesichert? Dann würde er es über das Dach versuchen müssen!

Es war schummrig und gerade stand er über der Stelle, an der er Aveline unten im Stroh geliebt hatte, doch diese Erinnerung half ihm im Moment nicht weiter. Sie behinderte ihn nur.

Wenn er die Geliebte wiedersehen wollte, dann musste er sich jetzt auf das Ziel seines Weges konzentrieren.

Unter seinen Füßen knarrten die Bretter. Ein Fehltritt und er würde in die Tiefe stürzen. Und immer noch wusste er nicht, wo sich der Freund gerade aufhielt.

26. Kapitel
In Wut!

ur ein paar Augenblicke waren die Briefe unbeaufsichtigt gewesen und dennoch hatte dieser kurze Zeitraum gereicht, dass jemand sie entwendet hatte. Oder einfach nur fortgeworfen?

Cedric stand an dem Pult und blickte auf die leere Stelle, an welcher der Schuldbeweis gelegen hatte. Hatten sie einen Templer übersehen? Oder gab es etwa einen Geheimgang bis in diesen Arbeitsraum?

Die Suche nach dem Gold hatte die Männer in den Bann gezogen, denn das, was sie gefunden hatten, das konnte nicht der ganze Reichtum der Kommende sein.

Daher war auch er etwas länger im Keller gewesen. Und anscheinend die Wachen am Tor des Donjons ebenfalls. Vor Wut schnaubend schrie er die Männer zusammen und diese duckten sich unter seinen Worten wie unter der Knute fort.

Beides musste nun gefunden werden. Das Gold und die Schriftstücke!

Da das Ausgangstor der Kommende von seinen Männern besetzt war, würde der Dieb sicher das Gelände nicht verlassen können und daher widmete er sich abermals der Durchsuchung der Kellerräume.

Jeder Stein wurde umgedreht und dennoch war der Erfolg gering. Jetzt blieb ihm nur übrig die Ordensbrüder zu befragen, bis sich einer von ihnen verplappern würde und das Versteck des Schatzes verriet.

Einen nach dem anderen ließ er befragen, doch die Männer waren ziemlich störrisch. Und trotzig! Sie beugten sich noch nicht mal der Gewalt, die er ihnen aus Wut zudachte.

Weder Papiere noch Gold kamen zum Vorschein!

Nur die Hälfte seiner Mission war damit gelungen. Die Ordensbrüder waren im Arrest. Die Beweise und das Vermögen waren allerdings verschwunden.

An diesem mäßigen Ergebnis änderte auch sein Toben nichts mehr. Hätte er freilich die Briefe nicht selbst gelesen, so hätte er denken können, dass es diese nicht gegeben hätte, doch sie waren da gewesen!

Im Scriptorium begann er nun jedes Buch zu durchsuchen und da seine Leute des Lesens nicht mächtig waren, musste er das selbst tun.

Dutzende Bücher durchstöberte er und stieß dabei auf Zeichen, die er noch nie zuvor gesehen hatte. War das eine Geheimsprache? Diese Symbole sahen arabisch aus und waren vielleicht auch ein Beweis dafür, dass die Tempelritter eine Verbindung mit den dunklen Mächten gehabt hatten.

War es eine andere Art von Beweis?

Schnell ließ er einen der Brüder aus dem Scriptorium zu sich bringen, der allerdings keine seiner Fragen beantwortete. Auch mit Gewalt war ihm nicht ein Wort zu entlocken.

Damit mussten die Folterknechte in den nächsten Tagen versuchen, diese Mönche zum Sprechen zu bringen.

Schon manche Zunge war mit glühendem Eisen gelockert worden!

Als er den Mönch zurückschicken wollte, erreichte ihn die Meldung, dass zwei Reiter das Tor durchbrochen hatten. So schnell er konnte war er die Treppen hinabgeeilt, auf sein Pferd gesprungen und jagte den fliehenden Männern hinterher.

Mit zwanzig seiner Kämpfer hinter sich.

Die beiden Reiter konnten noch nicht so weit gekommen sein. Sicherlich hatten sie nicht mehr wie ein paar Dutzend Pferdelängen Vorsprung.

Bestimmt waren die Briefe bei ihnen und vielleicht auch ein Teil des Schatzes. Er brauchte die beiden Männer unbedingt. Und sie durften ihm nicht entkommen, da der König alle Ritter in Haft wissen wollte.

Mit donnernden Hufen jagten sie den beiden hinterher und dabei nahm er auf die Bevölkerung der Ansiedlung keine Rücksicht. Zu viele Schaulustige hatten sich vor dem Tor der Kommende versammelt.

Durch diese Menge jagten seine Kämpfer und wer nicht zur Seite sprang, der war selber daran schuld, wenn er verletzt wurde.

Die Gassen waren schmal und die Reiter schienen nach Osten entkommen zu wollen.

In der Siedlung konnten sie die flüchtenden Männer nicht erblicken, aber nach dem kleinen Ort war die Straße weit einzusehen. Da würden die Reiter sicherlich zu erspähen sein. Und ihre aufgewirbelte Staubwolke würde ihren Weg zusätzlich weithin sichtbar machen.

Auf seinem Pferd erreichte Cedric das letzte Haus an der Gasse und sah auf die freie Fläche hinaus.

Nichts!

Keine Reiter, keine Pferde, keine Staubwolke. Wo waren die beiden hin? Hatten sie sich in der Siedlung versteckt? Aber wo?

„Findet sie!", rief er seinen Männern zu und ritt missmutig zur Kommende zurück.

Nun musste er einen Teil seiner Männer dazu abstellen, die Häuser der Siedlung zu durchsuchen, aber da würde ja kein Pferd zu verstecken sein. Oder waren die Männer nach Westen geritten?

Vom Tor der Kommende aus schwärmten seine Waffenknechte in die Siedlung hinein und gleichzeitig schickte Cedric Melder los.

Diese Boten sollten die Kommandanturen, die auf dem Weg nach Osten und Westen lagen, informieren, damit sie nach zwei entflohenen Tempelrittern Ausschau hielten.

Vielleicht holten die Boten ja die Männer auch ein, denn die Pferde seiner Reiter waren schnell.

Jetzt war es an der Zeit, die inhaftierten Ordensbrüder in den Kerker zu überführen.

In einem langen Zug machten sich die Templer auf den Weg. Barfuß, im Unterhemd, gefesselt und in Ketten. Das war zusätzlich eine Art von Rache an ihnen. Das hätte es nicht gebraucht, denn über die Art des Weges stand nichts im Brief, doch Cedric gefiel diese Art der Demütigung.

Hoch zu Ross ritt er vornweg.

Fünf Jahre hatte seine Rache gebraucht, bis er sie endlich ausleben konnte. Doch ein Teil fehlte. Von den Briefen würde er nichts sagen, doch der Schatz, den sie zu finden gehofft hatten, der war ausgeblieben.

Waren die Tempelritter doch zuvor gewarnt worden? Allerdings wären sie dann sicherlich von der Verhaftung nicht so überrascht gewesen.

Vielleicht waren die anderen Kommandanturen erfolgreicher gewesen und das Geld lag einfach nicht in der Kommende des Großmeisters.

Zumindest den Großmeister hatte Cedric und der alte Mann lief direkt hinter ihm. Praktisch an den Pferdeschwanz gebunden. An der Kette, die Cedric in der Hand hatte. Jeder der Bürger in Paris würde sehen, dass er den Mann in Haft genommen hatte und da er am Morgen den Befehl des Königs so laut vorgetragen hatte, wussten die Bürger auch schon, warum die Templer verhaftet waren.

Folglich war es auch kein Zufall, dass die Männer hinter ihm mit faulem Obst und Exkrementen beworfen wurden, denn Teufelsanbeter wollte niemand in der Nähe haben. Und ab dem nächsten Tag konnten sie die Gebäude Stück für Stück auseinandernehmen.

Vielleicht fand sich doch noch ein Geheimgang oder ein Versteck.

27. Kapitel
Die Pflicht eines Knappen

Von allen drei Pferden hatte es der Hengst am schwersten gehabt und daher hatte es Tjaden als völlig natürlich empfunden, bei dem treuen Tier im Stall zu schlafen. Direkt in der Box, im Stroh. Und er hatte dadurch auch Zeit gehabt, nun endlich über das nachzudenken, was ihm Kuno auf der Reise mitgeteilt hatte.

Natürlich würde er den Weg des Ritters weiterhin begleiten, aber er war etwas voreingenommen, was diese Frau betraf. Warf Kuno sein Leben einfach nur für ein Weib fort, das zu besserem aufsteigen wollte?

Eine Waschmagd, die einen Ritter verführt hatte?

Oft hatte er mit Mägden das Lager der Lust geteilt und daran war ja auch nichts Verwerfliches. Er war nur Knecht und nicht an das Gelübde der Keuschheit gebunden.

Für eine kupferne Münze machte so manche Magd gern die Beine breit und um wie vieles mehr war wohl für solch eine Dirne zu holen, wenn sie sich einen Ritter angeln konnte?

War es nicht seine Pflicht, den Ritter zu beschützen? Vor allem und jedem? Dann musste er Kuno auch vor dieser Buhle bewahren.

Zumindest würde er sie ganz genau im Auge behalten.

Der bei Frauen so unerfahrene Freund war vermutlich eine leichte Beute für sie gewesen, doch noch war da nichts entschieden! Wenn es in seiner Macht stand, und die Gelegenheit es gebot, dann würde er handeln!

Allerdings steckte Tjaden erst mal in einer anderen Falle, aus der er entkommen musste, bevor er sich um das Wohl seines Ritters kümmern konnte: Am Morgen war er ziemlich unsanft von dem Tumult vor dem Stallgebäude geweckt worden. Und aus seinem Versteck in der Pferdebox hatte er beobachtete, wie die Blauröcke des Königs die edlen Streitrösser der Tempelritter taxiert hatten.

Die nicht ganz so wertvollen Reitpferde der Knappen waren ihnen dabei egal gewesen. Die Rösser kosteten mehr als das Zwanzigfache seines Hengstes.

Und es war auch seine Pflicht, Kunos Ross vor deren Zugriff zu beschützen.

Als die Männer den Stall wieder verlassen hatten, war er zur anderen Seite geschlichen, hatte das Streitross geholt und in das Abteil seines Hengstes gebracht.

Für zwei der Tiere war darin zwar nicht so viel Platz, aber er durfte das edle Tier seines Herrn nicht im Stich lassen.

Die Nasen der beiden Tiere streichelnd horchte er nach draußen, was dort vor sich ging. Und es war offenbar nichts Gutes, denn Tjaden hörte, wie die Waffenknechte des Königs sich darüber unterhielten, dass sämtliche Tempelritter gefangen und in Ketten gelegt worden waren.

Wegen Sodomie, Häresie, Ketzerei und Teufelsanbetung.

Einen Augenblick später stand er mit der Streitaxt im Durchgang zu der Box. Bereit jeden Eindringling in Stücke zu schlagen, der es auch nur wagen sollte, in die Nähe des Rosses zu gehen. Denn auch das war seine Pflicht.

Tjaden dachte daran zurück, wie er damals bei der Verteidigung von Tartosa gesehen hatte, wie ein Knappe einen Speer aus seinem Bein gezogen hatte, um sich damit schützend vor das gestrauchelte Ross seines Ritters zu stellen.

Das Leben eines Knappen gegen das Pferd seines Ritters!

So war es Gesetz seit ewigen Zeiten!

Diese Blauröcke würden nur über seine Leiche und an der scharfen Klinge der schweren Streitaxt vorbei an Kunos Ross kommen können!

Ein Geräusch aus der anderen Ecke ließ ihn herumfahren und zur Seite sehen. Kamen von dort andere Angreifer? Es klang, als ob jemand eine Tür aufbrechen wolle. Zu allem bereit trat er in den Gang zwischen den Boxen und hob die Axt.

Der Durchgang zur Scheune unter dem Dach schwang auf und eine Gestalt stürzte von oben herab zu Boden. Der Kleidung nach war es ein Knecht oder ein Bauer auf Raubzug. Wollte sich hier jemand ein Pferd besorgen? Da müsste er an ihm vorbei.

Die schmutzige Gestalt rappelte sich auf und wankte auf ihn zu. Im Halbdunkel konnte Tjaden ihn nicht richtig erkennen, aber er wollte ihn auch nicht anschreien, denn sonst würden die Blauröcke in den Stall kommen!

„Bleib stehen!", zischte er den Fremden an, als der nur noch drei Schritte entfernt war.

„Tjaden? Bist du das?", hörte er die vertraute, aber geflüsterte Stimme seines Ritters.

War Kuno entkommen und nun hier? Oder war es eine Täuschung? Vorsichtig senkte er die Axt, immer noch bereit sofort zuzuschlagen.

„Ja?", entgegnete er vorsichtig.

„Ich bin es! Kuno!", gab die Stimme leise zurück.

Nun konnte Tjaden es auch an den Bewegungen erkennen. Jetzt erst ließ er wirklich die Streitaxt sinken und trat einen Schritt auf den Freund zu.

„Hast du dich verletzt?", fragte er besorgt.

„Ich bin nur ein bisschen hart auf dem Boden aufgeschlagen. Das wird schon wieder. Wo ist mein Ross?", antwortete Kuno flüsternd.

„Hinter mir! In der Box!"

„Wir müssen hier fort! Alle Ritter sind in Ketten. Sogar der Großmeister!", flüsterte Kuno.

„Ich hole die Sättel, dann können wir durch das Tor des Stalles in die Freiheit reiten."

Tjaden stellte die Axt zur Seite und eilte davon, um die beiden Sättel zu holen, während Kuno hinter ihm in die Box trat. So leise, wie es nur möglich war, brachte er zuerst den Sattel für das Ross, den Kuno ihm sofort abnahm.

Und während er den zweiten holte, zäumte der Ritter bereits sein Streitross auf und führte es leise in den Gang.

Als Tjaden auch sein Pferd gesattelt und die Axt wieder aufgenommen hatte, führten sie die beiden Tiere am Zaumzeug zum Ausgang.

Nur ein paar Schritte davor saßen sie im Stall auf und nickten sich zu.

Die Wachen waren völlig überrascht und sprangen in wilder Flucht zur Seite, als die beiden Tiere mit ihren Reitern durch das geschlossene Tor geprescht kamen.

Im stürmischsten Galopp jagten sie auf das Tor der Kommende zu.

Sie mussten schnell sein, denn wenn das Ausgangstor geschlossen wurde, dann saßen sie erneut in der Falle.

Einer der beiden Torflügel schwang gerade zu, als sie die Blauröcke davor einfach im Galopp zu Boden ritten. Hinter sich hörten sie Schreie und Rufe und auch der Hufschlag von Pferden drang schon von dort zu ihnen.

Die Verfolger waren ihnen bereits auf den Fersen!

Vor ihm jagte Kuno auf dem hohen Ross die Straße entlang.

In der schmalen Gasse war das Donnern der Hufe überdeutlich zu vernehmen und auch die Verfolger waren laut hinter ihnen.

Es würde wohl nicht lange dauern, dann wären sie eingeholt!

Direkt vor ihm riss Kuno das Pferd am Zügel herum und ritt in eine Stalltür.

Tjaden setzte ihm nach, sprang vom Pferd und schloss das Tor hinter ihnen.

Im Umdrehen nahm er wahr, wie Kuno einer quiekenden Frau den Mund mit der Hand verschloss, während der Hufschlag der Verfolger nur ein paar Schritte hinter ihm zu hören war.

Waren sie hier sicher?

Tjaden trat an seinen Hengst und griff zur Axt, die am Sattel hing.

28. Kapitel
Auf engstem Raum

Sie war fast zu Tode erschrocken, als das Scheunentor aufgeflogen und das riesenhafte Pferd zu ihr hereingestürmt war. Nun stand Aveline praktisch Nase an Nase mit dem Tier und Kuno hielt ihr von hinten den Mund mit der Hand zu. Vor ihr stand ein breitschultriger Mann mit einer gewaltigen Streitaxt in beiden Händen quer vor der Brust.

„Sei still, meine Geliebte!", flüsterte Kuno ihr ins Ohr.

Von der Gasse waren donnernde Hufe zu hören.

Der Blick des Axtträgers schien sie auszuziehen und durchbohren zu wollen.

Langsam ließ Kuno die Hand vor ihrem Mund sinken.

„Ihr wolltet doch zwei Freunde retten? Habt ihr den anderen nicht gefunden?", fragte sie leise.

„Es sind zwei Freunde. Tjaden und Wolfgang. Tjaden ist der mit der Axt!", gab Kuno ihr flüsternd die Antwort.

„Und wo ist dann Wolfgang?"

„Der wird dir gleich in die Nase beißen!", flüsterte Kuno.

„Das Pferd? Ihr habt euch für ein Pferd in Gefahr gebracht?", sagte sie laut und fuhr herum.

„Kein Pferd. Ein Ross! Ein Streitross!", zischte Tjaden hinter ihr und das klang wirklich bedrohlich.

„Wolfgang ist mein Freund. Er hat mir fast so oft das Leben gerettet, wie Tjaden!"

Kuno schob sich an ihr vorbei und streichelte seinem Ross über die Nase.

Aveline drehte sich nun ebenfalls um und die zu schmalen Schlitzen zusammengezogenen Augen von Tjaden schienen schon für den tödlichen Hieb mit der Axt Maß zu nehmen. Angstvoll wich sie langsam nach hinten zurück, bis die Scheunenwand sie stoppte.

Das Ross war wirklich riesengroß, wie sie erst jetzt aus der etwas größeren Entfernung erkannte. Gegen Wolfgang waren die drei anderen Pferde nur Ponys!

Fast zärtlich streichelte der Ritter das gewaltige Tier.

Mit vier Pferden und drei Menschen war die Scheune jetzt schon gut gefüllt und am Abend würde der Stellmacher auch noch seine beiden Pferde hier unterstellen.

Damit wäre der Raum viel zu klein. Was sollten sie tun? Was hatte Kuno vor? Aber um ihn darüber zu befragen, musste sie an der Axt seines Knappen vorbei!

Immer noch waren vor der Scheune Pferde zu hören.

Vermutlich wurde der Ritter gesucht und es gab nur einen Ausgang! Wenn jemand durch die Tür hereinkam, um den Raum hier drin zu begutachten, dann saßen sie in der Falle!

„Soll ich mal hinausgehen und mich umsehen?", fragte sie leise.

Der Knappe hob die Streitaxt ein Stück an. Diese Geste war wortlos zu verstehen!

Kuno trat auf sie zu und flüsterte: „Wir werden erst in der Nacht aufbrechen können! Und du wirst uns begleiten!"

„Sie würde uns nur aufhalten!", sagte Tjaden.

Kuno winkte ab und wandte sich ihr zu.

„Du musst mitkommen! Du hast mir das Leben gerettet! Ohne dich und diese Nacht würde ich jetzt schon in Ketten liegen!", sagte Kuno und versuchte sie zu küssen.

In Anwesenheit des Knappen zuckte sie davor zurück.

„Gnädiger Herr! Ich bin euer, mit Haut und Haar. Gern werde ich euch als Magd begleiten. Verfügt über mich!", entgegnete sie leise mit einer angedeuteten Verbeugung.

„Nicht als Magd! Ich habe all mein Geld für dich ausgegeben, damit du meine Braut wirst!", erklärte Kuno und raubte sich einen Kuss von ihr.

Tjaden zog scharf die Luft ein und die Schneide seiner Axt näherte sich ein weiteres Stück ihrem Hals.

„Ich bin nur eine Magd! Nie könnte ich eure Braut sein!", antwortete Aveline.

„Lass sie zurück! Sie hält uns nur auf!", sagte Tjaden erneut und drohend. Die scharfe Klinge seiner Axt berührte nun fast ihre Kehle.

Aveline konnte sich nicht mehr bewegen. Vor ihr befand sich die Streitaxt und hinter ihr die Wand.

Der Knappe hatte sicherlich den Punkt getroffen. Sie würde die Männer auf der Flucht nur behindern und dadurch den geliebten Mann in Gefahr bringen. Ohne sie hätte Kuno die Chance zur Flucht.

„Bitte lasst mich doch hier zurück! Ich springe dann gleich morgen früh in die Seine!", sagte sie schnell, um dem Tod durch die Streitaxt zu entgehen, denn ohne Kopf würde es im Fegefeuer mit dem Geliebten nicht so schön sein!

Kuno legte seine Hand auf die von Tjaden und schob damit die Axt zurück.

„Nein! Du kommst mit!", legte er fest.

„Sehr wohl, mein Herr! Dann werde ich noch schnell meine Sachen holen!", flüsterte Aveline.

Kuno trat wieder zu seinem Ross, um es in die Box zu führen.

Tjaden sagte leise, aber bestimmt: „Wenn du uns hintergehst, dann wird meine Axt dich finden und du verlierst deinen Kopf!"

Aveline musste schlucken, sah auf die blitzende Klinge und drückte sich mit einem großen Bogen an der Wand entlang an dem Knappen vorbei.

Bei jedem ihrer Schritte durchbohrten sie seine Augen.

Drei Schritte später stand sie am Tor und blickte sich noch einmal zu Kuno um. Ihr Herr hatte es befohlen und sie musste ihm folgen. Ihr Herz hatte ihr schon lange zuvor dieselbe Anweisung gegeben. Gerade schlug es ihr bis zum Hals.

Es war die Angst um den geliebten Mann, die sie die ganze Zeit seiner Abwesenheit bereits gespürt hatte. Schwer riss sie sich von seinem Anblick los.

Aveline huschte durch die Stalltür, die sie nur einen schmalen Spalt öffnete, nach draußen. Überall waren Wachen in blauen Umhängen zu sehen.

Sie rannte zu ihrem Haus, um ihre Besitztümer zu holen.

Mutter sah einfach durch sie hindurch. Sie gab keinen Ton von sich, denn alles hatte sie schon gesagt. Für Mutter war sie gestorben, denn nach der Schande dieser Nacht war Aveline offensichtlich nicht mehr ihre Tochter.

Mit den Tränen kämpfend warf Aveline ihre wenigen Habseligkeiten in einen Leinenbeutel und ging ohne ein Wort davon.

Doch auf der Gasse löste die Angst um Kuno den Kummer um den Verlust der Mutter sofort ab. Würde ihr Flucht gelingen? Bis zum Abend mussten sie unentdeckt bleiben! Und das waren noch ein paar Stunden.

Ängstlich blickte sie zu den Wachen, die in der Gasse die Häuser durchsuchten. Gerade ging einer der Männer in Mutters Haus.

Mit Erschrecken realisierte Aveline, das die Mutter wusste, wo Kuno sich versteckt hatte. Ein Wort und der Geliebte wäre tot! Und sie auch, aber das war ja sowieso ihre Absicht gewesen! Nur Kuno wollte, dass sie ihn begleiten sollte.

An den Häuserwänden entlang, sich ständig umblickend, schob sich Aveline bis zum Haus von Rousel, dem Stellmacher, als auch der Besitzer des Gehöftes mit seinem Wagen dort eintraf.

Aber kein Verfolger kam auf sie zu. Für Mutter war sie vermutlich wirklich gestorben und ihre Existenz aus deren Gedächtnis gelöscht. Oder wollte sie nur die Schande verschweigen?

Gewiss wollte Mutter nur vermeiden, dass die Wachen sie zusammen mit Kuno in der Scheune fanden!

Aveline nickte dem Stellmacher zu und erklärte ihm leise, was geschehen war. Da Rousel sie mochte und den König hasste, war er gern bereit, ihr zu helfen. Mit ihm schirrte sie seine beiden Wagenpferde aus und brachte diese in den Stall.

Abermals traf sie der tödliche Blick des Knappen beim Betreten des Gebäudes.

Wenig später hockte sie neben Kuno in der Box, in der sie sich in der Nacht so leidenschaftlich geliebt hatten.

Vor ihnen stand Wolfgang und Tjaden kramte in der Nachbarbox in den Packtaschen herum.

„Die Ausrüstung ist komplett!", sagte er schließlich leise und gab Kuno sein Wams, das der Ritter vor ihr anzog.

Ängstlich lauschte Aveline nach draußen. Es gab nicht viele Ställe in der Gasse und wenn die Verfolger auch nur ein bisschen Verstand hatten, dann wäre ihr Ende nah. Avelines Finger tasteten sich zum Dolch an ihrem Gürtel. Wenn die Blauröcke sie fanden, dann würde sie sich in diese Waffe stürzen. Dann wäre sie auf immer mit Kuno vereint!

Die Tür öffnete sich und Aveline zuckte zusammen. Die Finger am Griff der Waffe, erkannte sie das rote Haar von Rousel, der ihnen etwas Wasser und Brot brachte.

Aber sie bekam keinen Bissen herunter.

Kuno langte ordentlich zu und auch Tjaden aß davon.

Nach diesem Mahl mussten sie in der Enge der Scheune auf die Dunkelheit warten. Dabei war Vollmond und damit würde auch in der Nacht alles ziemlich hell sein.

Es hatte ewige angsterfüllte Stunden gedauert, bis vor der Scheune endlich stiller wurde.

Offenbar hatten die Verfolger ihre Spur verloren, obwohl sie doch nur wenige Schritte entfernt gesessen hatten.

Nun begann die Flucht.

„Wie kommen wir denn von hier fort?", fragte sie.

„Tjaden hat sein Pferd, ich habe Wolfgang und du bekommst meine Stute, mein Reitpferd. Du kannst doch reiten?", erklärte Kuno.

„Nur auf euch! Wie heute früh! Auf einem Pferd habe ich noch nie gesessen!"

Sie hatte es leise gesagt, und dennoch hörte sie das Stöhnen des Knappen. Sicherlich dachte er gerade erneut, dass sie die Männer nur aufhielt und er würde sicher richtig damit liegen.

„Willst du es mal probieren?", fragte Kuno.

„Wenn mein Herr es von mir verlangt!", flüsterte sie.

Aveline erhob sich und ging in die Nachbarbox, da die Stute bei Tjaden stand.

Der Knappe hatte die Axt zur Seite gestellt und legte gerade den Sattel auf.

Nach vier Versuchen hielt sich Aveline auf dem Rücken des Reittieres.

Breitbeinig, mit beiden Füßen in den Steigbügeln, das Kleid von hochgezogen, saß sie eher schlecht im Sattel und hatte den nackten Schoß auf das Leder gedrückt!

Sie zweifelte daran, dass sie das länger aushalten konnte und der Gesichtsausdruck von Tjaden sagte gerade dasselbe aus.

Aveline ließ sich auf der anderen Seite wieder vom Pferd hinunter, damit der Knecht nicht zu viel von ihrem unbedeckten Unterleib sehen konnte.

Leise ging sie zu Kuno und sagte: „Es wird gehen!" Das war zwar eine Lüge, aber sie wollte den geliebten Mann nicht verlieren.

29. Kapitel
Unter dem Silbermond

An die Rückwand der Scheune angelehnt hockten sie beide nebeneinander in der Box, in der sie sich in der Nacht zuvor so hemmungslos geliebt hatten. Nun stand Wolfgang vor ihnen und Kuno hatte die Hand am Griff des Schwertes.

Aveline hatte sich ganz eng an ihn angepresst und er spürte, wie sie zitterte. Allerdings vermutlich aus Angst um ihn. Er war ein Mann der Tat und bisher nie davor zurückgeschreckt, mit gezogenem Schwert zwischen den Feind zu eilen.

Doch nun war alles anders.

Er musste sich hier drin verkriechen, denn wenn er auf die Gasse stürmen würde, dann musste er mit fünfzig Feinden den Kampf aufnehmen. Zu viele, um sie zu bezwingen.

Er würde dabei den Tod finden. Zwar einen ehrenhaften, aber eben auch einen sinnlosen. Und er wollte doch mit Aveline leben und für sie.

Bei einem Kampf würden auch sie und der Freund den Tod finden und das war die Sache einfach nicht wert.

In der Abwägung der Situation war im Moment das Leben wichtiger, als die Ehre. Vielleicht hatten die Tempelritter deshalb immer ohne Frau zu sein, denn dann konnte man sich ohne Rücksicht auf die Konsequenzen in den Kampf stürzen.

Wenn man an Frau und Kinder denken musste, dann konnte die Hand schon einmal zittern.

Kuno hatte seinen Blick auf die Oberkante des Tores gerichtet, denn solange dort noch das Tageslicht zu sehen war, so lange würden sie hier warten müssen.

Erst in der Dunkelheit konnten sie sich davonschleichen.

Das klang zwar nach Feigheit, war aber gerade das, was der Verstand gebot. Aus der Nachbarbox hörte er, wie Tjaden leise schnarchte. Der Freund hatte die Ruhe weg. Sicherlich hatte er schon verstanden, dass sie anschließend die ganze Nacht reiten würden, um einen so großen Abstand wie nur irgend möglich zwischen sich und Paris zu bekommen.

Unter seinem Wams konnte Kuno die Briefe und das hölzerne Kreuz spüren. Beides gegen sein Herz gedrückt hatte er bisher weder Aveline noch Tjaden verraten, was er da für einen Schatz unter seinem Hemd trug.

Zumindest das Kreuz! Die Briefe würde er am nächsten Tag dem Feuer übergeben. Zu gefährlich war deren Inhalt für die inhaftierten Ordensbrüder. Nur ein kurzer Blick darauf hatte genügt, um Kuno die Brisanz der Dokumente zu offenbaren. Aber vielleicht sollte er jetzt das Kreuz hervorziehen, damit sie gemeinsam für eine gute Reise beten konnten?

Umständlich angelte er das etwa zwei Hände große Stück Holz unter seiner Kleidung hervor und wurde dabei argwöhnisch von Aveline beobachtet.

„Es ist ein Teil des Kreuzes, an dem unser Heiland gestorben ist. Mein Freund Ignatius hat es aus Akkon mitgebracht, nachdem es ein Mönch etwa hundert Jahre zuvor aus dem Tempel in Jerusalem errettet hatte, bevor die Muslime dieses Gotteshaus erobern konnten. Das Blut unseres Herren ist an diesem Holz!", erklärte er leise.

Er sah Avelines weit aufgerissenen Augen und mit zitternden Finger strich sie über das dunkle Holz des kleinen Kreuzes.

„Lass uns darauf für einen guten Ausgang unserer Reise beten!", sagte er und Aveline nickte.

Kuno stellte das Kreuz auf den Eimer, zwischen die Kerzenreste der Nacht und gemeinsam knieten sie sich davor.

Leise beteten sie das Vater-Unser und setzten ein Bittgebet für ihren sicheren Weg hinzu.

„Und dieses Holz hat wirklich den Körper Jesu berührt?", fragte Aveline ehrfürchtig und ihre Stimme zitterte.

„Ja! Bei der Plünderung der Kapelle haben es die Blauröcke als nicht sehr wichtig erachtet und dabei ist es wertvoller, als alles andere in der Kapelle!", entgegnete Kuno.

„Wer Kirchen schändet, den soll Gott dafür bestrafen. Schande über diesen König!", sagte Aveline mit fester Stimme.

„Der Herr wird in seiner unendlichen Weisheit alle die Bestrafen, die solch eine schändliche Tat zu verantworten haben! Amen!", erklärte Kuno und verwahrte das hölzerne Kreuz wieder unter seinem Wams.

„Ich werde es zu einem Platz bringen, wo man es zu würdigen versteht!", setzte er noch erläuternd hinzu.

Aveline küsste ihn und sie setzten sich zurück an die Wand.

Unzählige Augenblicke des Ausharrens später wurde es dunkler im Stall.

Tjaden kam zu ihnen herüber und fragte: „Haben wir Tücher, um den Pferden die Hufe zu umwickeln? Damit machen wir in der Gasse weniger Geräusche?"

„Ich kann welche holen!", sagte Aveline.

Der Knappe zog die Augenbrauen hoch.

„Ich weiß! Ich werde euch nicht verraten!", setzte sie hinzu und erhob sich von ihrem Platz. Zuerst streckte sie sich, denn das lange Sitzen hatte wohl ihren Körper erstarren lassen. Dann schlüpfte sie flugs und ohne einen Laut aus dem Stall.

Der Knappe holte seine Axt und es dauerte eine Weile, in der Tjaden, die Streitaxt quer vor der Brust haltend, hinter dem Tor stand.

Dann erschien Aveline wieder mit einem Berg von Putzlappen in ihren Händen.

Sechzehn Hufe mussten nun mit Schnur und Lappen umwickelt werden. Die Geräusche vor der Scheune wurden auch immer leiser.

Als es völlig dunkel in der Gasse war, schob Tjaden das Tor auf und spähte hinaus. Man konnte auch in der Dunkelheit die Anspannung des Knappen deutlich erkennen. Schließlich winkte er ihnen zu und sie zogen die Pferde aus dem Stall hinaus.

Im Lichte des Mondes saßen sie auf und dabei musste er Aveline helfen, doch dann setzte sich ihre Gruppe in Bewegung.

Die alt bekannte Formation wurde wortlos eingenommen. So oft geübt und ohne weitere Erklärung.

Kuno mit Wolfgang an der Spitze, hinter ihm Aveline auf der Stute und zum Schluss der Knappe, der das Packpferd am langen Zügel hinter sich führte.

Die Schritte der Tiere waren kaum zu hören.

Ein Stück außerhalb der Stadt drückte er seine Sporen in die Seite des Streitrosses. Wie von der Schnur gelassen sauste Wolfgang dahin.

Es war spürbar, dass es dem Ross gefiel, endlich wieder laufen zu können. Die Zeit im Stall hatte seinem Reittier nicht wirklich gefallen.

Der Mond war hell genug am Himmel und leuchtete ihnen den Weg gut aus. Und er stand auch noch fast in der Richtung, in die sie mussten.

Noch hatte Kuno seinen Begleitern nicht gesagt, wohin ihn sein Weg führen würde. Aber zuerst mussten sie sich eilen, um möglichst weit entfernt zu sein, bevor die Sonne am nächsten Tage neuerdings aufging.

Über die Schulter hinweg sah er, dass Aveline im Galopp direkt hinter ihm blieb.

30. Kapitel
Freund oder Feind?

Die Frau war wirklich schön und auch gut gebaut, soweit ihre Kleidung es zuließ, das zu beurteilen, aber Tjaden hatte seine Meinung über sie bereits gebildet. Die Bemerkung von Kuno, dass dieser schon all sein Geld für sie ausgegeben hatte, die hatte ihm nur in der Einschätzung dieses Weibes bestärkt.

Natürlich hätte er sie auch nicht von seinem Lager geschubst, wenn sie zu ihm in der Nacht gekommen wäre, aber bei dem Ritter war das ja etwas anderes.

Kuno hatte für sie nahezu sein ganzes Leben aufgegeben, obwohl das nach dem Auflösen des Ritterordens durch den König von Frankreich wohl nun auch nicht anders gegangen wäre, allerdings hatte sein Freund diese Entscheidung schon zuvor getroffen.

Die Pflicht eines Knappen war nun aber, alle Gefahren für seinen Ritter im Blick zu haben. Er musste Freund und Feind erkennen und er würde diese Dirne sehr gut unter seiner Aufsicht behalten.

Aveline, wie sie Kuno in der Scheune genannt hatte. Eine Wäschemagd!

Zwar hatte sie bereits zwei Mal die Gelegenheit gehabt, sie zu verraten und sie waren immer noch frei, aber das musste nichts heißen.

Es konnte durchaus sein, dass sie sich mehr von einem lebenden Ritter versprach, als von einem toten! Und wenn es ihr etwas nutzen würde, so konnte sie ihnen dann immer noch eine Falle stellen.

Vielleicht hatte sie das auch schon getan und sie ritten gerade sehenden Auges in ihr Verderben.

Allerdings würde er sie dann nicht am Leben lassen! Die Frau ritt auf der Stute nur zwei Pferdelängen vor ihm durch die Nacht. Für jemanden, der noch nie auf einem Pferd gesessen hatte, wie sie behauptet hatte, hielt sie sich ganz gut. Und auch das verstärkte nur sein Misstrauen ihr gegenüber.

Nachdem Kuno sein Geld so leichtgläubig für dieses Weib verschwendet hatte, besaß nun Tjaden die gesamte Barschaft.

Es waren nun noch zwölf Schilling!

Die Münzen waren wohl verwahrt in dem Ledersäckchen am Band um seinen Hals, aber für drei Leute und vier Pferde war das nichts!

Wenn es ihnen nicht gelang, noch irgendwo etwas Geld aufzutreiben, so würden sie irgendwo am Straßenrand verhungern müssen.

Und es war schon Mitte Oktober. Da fand man nicht einfach noch etwas auf einem Feld. Die Ernte war eingebracht und in den Scheunen.

Vermutlich hatte König Philipp extra darauf gewartet, dass der Zehnt in den Scheunen des Ordens gewesen war.

Doch der Reichtum des Ordens war von ihnen unendlich weit entfernt! Auf der Flucht konnten sie auch in keinem der Klöster Rast machen. Und als armer Ritter des salomonischen Tempels hatte Kuno auch nichts sparen können. Er besaß einfach nichts!

Nur er als Knappe hatte ein paar Münzen erhalten, da er ja nicht dem Orden angehörte.

Das meiste davon hatte Tjaden freilich für guten Wein in den Schänken und willige Dirnen ausgegeben. Bis auf diese zwölf Kupferscheiben.

Sie brauchten unbedingt Bargeld. Was konnten sie tun?

Wenn sie die Frau einfach irgendwo zurückließen, dann hatten sie einen Esser weniger! Und dann konnten sie auch noch das Reitpferd verkaufen!

Und überhaupt! Welcher fahrende Ritter zog schon mit seiner Frau umher?

Damit würden sie sich nur zum Gespött der anderen Ritter machen.

Eine Metze wie sie konnte man doch in jedem Dorf finden, die für einen halben Pfennig das Nachtlager anwärmte! Wozu dann eine mitschleppen?

Er hätte sie töten oder einfach gefesselt im Stall zurücklassen sollen.

In seine Gedanken versunken, aber trotzdem die Frau vor ihm immer im Blick, überlegte er, welche Optionen sie hatten.

Noch hatte Kuno das Ziel ihres Weges nicht genannt, aber es würde sicherlich die Burg seines Vaters sein. Wen kannte der Ritter schon? Bis dahin würden sie mehr als einen Monat unterwegs sein und damit bis in den November hinein!

Spätestens wenn der erste Schnee fiel, dann brauchten sie auch jede Nacht eine Unterkunft! Und das bedeutete noch mehr Ausgaben! Ohne das Weib konnten sie sich vielleicht unterwegs, über den Winter, in einer Burg verdingen. Aber mit ihr?

Sie wären ohne sie besser dran!

Vielleicht war das mit dem Fesseln und irgendwo zurücklassen ja immer noch eine Option! Strick musste noch im Packsack hinter ihm sein und solange Kuno ihr nicht verraten hatte, wohin ihn sein Weg führen würde, konnten sie die Frau immer noch einfach an irgendeinem Baum festbinden.

Eine Weile waren sie bereits durch diese Nacht unterwegs, als Kuno in südliche Richtung abschwenkte.

Was hatte der Ritter vor?

Seine alte Heimat lag doch im Osten! Hatte der Freund jetzt vollständig den Verstand verloren? Aber vielleicht wusste Kuno ja etwas, was er ihm noch nicht mitgeteilt hatte.

Gelegentlich schoben sich nun Wolken vor den Mond und Kuno ließ vorn das Ross etwas langsamer laufen. Statt im Galopp und Trab, wie bisher, ging Wolfgang nun im Schritt. Das brachte die kleine Gruppe näher zusammen.

Aveline schwankte leicht im Sattel und Tjaden schloss ein Stück näher zu ihr auf.

Wie Gespenster glitten sie lautlos durch die Nacht, nur gelegentlich war das Schnauben eines der Pferde zu vernehmen. Oder das Knarren des Zaumzeuges. Doch mitunter mischten sich darunter auch Laute der Frau.

Es klang wie ächzen oder leises stöhnen, aber sie konnten jetzt noch keine Pause machen!

Diese Nacht würden sie durchreiten müssen.

Erst am Morgen konnten sie irgendwo eine kurze Rast abhalten und die Pferde füttern. Hafer war noch auf dem Packpferd. Für ein paar Tage würde das Futter noch reichen, allerdings nicht für den ganzen Weg. Nur auf die Tiere mussten sie Rücksicht nehmen, denn ohne sie wäre die Flucht schon hier zu Ende.

Und abermals kam er zu der Feststellung, das Aveline sie nur aufhielt. Wer schon in der ersten Nacht jammerte, der würde es einen ganzen Monat im Sattel wohl kaum aushalten.

Er war nahe genug, um sie mit dem Schwert zu treffen. Irgendwann am Morgen würde Kuno dann vielleicht feststellen, dass sie fehlte und dann konnte er ja irgendeine Geschichte erfinden.

Seine Finger tasteten sich zum Griff der Waffe. Für einen guten Hieb musste er auf ihre andere Seite wechseln.

Er verhielt die Zügel und ließ sich ein Stück zurückfallen, dann schloss er auf ihrer Seite wieder auf. Ihr Hals war direkt neben ihm und im Mondlicht gut zu sehen.

Ein Hieb und sie wäre vom Pferd! Sicherlich lautlos, wenn der Schlag überraschend kam.

Langsam und leise zog er die Waffe aus dem Gürtel und hielt sie am Halse des Pferdes bereit.

Gerade als er zum tödlichen Hieb ausholen wollte, drehte sich Kuno zu ihm um. Der Blick des Freundes sagte alles aus. Im Mondlicht war das Blitzen seiner Augen zu sehen gewesen. Und sicherlich hatte Kuno auch den sich spiegelnden Mond auf der blanken Klinge bemerkt.

Damit würde er nun erst mal am nächsten Morgen mit dem Ritter reden müssen, aber die Option, sie an den Baum zu binden, blieb ihm immer noch.

Langsam ließ er sich auf seinen Platz zurückfallen und schob die Waffe zurück.

Dennoch würde Tjaden die Frau weiter im Blick behalten. Sollte Aveline sie noch einmal behindern, so würde er sie sofort töten!

31. Kapitel
Ein Höllenritt

Noch nie in ihrem Leben hatte Aveline den neuen Tag so sehr herbeigesehnt, wie in dieser Nacht. Kuno hatte ihr in der Scheune, kurz vor dem Aufsitzen, erzählt, dass sie die ganze Nacht durchreiten würden und erst am folgenden Morgen eine Rast machen konnten. Doch da hatte sie noch nicht gewusst, was sie jetzt wusste.

Es war ein Höllenritt!

Aveline saß breitbeinig auf dem Rücken der Stute, in dem ledernen Sattel und hatte die Füße in die Steigbügel gestützt.

Seit Stunden scheuerte das Leder bei jeder ihrer Bewegungen oder der ihrer Stute an ihrer nackten Scham. Wo sie in der Nacht zuvor solche Lust verspürt hatte, da war nun nur noch unbeschreiblicher Schmerz! Es war dort vermutlich mittlerweile alles wund und brannte, als würde sie schon für die begangene Sünde mit dem nackten Hintern auf dem Höllenfeuer gebraten werden.

Gewissermaßen hielt sie nur noch die Hoffnung auf den Sonnenaufgang im Sattel.

Immer wieder stützte sie sich mit den Beinen hoch, aber dann versagten irgendwann ihre Kräfte und sie musste sich auf den Pferderücken zurücksinken lassen.

„Komm schon!", bettelte sie in Gedanken schon seit Stunden die Sonne an.

Für die Gegend und die laue Nacht hatte sie keinen Blick. Nur für Kunos Rücken vor ihr und den fernen Horizont, an dem hoffentlich schon bald das schmale leuchtende Band des neuen Tages zu erspähen sein würde.

Und in den unsäglichen Schmerzen dieser Tortur im Sattel der Stute dehnte sich für Aveline die Zeit unendlich lang dahin.

Was hatte sie nur dazu bewogen, hier mitzukommen? Sie hätte einfach in die Seine springen können und hätte es schon hinter sich! Nur dem Willen ihres Herrn war sie gefolgt! Ihm durfte sie sich nicht verweigern! Und auch nicht ihrem liebenden Herz, das sie zu Kuno zog!

Endlich war der erste blasse Schein zu sehen und sie hätte in Freudengeheul ausbrechen können!

Kuno zeigte nach vorn zu einem Bach und sie nickte begeistert.

An dem Gewässer angekommen, sprang Kuno behände von seinem Ross und auch der Knappe war mit einem Satz auf dem Boden.

Aveline hingegen ließ sich langsam von der Seite des Pferdes rutschen und torkelte breitbeinig zum Ufer des etwas breiteren Gewässers hinüber.

Vorsichtig setzte sie sich in das Gras und hätte dabei dennoch fast vor Schmerz geschrien. Ohne darauf Rücksicht zu nehmen, dass der Knappe ihren nackten Hintern sehen würde, zog sie sich Kleid und Unterkleid bis über die Hüften nach oben, löste die Strumpfbänder und streifte sich Schuhe und Strümpfe mit einem Mal von den Beinen.

Wenige Augenblicke später hockte sie bis zur Hüfte in dem kalten Wasser. Es hatte sicher gezischt, als ihr heißer Schoß mit dem eiskalten Wasser in Berührung gekommen war.

Es war eine Wohltat!

Während zwei Schritte neben ihr der Hengst des Knappen seinen Durst stillte, ließ Aveline das plätschernde Nass ihren geschundenen Unterleib umspülen. Doch dann fiel ihr mit Erschrecken ein, dass sie ja bestimmt weiterreiten würden.

Diese Rast war nur von kurzer Dauer!

Verzweifelt blickte sie sich zu ihrer Stute um, die nur ein paar Schritte entfernt am Bachufer Gras fraß.

Kuno trat zu ihr und sah sie fragend an.

Vermutlich hatte er ihren Blick gesehen. Aber was sollte sie ihm sagen? Dass ihr Mitreiten eine saublöde Idee gewesen war? Dass sie sich jetzt lieber den Dolch ins Herz stoßen würde, als noch einmal in den Sattel ihres Reittieres zu steigen?

Aveline sagte kein Wort. Nur die Tränen des Schmerzes und ihrer Verzweiflung rollten über ihre Wangen.

„Was ist denn los?", fragte Kuno nun eindringlich.

Statt eines Wortes erhob sie sich einfach aus dem Wasser. Mit einem Blick von oben sah sie jetzt, was auch der Ritter nun bemerkte. Und sicher auch der Knappe.

Das Fleisch zwischen ihren Oberschenkeln war feuerrot!

„Entschuldige! Daran habe ich nicht gedacht!", sagte Kuno und setzte hinzu: „Ich bin es nur gewohnt, mit Männern zu reiten. Warum hast du denn nichts gesagt?"

„Ich wollte euch doch nicht aufhalten!", entgegnete sie und stieg breitbeinig aus dem Bach an Land.

Kuno zog sie tröstend an seine Brust und fragte dann: „Tjaden, haben wir im Packsack noch ein paar Hosen drin?"

Der Knappe stand zwei Schritte entfernt und sah nun ebenfalls auf ihren geschwollenen Schoß. Er kratzte sich am Kopf und ging danach zum Packpferd.

„Ich wäre vermutlich in der Nacht vom Pferd gefallen, wenn ich mit nacktem Hintern geritten wäre. Du bist so stark und tapfer!", sagte Kuno und gab ihr einen Kuss.

Tjaden kam mit einer Hose zurück, doch die würde auch nur an den wunden Stellen ihrer geschwollenen Scham reiben.

Suchend blickte sich Aveline um und erkannte in der Nähe einen Strauch mit großen Blättern. Diese Pflanze hatte sie schon mal am Ufer der Seine gesehen. Sein Laub hatte eine schmerzstillende Wirkung und es war sicher ein Wink Gottes, dass dieses Gewächs gerade hier blühte.

„Könnt ihr mir ein paar Blätter davon bringen?", fragte Aveline den Geliebten, und zeigte darauf, während sie sich ächzend zurück auf den Boden sinken ließ.

Breitbeinig saß sie im Gras und im Moment war es ihr völlig egal, dass sie damit dem vor ihr stehenden Knecht einen sicherlich wundervollen Blick auf ihre geöffnete Scham bot.

Aveline nahm ihm die Hose ab und zog sie sich bis zu den Knien hoch, dann wartete sie auf die Blätter.

Mit seinem Messer kappte Kuno einen der Zweige und brachte ihr diesen.

„Ein paar Blätter für jetzt und den Rest für den Weg!", sagte er zur Erklärung.

Sie küsste ihn für diese Umsicht.

„Können wir noch eine kleine Weile hier bleiben, bis die lindernde Wirkung eingesetzt hat?", fragte sie, während sie sich ein paar der Blätter auflegte und die Hose darüber zog.

„Wir könnten kurz was essen und die Pferde füttern!", gab Tjaden von der Seite aus zu verstehen.

Dankbar nickte sie dem Mann zu und Kuno stimmte ihrem Ansinnen ebenfalls zu.

Während Tjaden den Pferden die Hafersäcke vor die Mäuler hängte und Kuno tröstend ihre Wange tätschele, zog sie sich die Strümpfe über die Hose, und wenn sie das Kleid vorn und hinten etwas herunterhängen ließ, dann würde beim Reiten keiner sehen, dass sie Hosen trug.

Die schmerzstillende Wirkung der Kräuter setzte nun ebenfalls ein und Aveline konnte wieder aufatmen.

Kuno ging zu seinem Freund und kam mit einem Trinkschlauch und etwas Brot zu ihr zurück. Auch ein paar Streifen Speck wickelte der Geliebte aus einem Tuch.

Ausgehungert stürzte sich Aveline auf das Speckbrot.

Am Tage zuvor hatte sie nichts gegessen, wie ihr jetzt gerade mit knurrendem Bauch einfiel. Mit drei Bissen war das Brot verspeist und mit ein paar Schlucken Wein heruntergespült.

„Wie geht es nun weiter?", fragte Tjaden, der zu ihnen trat.

„Wenn Aveline auf das Pferd aufsteigen kann, dann brechen wir wieder auf. Unser Ziel ist vorerst Lyon!", sagte Kuno und nahm einen kräftigen Schluck vom Wein.

32. Kapitel
Die Macht der Schrift

Lorenzo starrte auf seine Hände. Nie wieder würde er eine Feder halten können! Am Abend zuvor hatten die Folterknechte ihm die Finger zerquetscht, als sie ihn befragt hatten. Die Schmerzen waren in der Nacht etwas abgeklungen, aber dennoch trieb es ihm die Tränen in die Augen.

Nun saß er hier in dieser Kerkerzelle mit Dutzenden anderen Ordensbrüdern. Zu seinem Glück war auch Jakobus in dieser Zelle. Der Mönch lehnte an einer Säule und obwohl er die Augen geschlossen hatte, schlief er wohl ebenfalls nicht.

Die Spuren der Befragung waren auch in seinem Gesicht zu erkennen. Lorenzo legte seinen Kopf zurück, bis er gegen die buckelige Steinmauer stieß. Er holte sich den vergangenen Tag zurück vor sein inneres Auge.

Er war am Morgen in der Kirche gewesen und dort auch verhaftet worden. Zu einer Gegenwehr war er gar nicht gekommen. Es hätte ihm gegen schwer gepanzerte und bewaffnete Knechte auch kaum etwas genutzt. Danach waren die Befragungen gekommen.

Obwohl die verlesene Anklage auf Häresie, Ketzerei und Teufelsanbetung lautete, waren die Fragen nicht in dieser Richtung gestellt worden.

Nicht mal Ansatzweise!

Was die Männer wissen wollten, das war nur, wo das Gold zu finden war. Und da er die Bücher führte, war auch die Folter entsprechend besonders schwer gewesen. Doch was hätte er sagen sollen? Wie erklärte man Männern, die nicht schreiben und lesen konnten, dass ein Federstrich auf einem Pergament mehr wert sein konnte, als eine Burg samt Besatzung?

Die unwissenden Knechte waren auf der Suche nach Geld und wussten nicht, dass sie auf dem wahren Schatz herumtrampelten.

Sie hatten ihm immer und immer wieder dieselbe Frage gestellt: „Wo ist das Gold?"

Jedes Mal hatte er geantwortet: „Ich weiß es nicht!"

Und das war ja auch die Wahrheit. Hätten sie nach dem Schatz gefragt, so hätte er gesagt, dass er unter ihren Füßen lag. Aber Gold hatte er keines gesehen.

Falls einer der hohen Herren Geld brauchte, so wurde es per Wagen geholt.

Durch die Vernichtung der Bücher waren viele von ihnen mit einem Schwertstreich sehr reich geworden, denn die Schulden waren dadurch getilgt.

Allerdings reichte dies dem König offenbar immer noch nicht.

Er wollte mehr Gold!

Nur einer der Männer hatte etwas anderes wissen wollen und diese Frage hatte ihn überrascht.

Einer der hohen Herren, der offensichtlich lesen konnte, hatte wissen wollen, wo sich die Briefe und Schriftstücke des Großmeisters befanden. Dabei hatte Lorenzo diese hochbrisanten Dokumente am Abend zuvor noch auf dessen Tisch gesehen.

Ein Bote hatte sie erst am Tag zuvor aus Montpellier gebracht und in diesen Dokumenten war zum Teil der Beweis für die Anschuldigungen des Königs zu finden.

Zusammen mit dem Großmeister und dem Boten hatte Lorenzo die Briefe gelesen. Einige Ordensbrüder hatten gegen die Regeln verstoßen und Sodomie begangen. Die Antwort des Großmeisters, die Lorenzo geschrieben hatte, hätte heute mit den Anweisungen zu den Strafen den Rückweg dorthin antreten sollen, doch alle Schreiben waren verschwunden.

Und Lorenzo konnte den Großmeister nicht über den Verlust der Briefe informieren. Jacques de Molay musste glauben, dass seine Verfolger alle Beweise gegen ihn und den Orden in der Hand hatten und Lorenzo konnte ihn nicht warnen!

Er dachte abermals zurück an die schockierenden Botschaften. Natürlich war es ganz normal, dass dort, wo viele Männer vertraulich miteinander zusammenlebten, es auch dazu kam, dass sich die Männer noch näher kamen. Das würde wohl in jedem Orden so sein. Egal, ob es Franziskaner, Benediktiner oder eben die Templer waren. Er selbst hatte ja dieses Gefühl der Sehnsucht ebenfalls oft gespürt. Gerade das zu Jakobus, der ihm gegenüber saß.

Trotzdem war es Sodomie, wenn zwei Männer miteinander das Lager teilten. Freundschaft konnte es geben, aber mehr?

Sein Blick ruhte auf dem Gesicht des Mönches ihm gegenüber, der mit angezogenen Knien nur einen Schritt vor ihm saß. Sein Habit war zerfetzt und die nackten Knie waren durch einen Riss zu sehen. Früher wäre das Anstößig gewesen, hier drin konnte nun niemand mehr auf seinen Anzug achten.

Der Schmerz in den Händen wurde stärker und eine Träne lief über Lorenzos Wange. Der Durst war schlimm, aber er konnte den Becher nicht halten, geschweige denn, etwas aus dem Krug, der neben ihm stand, in das tönerne Trinkgefäß füllen.

Ihm gegenüber schlug Jakobus die Augen auf. Eines davon war blutunterlaufen. Nichts Weißes war mehr darin zu erkennen. Rot, wie das Auge eines Dämons, sah es aus. Die Schläge des Vortages waren auch an dem Klosterbruder nicht spurlos vorbeigegangen.

Was hatten die Peiniger von ihm wissen wollen? Wo der Schatz war? Vermutlich. Aber von dem Mönch, der die Küche und das Refektorium in den letzten fünf Jahren nur zum Schlafen verlassen hatte, war wohl darüber keine Auskunft zu erwarten gewesen.

„Soll ich dir etwas zu trinken geben?", fragte Jakobus mit brüchiger Stimme.

Vermutlich hatte er seinen Blick bemerkt. Lorenzo nickte dankbar und Jakobus goss etwas von dem abgestandenen Wasser in den Becher, dann hielt er ihm diesen hin, damit Lorenzo trinken konnte.

Nun riss Jakobus Streifen von seinem Unterhemd ab, um damit Lorenzos Hände zu verbinden. Der beleibte Mönch machte das besonders vorsichtig und trotzdem schrie Lorenzo bei jeder Berührung auf.

Um sich davon abzulenken, blickte er sich um.

In seiner Nähe lagen etwa ein Dutzend der Ordensbrüder. Das Stöhnen und Jammern der Männer war unüberhörbar, obwohl sie alle versuchten, es zu unterdrücken.

Groß mussten die Schmerzen sein, unter denen die edlen Ritter litten. Sonst würde ihnen in der Schlacht selbst bei schweren Treffern wohl kein Klagelaut über die Lippen kommen, aber diese Folter war schlimmer gewesen als jedes Gemetzel.

Die streichelnden Finger von Jakobus holten ihn zurück zu dem Mann, der nun vor ihm hockte. Er strich ihm über die Wange. Da war solch eine Art von Zärtlichkeit in dieser Berührung und doch durfte er sie nicht erwidern.

Und er konnte es auch nicht.

Die Hände waren mittlerweile dick verbunden, aber so war der Schmerz etwas geringer geworden. Von nun an würde er auf Jakobus noch mehr angewiesen sein, denn ohne den Freund konnte er weder essen noch trinken.

Ohne Hände war man ein Nichts mehr. Nutzlos! Eine neue Träne suchte ihren Weg. Was nutzte nun sein ganzes Wissen?

Die Macht der Schrift war groß, aber im Moment wurde sie durch die Macht des Herzens und der Freundschaft überstrahlt.

Dankbar nickte Lorenzo dem anderen Manne zu.

33. Kapitel
Der Lauf der Dinge

Lyon war also ihr Ziel. Nun hatte Kuno es ihnen verraten. Und er würde die Frau auch weiterhin mit auf diese Tour nehmen. Bis dorthin waren es zehn Tagesritte. Ohne Aveline würden sie vielleicht die Strecke in einer Woche schaffen. Mit ihr sicherlich in zweien.

Natürlich hatte Tjaden gesehen, warum sie in der Nacht so gestöhnt hatte, aber trotzdem war das alles nun mal nichts für eine Frau.

Er nahm von Kuno den Trinkschlauch entgegen und sagte: „Unsere gesamte Barschaft beläuft sich gerade auf zwölf Schilling! Das schaffen wir niemals bis Lyon!"

„Ich habe noch meinen silbernen Anhänger!", sagte Aveline und zog ein kleines Medaillon unter ihrem Hemd hervor.

Das waren eventuell noch einmal zwölf Schilling, aber auch das würde sicherlich nicht reichen.

„Nein! Lass mal!", sagte Kuno großzügig, aber er musste sich ja auch nicht um die Verpflegung kümmern. Nun war es Tjaden der seufzte und einen großen Schluck Wein trank.

Immer wieder rechnete er in Gedanken durch. Nur wenn sie das eine Pferd verkaufen würden, dann konnte es gelingen, aber auf dem ritt Aveline! Ohne Frau und Stute konnten sie es bis Lyon schaffen. Mit ihnen wohl kaum!

Wobei diese Stadt noch in Frankreich lag und sie damit dort immer noch nicht vor dem Zugriff von König Philipp geschützt waren.

Lyon war demzufolge nur eine Zwischenstation.

Die Pferde, die wenige Schritte hinter ihm ihren Hafer fraßen, wurden unruhig und er blickte zu ihnen hinüber. Noch hatten sie die Hafersäcke vor den Mäulern, aber irgendetwas stimmte da nicht.

Zweifelnd blickte sich Tjaden um, um einen sich eventuell anschleichenden Feind erkennen zu können, doch er bemerkte niemanden, der zu dieser frühen Stunde am Tage hier in der Nähe war.

Während sich Kuno mit Aveline leise unterhielt, ließ Tjaden seinen Blick über die Pferde gleiten. Was war da los? Warum waren die Tiere so unruhig geworden?

Schließlich fiel ihm auf, wie die Stute dort stand.

„So ein Mist!", stöhnte er auf.

Kuno fragte sofort: „Was ist geschehen?"

„Als ob das alles nicht schon schlimm genug wäre, ist die Stute jetzt auch noch in der Rosse!", erklärte der Knappe und zeigte auf die Tiere.

„Hat sich eigentlich alles gegen uns verschworen?", stieß Kuno verzweifelt aus.

Aveline fragte: „Was ist denn los?"

„Wir haben zwei Hengste und eine Stute!", sagte Tjaden.

„Und? Wo ist das Problem?", wollte sie nun wissen.

„Weiber!", stöhnte Tjaden auf und ging los, um die Reittiere von den Futtersäcken zu befreien.

Sollte doch Kuno der unwissenden Frau erklären, was hier gleich los sein würde.

Mit der rossigen Stute zwischen zwei Hengsten konnten sie den Weg nicht fortsetzen und in wenigen Augenblicken würden die beiden Hengste darum kämpfen, wer bei der Dame den Vortritt hatte.

Das würde natürlich Wolfgang für sich entscheiden und der andere Hengst würde dabei verletzt werden.

Die weitere Flucht wurde damit gerade unmöglich gemacht und die Verfolger waren praktisch rings um sie herum.

Neuerdings wurde seine Einschätzung nur noch mehr bestätigt: keine Frau, keine Stute, kein Problem!

Mit dem Blick zurück zu Aveline erkannte er an ihrer auffälligen Gesichtsfarbe, dass der Freund ihr wohl gerade erklärt hatte, worum es hier ging.

Irgendwie wohl auch so, wie bei ihm und Kuno mit Aveline.

Das war wohl der Lauf der Dinge. Wie bei den Pferden, so auch bei den Menschen. Und wenn seine Einschätzung zutraf, dann war das auch die Antwort!

Tjaden führte seinen Hengst und das Packpferd zur Seite und band die beiden Tiere etwas weiter entfernt an einem Baum fest. Die Stute und das Ross hatten beide noch den Futtersack vor den Augen.

Er wandte sich zu Kuno zurück und fragte: „Hilfst du mir?“

Der Freund nickte und kam auf ihn zu.

„Zuerst die Sättel runter!“, sagte Tjaden und sie machten sich beide an den Tieren zu schaffen.

„Ich nehme dann den beiden Tieren die Säcke ab. Du hältst Wolfgang und ich werde die Stute führen!“, erklärte er weiter.

Sie nickten sich zu. Unter Männern war das alles ganz einfach. Da musste man nicht erst lange darüber reden.

„Wir können nur hoffen, dass alles gut geht! Wolfgang ist ziemlich stark!“, sagte Kuno besorgt, denn das Streitross war schon sehr groß im Verhältnis zu der eher schmächtigen Stute.

Als Tjaden dem Ross den Hafersack vor dem Maul entfernt hatte, nahm das gewaltige Tier die Witterung der rossigen Stute nur noch intensiver auf. Und nun gab es kein Zurück mehr.

Der Hengst würde ihnen die Knochen brechen, wenn sie ihm jetzt in den Weg kamen.

„Auf der Flucht und dann so etwas!“, stöhnte Kuno, der gerade wie ein Kind am Zügel seines Streitrosses hing.

Fast hätte Tjaden gesagt: „Wie die Pferde, so die Menschen!", aber er konnte es sich gerade noch verkneifen.

Wolfgang war nun bereit und auch die Stute schien sich auf die Wahl der Menschen einzulassen. Zum Glück!

Kuno konnte sein Ross nun nicht mehr halten und schon war der Hengst mit beiden Vorderbeinen auf den Rücken der Stute aufgesprungen. Das zierliche Pferd ging dabei unter der Last des gewaltigen Rosses deutlich in die Knie und der Hengst stand jetzt nur noch auf den Hinterbeinen.

Nun musste Tjaden die Stute halten, derweil Wolfgang versuchte, in ihr Inneres zu kommen.

Schließlich begann der Hengst mit dem Hinterteil zuzustoßen, während die Stute ihn mit breit gestellten Hinterbeinen hielt und dabei sichtlich glücklich wieherte.

Damit konnten sie beide zurücktreten und mussten warten, bis die Tiere endlich das erledigt hatten, was sie gerade taten.

Sie stellten sich beide zu Aveline, die sichtlich unruhig mit ihrem Hintern im Gras herumrutschte.

Vor ein paar Augenblicken hatten sie ihm noch ihren geschwollen Schoß präsentiert und im Moment hätte er da gerade nichts dagegen, es dem Hengst nachzumachen.

Mit einem Seitenblick nahm Tjaden wahr, dass auch Kuno sich gerade nur mit Mühe der Wirkung des Schauspieles entziehen konnte. Die Beule in dessen Hose war deutlich zu erkennen und seine eigene Hose sah vermutlich nicht viel anders aus.

„Wenn ich jetzt nicht gerade erst die Hose angezogen hätte!", stöhnte Aveline am Boden sitzend.

Tjaden hätte ihr da gern zugestimmt, aber eigentlich waren sie immer noch auf der Flucht! Oder blieb noch ein Moment Zeit, bevor sie abermals aufbrechen mussten?

Gerade wusste er nicht, wie er in ein paar Augenblicken in den Sattel steigen sollte! Wie lange konnte das den dauern, bis Wolfgang endlich fertig war?

34. Kapitel
Armer Ritter

Mit einem schnellen Blick hatte Kuno sich mit Aveline darauf geeinigt, dass sie kurz in ein Gebüsch verschwanden, während Tjaden die beiden Pferde im Auge behielt. Geschwind hatte er Aveline die Hosen samt Schuhen und Strümpfen in einem Ruck vom Leib gezogen. Trotz des deutlich geschwollenen Schoßes konnte es auch Aveline nicht mehr aushalten.

Die Anspannung durch dieses Schauspieles sorgte dafür, dass ihm schon nach ein paar Stößen die Hose wieder passte. Und ihm Aveline, die unter ihm im Grase lag, schnaufend in die Schulter biss.

Er löste danach Tjaden bei den Pferden ab und der Knappe ging nach hinten, um Aveline zu befragen, ob sie auch ihm ihre Gunst zuteilwerden ließ.

Es kam ihm zwar etwas seltsam vor, dass er Aveline mit dem Freund teilte, aber im Moment waren sie alle in Not!

Als Wolfgang endlich wieder auf allen vier Hufen stand, kamen die beiden Freunde ebenfalls von hinten nach vorn.

Niemand sagte etwas, alles war geklärt. Nun hieß es, die Sättel wieder auf die Rücken der beiden Pferde zu legen und schnell aufzubrechen, um die verlorene Zeit aufzuholen.

Kuno half Aveline in den Sattel und fragte von unten: „Geht es?"

„Ja mein Herr! Jetzt ja!", gab ihm Aveline lächelnd zurück.

Alsdann ritten sie zu dritt nebeneinander. Die Zeit, die sie vorher vielleicht zum Besprechen des Weges benötigt hätten, die nahmen sie sich nun, als die drei Pferde, Seite an Seite, den Weg entlang ritten.

„Wir haben immer noch das Problem, dass uns das nötige Geld fehlt!", begann Tjaden von links.

„Könnten wir nicht das Packpferd verkaufen?", fragte ihn nun Aveline von rechts.

„Wenn wir die Lasten auf die drei anderen Tiere verteilen, dann könnten wir den Wallach im nächsten Dorf in ein paar Schilling verwandeln", gab Tjaden nun zu.

Alle drei blickten sie nun auf das Packpferd zurück. Damit würden sie erst mal bis Lyon kommen, aber der Weg würde danach noch mal genau dieselbe Strecke weitergehen.

„Wo willst du denn eigentlich hin? Lyon ist doch nicht das Ende unseres Weges?", fragte Tjaden.

„Nach Sachsen!", sagte Kuno.

„Da ist das aber die falsche Richtung!", gab der Knappe zu bedenken.

„Ich will über Hall!"

„Du bist verrückt!", stieß der Freund gepresst aus. „Es geht auf den Winter zu!", setzte Tjaden noch hinzu.

„Was meinst du?", fragte Aveline.

„Um dorthin zu gelangen, müssen wir über die Alpen! Im November!", erklärte ihr Tjaden seinen Plan.

„Wir können nicht den direkten Weg nehmen. Jeder würde uns da erwarten. Über die Alpen wohl keiner!"

„Aus gutem Grund! Erfroren oder abgestürzt! Nur Verrückte gehen im Winter über die Gebirgspässe! Selbst im Sommer ist das gefährlich!", sagte Tjaden nachdenklich.

Doch bis zu den Alpen war es noch weit. Natürlich wusste Kuno um die Gefährlichkeit, aber die Gefahr war auch hinter ihnen. Und vor ihnen. Ringsum waren sie in Bedrängnis.

Auf der Flucht konnten sie nur in kurzen Stücken planen und zuerst mussten sie das Pferd im nächsten Dorf zu einem guten Preis losschlagen.

Wenn sie nicht auf der Flucht gewesen wären, dann hätten sie das wohlgenährte Tier auf einem Pferdemarkt in einer Stadt zu einem viel höheren Preis verkaufen können, doch so würde wohl kaum die Hälfte seines Wertes dafür herausspringen[4].

Kuno hörte Tjaden seufzen. Vermutlich hatte der Freund gerade denselben Gedanken gehabt.

Etwa eine Stunde später waren vor ihnen die Strohdächer eines Dorfes zu erkennen.

Außerhalb der Sichtweite der Dorfbewohner hielten sie bei einem Wäldchen und saßen ab.

Tjaden nahm die Packtaschen von dem Wallach und ging mit ihm am Zügel in das Dorf.

An einem Baum stehend sah Kuno seinem Freund hinterher.

„Du hast dich für einen armen Ritter entschieden!", sagte er, als Aveline mit dem Weinschlauch neben ihn trat.

„Das ist egal! Ich habe mich für euch entschieden! Alles, was euch glücklich macht, das macht auch mich glücklich!", sagte sie und reichte ihm den Schlauch herüber.

„Lass doch endlich diese förmliche Anrede! Wir haben gemeinsam den Vogel im Stroh gefangen!", entgegnete Kuno.

„Wenn mein Herr es wünscht, dann gern!", sagte Aveline.

Kuno seufzte, nahm einen großen Schluck und setzte sich an dem Baum ins Gras.

„Ist der Weg wirklich so gefährlich, wie dein Freund es geschildert hat?", fragte sie.

Wenigstens hatte sie nun diese gezierte Anrede geändert, aber sollte er ihr auch noch erklären, dass Tjaden ihr gegenüber ziemlich voreingenommen war? Natürlich hatte er gesehen, wie der Knappe sie angesehen hatte und auch die blanke Waffe in der Nacht war ihm nicht entgangen.

---

[4] Ein gutes Pferd kostete 100 Schilling

Kuno winkte ab und sagte: „Er neigt manchmal zur Übertreibung! Komm! Setz dich zu mir!"

Aveline trat näher an ihn heran.

„Geht es dir wieder besser?", fragte er und zeigte neben sich.

Aveline setzte sich nickend zu ihm. „Ja! Alles gut! Die Blätter helfen schnell und ich habe ja welche mitgenommen!"

„Du musst mir immer sagen, wenn was mit dir ist! Hörst du? Versprichst du mir das?", sagte Kuno eindringlich. Noch nie war er mit Frauen zu Pferde unterwegs gewesen.

„Ja! Danke! Das werde ich ab jetzt tun! Ist der Weg wirklich so gefährlich, wie Tjaden gesagt hat?"

Offenbar hatte sie nun seine Lüge durchschaut!

„Hmmm!", gab Kuno ihr nur zurück. Es würde sie nur ängstigen, wenn er ihr die ganze Wahrheit sagen würde. Selbst er hatte vor den Alpenpässen Respekt, aber es gab nur diesen Weg.

Weiter nördlich standen die Kämpfer des Königs und südlich die des Papstes. Nur über den Pass würde er unbeschadet kommen können, wenn Gott es wollte!

„Willst du mich wirklich als Braut mitnehmen? Ich könnte dir auch als Magd zu Diensten sein!", ließ sie sich leise von der Seite vernehmen.

„Das hatten wir doch geklärt? Oder? Du bist meine Braut und ich werde dich in Sachsen zur Frau nehmen."

„Ich danke dir, aber ich bin nur eine Wäschemagd! Du bist ein Ritter aus einem alten und ehrenvollen Geschlecht! Ich kann doch nicht deine Frau werden!", antwortete Aveline mit einem Seitenblick.

„Doch! Und nun lass uns nicht mehr darüber reden!"

„Jawohl mein Herr!", gab sie ihm zurück und küsste ihn.

„Ich hoffe, dass Tjaden einen guten Preis aushandeln kann!"

„Du magst ihn sehr, deinen Freund? Oder?", fragte Aveline.

„Er ist wie ein Bruder für mich. Wir teilen alles!"

160

„Das habe ich gemerkt!", gab Aveline ihm zurück und erhob sich. „Ich muss mal!", sagte sie und ging ein paar Schritte zur Seite, wo sie sich wieder aus der Hose schälte. Ungeniert hockte sie sich zum Pinkeln in das Gras und zeigte ihm dabei ihre blanke Kehrseite.

Kuno sah ihr zu. So arm war er doch aber gar nicht. Er hatte noch Waffen, Pferde, einen Knecht und eine hübsche Frau, die gerade ein paar Schritte neben ihm hockte.

Dieser Anblick war einfach nur wunderschön, wie sie ihren Kopf bewegte und das Haar zur Seite warf. Diese Frau hatte ihn sicherlich verzaubert, denn obwohl es noch gar nicht so lange her gewesen war, dass er bei ihr gelegen hatte, spannte bei diesem Anblick schon wieder seine Hose.

Aveline raubte ihm den Verstand.

Kuno erhob sich, trat zu ihr und drückte sie von hinten auf die Knie. Danach schob er sie an den Schultern nach vorn, dass sie sich auf den Händen abstützen konnte.

Kuno kniete sich hinter sie und öffnete seine Hose.

Die Hände in ihre Hüften gekrallt trieb ihr glückliches Keuchen ihn in ihren feuchten Schoß.

Aveline war unersättlich! Und er ebenfalls!

Ihr gemeinsames Schnaufen erfüllte kurz darauf das Wäldchen.

35. Kapitel
Zwölf Schilling!

Der Erlös des Wallachs hatte sie bis kurz vor Lyon gebracht. Seit zehn Tagen waren sie unterwegs und nun besaßen sie nur noch die zwölf Schilling, die er seit dem Anfang dieser Reise im Beutel vor der Brust trug.

Es waren zehn Tage und neun Nächte, die Tjaden mit Aveline ausgesöhnt hatten. Hatte er sie in der ersten Nacht noch töten wollen, so würde er sie nun, wie eine gute Freundin, jederzeit mit seinem Leben beschützen.

Und das nicht nur, weil sie gelegentlich mit ihm das Lager geteilt hatte. Es gab also doch einen Unterschied zwischen Pferden und Menschen!

Die hochgewachsene Frau hielt sich gut im Sattel, sagte keinen Ton der Klage und behinderte sie nicht mehr. Es war schön, sie einfach bei sich zu haben. Nicht nur wegen des gemeinsamen Lagers am Feuer in der Nacht, wo sie sich gegenseitig wärmen konnten.

Allerdings stand nun mit Lyon die nächste große Hürde auf ihrem Weg an.

Bisher waren sie immer auf Feldwegen und fern der großen Straßen unterwegs gewesen. Doch Lyon ließ sich kaum umgehen und sie brauchten für den weiteren Weg auch wieder ein paar Münzen!

Schon seit Tagen grübelte er, was sie tun konnten. Aber seine beiden Reisebegleiter machten sich darum keine Gedanken. Aveline mit ihrem unkomplizierten Wesen würde wohl auch ohne Geld überallhin kommen und Kuno war sowieso als armer Ritter fern jedes Besitztumdenkens.

Tjaden griff sich an den ledernen Beutel. Es war schon immer seine Aufgabe gewesen, für den Ritter zu sorgen und nun hatte er eben zwei, die er beschützen und um die er sich kümmern musste.

Aveline, die vor ihm ritt, sang ein leises Lied, dass durch den Wind zu ihm wehte. Es war ein Kinderlied mit einem Abzählreim. Manchmal war Aveline unbekümmert wie ein kleines Kind und das hatte wohl seinen Beschützerinstinkt geweckt. Zumindest wusste er nicht, was sich sonst in ihm ihr gegenüber gewandelt haben könnte. Doch es war so gewesen.

Unmittelbar vor der Stadtgrenze befand sich eine Herberge am Wegesrand, in der sie für ein paar der Münzen Kost und Unterkunft für eine Nacht erhalten konnten.

Kuno zeigte darauf und Aveline lachte.

Nach all den Nächten in der doch schon kälter werdenden Landschaft, freuten sie sich schon alle drei auf ein richtiges Bett und vielleicht eine Wanne mit warmen Wasser.

Ausgeruht und ausgeschlafen kam man vielleicht zu einem Gedanken, wie sie die nächsten zehn Tage überstehen würden. Die Route würde nun, mit dem Gebirgspass vor ihnen, nur noch schwerer werden.

Vor dem Hause saßen sie ab und Aveline war in das Bett gehüpft, kaum dass sie das Zimmer erhalten hatten.

Sie jauchzte vergnügt und wenig später, als die Wanne bereit war, war sie voller Vorfreude in das warme Wasser eingetaucht.

Im Unterkleid in der Wanne liegend, war ihr deutlich diese Wohltat anzusehen.

Auf der bisherigen Strecke hatten sie sich immer in den Bächen und Teichen am Wegesrand gewaschen, doch die waren eben jetzt, da es auf das Ende des Oktobers ging, entsprechend kalt.

Als Mann war Tjaden das gewohnt, aber Aveline hatte nach dem Waschen immer eine deutlich sichtbare Gänsehaut gehabt. Allerdings hatte sie sich bislang auch nicht darüber beklagt.

Das Wasser in der Wanne war jedenfalls schön warm, wie Tjaden feststellte, als er seine Hand hineinsteckte. Dieses Vergnügen war den einen Schilling wert, wobei er als Knappe als letzter hineinsteigen würde.

Aveline begann sich einzuseifen und sang dabei ein altes französisches Lied. Die Seife roch gut und sie versuchte sich damit die Haare zu waschen, was sich allerdings als schwierig gestaltete und somit half Tjaden ihr dabei, wenngleich das nicht eine Arbeit für einen Mann war.

Dankbar nickte sie ihm zu, bevor sie untertauchte, die Haare ausspülte und danach prustend abermals über der Wasseroberfläche auftauchte.

Als sie aus der Wanne stieg, sprang Kuno hinein, der daraufhin von Aveline abgeschrubbt wurde. Danach stieg Tjaden in den Zuber und Aveline schrubbte auch noch seinen Rücken.

Es war wirklich ein Genuss.

Später begann das Abendmahl mit Brot und gebratenen Hühnchen. Es war fast ein Festmahl, aber die Wohltat der Wanne hatte Tjaden dazu verleitet, etwas freigiebiger zu sein.

Aveline wischte sich bei dem Mahl immer den Mund mit dem Handrücken ab, aber sie würde danach sicherlich erneut eine gründliche Wäsche brauchen. Es war mehr als deutlich zu sehen, dass sie bislang nicht sehr oft Fleisch zu essen bekommen hatte.

Die schlanke Frau stopfte ein ganzes Hähnchen in sich hinein, bis sie laut rülpsend verkündete, dass sie nun satt sei, nur um einen Augenblick später eine Hühnerkeule von seinem Hähnchen zu entwenden.

Letztendlich waren für Unterkunft, Wanne und drei gebratene Hühner elf Schilling zu bezahlen und vom zwölften bestellten sie sich einen großen Krug Wein.

Nun brauchten sie noch eine Idee für den weiteren Verlauf der Reise!

Als sie sich beim Wein laut am Tisch über ihre nächste Strecke unterhielten, wurde ein Kaufmann auf sie aufmerksam.

„Wohin soll euer Weg euch führen?", fragte er.

Aveline antwortete: „Nach Hall!"

„Ich muss mit meiner Ware nach Zürich und hätte nichts gegen vier starke Männerarme einzuwenden!", begann der Kaufmann und setzte dann hinzu: „Aber bei mir gibt es nur Kost und Unterkunft! Also, wenn ihr mögt?"

„Gern!", sagte Kuno und hielt ihm die Hand hin.

„So sei es! Morgen früh brechen wir auf!", antwortete der Handelsmann und schlug in die Hand des Ritters ein.

Damit war der nächste Weg erst mal gesichert und der Kaufmann spendierte sogar noch einen weiteren Krug von dem leckeren roten Wein.

Beim anschließenden Umtrunk zeigte sich, dass Aveline den schwereren Landwein ebenfalls nicht gewohnt war. Bisher hatten sie immer nur den verdünnten Wein aus dem Schlauch getrunken.

Sie wurde mit jedem Schluck sichtbar fröhlicher und sang irgendwelche anzüglichen Trinklieder, die sie wohl mal irgendwo aufgeschnappt hatte.

Als dann auch der zweite Krug leergetrunken war, schleppten Kuno und er die kichernde Frau die Treppe hinauf zu ihrem Zimmer für diese Nacht. Zu zweit bugsierten sie Aveline zum Bett, was sich für zwei starke Männer dennoch etwas schwierig gestaltete.

Irgendwann ließ Kuno lachend von ihr ab und Aveline setzte sich ganz freiwillig in das Bett.

„Das ist so schön weich!", sagte sie und strich mit der Hand über die dicke Decke. Darunter würde es in der Nacht sicherlich auch schön warm sein.

Kuno zog sich Hosen und Wams aus, um danach im Unterhemd zum Bett zu gehen. Aveline erhob sich schwankend, um ihm den Platz an der Wand einnehmen zu lassen. Nun entledigte sich auch Tjaden seiner Oberbekleidung und stand gähnend vor dem Bett, um die Frau unter die Decke schlüpfen zu lassen, als sich Aveline ihrer Kleidung vollständig entledigte und nackt auf das Lager sprang.

Bisher hatte er sie noch nie völlig unbekleidet gesehen, aber sie war wirklich sehr schön und auch gut geformt. Ein Augenschmaus, der seine Wirkung auf ihn nicht verfehlte. Und er würde auch noch neben ihr schlafen, praktisch Haut an Haut mit ihr. Da würde er sicherlich nur schwerlich zur Ruhe kommen können.

„Jetzt komm schon ins Bett!", sagten die beiden fast zeitgleich zu ihm.

Doch er bestaunte immer noch den Körper der Frau im Lichte der Talgfunzel. Sie lag halb unter der Decke und hielt ihm diese offen.

Schließlich schlüpfte auch er in das Bett. Gemeinsam kuschelten sie sich zusammen und er war ihr so nah, dass sie wohl seine Erregung spüren musste, denn sie rieb sich immer wieder an ihm.

Nun wartete er darauf, dass Kuno begann und er vielleicht danach auch noch bei Aveline zum Zuge kam.

Dann sagte der Freund plötzlich: „Heute darf der zuerst, der die Zeche bezahlt hat!"

„Wirklich?", fragte Tjaden ungläubig.

„Wirklich!", antwortete Aveline und schob sich unter ihn.

Geschickt streifte sie ihm das Unterhemd herauf.

Während Kuno sie streichelte und küsste, glitt Tjaden zwischen ihre gespreizten Schenkel und stieß zu.

36. Kapitel

In eisigen Höhen

Der knarrende Wagen hatte sie ziemlich aufgehalten. Berti, wie der Kaufmann hieß, hatte zwei Maulesel als Zugtiere und zwei Knechte zur Begleitung. Ohne ihre Mithilfe wäre der Mann nie über das Gebirge gekommen und vor dem Karren waren nun auch der Hengst und die Stute eingespannt.

Kuno blickte zurück. Wolfgang trottete hinter dem Wagen her. Er hatte ihm kein Geschirr anlegen können. Ein Ross ging nie in ein Joch! Schon das Tragen der zusätzlichen Last war dem edlen Streitross nur schwer zu vermitteln gewesen.

Berti wollte den Winter in seiner Heimat verbringen und war mit seinen Waren in Aragon viel zu spät aufgebrochen, als dass er es alleine hätte schaffen können.

So war es eben eine Zweckgemeinschaft geworden. Kuno half ihnen über den Berg und Berti zahlte dafür die Verpflegung und die Unterkunft. Allerdings nur in billigen Herbergen.

Dort schliefen sie immer alle zusammen in einem Raum und dadurch lebte Kuno seit Lyon nun enthaltsam und Aveline ebenfalls.

Tjaden und er schoben den Wagen mit aufgekrempelten Ärmeln, während Aveline, in seinen wollenen Gambeson gehüllt, hinter ihnen her ging.

Unten im Tal war es noch Herbst gewesen und hier oben war schon Winter.

Seit Stunden ging es schon Bergauf und an diesem Tag endete der Oktober! Der nächste Tag wäre dann Allerheiligen und Kuno konnte es immer noch nicht wirklich verstehen, dass sie unbehelligt bis zu diesem Übergang gekommen waren.

Eigentlich waren sie jetzt schon frei, denn auf dem Pass würden keine Wachen mehr sein. Um aber wirklich in Freiheit sein zu können, mussten sie jetzt nur noch lebend auf der anderen Seite herab kommen.

Links und rechts vom Weg lag schon viel Schnee und es war vermutlich einer der letzten Tage des Jahres, an denen es überhaupt möglich war, über die Alpen zu gelangen.

Mit ein bisschen Winterwind würde der schmale Pfad sicherlich bald verweht und damit bis zum Frühjahr unpassierbar werden.

Es war wirklich ein verrücktes Unterfangen, aber gewiss schützte sie alle das hölzerne Kreuz, dass er nun am Strick vor der Brust trug. Direkt auf der Haut, über seinem Herzen.

Seit Tagen gingen sie alle zu Fuß. Selbst Berti lief bei seinen Tieren und damit hätte Aveline eigentlich vorn auf dem Karren Platz nehmen können, doch sie lief hinterher. Neben Wolfgang. Es war offensichtlich, dass Aveline sie immer noch nicht aufhalten wollte und sich daher nun zu Fuß über den Bergkamm quälte.

Der verfilzte Gambeson reichte ihrer schmächtigen Gestalt bis fast an die Knie. Mit einem Strick hatten sie den dicken Filzstoff um ihre Taille zusammengezogen. Sie trug ein Tuch um den Kopf, das nur ihre Augen und ein paar von den Locken herausschauen ließ. Obwohl sie damit dick eingepackt war, schien sie dennoch zu frieren.

Aveline hatte ihre Arme um die Schultern gezogen und folgte schwankend dem Wagen. Von Zeit zu Zeit blickte Kuno zu ihr zurück, wie sie die Füße auf den Boden aufsetzte. Ihre Schuhe waren offensichtlich nicht für solche Wege gemacht.

Die dicken Stiefel von Tjaden und ihm waren da wohl besser für diesen Pfad aus Eis und Schnee gemacht. Trotzdem entfuhr ihr kein Laut des Murrens oder Klagens. Und für die Umgebung hatte sie auch keinen Blick. Starr sah sie vor sich hin auf den Weg.

„Aveline?", fragte er laut und riss sie damit aus ihrer scheinbaren Lethargie.

Sie hob den Kopf und ihre Blicke trafen sich. Ein Lächeln zeigten ihre Augen an.

„Willst du nicht nach vorn? Da kannst du sitzen!"

„Ich muss mich bewegen! Mir ist sonst zu kalt!", gab sie zurück und stolperte dabei.

Im letzten Moment konnte er sie noch auffangen.

„Berti! Hast du auch Decken in deiner Ladung?", rief er nach vorn und hielt Aveline in seinem Arm.

„Nur Pferdedecken!", antwortete der Kaufmann.

„Egal! Hauptsache sie halten warm! Und du setzt dich jetzt nach vorn! Keine Widerrede!", sagte Kuno streng.

Er trug Aveline nach vorn, hob sie auf den Karren und Berti zeigte ihm, wo die Decken lagen.

Dick eingepackt saß Aveline wenig später auf dem Bock und nickte ihm dankbar zu. Dabei fiel sein Blick auf ihre Schuhe, die wirklich ziemlich dünn waren. Das waren wahrlich keine Schuhe für den Winter oder für lange Märsche. Er würde auch ihre Füße einpacken müssen, denn ohne Bewegung würden vielleicht ihre Zehen erfrieren. Was hatte er noch?

„Tjaden! Haben wir noch irgendwelche dicken Sachen im Packsack?", fragte er nach hinten.

Der Karren war nun zum Stehen gekommen und der Knappe kam nach vorn.

Kuno zeigte auf das zerrissene Leder an dem einen Schuh der Geliebten.

Der Freund kratze sich am Kopf und überlegte.

„Wir haben noch die leeren Futtersäcke von den Pferden. Vier Stück! Wenn wir jeweils zwei ineinander stecken und sie dann da die Füße reinsteckt?", fragte der Freund und Kuno nickte ihm zu.

„Ich halte euch schon wieder auf!", sagte Aveline weinerlich.

„Du hältst uns nicht auf. Für mich bist du wie eine kleine Schwester!", sagte Tjaden und ging nach hinten.

„Die Hosen hast du an?", fragte Kuno und sie nickte.

Der Knappe kam mit den Säcken nach vorn und diese Konstruktion funktionierte offenbar.

Dankbar umarmte ihn Aveline von oben und er konnte die Tränen in ihren Augen sehen.

„Wir müssen weiter! Ich will nicht auf dem Berg in der Nacht sein!", trieb sie nun der Kaufmann berechtigterweise an.

Aveline hüllte sich in ihre Decken und nur ihre Augen waren noch zu sehen.

Knarrend setzte sich der Wagen abermals auf dem Weg in Bewegung. Nun ging Kuno nach vorn und führte die Pferde. Die Sonne kam von rechts und dennoch konnte er kaum den Blick in die Ferne richten. Das Glitzern des Eises blendete ihn immer wieder.

Gelegentlich rutschte die Stute mit den Hufen ab. Die Maulesel waren deutlich besser für diesen Weg geeignet, als die höheren Pferde.

Die immense Anstrengung erschöpfte die Zugtiere und das Ende des Weges war noch nicht abzusehen. Immer noch ging es hinauf!

Hinter ihm hielten die vier Männer dem Wagen in der Spur und Aveline war unter dem Deckenberg kaum zu erkennen.

Endlich hatten sie die Kuppe erreicht und damit ging es hinab. Aber das war der schwierigere Teil! Der Wagen schob sich von hinten auf die Zugtiere.

Tjaden kam nach vorn und gemeinsam hielten sie die vier Tiere in der Spur. Schwitzend blickte Kuno den Weg hinab. Da unten war irgendwo ihr Ziel. Zumindest das für diesen Tag.

„Du weißt aber schon, dass wir da auch auf der anderen Seite wieder hoch müssen, wenn wir nach Sachsen wollen?", fragte ihn der Knappe von der Seite.

„Ja! Aber erst im nächsten Frühjahr. Hier können wir sicher überwintern. König Philipp, der Papst und ihre Häscher sind weit fort. Und Hall soll eine gute Stadt sein. Da finden wir sicher beide etwas, was wir tun können!"

Nun hasteten sie schweigend hinab.

Die Sonne, die sich langsam hinter sie schob, trieb sie voran. Eine Nacht in dem Eis würde schwer werden.

Praktisch mit dem letzten Sonnenstrahl erreichten sie eine Herberge und Kuno trat zu Aveline, die er erst mühsam aus den Decken schälen musste.

„Mir ist so kalt!", stöhnte sie.

„Die haben hier sicher eine warme Wanne!", sagte Berti.

Kuno hob die zitternde Aveline auf seine Arme.

37. Kapitel
Nähe und Ferne

Das warme Wasser tat Aveline so gut, obwohl es kurz geschmerzt hatte und sie die Stiche in ihrer kalten Haut mit zusammengebissenen Zähnen ertragen hatte. Vor ein paar Augenblicken hatte Kuno sie aus den Sachen befreit und in die Wanne gelegt. Aus eigener Kraft wäre Aveline wohl nicht mehr dazu in der Lage gewesen.

Das eiskalte Unterkleid hatte er ihr ebenfalls vom zitternden Leib gezogen und somit lag sie jetzt nackt in der hölzernen Wanne. Fürsorglich hängte Kuno ihre Sachen an das Feuer.

Obgleich sie in die dicken Pferdedecken eingewickelt gewesen war, war die Kälte der Luft dennoch bis auf ihre Haut durchgedrungen.

„Zeig mal deine Füße!", sagte Kuno.

Sie hob zuerst ein Bein aus dem Zuber.

Sorgsam begutachtete der geliebte Mann ihre tauben Zehen. Da war keinerlei Gefühl mehr darin und Kuno sah besorgt aus. Danach griff er sich den anderen Fuß, doch sein Gesichtsausdruck besserte sich nicht.

„Du hattest mir doch versprochen, zu sagen, wenn was ist!", begann Kuno und sah sie fast strafend an, während er ihren Fuß wieder in das Wasser ließ.

„Am Anfang bist du geritten, bis dein Schoß beinahe blutig war. Jetzt steigst du mit fast erfrorenen Zehen im Winter auf einen Berg!", setzte er ärgerlich hinzu.

„Bitte schimpfe nicht mit mir! Es tut mir leid!", sagte sie flehend.

Kuno trat zu ihr, beugte sich herab und küsste sie.

Seit Lyon hatte sie wie eine Nonne gelebt. Jede Nacht nah bei ihm und dennoch fern jeder zärtlichen Berührung, denn sie war ja mit fünf Männern in einem Zimmer gewesen. Jede Nacht hatte sie diese Sehnsucht nach dem Geliebten in sich gehabt und nun hatten ihre Lippen neuerdings seinen Geschmack genossen.

Die Wärme der Wanne und dieser köstliche Kuss heizten ihren kalten Leib langsam wieder auf.

Nun begann Kuno sie auch noch mit einer duftenden Seife zu waschen. Dabei knetete er sie richtig durch und das Blut schoss neuerdings durch ihren Körper. Dadurch kribbelte es überall, aber es war wohl nicht nur die Wärme des heißen Wassers, die sie durchströmte. Seine Berührungen waren so kraftvoll und doch zärtlich zugleich.

Aveline fühlte sich wie eine Königin, doch in der Nacht wäre ihr König ihr wieder fern. Dabei rief ihr Körper doch unüberhörbar nach ihm.

Seine streichelnden Berührungen setzten nun ihr innerstes im Brand und verjagten den Rest des Winters aus ihr. Das Kribbeln konzentrierte sich nun an einer Stelle, an der sie seine Zärtlichkeiten ganz besonders vermisste.

„Warum kommst du nicht mit rein? Die Wanne ist groß genug für zwei!", erklärte sie und rutschte mit dem Rücken an die Wand.

„Dein Haar zuerst!", sagte er.

Aveline schüttelte den Kopf.

„Gerade sind wir zwei einmal wieder alleine! Bitte komm!", erzählte sie fordernd.

Kuno sah wohl in ihrem Blick, dass diese Aufforderung keinen Widerspruch oder Aufschub seinerseits duldete.

Geschwind legte er seine Kleidung zum Feuer und stieg ebenfalls nackt zu ihr in den Holzzuber.

Ihre lüsternen Augen erkannten, dass das Streicheln nicht nur sie erregt hatte und während er sich in die Wanne setzte, schob sie sich ihm sehnsüchtig entgegen.

Beide Beine an seinen Seiten vorbei streckend, gab Aveline ihm ihren bereits vor Verlangen pochenden Schoß zur Eroberung frei.

Ihr Ritter hatte die Lanze angelegt und als er sich in sie schob, warf sie stöhnend den Kopf zurück.

Oder schob sie sich auf ihn? Egal! Das Ergebnis war dasselbe und die Wanne schwappte bei ihrer stürmischen Vereinigung über.

Die Abstinenz der letzten Tage sorgte dafür, dass sie wie ausgehungerte Tiere übereinander herfielen!

Als der erste Ansturm der Lust gestillt war und sie sich gegenseitig einseifend in der Wanne saßen, trat Tjaden in den Raum.

„Die Pferde sind versorgt und wir haben heute sogar ein eigenes Zimmer! Berti wartet dann im Schankraum mit dem Essen, wenn ihr beide fertig seid!", sagte er.

Sie tauchte unter, um die Seife von sich zu spülen, danach sprang sie aus der Wanne und trocknete sich ab.

Aveline warf noch einen letzter Blick auf ihre Füße, dann zog sie die Strümpfe an.

Kuno stieg nun ebenfalls aus der Wanne.

„Möchtest du auch?", fragte sie, praktisch immer noch nackt, den Knappen, doch Tjaden streifte bereits seine Kleidung ab.

Während sich Kuno abtrocknete, trat sie im nun warmen Unterkleid zu dem Knecht, um ihn zu waschen.

„Wenn wir wieder ein Zimmer für uns haben, so kann ich mit dir mein Lager teilen. Kuno hat sicherlich nichts dagegen!", sagte sie, mit der Seife in der Hand.

Tjaden blickte zu ihr auf und erklärte: „Ich habe dir doch schon am Berg erzählt, dass ich dich jetzt mehr wie meine kleine Schwester sehe. Mit der geht man zwar auch ins Bett, aber nur um zu schlafen. Ich würde dir jederzeit meinen starken Arm geben, aber alles andere gibt dir von jetzt an Kuno!"

Aveline beugte sich hinab, gab dem Knappen einen Kuss und sagte: „Danke großer Bruder! Ich hatte noch nie einen!"

Vollständig angezogen trat Kuno zu ihnen an die Wanne, während Aveline dem nackten Knappen den Rücken schrubbte.

„Ich glaube, dass Berti schon bald seinen eigenen Weg gehen wird. Vielleicht begleiten wir ihn noch zwei Tage. Und was wird dann? Ohne Geld im Winter?", fragte Kuno.

Tjaden spülte sich sauber, stieg aus der Wanne und trocknete sich am Feuer ab.

Langsam ging Aveline zur Seite, um sich dort fertig anzuziehen.

Zu dritt überlegten sie nun stumm, jeder für sich, was das wohl heißen würde.

Ihre Finger streichelten den silbernen Anhänger.

„Denke noch nicht mal daran!", sagte Kuno, der wohl diese Bewegung gesehen hatte.

Sie drehte sich zu ihm herum.

„Maria hat dich beschützt und uns zusammengebracht. Wir finden etwas anderes!", erklärte der Geliebte.

„Lasst uns erst mal essen gehen. Ein leerer Bauch überlegt nicht gern!", sagte Tjaden, als er seinen Gürtel schloss.

Aveline strich noch einmal mit den Fingern durch ihr Haar, schob den Anhänger unter das Kleid und schloss sich den beiden Männern an.

Es war gemütlich warm in der Schankstube und Kuno gab ihr auch noch den Platz, der am nächsten am Feuer war.

Berti gab sich an diesem Tag richtig spendabel. Offenbar war das die Freude darüber, dass sie den Pass überwunden hatten.

Nun wurde geschlemmt, getrunken und gesungen.

„Morgen, zu Allerheiligen, machen wir alle einen Tag Pause. Die Tiere brauchen ihre Ruhe und wir sollten beten gehen!", sagte Berti mitten im Mahl.

Damit würde Aveline zwar nicht ausschlafen können, aber trotzdem war ein Tag der Ruhe nach den Strapazen dieser Strecke schon eine gute Idee!

Mit vollem Bauch wurde sie schließlich von Kuno von der Bank gehoben und auf seinen Armen zu ihrem Zimmer getragen. Das breite Bett, das sie im Scheine der Talglampe erkennen konnte, sah einladend und vielversprechend aus.

Sie zog sich das Kleid über den Kopf und streifte anschließend die Strümpfe ab. Ihre Schuhe hatten allerdings schon bessere Zeiten gesehen, einer davon hatte ein ziemlich großes Loch. Barfuß, im Unterkleid sortierte sie ihre Sachen auf einen Hocker und stellte die Schuhe seufzend dazu.

„Schlaf gut, großer Bruder!", sagte sie, als sie zum Bett ging.

„Dir auch eine gute Nacht, kleine Schwester!", antwortete Tjaden und verriegelte die Tür.

Wenige Augenblicke später lagen sie alle im Bett und Tjaden schnarchte schon, als sie die Decke über ihn zog.

„Dir auch eine gute Nacht, mein Geliebter!", hauchte Aveline und küsste Kuno.

„Du willst doch jetzt nicht schon schlafen?", fragte er.

Sie spürte, wie seine Finger unter der Decke über ihre Beine strichen und den Saum ihres Unterkleides suchten.

38. Kapitel
Zum Lobe aller Heiligen

Und abermals wurde Kuno von Aveline in der Art geweckt, wie sie es schon einmal getan hatte. Im Halbdunkel des Raumes hockte sie über ihm im Bett und ritt ihn, wie sie sonst ihre Stute ritt. Allerdings nackt, mit geschlossenen Augen und vor Lust verzogenem Mund. Die schweren Brüste wippten bei jeder Bewegung und die langen Locken hingen ihr ins Gesicht.

Aveline hatte sich auf seine Schultern gestützt und Tjaden schnarchte laut neben ihm. Durch das schmale Bett musste Kuno diesmal in dieser Position bis zum Schluss bleiben, der aber bei diesem Anblick nicht lange auf sich warten ließ.

Nachdem sie seinen Samen empfangen hatte, fiel sie schnaufend auf seine Brust und hauchte: „Du bist meine Liebe, mein Leben!"

Wenige Augenblicke später schnarchte sie leise und er hielt sie in dieser Position fest. Auch sie war die Liebe seines Lebens und Kuno dachte gleichzeitig an seine Eltern zurück. In dieser Art wollte er sie sich zwar gerade nicht vorstellen, aber da er auf der Welt war, und noch zwei Brüder hatte, musste es zumindest drei Mal geschehen sein, dass sie das Lager miteinander geteilt hatten.

Mit Aveline hatte er das Glück gefunden und er hatte sie selbst zur Frau erwählt. Die Ehe seiner Eltern war von deren Eltern arrangiert worden, wie auch die Heirat seines Bruders. Bis zur Hochzeit hatte Siegfried seine Braut nicht gesehen und auch danach war da immer eine Art von Distanz zu spüren gewesen.

Vermutlich hatten sich die beiden Eheleute noch nie nackt gesehen. Und so etwas wie das, was Aveline gerade getan hatte, das traute er seiner Schwägerin niemals zu.

Leicht strich er durch Avelines Locken und spielte mit einer der langen Haarsträhnen. Avelines war wirklich wunderschön!

Vorsichtig, um sie nicht zu wecken, streichelte er ihr Gesicht. Darauf lag im Moment so ein stilles Glück und sie lächelte im Schlaf.

Mit angezogenen Knien auf ihm, halb hockend und halb liegend, schlief sie, obwohl man in dieser Position wohl kaum richtig schlafen konnte.

Durch die Ritzen des Fensterladens fiel der erste Sonnenstrahl und verkündete damit, dass er Avelines leider wecken musste, denn sie wollten in die Kirche gehen.

„Wach auf meine Geliebte!", sagte er.

Es dauerte einen Moment, bevor Aveline die Augen aufschlug. Doch dann sprang sie von ihm herab, rannte zur Ecke und übergab sich in den Eimer.

„Ich habe wohl gestern zu viel gegessen!", sagte sie, als sie schwankend wieder auf die Füße kam und sich den Mund mit dem Handrücken abwischte.

Nackt stand sie im Licht von Sonne und Kamin und abermals umhüllte sie dieser Zauber, der ihn so faszinierte.

„Guten Morgen!", sagte Tjaden, der sich nun im Bett aufsetzte.

Aveline ging zur Schüssel, goss sich Wasser aus dem Krug ein und wusch sich einfach völlig nackt, als wäre es das normalste der Welt!

Und eigentlich war es das ja auch, nur dass es die meisten Menschen eben etwas anders sahen.

Die Nacktheit einer Frau stand für den Sündenfall der Eva! Aber Aveline hätte er gern den Apfel abgenommen, wenn sie damals im Paradies zusammen gewesen wären. Kuno und Aveline, nicht Adam und Eva!

Kuno setzte seine Füße auf den Boden und erhob sich aus dem Bett. Er streckte sich und gähnte, dann nickte er seinem Knappen zu.

„Euch allen ein fröhliches Allerheiligen!", sagte Kuno.

Aveline bedankte sich bei ihm mit einem Kuss.

Die Schüssel war frei und sie zog sich, nackt im Bett sitzend, die Strümpfe über.

„Ich brauche neue Schuhe!", sagte sie seufzend, als sie einen davon hochhob und mit einem Finger zeigte, dass sich darin ein großes Loch befand.

„In unsere wirst du nicht hineinpassen!", entgegnete Tjaden und hob einen seiner Schuhe an. Die waren deutlich länger, als die kleinen Schuhe der Frau.

„Wir werden sehen! Eventuell trage ich dich durch den Schnee zur Kirche!", sagte Kuno und gab den Waschplatz für den Freund frei.

„Und deine Füße? Alles wieder in Ordnung?", fragte Kuno Aveline.

Mit den bereits angezogenen Strümpfen konnte er das nicht kontrollieren, aber sie nickte. Heute trug Aveline die Strümpfe ohne die Hosen darunter. Sorgsam zurrte sie das Halteband um ihre Hüften. Unterkleid und Kleid folgten, dann kämmte sie ihre Mähne und flocht sich eines der bunten Haarbänder in ihr Haar.

Aveline war bereits fertig für die Kirche, da war Tjaden noch nicht mal gewaschen.

„Und nun Frühstück?", fragte Kuno.

Aveline schüttelte den Kopf und legte sich die Hand auf den Bauch. „Mir ist heute nicht so! Bestimmt der Wein gestern!", setzte sie erklärend hinzu, zog sich ihren Gürtel um die Hüften und blickte zu dem Gambeson, den sie am Tage zuvor auf dem Berg getragen hatte.

„Soll ich damit in die Kirche?", fragte sie sich vermutlich selbst laut und hob das Kleidungsstück an. Auf dem Berg war es warm und in Ordnung gewesen, aber in dem Gotteshaus?

„Ich frage mal eine der Mägde nach einem Mantel für dich!", sagte Tjaden, zog sich an und ging.

Aveline setzte sich auf den Hocker und wartete. Nun war erneut der Moment für einen Kuss! Kuno beugte sich zu ihr hinab und sie legte erwartungsvoll den Kopf zurück. Mit geschlossenen Augen genoss sie diesen Kuss im Morgenlicht.

Tjaden trat in den Raum und hatte einen Mantel und ein paar Holzschuhen bei sich.

„Danke, großer Bruder!", sagte Aveline und fiel dem Knappen um den Hals.

Wenig später waren sie auf dem Weg zur Kirche.

Auch Berti und seine Knechte hatten sich ihnen angeschlossen.

Kuno berührte mit der Hand das Kreuz unter seinem Wams. Auch diesem wollte er für den Schutz auf der bisherigen Reise danken.

Der Gottesdienst in der prachtvoll mit Kerzen ausgeleuchteten Kirche war sehr schön und gemeinsam gingen sie danach zur Schänke zurück.

Bei dem darauf folgenden Mahl langte Aveline dann neuerdings richtig zu.

Am Tisch sitzend redeten sie auch mit Berti über den folgenden Weg. Am nächsten Tag würden sie erneut zusammen aufbrechen, doch schon bald würden sich ihre Wege trennen.

Mit dem Ende des Mahls schob Berti Aveline ein paar Groschen[5] zu, damit sie der Magd den warmen Mantel und die Holzschuhe abkaufen konnte.

Freudig fiel Aveline dem Kaufmann um den Hals, der dabei kurz überrascht zurückzuckte. Avelines Offenheit war ihm, trotz der vielen Tage der gemeinsamen Reise, immer noch etwas fremd.

Lächelnd nickte Berti ihr dann zu. Offenbar steckte auch in ihm ein kleiner Heiliger.

„Du kannst morgen auch nochmals vorn sitzen!", sagte der Kaufmann weiter und erklärte, dass sie nun im Flachland hinter den Bergen viel leichter fahren konnten.

---

[5] Ein Tiroler Groschen entspricht 12 Pfennigen oder 24 Heller

„Wenn wir morgen wieder fahren müssen, dann sollten wir uns heute noch mal so eine herrlich warme Wanne leisten!", sagte Aveline lächelnd.

Nachdem das Wasser bereit war, zog Kuno sie hinter sich her.

Im warmen Wasser sitzend sagte er: „Das ist heute der erste Tag, an dem ich keine Angst habe, dass die Häscher des Königs uns trennen könnten! Bis hier reicht sein Arm nicht! Ich danke allen Heiligen, die unseren Weg beschützt haben!"

„Ich ebenfalls. Und ich danke dir!", sagte Aveline. Danach schob sie sich im Wasser an ihn heran und küsste ihn.

39. Kapitel
Schneewege

Zwei Tage nach Allerheiligen hatten sie sich von Berti getrennt. Der Kaufmann hatte ihnen beim Abschied ein Säckchen mit Münzen übergeben und es vehement abgelehnt, diese wieder zurückzunehmen. Und so war Tjaden, als Verwalter ihres Barschatzes, nun wieder um ein paar Groschen reicher. Der Beutel lag schwer auf seiner Brust.

Nun waren sie schon den dritten Tag ohne Berti unterwegs und ritten wieder auf ihren Pferden. Dadurch hätten sie eigentlich schneller vorankommen müssen, doch es hatte zu schneien begonnen und mit jedem Tag war der Schnee dichter gefallen. Damit waren die Wege jetzt tief verschneit und die Tiere hatten es ziemlich schwer.

Vermutlich war das hier im November völlig normal, aber es war absehbar, dass sie so das Ziel ihrer Reise wohl kaum erreichen würden.

Dazu kam nun auch noch, dass Aveline seit dem Abend zuvor hustete und nieste. Zwar trug sie Gambeson und Mantel und war damit eigentlich dick eingepackt, doch die schmale Frau hatte der Kälte wohl nicht viel entgegenzusetzen.

Tjaden blickte nach vorn und sah, wie Aveline praktisch nur noch auf ihrer Stute hing. Es war wahrscheinlich, dass sie eine weitere Woche im Schnee nur schwer überleben würde.

Er sorgte sich einfach viel zu sehr um sie. Hatte er sie am ersten Tag noch töten oder zurücklassen wollen, so war im Laufe ihrer gemeinsamen Reise etwas in ihm passiert, dass diese Stimmung geändert hatte.

Tjaden sah sie nun wirklich wie seine kleine Schwester, die er einst hatte verlassen müssen, um bei Kuno als Knappe zu dienen. Und kleine Schwestern beschützte man!

Abermals hustete sie vor ihm und er ritt nach vorn. Ein Blick in ihr Gesicht sagte alles! Tjaden trieb seinen Hengst noch weiter vorwärts und blieb neben Kuno.

Er musste nichts sagen, er sah Kuno nur in die Augen. Unter Männern brauchte es nicht viele Worte. Sie nickten sich zu. Im nächsten Ort würde ihre Reise vorerst enden, bis das Wetter besser geworden war. Allerdings würde mit den paar Münzen des Kaufmannes nicht der ganze Winter zu finanzieren sein. Eine Woche vielleicht noch, im besten Fall ein Monat.

Was konnten sie tun? Das war nun wieder Tjadens Problem, denn er war für das Geld verantwortlich.

Ein Aufschrei von hinten riss ihn aus dem Grübeln.

Er fuhr herum und sah, dass Aveline vom Pferd gekippt war! Schnell riss er den Hengst herum, ritt zurück und sprang neben ihr in den Schnee.

Besorgt schob Tjaden das Tuch um ihren Kopf zurück, dabei streifte seine Hand Avelines Stirn. Sie schien zu glühen!

„Sie hat Fieber!", rief er dem Freund zu, der nun neben ihn geritten war.

„Wir binden sie auf ihr Pferd und beeilen uns dann!", sagte Kuno und sprang nun ebenfalls herab.

Mit vereinten Kräften hoben sie Aveline in den Sattel und schnürten sie dann daran fest. Nun galt es schneller zu reiten, um eine schützende Unterkunft für die nächste Zeit zu finden.

Augenblicklich fielen die Schneeflocken noch dichter.

Kuno nahm die Stute am Zügel in den Schlepp.

Im dicksten Schneetreiben jagten sie fast im Galopp durch die Landschaft. Wenn ihnen jetzt jemand entgegenkommen würde, so könnten sie vermutlich nicht ausweichen, aber hier ging es um Avelines Leben!

Die Sichtweite voraus betrug höchstens noch drei Pferdelängen.

„Lieber Gott! Bitte zeige uns unser Ziel!", rief Tjaden nach oben und wenig später wurde die Sicht besser.

In wenigen hundert Schritten waren Häuser zu erkennen.

„Ich danke dir!", rief Tjaden erleichtert.

Vorn lenkte Kuno sein Ross in die Richtung des Ortes.

Wenig später erreichten sie die erste Hütte und sofort hörte der Schneefall auf. Jetzt hieß es nur noch, eine Herberge und einen Stall zu finden, aber das war ziemlich einfach.

Am größten Platz dieser kleinen Ansiedlung stand ein Haus mit zwei Etagen und einem Stall daneben. Das große Schild über dem Eingang bestätigte ihre Annahme, eine Unterkunft gefunden zu haben. Es schien wie ein erneutes Zeichen Gottes zu sein.

Sie saßen vor dem Gebäude ab und lösten die Stricke, mit denen sie Aveline aufrecht gehalten hatten. Während er ihre Pferde in den Stall führte und trocken rieb, trug Kuno Aveline auf seinen Armen in die Herberge hinein.

Als er kurz darauf den Schankraum betrat, sah er Kuno mit einer Magd reden. Er trat zu ihm und der Ritter sagte: „Die müssen das Wasser erst heiß machen. Das dauert etwas. Ich habe Aveline in das Bett gesteckt, aber es sieht nicht so gut aus. Sie hat mich nicht mal mehr erkannt!"

„Ich werde mal nach ihr sehen!", sprach die Magd und lief nach oben.

„Ich bringe erst mal unsere Sachen auf das Zimmer", sagte Tjaden.

„Die Treppe rauf, oben links die zweite Tür!", erklärte Kuno ihm den Weg.

Tjaden schulterte den Packsack und ging zur Treppe.

Kuno setzte sich derweil an einen der Tische.

Im Zimmer angelangt sah Tjaden, dass die Magd bei Aveline gerade Wadenwickel machte.

Aveline war kreidebleich und bis zur Nasenspitze unter der Decke. Ihr Blick war durch das Fieber getrübt.

„Wird sie es schaffen?", fragte er besorgt.

„Mit Gottes Hilfe!", gab ihm die Magd zurück.

Erst jetzt konnte er die Frau etwas besser ansehen. Sie hatte schöne und lange schwarze Haare und war kräftig gebaut. Alle Rundungen waren dort, wo sie hingehörten. Nur die Sorge um Aveline verhinderte gerade, dass er die Magd zu küssen versuchte, denn sie war genau nach seinem Geschmack. Und durch den Verzicht darauf, mit Aveline das Lager zu teilen, hatte sich in ihm auch schon wieder etwas Verlangen nach einer Frau aufgestaut.

Zuerst musste er jedoch zu Kuno zurück, denn nun war es erst mal Zeit, die Barschaft zu überschlagen und zu überlegen, was man hier noch machen konnte.

Tjaden nickte der Magd zu, strich über Avelines heiße Stirn und ging nach unten.

Im Schankraum war Kuno gerade im Streit mit einem ziemlich kräftigen Bauern, der offensichtlich deutlich zu viel getrunken hatte. Die anderen Anwesenden in dem Raum, selbst der stämmige Wirt, duckten sich weg.

Schließlich zog Kuno den Bauern zur Wand und drückte ihn dort dagegen. Als der Bauer mit seiner Hand zum Gürtel griff, zog Tjaden den Dolch, sprang zu ihm und legte ihm das Messer an den Hals.

„Denk noch nicht mal daran!", zischte er und der Bauer ließ den Griff seines Dolches sofort los. Mit erhobenen Händen stand er nun an der Wand.

„Und jetzt raus mit dir!", schrie Kuno und schleuderte den Landmann zur Tür. Mit ein paar Tritten jagte der Ritter den Mann hinaus.

Jetzt atmeten alle im Raum auf. Ein älterer Mann erhob sich und trat zu ihnen. „Solche Männer wie euch kann ich in der Wache gut brauchen! Was ist? Habt ihr Lust?", fragte er.

„Für den Winter? Ja!", entgegnete Kuno.

„Dann schlag ein! Ich bin der Ortsvorsteher und jetzt gebe ich euch erst mal ein Bier aus!", entgegnete der Alte freudig.

Wenig später saßen sie bei einem Krug guten Bieres am Tisch. Die Magd kam und sagte, dass nun das Wasser für das Bad fertig war.

Tjaden stieg nach oben, um Aveline zu holen und Kuno regelte indessen ihre Anstellung mit dem Mann.

Während Tjaden Avelines kraftlosen Leib, der nun nur noch in deren Unterkleid gehüllt war, nach unten zur Wanne trug, sicherte der Ritter ihr Überleben in diesem Ort.

40. Kapitel

Eine Freundin?

Fast eine Woche hatte Aveline mit Fieber im Bett gelegen, wie ihr Ruth erzählt hatte. Die Magd hatte sich in dieser Zeit rührend um sie gekümmert und vielleicht hätte es Aveline auch ohne sie gar nicht geschafft, diese Krankheit zu besiegen, aber die Bäder in Kräuterwasser, die Wadenwickel und Trunke hatten geholfen.

Zwar war sie noch geschwächt, aber Aveline konnte endlich aus dem Bett aufstehen und auch wieder etwas festere Nahrung zu sich nehmen, denn bisher hatte es immer nur eine kräftige Suppe gegeben.

Während sie sich langsam anzog, dachte Aveline an die Magd. Ruth hatte wunderschöne schwarze Haare und war zehn Jahre älter als sie. Trotz der Arbeit in dieser Herberge hatte sich Ruth mehr um Aveline gekümmert, als es ihre Mutter jemals getan hatte. Damit war es natürlich zu verstehen, dass Aveline große Dankbarkeit verspürte, aber da war auch eine Art von Freundschaft zu Ruth entstanden.

In ihrer alten Siedlung bei Paris hatte Aveline keine Freundinnen gehabt und nun hatte sie Ruth getroffen. Sie mochte die schwarzhaarige Frau ganz gern, aber wie sah es bei Ruth aus? Bestand dieser Freundschaftsbund von beiden Seiten aus? Das blieb zu klären.

Kuno und Tjaden waren derweil täglich unterwegs. Jeden Morgen zog Kuno sein Kettenhemd an und gürtete sich mit seinem Schwert. Er sah danach irgendwie anders aus. Sehr ernst und entschlossen.

Erst spät am Abend legte er dann das Schwert wieder zur Seite. Damit hatte Aveline den Geliebten eigentlich nur in der Nacht an ihrer Seite. Zuvor war er ihr auf der Reise ständig nah gewesen. In der Zeit des Fiebers waren die Zärtlichkeiten von seiner Seite auch fortgeblieben. Aus Sorge um sie hatte er sich zurückgehalten.

Nun war sie also wieder gesund und voller Tatendrang, doch was sollte sie am Tage machen? Nur auf den Geliebten warten und im Bett sitzen? Das schien ihr zu langweilig zu sein. Konnte sie nicht wenigstens etwas tun? Irgendwas, was sie von der Sehnsucht nach Kuno ablenken würde?

Ruth war in dieser Herberge als Küchenmagd beschäftigt und hatte diese Tätigkeiten in der letzten Woche etwas vernachlässigt. Konnte Aveline ihr da nicht eventuell helfen? Ein wenig von der Dankbarkeit zurückgeben? Selbst dann, wenn sie dafür vielleicht kein Geld bekommen würde?

Doch dann wäre sie wenigstens mit Ruth zusammen und hatte etwas zu tun. Um die Magd zu fragen, richtete sie ihre Kleidung und stieg nach unten.

Ruth stimmte sofort zu und damit stand Aveline wenig später in der Küche und half der älteren Frau.

Beim Weg zuvor auf die Latrine hatte Aveline bemerkt, wie hoch der Schnee schon lag. In den Tagen zuvor war sie nicht aus dem Bett gekommen, da hatte Ruth ihr immer einen Eimer gebracht.

Mit diesen Massen von Schnee waren sie sicherlich bis zur Schneeschmelze im Frühjahr erst mal an diesem Ort gebunden. Ihre Erkrankung war ein mehr als deutliches Warnsignal dafür gewesen, im Winter nicht einfach weiterzuziehen.

Schwatzend und lachend wurden die Küchenarbeiten begonnen.

„Kann es sein, dass durch das Fieber meine Brust größer geworden ist?", fragte sie die ältere Freundin, als sich Aveline über das Schneidebrett beugte.

„Also an der Erkältung kann es nicht liegen!", gab die Magd von der Seite zurück.

„Aber irgendwas ist da anders!", stellte Aveline fest.

188

„Wann hattest du dein letztes Monatsblut?"

„Ende September! Wieso?", fragte Aveline zurück.

„Ich glaube, dass du ein Kind unter deinem Herzen trägst!", erklärte Ruth.

Nachdenklich blickte Aveline auf die Rübe, die vor ihr lag. „Meinst du wirklich?", fragte sie zweifelnd.

„Wenn du es bis Weihnachten nicht hast, dann ganz sicher!", entgegnete Ruth.

„Mach weiter, ich brauche die Rübe!", sagte Ruth und zeigte auf die Knolle, die als Nächstes in die Suppe musste.

Aveline machte sich erneut an die Arbeit.

Mit lachen, singen und zum Teil deftigen Scherzen ging die Tätigkeit weiter.

Mitten in dieser Vorbereitung des Mahls erschien der Wirt in dem schummrigen und verrauchten Raum. Er stutzte, als er zwei Frauen in der Küche vorfand. Ruth erklärte ihm kurz, dass Aveline ihr helfen würde.

Der stämmige Mann bot Aveline einen Groschen für jeden Tag, an dem sie mithalf. Sie bedankte sich für die Möglichkeit etwas zu verdienen und der Wirt nickte ihr freundlich zu.

Am Abend übergab Tjaden ihr auch noch den Beutel mit den Münzen, die Berti ihnen gegeben hatte. Damit war sie die Hausherrin, obwohl sie noch kein Haus hatten.

Freudig fiel sie dem älteren Freund um den Hals. Danach kontrollierte sie den Inhalt des Ledersäckchens. Es waren zwanzig Groschen darin. Ihr ganzer Reichtum!

Nachdenklich zog Aveline die Schnur zu und rechnete nach. Tjaden und Kuno erhielten zusammen jeden Tag vier Groschen. Sie würde einen von dem Wirt bekommen und von Ruth hatte sie erfahren, dass sie jeden Tag sechs Groschen für Kost, Unterkunft und Pferdefutter brauchten. Damit gaben sie jeden Tag eine Münze mehr aus, als sie bekamen.

Das Ende war also absehbar!

Irgendwann im Dezember wären die Münzen zu Ende, aber nun kam erst mal die Nacht, die sie zum ersten Mal wieder bewusst mit Kuno im Bett liegen konnte.

Aveline legte den Beutel zur Seite und freute sich auf die Nähe des Geliebten.

Die sehnsüchtige Erwartung vertrieb die Sorge, denn sie fühlte sich wieder gut. Im Bett sitzend und auf Kuno wartend, legte sie die Hände auf ihren Bauch. In Gedanken horchte sie in sich hinein. Konnte Ruth mit ihrer Vermutung richtig liegen? Hatte sich Kunos Samen in ihr verfangen und war darin aufgegangen?

In den letzten Wochen war so viel geschehen, dass sie das Ausbleiben ihres Monatsblutes gar nicht bemerkt hatte, doch wenn sie jetzt ihre Vermutung Kuno mitteilte, dann würde sich dieser vielleicht von ihr zurückziehen und dieses Risiko wollte sie nun wirklich nicht eingehen, denn zu schön waren seine zärtlichen Zuwendungen, nach denen sich ihr Körper nun sehnte.

Im Unterkleid ließ sie sich zurückfallen und dachte an diese Tage der Flucht zurück. Sie wusste im Moment nicht, in welchem Ort sie sich befand, aber wenn Kuno in der Nähe war, dann war sie zu Hause!

Noch immer wartete sie in ihrem Zimmer.

Im Schein des Talglichtes erhob sie sich und schob Holz in die offene Feuerstelle, damit es in der Nacht gemütlich warm in dem Raum blieb. Danach setzte sie sich auf die Bettkante zurück.

Ungeduldig lauerte sie auf Kuno, während der geliebte Mann sicherlich unten gerade sein Abendmahl einnahm. Durch das Kochen mit Ruth war Aveline noch satt und nach der ganzen Zeit des im Bett Liegens hatte sie noch nicht so viel Hunger.

Im Schein des Feuers und der Talgfunzel blickte sie sich in dem Raum um, der nun bis zum Frühjahr ihre Heimat sein würde. Er war klein und es gab nicht viel hier drin. Zwei Hocker, ein Bett und eine Truhe. Aber das Bett war breit genug. Die verrußten Deckenbalken hingen tief und Aveline zog unwillkürlich den Kopf zwischen die Schultern, wenn sie diesen Raum betrat oder sich vom Bett erhob.

In Mutters Hütte hatte das Stroh des Daches oben den Raum begrenzt. Das hatte die karge Behausung größer wirken lassen. Hier drückte das dunkle Holz auf sie herab. Das Fenster war vernagelt und das kleine Feuer im Kamin sorgte für behagliche Wärme in dem kleinen Raum.

Endlich öffnete sich die Tür und Aveline flog Kuno entgegen, um ihm aus dem Kettenhemd zu befreien, was eigentlich die Arbeit des Knappen gewesen wäre, doch Tjaden nickte ihr freundlich zu und ging.

Nun hatten sie sich wieder. Und da Tjaden gegangen war hatten sie sogar das ganze Bett für sich alleine.

Ihr Mund suchte seine Lippen, dann blies sie das Talglicht aus und sie schlüpften beide unter die Decke.

Im rötlichen Licht des Kamins liebten sie sich leidenschaftlich und ihr Glück war wieder perfekt.

41. Kapitel
Neue Pläne?

Tjaden öffnete die Augen und sah Ruth neben sich, die im Licht der gerade von ihr entzündeten Talglampe im Unterkleid auf der Bettkante saß und sich ihre Strümpfe anzog. Gähnend streckte er sich, während die Magd versuchte, ihm nicht zu viel von ihrer nackten Haut zu zeigen.

Vermutlich hatte sie sich auch im Dunklen gewaschen. Das war ein gänzlich anderes Verhalten, als jenes, das er von Aveline gewohnt war. Aber eben auch so, wie es wohl alle anderen Frauen ebenfalls machten.

Aveline war die Ausnahme, nicht Ruth.

Wie Aveline sich bewegte und benahm, so hatte er noch keine Frau zuvor gesehen und Tjaden hatte in seinem Leben viele Weiber gehabt, mit denen er das Lager geteilt hatte.

Er konnte Kuno verstehen, dass das Zusammentreffen mit Aveline den jungen Ritter umgehauen hatte.

Tjaden hob seinen Blick zu Ruth und verglich sie mit Aveline, aber das war völlig unmöglich. Ihre Augen fanden sich und fast verlegen strich sich die Magd gerade das Haar hinter ein Ohr.

„Kannst du dich mal bitte umdrehen? Ich will mich anziehen!", sagte sie.

Er drehte sich auf den Rücken und mit dem Blick zur Decke dachte er an den Beginn dieser Nacht zurück. Ruth hatte sich erst im Dunklen ausgezogen und war danach im Unterkleid zu ihm in das Bett geschlüpft.

Obgleich Ruth zunächst sehr schüchtern gewesen war, war das Beisammensein dennoch sehr schön gewesen.

Tagelang hatte Tjaden vergebens um sie geworben. Ihr Geld dafür anzubieten, das hatte er sich nicht gewagt, denn schließlich war Ruth ja keine der Bauerndirnen, für die er in der Vergangenheit oft seine Pfennige ausgegeben hatte.

Bereits beim ersten Zusammentreffen mit ihr hatte er dies in ihrem Blick gesehen. Ruth war stolz und gab sich nicht mit jedem ab. Ihre Gunst zu erhalten, das hatte ihn am Ende des vergangenen Tages gefreut.

Zögerlich und befangen hatte sie am Abend seine Hand genommen, ihm zugenickt und war anschließend mit ihm auf ihr Zimmer gegangen. Durch die lange Enthaltsamkeit war der erste Ansturm schnell vorbei gewesen, aber das zweite beisammen Liegen, das Ruth ihm gewährt hatte, das hatte sich sehr schön angefühlt. Vermutlich für sie beide, wie er an ihren Bewegungen gespürt hatte.

Obwohl Ruth das Unterhemd anbehalten hatte, hatte er ihre Rundungen dennoch gespürt. Ruth war sehr viel fülliger als Aveline.

„Fertig!", sagte Ruth leise.

Er setzte sich im Bett auf, erhob sich und zog sich an, während die Magd sich den Gürtel um die Hüften legte.

Nach einem eher schüchternen und sehr zaghaften Kuss von ihr verließen sie zusammen den Raum.

An der Treppe trennten sich ihre Wege und er ging zu Kuno.

Im Raum des Ritters stand Aveline nackt an der Schüssel und wusch sich gerade.

Sie nickte ihm einfach zu und machte ungestört weiter mit ihrer Körperpflege.

Kuno saß gähnend im Unterhemd auf der Bettkante. Ein neuer Tag der Wache begann. Zuerst musste er dem Ritter in seine Rüstung helfen. Das hätte Kuno zwar auch alleine gekonnt, aber zu zweit ging das viel schneller.

Nachdem Tjaden ihm den Schwertgurt umgelegt hatte, gab Kuno Aveline einen Kuss und zusammen mit ihr stiegen sie nach unten zum Frühmahl.

Nach dem Dankgebet brachte Ruth ihnen Bier und Hafergrütze und das war dann erst mal für eine längere Zeit die letzte Mahlzeit. Erst am Abend würden sie sich abermals hier zusammen einfinden.

Aveline war ja nun endlich gesundet und würde Ruth in der Küche helfen.

Mit dem Blick auf die beiden Frauen, die mit den Schüsseln in die Küche eilten, dachte Tjaden über die Zukunft nach. Natürlich würde er seinen Ritter begleiten müssen, das wurde schließlich von einem Knappen erwartet, aber er konnte es sich auch vorstellen, hier bei Ruth zu bleiben.

Diese Nacht mit der Magd stürzte ihn in einen Zwiespalt zwischen Treueeid und Liebe, obwohl es den nicht geben durfte. Er war doch an Kuno für den Rest seines Lebens gefesselt! Niemand durfte diesen Treueeid brechen! Niemals, unter keinen Umständen! Und doch war da so ein Zweifel in seiner Brust.

Vielleicht war es jetzt Zeit, an eigene Kinder zu denken, wenngleich das für einen Knappen eigentlich ungebührlich war.

Konnte er mit seinem Freund darüber reden?

Auf dem Weg zum Ortsvorsteher flogen seine Gedanken zu Ruth und er verglich sie neuerdings mit Aveline. Die Magd hatte in der Nacht keinen Ton gesagt und sich im Bett nicht viel bewegt, als er sie stürmisch begehrt hatte.

Aveline stöhnte und jammerte mitunter dabei. Die junge Frau bewegte sich und war ihm immer mit dem Unterleib entgegen gekommen.

Auf ihrer Flucht, die an diesem Tag genau einen Monat dauerte, hatte er fünf Mal das Lager mit Aveline geteilt und dennoch war diese Nacht mit Ruth um so vieles schöner gewesen.

Mit Aveline war er der Lust verfallen, mit Ruth vielleicht der Liebe und Zuneigung?

Aveline war mittlerweile wirklich wie eine kleine Schwester für ihn geworden und sie würde, wenn Kuno sie seinem Versprechen aus Paris gemäß heiratete, seine Herrin werden. Ruth war da eher die Gefährtin, die er sich für den Rest seines Lebens an seine Seite wünschte.

In seine Gedanken vertieft hatten sie das Haus erreicht und nun begann ihr täglicher Wachdienst in dem Ort, doch es war nicht wirklich etwas, was eines Ritters samt Knappen bedurfte.

Vier Knechte hatte der Ortsvorsteher noch zusätzlich, die im Rest des Jahres als Bauern auf ihren Feldern standen. Im Winter verdienten sie sich mit den Wachdiensten etwas hinzu, wobei wohl das Hauptaugenmerk der Männer darauf lag, dass kein Herdfeuer außer Kontrolle geriet.

Bei Kuno und Tjaden lagen die Aufgaben anders, denn im Winter trafen sich die Männer des Ortes in den drei Schänken und ab Mittag gab es da für gewöhnlich Schlägereien. Sie beide sollten dann dazwischen gehen und die Raufbolde trennen. Und abends dafür sorgen, dass niemand auf dem Heimweg im Schnee erfror.

Eine leichte Aufgabe, die sie beide darauf einstimmte, was ein fahrender Ritter so tun konnte. Es war ein nicht wirklich gut bezahlter Posten.

Diese Tätigkeit reichte eigentlich nur, um einigermaßen durch den Tag zu kommen und viele fahrende Ritter besserten daher ihren Lohn auch durch Räubereien und Überfälle auf.

Nur ein Lehen sicherte das Überleben und warf noch etwas ab.

Mit der Schneeschmelze würden sie weiterziehen und in den Osten gehen. Im Grenzland zu den Slawen war eventuell noch so ein Lehen zu bekommen.

Faust und Schwert zum Schutz der Grenze. So hatte es Kuno geplant!

Vielleicht bauten sie dann dort auch eine Burg.

Durfte er Ruth dort mit hinnehmen? Warum eigentlich nicht? Das würde sich mit seinem Treueeid vereinbaren lassen und dennoch für eine eigene Familie sorgen!

Sie erreichten die erste Schänke!

Der schummrige Raum mit der niedrigen, verrußten Holzdecke war noch fast leer. Nur zwei Männer saßen darin und würfelten.

Schwert und Kettenhemd waren hier eigentlich völlig unnötig. Ein paar kräftige Fäuste würde es auch tun, doch der Ortsvorsteher hatte aus Abschreckungsgründen auf den Waffen bestanden.

In dem beengten Raum war ein Schwert für den Kampf völlig unnütz und daher hatte Tjaden einen knorrigen Eichenstock als Spazierstock dabei. Der kühlte regelmäßig die Gemüter der Raufbolde zuverlässig wieder runter.

Zusammen setzten sie sich an einen der Tische und Tjaden lehnte den Stock an seine Bank, dort war er immer griffbereit! Doch die beiden würfelnden Männer waren noch nicht betrunken. Sollten sie mitmachen und ein paar Münzen setzen?

Tjaden hatte noch vier Groschen in seiner Tasche. Das war der Lohn des Tages zuvor. Eigentlich hätte er diese Geldstücke Aveline geben müssen, doch er konnte daraus sicherlich leicht noch ein paar mehr machen, denn mit den Würfeln hatte er bisher immer Glück gehabt.

Als der Wirt das Bier brachte, ging Tjaden zu dem anderen Tisch und Kuno folgte ihm.

Während der Freund nur zusah, setzte Tjaden einen Groschen und gewann das erste Spiel.

Viele Spiele später war die Schänke gut besucht und der Gewinn reichte gerade so für das Bier. Oder mit anderen Worten: Tjaden hatte drei Groschen verloren.

Damit hatten sie einen Tag nichts verdient!

Wortlos zogen sie zur nächsten Schänke, wo auch sofort ein Streit zu schlichten war. Dafür gab ihnen der Wirt zwei Biere aus.

Bei diesem Getränk flogen seine Gedanken zurück zu Ruth.

Er würde sie mitnehmen! Das war sein Plan! Nur Kuno musste dem noch zustimmen! Sie stießen an und nickten sich zu.

42. Kapitel

Schicksalstage

Seit ewigen Zeiten war Lorenzo nun schon in diesem Kerker gefangen. Es war Ende November und nur die Aufmerksamkeit und Liebe von Jakobus hatte ihn bisher am Leben gehalten. Gerade war es Nacht, aber die Dunkelheit hatte sich auch am Tage über sein Leben gelegt. Apathisch lag er in der Ecke der Kerkerzelle und dachte über den Sinn des Weiterlebens nach.

Noch immer konnte er seine Hände nicht benutzen und das würde nun vermutlich auch so bleiben. Es waren furchtbar lange sechs Wochen gewesen.

Zum Glück hatten sie irgendwann aufgehört, sie zu befragen oder zu foltern.

Am 25. Oktober hatte ihr Großmeister Jacques de Molay alle Vorwürfe des Königs eingestanden. Lorenzo hatte dem Mann nicht sagen können, dass es keine Beweise gab, aber unter der Folter hätte ein jeder hier alles Mögliche gestanden.

Keiner, und sei er auch noch so stark, hielt es länger unter der Marter aus. Die Henkersknechte waren erfahren und wussten, wie sie jemanden zum Sprechen bringen konnten.

Vor ein paar Tagen, am 22. November, hatte nun Papst Clemens der fünfte das Verfahren gegen die Templer an sich gezogen, doch auch dadurch würde sich nichts an ihrem Schicksal ändern. Was konnte man von jemanden erwarten, der eigentlich nur Papst war, weil König Philipp ihn auf diesen Platz gesetzt hatte?

Früher hatte der Pontifex immer über den weltlichen Herrschern gestanden. Dieser Kirchenfürst hier unterwarf sich der königlichen Gnade. Er war ein Speichellecker von Philipps Gnaden, wenn man so wollte. Das allerdings laut zu sagen, das würde den Tod bringen.

Aber war der Tod so schlimm? Schlimmer, als so zu leben?

Lorenzo wusste es nicht. Zumindest waren die Schmerzen verschwunden. Das Taubheitsgefühl in den Händen war geblieben. Es schien so, als ob sie nicht mehr zu ihm gehören würden. Das zerrissene Unterkleid von Jakobus war nun immer um seine Hände gewickelt. Damit hatte er den Freund jederzeit bei sich.

Diesen Verband zu lösen, das wagte er nicht. Und es wäre ihm alleine auch nicht gelungen. Lorenzos Blick ruhte auf dem Freund, der neben ihm schlief.

Nur ihm zuliebe war er eigentlich noch am Leben. In den langen Wochen hier drin waren sie sich noch näher gekommen, als sie es ohnehin schon zuvor gewesen waren.

Lorenzos Dankbarkeit für den Einsatz von Jakobus war in etwas umgeschlagen, was er sich selbst noch nicht eingestehen wollte.

Eigentlich war ja Jakobus kein Mitglied des Templerordens, sondern ein einfacher Mönch. Er hätte sich nur von ihnen abkehren können und wäre danach bei den Benediktinern oder Franziskanern sicherlich sofort willkommen gewesen, doch der Freund blieb.

Vermutlich nur seinetwegen.

Andere Mönche waren diesen Schritt bereits gegangen, denn der König wollte ja nur die Tempelritter haben. An den Knechten und einfachen Arbeitern der Kommende hatte er kein Interesse.

Ihre Häscher rühmten sich, dass ihnen in Frankreich nur ein Dutzend Ritter entkommen waren. Vermutlich hatte einer davon die Dokumente verschwinden lassen.

Der Schein einer Fackel fiel zu ihnen herein und beleuchtete das schlafende Gesicht von Jakobus. Darin lag so etwas Kindliches und friedliches. Dieser Anblick ließ Lorenzos Herz zusammenkrampfen.

Warum nur waren sie hier gefangen?

Sie sollten beide frei sein! Jakobus hätte die Möglichkeit dazu, doch vor dieser Entscheidung des Freundes grauste es Lorenzo.

Nun konnte er seinen Blick nicht mehr vom Angesicht des Freundes lösen.

Sie beide waren hier im hinteren Teil der Zelle alleine. Die anderen lagen alle vorn, dort, wo das Gitter die Zelle vom Gang trennte.

Was hatte er eigentlich zu verlieren?

Nichts!

Ein innerer Zwang schob ihn vorwärts und er musste den anderen Mönch küssen. Diese sanfte Berührung der Lippen ließ Jakobus zusammenzucken. Der Mönch schlug die Augen auf und blickte ihn an.

Sie brauchten keine Worte mehr, denn alles sagten ihre Blicke.

Vermutlich hatte Jakobus all die Zeit schon dasselbe gefühlt, wie es sich nun in Lorenzos Seele abzeichnete. Durch die gemeinsame Haft war die Liebe in ihrer beider Herzen nur noch viel größer geworden.

Aus dem Funken, den Lorenzo bereits in der Kommende gespürt hatte, war ein Feuer geworden und dieses Feuer würde sie beide verzehren.

Es gab kein Entkommen mehr!

Jakobus rutschte näher zu ihm herüber und nahm sein Gesicht in die Hände. Wie gern hätte er es ihm gleich getan, doch das würde nie wieder gehen. Nie mehr würde er die Haut des Freundes mit den Fingern berühren können.

Wortlos und stumm blieben sie in dem folgenden Kuss. Niemand nahm von ihnen Notiz. Alle anderen schnarchten ein paar Schritte von ihnen entfernt.

Herz hatte zu Herz gefunden und das sie beide zwei Männer waren, das war den Herzen im Moment gerade völlig egal.

Lorenzo zuckte bei diesem zärtlichen Kuss auch nicht zurück.

Vor Wochen war er noch schockiert gewesen, als er die Berichte gelesen hatte. Nun konnte er die Männer verstehen, denn die

Liebe nahm keine Rücksicht auf das Geschlecht. Sie war einfach da.

Noch ein weiteres Stück rutschte Jakobus an ihn heran und nun war wohl nicht mehr zu vermeiden, dass der andere Mann spüren musste, wie sehr Lorenzo dieser Kuss erregte. Aber mit der Wand hinter sich konnte er ihm auch nicht nach hinten ausweichen.

Seit Tagen schon, oder besser seit Wochen, half ihm Jakobus bei der Notdurft und in all diesen Tagen, in denen der füllige Mann sein Glied dabei berührt hatte, hatte sich das nicht so angefühlt, wie es jetzt gerade geschah.

Lorenzo war es peinlich, so auf die Nähe des Freundes zu reagieren, doch Jakobus schien es nicht zu stören. Es war unmöglich, dass er es nicht bemerken würde. Zu deutlich war der Druck des anderen Körpers an dieser Stelle zu spüren.

Leise zog Jakobus ihn zur Seite, legte ihn flach auf die Erde und schlug ihm das Gewand hoch. Mit zärtlichen Fingern strich Jakobus über Lorenzos steif aufragendes Glied. Was geschah hier gerade? Egal was es war, es jagte Schauer durch seinen Körper. Aber es waren Empfindungen der Lust.

Konnte das sein? Lorenzo erinnerte sich an die Frauen, bei denen er vor seiner Zeit im Orden gelegen hatte. Es waren nur zwei gewesen, aber bei ihnen hatte er nicht dieses starke Gefühl in sich verspürt.

Nun schlug Jakobus sein Gewand ebenfalls herauf und hockte sich über seine Leibesmitte.

Mit aufgerissenen Augen sah Lorenzo zu, was da gerade geschah. Es war keine Angst in ihm. Zumindest nicht vor dem, was gleich erfolgen würde. Höchstens davor, dass einer der Schläfer erwachen und sie beide bei dem unterbrechen würde, was sich da gerade anbahnte.

Jakobus zog sein Gewand bis zum Nabel herauf und verknotete es vor seinem Bauch, damit es nicht wieder zurückfallen konnte.

Ein letzter Blick in der Dämmerung der Zelle, bei dem sie sich beide still verständigten. Mit einer schnellen Bewegung seines Unterleibes stülpte sich Jakobus mit seinem Darm über Lorenzos steif aufragendes Glied.

Das Schnaufen wurde durch den gemeinsamen Kuss unterdrückt.

Langsam und vorsichtig bewegte der Mann seinen Unterkörper. Dieses Gefühl der intimen Nähe war so unglaublich schön und so unbeschreiblich.

Sie waren vereinigt.

Näher konnte man sich nicht kommen. Inmitten der schlafenden Männer liebten sie sich auch körperlich. Ihnen beiden war es egal, dass es Sodomie war. Es war einfach nur Liebe! Und wunderschön!

43. Kapitel
Ein Leben in Schande

ie Münzen, die Tjaden ihr gegeben hatte, waren schneller zusammengeschmolzen, als es der Schnee in der Frühlingssonne tat. Hatte Aveline am Anfang noch geglaubt, dass sie bis Mitte Dezember reichen würden, so war jetzt der erste Dezember und der Beutel war fast leer!

Und obschon sie sich zu Beginn noch über Tjadens Vertrauen gefreut, so ärgerte sie sich nun. Allerdings hauptsächlich über sich selbst.

In den letzten Tagen hatte sie sogar auf ihr Abendmahl verzichtet und war immer mit knurrendem Magen in ihr Bett gegangen, doch das würde nun auch nicht mehr helfen.

Was konnte sie tun?

Vier Groschen besaß sie noch und am nächsten Morgen musste sie dem Wirt sechs Münzen übergeben!

Immer noch lag der Schnee so hoch, dass wohl kein Pferd dadurch das nächste Dorf erreichen konnte. Ganz davon zu schweigen, was sie dort ohne Geld tun sollten. Sollte sie mit Tjaden über diese Misere reden? Doch da schämte sie sich zu sehr dafür.

Der Knappe hatte ihr vertraut und sie wollte dieses Vertrauen nicht enttäuschen. Und Kuno? Der war immer noch der arme Ritter, der sich nichts aus Geld machte. Aber ohne Geld würden sie die nächste Nacht nicht überleben können!

Verzweifelt grübelte Aveline nach. Sollte sie Ruth nach einer Antwort befragen? Die ältere Magd war in der vergangenen Zeit zu einer mütterlichen Freundin geworden, aber mit ihr über Geld reden?

Dabei würde sie sich eingestehen müssen, dass sie zu unerfahren war und nicht mit Geld umgehen konnte. Das wollte Aveline dann doch nicht.

Damit blieb ihr nur übrig, mit dem Wirt zu reden, ob er ihr für ihre Arbeit zwei Groschen geben konnte, statt des bisher erhaltenem einem pro Tag.

Zuerst kam das Mahl!

In den letzten Tagen hatte sie viel bei Ruth gelernt. Nun war sie oft alleine in der Küche, während Ruth das Essen zu den Tischen trug.

Nachdenklich kochte Aveline gerade eine Rübensuppe nach dem Rezept von Ruths Mutter, das sie noch mit Kräutern verfeinert hatte. Diesen Tipp hatte ihr einst Jakobus in der Kommende gegeben und damit war diese Suppe so lecker, dass sich selbst Ruth die Finger danach ableckte.

Ein paar Hühnerhälse sorgten für die nötige Fleischbeilage. Mit ihrem Dolch schnitt Aveline alle Zutaten klein und der Duft zog durch die offen stehende Tür zum Schankraum hinaus.

Ein paar Hühner mussten auch noch gerupft werden und das alles mit knurrendem Magen! Zwar durfte sie immer wieder kosten, doch die Häppchen machten nicht satt. Verführerisch kroch der Bratenduft in ihre Nase. Es war eine richtige Qual.

Vier Hühner drehten am Spieß über dem Feuer ihre Runde, dann erschien Ruth und holte zwei davon ab. Der frei werdende Platz auf dem Spieß wurde wieder aufgefüllt und Aveline beugte sich abermals über ihr Schneidebrett.

Mitten in ihrer Essensvorbereitung erschien der Wirt in der Küche.

War jetzt der richtige Moment, um mit dem Mann über den Lohn zu reden? Aveline suchte seine Augen und versuchte darin eine Antwort zu finden.

„Ich mache noch die Suppe fertig!", begann sie und ging zum Kessel hinüber, der über dem Feuer hing.

Wie fing man so ein Gespräch an? Ich mache mehr, also gib mir mehr? Das traf zwar den Punkt, allerdings würde sich der Wirt sicherlich nicht darauf einlassen. Oder doch?

„Seit einer Weile koche ich nun schon bei dir!", begann sie und blickte dabei den stämmigen Mann an.

„Könnte ich daher für meine Arbeit bitte zwei Groschen pro Tag bekommen?", setzte sie zögerlich fort.

„Nein!", blieb der Mann hart und wollte schon gehen.

„Bitte! Ich weiß sonst nicht, wie ich das Zimmer und das Essen für Männer und Pferde bezahlen soll!", versuchte sie bettelnd das Herz des geizigen Mannes zu erweichen.

Seine Ablehnung stand ihm allerdings deutlich ins Gesicht geschrieben.

Flehend sah sie ihn an und schob sich eine Haarsträhne hinter ihr Ohr.

„Für deine Arbeiten hier in der Küche hatten wir einen Groschen ausgemacht!", sagte der Mann hart und drehte sich zur Tür.

Nach zwei Schritten wandte er sich zu ihr um und setzte hinzu: „Allerdings könntest du mir in meiner Kammer etwas zur Hand gehen! Dafür könnte ich dir ein paar Münzen extra geben!"

Er lächelte breit und seine Absicht war eindeutig.

Bei diesem Vorschlag des Mannes verschlug es Aveline den Atem und sie musste schlucken.

Der Wirt wandte sich zur Tür und ging.

Ruth trat in die Küche, um zwei Hähnchen zu holen.

„Du siehst aus, als wäre dir gerade der Leibhaftige begegnet!", sagte Ruth aber Aveline winkte ab.

Sinnierend stand sie kurz darauf wieder am Kessel.

Wie sie die Suppe umrührte, so drehten sich auch ihrer Gedanken um den einen Punkt: Sollte sie das wirklich tun? Dieses Angebot des Mannes war unverschämt und eigentlich eine Beleidigung für sie, doch wenn sie nicht am nächsten Tag aus der Herberge geworfen werden wollte, dann musste sie sich opfern!

Stundenlang hatte Aveline hin und her überlegt, bis sie den Kochlöffel an Ruth übergab, sich bei ihr entschuldigte und immer noch nachdenklich nach oben stieg.

Die Kammer des Wirtes lag am Ende des Ganges. Direkt über dem Stall.

Vor der Tür zögerte sie einen letzten Moment, bevor sie klopfte und die Tür aufschob.

Der Gastwirt saß am Tisch und zählte im Scheine einer Kerze Geldstücke. Es waren sehr viele Münzen! Heller, Pfennige, Groschen und Mark[6]. Auch ein paar goldene Dukaten[7] waren darunter.

Aveline zog sich das Tuch vom Kopf und drehte das Stoffstück in den Händen. Unschlüssig stand sie vor dem Mann und wusste nicht, ob sie nicht doch lieber wieder gehen sollte.

Langsam schob der Wirt die Münzen vom Tisch in einen Lederbeutel. Alle, bis auf eine Mark, die er demonstrativ mitten auf dem Tisch liegen ließ. Der Wirt zog die Schnur des Säckchens straff und ließ danach die silberne Mark auf dem Tisch kreiseln.

„Möchtest du diese Münze?", fragte er lauernd.

Fast eine halbe Woche würden sie nur davon leben können. Die Verlockung war groß und dennoch zögerte Aveline.

Die Mark fiel auf den Tisch und Aveline nickte.

Der Mann verwahrte den Lederbeutel in einer eisenbeschlagenen Schatulle und zeigte dann auf sein schäbiges Bett.

„Zeig erst mal, was du zu bieten hast!", sagte er, als sie hinübergehen wollte.

---

[6] Eine Mark entsprach 16 Schilling oder 16 Groschen

[7] Ein Golddukaten entsprach 20 Groschen oder 240 Pfennigen oder 480 Heller

Nun wollte sie es hinter sich haben. Eilig entledigte sie sich des Kleides und legte es auf dem Hocker ab.

Aveline drehte sich zum Bett um, als der Wirt zu ihr sagte: „Alles!"

Obwohl sie vor Kuno und Tjaden ihre Scheu vor der Nacktheit abgelegt hatte, streifte sich Aveline nur höchst zögerlich zuerst die Strümpfe von den Beinen und danach das Unterkleid über den Kopf. Anschließend bedeckte sie Brüste und Scham mit ihren Händen und schlug den Blick nieder.

Wohl war ihr gerade nicht dabei!

Der Wirt schnalzte mit der Zunge, erhob sich von seinem Platz und begann sich sein Wams über den Kopf zu ziehen.

Als Aveline sich auf die Kante des Bettes setzte, streifte er sich die Hose von den Beinen.

Im Unterhemd kam er die zwei Schritte auf sie zu.

„Leg dich hin!", wies er sie schroff an, während er sich das Unterhemd über den Kopf zerrte.

Der Wirt war dicht behaart. Selbst der rundliche Bauch hatte ein Fell und darunter hing etwas, was in Länge und Umfang eigentlich ihre Flucht hätte auslösen müssen.

Der Wirt grinste sie an, während sich dieses dicke Glied bedrohlich aufrichtete.

Nackt vor ihm sitzend zweifelte Aveline immer noch an ihrer Entscheidung, die ja eigentlich keine gewesen war.

„Jetzt mach schon!", drängte sie der Wirt.

In ihrer Not ließ sie sich nach hinten fallen und legte sich längs in das knarrende Bett.

Der dicke Mann folgte ihr, drückte ihr mit seinen Knien die Beine auseinander und stützte sich neben ihrem Kopf auf. Trotz des störenden Bauches zwängte er sich zwischen ihre Schenkel und stieß unvermittelt in ihre Scham.

Es tat so unbeschreiblich weh, dass sie dabei fast geschrien hätte.

Schnaufend trieb sich der Mann mit jedem Stoß tiefer in ihren Schoß und das Bettgestell knarrte bei jeder seiner Bewegungen.

Aveline drehte ihr Gesicht zur Wand, biss sich auf die Unterlippe und betete, dass er schnell fertig werden würde.

Nach zehn Stößen entleerte er sich stöhnend in ihr, zog sich aus ihrem Schoß zurück und wälzte sich von ihr herab. Dann stand er auf, kleidete sich wieder an und legte ihr die Silbermünze grunzend auf den nackten Bauch.

Das Geldstück schien zu glühen und als die Tür hinter dem Wirt ins Schloss fiel, fegte sie es mit einer Handbewegung von sich.

Klimpernd fiel die Mark auf den Boden.

Angeekelt setzte sich Aveline auf und blickte sich um. Links standen eine Schüssel und ein Krug mit Wasser und sie ging mit schnellen Schritten dorthin.

Verzweifelt versuchte sie, die Schmach wieder von sich zu waschen, doch trotz dreimaligen gründlichen Waschens blieb ein ekeliges Gefühl in ihr zurück.

Geschwind zog sie sich an, hob die Mark auf und steckte sich diese in den Beutel.

Überstürzt eilte sie in ihr Zimmer.

Aveline hatte die Schande gewählt und die würde sie nie wieder loswerden! Unglücklich setzte sich auf ihre Bettkante, die Tränen schossen ihr in die Augen und sie schlug sich die Hände vor ihr Gesicht.

Für Geld hatte sie das Lager mit einem Mann geteilt. Nun war sie eine Dirne! Während sie weinte, schüttelte ein Krampf sie durch.

44. Kapitel
Die barfüßige Herrin

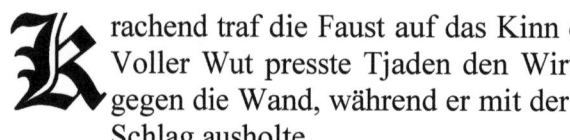rachend traf die Faust auf das Kinn des beleibten Mannes. Voller Wut presste Tjaden den Wirt mit der linken Hand gegen die Wand, während er mit der rechten zum nächsten Schlag ausholte.

Der Herbergswirt wimmerte schon nach einem Schlag und ein dünner Faden von Blut lief ihm aus dem Mundwinkel.

Aufgebracht blickte Tjaden den Wirt an. Erst vor ein paar Augenblicken hatte Ruth ihm erzählt, was der Mann mit Aveline angestellt hatte und nun musste der Groll heraus.

Niemand behandelte seine kleine Schwester und zukünftige Herrin in dieser Art!

Falls es Kuno zu Ohren kommen würde, dann würde der Ritter den Gastwirt sicherlich mit dem Schwert an die Wand nageln. Allerdings wären sie dann abermals auf der Flucht, ohne Dach über dem Kopf und mitten im Winter.

Trotz aller Aufgebrachtheit musste Tjaden daher einen klaren Kopf behalten, denn wenn der Schlag zu fest sein würde, dann wäre das Ergebnis dasselbe.

Im Kampf vor Tartosa hatte er einen Mamelucken mit bloßen Händen getötet. Das durfte ihm hier nicht widerfahren.

„Was hast du getan, du Bastard!", sagte er zischend und wusste es doch bereits.

„Nicht! Tjaden! Bitte lass ihn runter!", rief Aveline.

Sie kam in die Küche gelaufen und hängte sich an seinen Arm.

So konnte er nicht zuschlagen, aber seine andere Hand krallte sich in den Hals des Mannes, der jetzt zu röcheln begann.

„Was hat er dir für diese abscheuliche Tat gegeben?", fragte Tjaden Aveline.

„Eine Mark!", antwortete sie und schlug die Augen nieder.

„Du gibst ihr zehn Dukaten und ab sofort wohnen und essen wir ohne Bezahlung bei dir! Sonst erzähle ich Kuno von deiner Missetat und der nagelt dich mit dem Bratspieß an die Wand. Haben wir uns verstanden?", fragte er drohend.

„Ja!", röchelte der Wirt.

Tjaden öffnete seine Hand und der rundliche Mann hetzte aus dem Raum.

Nun sah Tjaden Aveline an und sie blickte zur Seite. Mit Rot werdendem Gesicht druckste sie herum.

„Warum?", fragte er.

„Ich hatte kein Geld mehr! Die Münzen sind so schnell alle gewesen und ich habe mir keinen Rat mehr gewusst!"

„Frage mich, bevor du noch mal so einen Unfug machst!", sagte Tjaden und war nun auf sie wütend.

Aveline duckte sich unter seinem Blick weg.

Ruth trat nun ebenfalls in die Küche und schob sich vor Aveline.

„Ich mag dich wie eine kleine Schwester und bald wirst du meine Herrin sein, aber wenn du noch mal solch einen Mist machst, dann lege ich dich über mein Knie und versohle dir ordentlich den nackten Hintern! Hast du mich verstanden?", fragte er Aveline drohend.

„Ja! Ich verspreche dir, dass ich nun brav bleibe!", kam die leise Antwort von Aveline.

Sie schob sich an Ruth vorbei, löste den Beutel von ihrem Gürtel und wollte diesen an ihn übergeben, doch er schob ihre Hand zurück.

„Du musst lernen, bald eine Herrin zu sein!", sagte er nun viel sanfter.

„Kannst du es mir beibringen? Ich bin eine Wäschemagd und eine hohe Frau habe ich noch nie gesehen! Hilfst du mir?", fragte Aveline ihn.

Sie legte dabei ihren Kopf schief. Das sah irgendwie kindlich aus und er musste ihr sofort verzeihen. Der Zorn war verflogen und der Griff, den Aveline nun in ihr Haar machte, der war nur noch eine zusätzliche Verstärkung dieser unschuldigen Mine. Wer konnte ihr da schon böse sein?

„Ich bin nur ein Knappe. Natürlich habe ich die Herrin damals auch in der Burg gesehen, aber dir beibringen, wie sie war, das vermag ich nicht. Sei einfach ganz natürlich!", erklärte er.

„Natürlich? Wie eine Wäscherin?", fragte Aveline zweifelnd.

„Ich könnte dir helfen!", mischte sich Ruth nun in ihr Gespräch ein.

Aveline drehte sich zu ihr um.

Ruth begann zu erklären: „Ich war mal Zoffmagd auf einer Burg. Als meine Herrin gestorben ist, da hat es mich hierher verschlagen!"

„Wenn du mir helfen würdest, dann wäre das schön! Ich brauche ja demnächst vielleicht auch eine Zoffmagd. Möchtest du das werden?", fragte Aveline.

Ruth nickte.

„Noch weißt du nicht, ob du wirklich Herrin wirst! Wenn Kuno das von dir und dem Wirt erfährt, dann fürchte ich, dass er dich verstößt, fallen lässt und mit Schimpf und Schande davon jagt!", sagte Tjaden.

Aveline fuhr erschrocken herum. „Meinst du wirklich?", fragte sie mit zitternder Stimme.

Er konnte Tränen in ihren Augen glitzern sehen. Es war wohl ihre größte Furcht, Kuno zu verlieren. Nun musste er sie trösten.

„Von mir erfährt er es nicht und der Wirt wird sich auch davor hüten!", setzte er erklärend hinzu.

210

Aveline fiel ihm um den Hals.

„Was ist denn hier los?", fragte Kuno von der Tür aus.

Tjaden sah Avelines vor Schreck weit aufgerissene Augen. Darin stand die Frage: Wie lange hatte Kuno dort schon gestanden und was hatte er alles gehört? Oder war er gerade erst gekommen?

Aveline ließ ihn los und drehte sich zur Tür.

„Ruth will mir alles beibringen, was eine hohe Frau so wissen muss!", sagte Aveline leise.

Ruth nickte und Tjaden freute sich innerlich, denn falls Ruth Aveline alles beibrachte und sie dann als Magd begleiten würde, dann wäre sie auch weiterhin in seiner Nähe.

Er hatte die Magd nach nur ein paar Tagen schon in sein Herz geschlossen und nach ein paar Nächten waren sie sich schon sehr nah.

Vor nicht mal einer Stunde hatten sie noch das Lager miteinander geteilt und wenn Ruth sich nicht am Morgen verplappert hätte, dann hätte er von Avelines Verfehlung gar nichts erfahren.

Offenbar hatten die beiden Frauen auch schon solch eine Freundschaft, wie die, die ihn mit Kuno verband.

„Fein!", sagte Kuno und setzte hinzu: „Wir müssen! Ein neuer Tag mit hoffentlich wenig Schlägereien!"

Das war das Zeichen für Tjaden, den Raum zu verlassen. Gerade in diesem Moment kam der Wirt in die Küche und übergab Aveline wortlos ein Säckchen mit den versprochenen Münzen.

Tjaden sah, wie Avelines Augen leuchteten, als sie die erste Münze aus diesem Schatz aus dem Beutel auf ihre Handfläche kippte und danach in das Säckchen sah. So viele goldene Münzen hatte auch er noch nie auf einem Haufen gesehen und daher musste auch Tjaden hineinschauen, dem sich auch Ruth anschloss.

Kuno war schon gegangen und Tjaden folgte ihm. Von der Tür aus warf er noch einmal einen Blick zu Aveline zurück. Er beobachtete, wie sie barfuß und fassungslos über diesen Schatz in der Küche stand.

Dem Wirt schien es wohl nicht so viel auszumachen, zehn Dukaten dafür zu bezahlen, ein einziges Mal mit Aveline das Lager geteilt zu haben, obwohl er geizig war, war ihm sein Leben diese Summe sicherlich wert!

Nun fingen seine Augen Ruth ein. Mit ihrer Entscheidung waren sie nun zu viert und würden nach der Schneeschmelze auch sicherlich zusammen aufbrechen.

Ein bisschen tat ihm Aveline leid, denn auch er hatte Schuld an dieser Situation. Er hätte wissen müssen, dass sie mit den Münzen überfordert gewesen war. Doch nun würde alles gut werden.

Mit Ruth an ihrer Seite konnte Aveline nichts mehr geschehen.

45. Kapitel
Von Mägden und Mägden

Staunend lauschte Aveline Ruths Erzählung. Seit ein paar Tagen brachte ihr Ruth nun all das bei, was die ältere Magd aus ihrem alten Leben auf der Burg wusste. Sie hatte im Alter von dreizehn die Stelle bei ihrer Herrin angetreten und war dann zehn Jahre Zoffmagd gewesen, bis ihre Gebieterin im Kindbett nach der Geburt ihres zweiten Sohnes gestorben war.

Die neue Lehnsherrin brachte eine neue Zoffmagd mit und Ruth hatte dann zu ihrem Glück vor über fünf Jahren die Küche in dieser Herberge übernommen.

Aveline hing der älteren Magd bei jedem Wort an den Lippen, denn Burgen hatte sie auf der Flucht nur aus der Ferne gesehen und eine hohe Frau bisher noch nie.

In der Kommende gab es keine Frauen, von denen Aveline etwas gesehen haben konnte. Nur Mägde und die schimpften manchmal schlimmer als die Pferdeknechte.

Tjadens Warnung hatte ihr Angst gemacht und noch solch einen Fehltritt wollte sie nicht riskieren. Alles was Ruth ihr erzählte, klang so fremd und dennoch würde es ihr baldiges Leben bestimmen, falls Kuno Wort hielt und sie zur Frau nahm.

Noch immer konnte sich Aveline das nicht vorstellen und mit jedem Wort von Ruth wurde es für sie unwahrscheinlicher. Ruth hatte ihr erzählt, dass die hohen Frauen praktisch ab dem Tag ihre Geburt darauf vorbereitet wurden, ein Haus zu führen. Da gab es Mägde zu beaufsichtigen, den Haushalt vorzustehen und im Notfall auch mal mit einem Bogen auf der Mauer zu stehen, wenn die Burg angegriffen wurde. Oder Recht zu sprechen, falls der Ritter nicht da war.

Was die anderen Frauen in vielen Jahren lernten, dass sollte Aveline in ein paar Wochen begreifen.

Immer neue Zweifel sausten durch ihren Kopf und wenn der Schnee sie nicht eingeschlossen hätte, dann wäre sie vor dieser Verantwortung einfach davon gelaufen. Als Magd bei Kuno zu leben, das konnte sie sich gut für den Rest ihres Lebens vorstellen, aber als Herrin an seiner Seite? Davor fürchtete sie sich!

Nur Ruth beruhigte sie dann immer wieder, wenn Aveline die Panik vor dieser Aufgabe ergriff.

Nach Ruths Worten konnte Kuno unmöglich erwarten, dass sie das alles schon konnte und so hoffte Aveline auf seine Nachsicht.

Allerdings fraß sich dennoch der Zweifel durch ihren Bauch, weil sie Kuno fraglos belogen hatte und in einer anderen Sache ebenfalls nicht informiert hatte.

Da ihr Monatsblut immer noch nicht gekommen war, lag wohl die Vermutung von Ruth richtig.

Irgendwann im Sommer des folgenden Jahres würde sie Kuno ein Kind gebären und auch davor war ihr bange. War die Herrin von Ruth nicht nach einer Geburt gestorben? Und Aveline konnte aus der Siedlung bei Paris sofort ein Dutzend Frauen aufzählen, denen es nicht viel anders ergangen war.

Sorgsam strich sie ihren Rock glatt und dachte abermals an die Zukunft.

Seit ein paar Tagen achtete sie ganz besonders auf ihre Kleiderordnung. Hatte sie zuvor schon mal barfuß in der Küche gestanden, so verließ sie nun das Zimmer erst, wenn das Kleid perfekt saß, wenn der Gürtel geschlossen und der Kragen gerichtet war.

Auch das war ein Ratschlag von Ruth gewesen.

In ein paar Wochen würde es die Aufgabe der Zoffmagd sein, dass ihre Haare sorgsam bedeckt waren und die Kleidung korrekt passte. Noch musste sie selbst dafür sorgen und achtgeben.

Dann würden auch Modefragen und Konversation über die Heilige Schrift wichtig sein. Handarbeiten sicher auch und das war das einzige, was Aveline wirklich gut konnte.

Noch war sie eine Magd und würde schon bald über andere Mägde entscheiden müssen. Sie würde die Arbeiten einteilen und kontrollieren müssen. Es wäre ihr sicher leichter gefallen, wenn es schon mal eine Herrin gegeben hätte, der sie unterstellt gewesen wäre, aber in ihrem Hause hatte sie nur mit der Mutter gelebt.

Und so wie die Mutter mit ihr umgegangen war, so wollte Aveline nie eine ihrer Mägde behandeln.

Zumindest das nahm sie sich ganz fest vor.

Mit den letzten Gästen fiel die Nacht über das Dorf und damit kam auch der Moment, an dem Kuno nach seinem Tagwerk zurück in die Herberge kommen würde.

Aveline nahm sich vor, dem Geliebten an diesem Abend die ganze Wahrheit zu sagen. Was danach kommen würde, das würde sie sehen.

Ihr blieb damit immer noch die Option, in der Nacht aus der Herberge zu fliehen und irgendwo im Dunklen zu erfrieren, falls Kuno sie aus seinem Zimmer warf und sie von seiner Seite verbannte, denn ein Leben ohne ihren geliebten Mann wollte und konnte sie sich nicht mehr vorstellen.

Noch einmal prüfte Aveline, ob unter dem Gürtel Falten im Kleid zu sehen waren. Mit dem Daumen strich sie hinter dem Lederband entlang und zupfte das Kopftuch zurecht.

Aus der Küche der Herberge, in der Aveline immer noch arbeitete, stieg sie in Gedanken versunken die Treppe zu ihrem Raum hinauf, den sie sich nun nur noch mit Kuno teilte.

Schnell entzündete sie das Talglicht, schürte das niedergebrannte Feuer und wartete dann auf ihren Geliebten.

So wirklich wohl war ihr nicht und dennoch konnte sie nun nicht mehr länger warten. Die Wahrheit musste ausgesprochen werden!

Die Zeit zog sich dahin und Aveline lauschte nach draußen, ob da schon das Geräusch der schweren Stiefel zu hören war. Auf der Kante des Bettes sitzend war sie nun bereit, alles zu erzählen.

Hatte sie am Morgen noch Angst vor den Konsequenzen gehabt, so wollte sie sich diesen nun stellen.

Schließlich öffnete Kuno die Tür.

Aveline erhob sich von dem Bett und fiel vor ihrem Geliebten auf die Knie. Den Blick zum Boden gerichtet begann sie: „Mein Herr! Ich muss dir etwas gestehen!" Danach erzählte sie von ihren Ängsten, Sorgen und Zweifeln, berichtete von ihrem Fehltritt mit dem Wirt und beschloss die Rede mit der Vermutung, dass sie ein Kind unter ihrem Herzen trug.

Kuno hörte ohne eine Zwischenfrage einfach still zu. Und er schwieg auch noch, als Aveline geendet hatte.

Sie wagte nicht, den Blick zu heben.

Die ersten Tränen suchten ihren Weg über ihre Wangen. Warum sagte er nichts? Noch größere Furcht presste ihr Herz zusammen und es drückte ihr die Luft ab.

Endlich sagte er: „Erhebe dich Aveline! Auch ich weiß nicht, wie man eine Burg führt. Wir werden das wohl zusammen lernen müssen. Deine Verfehlung mit dem Wirt verzeihe ich dir. Es war seine Schuld! Er hat deine Notlage ausgenutzt und dafür muss ich ihn zur Rechenschaft ziehen!"

„Er hat schon dafür bezahlt und ein paar Schläge von Tjaden erhalten!", gab sie ihm zurück.

Kuno nickte und trat auf sie zu.

„Wir haben schon viel zu lange gewartet. Nächsten Sonntag werden wir heiraten!", sagte Kuno und küsste sie.

Aveline fiel förmlich ein Stein von ihrem Herzen.

46. Kapitel
Herrin und Zoffmagd

Es hatte eine Weile gedauert, bis Kuno den Priester endlich davon überzeugt hatte, die Trauung in einem Adventsgottesdienst mit vorzunehmen. Aber eine blanke Mark hatte den Gottesmann ihnen beiden schließlich gewogen gestimmt.

Ruth hatte in den letzten Tagen ein Kleid für Aveline genäht und da sie das nur nachts, nach ihren anderen Pflichten, machen konnte, war das Zusammenleben zwischen ihr und seinem Freund etwas ins Hintertreffen geraten.

Nun war also Sonntag und während Aveline noch neben ihm leise schnarchte, lag er gewiss schon seit einer Stunde wach und schaute sie einfach nur an.

Das niedergebrannte Feuer im Kamin beleuchtete rötlich ihre ihm nun schon so vertrauten Gesichtszüge. Viel zu lange hatte Kuno gewartet, um sein Versprechen, das er ihr in Paris gegeben hatte, einzulösen. Auch die Erwartung seines Kindes hatte ihn dazu gedrängt. In ein paar Monaten würden sie ihr gemeinsames Kind im Arm halten und schon bald war Avelines Zustand sicher nicht mehr zu verbergen.

Doch nun war der Tag der Hochzeit endlich gekommen.

Kuno bewunderte gerade, wie schön Aveline selbst im Schlaf war und er konnte keinen Blick von ihr lassen. Die beginnende Schwangerschaft hatte ihr Angesicht nur noch zusätzlich sanfter gemacht. Wie einst die Statue der Maria in Paris würde Aveline bestimmt eine gute Mutter sein.

Sie hatte mit ihrer Art sein Herz erobert und er hatte die Waffen vor ihr gestreckt. Widerstand war da zwecklos.

Ein paar Dinge musste er ihr allerdings noch vor der Hochzeit erklären, vieles würde erst mit der Zeit kommen. Zum Glück hatten sie beide mit Ruth eine gute Zoffmagd gefunden, die erfahren genug war.

Mit einem tiefen Seufzer erwachte Aveline neben ihm und schlug diese wundervollen Augen auf.

„Hat mein Herr gut geschlafen?", fragte sie und er küsste sie.

„Heute ändert sich alles in deinem Leben!", begann Kuno und sah ihren fragenden Blick. „Wer du bisher warst und was du bis heute getan hast, das spielt nun keine Rolle mehr. Wenn du meine Gemahlin geworden bist, so bekommst du deine Ehre durch mich. Dann werden wir eins sein. Was du dann tust, das fällt auf mich zurück! Wenn du also Zweifel hast, so frage mich oder Ruth bevor du etwas machst oder sagst! Versprichst du mir das?"

„Ja, mein Herr! Das verspreche ich dir!", sagte Aveline feierlich.

„Dann lass uns jetzt aufstehen!"

Behände sprang Aveline über ihn aus dem Bett und eilte im Unterkleid zur Schüssel in der Ecke. Während er auf der Kante des Bettes saß, wusch sie sich gründlich. Dann klopfte es und Ruth erschien mit dem neuen Kleid.

Aveline fiel der älteren Frau dankbar um den Hals und während Kuno sich wusch, machte die Zoffmagd das, was ab nun ihre Pflicht sein würde, sie zog Aveline an, richtete das Kleid und flocht die Haare zu einem Zopf, den sie dann um Avelines Kopf legte.

Das sah wie ein Kranz aus Haaren aus und daran befestigte sie das Tuch, das Aveline ab jetzt immer in der Öffentlichkeit tragen würde. Kein Mann durfte ab jetzt, außerhalb ihrer Räume, ihre Haare zu sehen bekommen.

Tjaden trat in den Raum und half nun ihm beim Anziehen.

Das Kleid von Aveline passte zu ihrer neuen Funktion. Es war schlicht, aber dennoch sehr schön. Sich darin drehend, wartete sie nun auf ihn und zusammen verließen sie wenig später die Herberge, gefolgt von Tjaden und Ruth.

Der Weg bis zu der kleinen Dorfkirche war nicht weit, weswegen sich Aveline keinen Mantel angezogen hatte. Jeder sollte wohl das schöne Kleid sehen und der Frost zauberte eine sanfte Rotfärbung auf ihre Wangen.

Dann saßen sie zu viert in der ersten Bankreihe. Die Trauung nach dem Gottesdienst ging schnell und als Aveline an seiner Hand die Kirche verließ, da knieten sich Tjaden und Ruth vor sie hin.

Fragend blickte ihn Aveline an und er erklärte: „Aveline von Bärenberg. Deine Untergebenen wollen dir die Treue schwören!"

Verstehend nickte sie ihm zu und sagte dann: „Ich danke euch! Erhebt euch!"

Die beiden standen auf und eilten ihnen voraus, denn die Feierlichkeiten in der Herberge standen an und die Menschen strömten schon an ihnen vorüber.

Der Winter war sowieso eine Jahreszeit der Feiern und die Hochzeit eines Ritters wollte sich keiner in der Siedlung entgehen lassen. Ganz davon zu schweigen, dass alle ausgiebig schlemmen wollten.

Dieses Fest kostete drei Mark aus Avelines Beutel.

Als sie die Schankstube betraten, war der Raum übervoll mit Menschen und nur noch ihre beiden Plätze waren frei. Aveline setzte sich neben ihn, er dankte den Anwesenden und wünschte allen eine schöne Feier.

Ruth trug dann, zusammen mit zwei anderen Mägden, das Essen auf. Es gab einen köstlichen Braten und alle langten kräftig zu. Auch Aveline ließ sich diese wohlschmeckende Speise nicht entgehen.

Nach dem Mahl hob er seine vor Überraschung quiekende Gemahlin von der Bank auf die Arme und sagte: „Ich wünsche euch noch eine schöne Feier und lasst es euch auch weiterhin gut schmecken, aber wir zwei haben jetzt die Hochzeitsnacht vor uns!"

Unter allgemeinem Gejohle und gerufenen Glückwünschen trug er Aveline aus dem Raum und die Treppe hinauf zu ihrem Raum.

Ruth hatte in der Zwischenzeit schon das Feuer geschürt, damit es in dem Zimmer schön warm war.

Vor dem Bett stehend löste er ihr den Gürtel und streifte Aveline danach Kleid und Unterkleid vom Körper.

„Hatten wir unsere Hochzeitsnacht nicht schon in Paris?", fragte sie, während er ihren nackten Körper streichelte.

„Tradition ist Tradition!", entgegnete er ihr schmunzelnd und ließ sich von ihr aus seinen Sachen helfen.

Es folgte eine hitzige und stürmische Nacht.

Am nächsten Morgen betrat Ruth den Raum. Sie hatte ein neues Laken und eine kleine Schale in der Hand.

Aveline sprang nackt aus dem Bett und rannte auf die Zoffmagd zu, um sie vor Freude zu umarmen, doch Ruth wich zurück und machte eine Verbeugung.

„Guten Morgen Herrin! Habt ihr gut geschlafen?", fragte sie.

„Danke Ruth! Ja!", antwortete Aveline und sah fragend zu ihm zurück.

„Darf ich Ruth umarmen, wie es sich für eine Freundin gehört?", fragte sie ihn leise.

Kuno entgegnete ihr: „Was du hinter verschlossenen Türen tust, das ist deine Sache! Aber Ruth ist nun deine Magd!"

Danach nickte Kuno ihr zu und nun ließ Ruth es zu, dass Aveline sie stürmisch umarmte.

„Was hast du da mitgebracht?", fragte Aveline und schaute in die Schale.

„Etwas Hähnchenblut!", sagte Ruth und trat zum Bett. Sie schmierte mit zwei Fingern etwas Blut auf das benutzte Laken und wechselte es danach aus. Mit einem Augenzwinkern erklärte sie: „Für die Nachbarinnen! Damit es keinen Klatsch gibt!"

Verstehend nickte Aveline ihr zu und ging sich waschen, während Ruth mit dem blutbeschmierten Bettlaken aus dem Zimmer eilte.

„Kann ich nicht trotzdem noch mit Ruth befreundet sein?",
fragte Aveline, als sie sich abtrocknete.

„Natürlich! In deinen Räumen und wenn ihr alleine seid, dann
kannst du tun, was du willst. In der Öffentlichkeit lass es allerdings
bei Herrin und Magd, das schützt auch Ruth, denn manche Mägde
können gemein sein und Schwächen anderer sofort ausnutzen!",
gab er zurück und trat an die Schüssel.

Auf dem Bett sitzend streifte sich Aveline die Strümpfe über
und befestigte diese am Gürtel. Als sie sich das Unterkleid griff,
kam Ruth zurück und half ihr.

„Wo hast du das Laken?", wollte Aveline dabei wissen.

„Das hängt draußen neben der Tür. Das muss so sein!", entgegnete Ruth und half Aveline mit dem Kleid.

„Aveline von Bärenberg! Daran muss ich mich erst noch gewöhnen! Und an so viel anderes auch!", sagte sie, als sie sich den
Gürtel vor dem Bauch schloss.

„Ist noch etwas von dem leckeren Braten übrig?", fragte Aveline.

„Ich habe dir noch ein paar Scheiben davon in der Küche si-
chergestellt!", antwortete Ruth, während sie Aveline das Tuch um
den Kopf befestigte.

„Darf ich eigentlich noch in der Küche arbeiten?", fragte Aveline ihn und er nickte ihr zustimmend zu.

Gemeinsam eilten Magd und Herrin aus dem Raum.

47. Kapitel

Gebrochenes Herz

Jakobus war fort und Lorenzos Herz war daran zerbrochen. Es war kurz nach dem Weihnachtsfest geschehen. Der Papst hatte die Knechte, Mönche und Diener der Ritter woandershin verlegen lassen und damit waren sie nun voneinander getrennt. Vielleicht hatte der Kirchenfürst auch einfach nur Platz gebraucht, denn aus dem ganzen Lande waren nun die Tempelritter hierher gebracht worden.

Nicht mal vier Wochen hatten sie die Zeit gehabt, um ihre körperliche Nähe zu spüren und dabei diese intensive Liebe zu fühlen.

Nun waren seine letzten Tränen versiegt und Lorenzo hatte beschlossen, zu sterben. Er hatte sich beim Abschied von Jakobus geschworen, keinen Tropfen Wasser und kein Essen mehr anrühren. Zumal das mit den verkrüppelten Händen sowieso schwierig war.

Das war nun schon eine Weile her und der Tod würde ihn als Erlöser in den nächsten Tagen zu sich nehmen.

Das Fest der Liebe war für ihn zu einem Fest des Abschiedes und der Trauer geworden.

Zwar hatte er gewusst, dass er diesen Kerker nie wieder verlassen würde, dass er nie mehr die Sonne und den freien Himmel sehen durfte, aber er würde auch das neue Jahr nicht mehr erleben.

Nun lebte er nur noch in der Erinnerung.

Sein einziger Trost war, dass er Jacques de Molay endlich vor ein paar Tagen über den Verlust der Beweise informieren konnte und der Großmeister danach am Heiligen Abend sein Geständnis widerrufen hatte.

Es würde zwar weder Lorenzo, noch dem Großmeister und auch sonst niemandem von den inhaftierten Tempelrittern etwas nutzen, doch was Recht war, das musste auch Recht bleiben.

In seinem nun einsetzenden Dämmerzustand war er dem lieb gewonnenen Freund so nah, wie es nicht näher mehr gehen konnte. Jakobus war in seinem Herzen. Da würde der Mönch für immer bleiben und dieses für immer war in seinem Falle nur noch ein paar Tage hin.

Wie viel Zeit hatten sie verschwendet!

Fünf Jahre hatten sie sich gekannt, hatten im Schlafsaal sogar ihre Betten nebeneinander gehabt, bevor sie sich erst hier wirklich nahe gekommen waren. Nur diese intensiven vier Wochen zählten noch in seinem umnebelten Verstand.

Mit Jakobus hätte er jeden Tag bis zu seinem Tod genossen. Ohne den Freund war die Erinnerung an Stunden der Liebe das Einzige, was noch Freude in seinen Kopf brachte.

Nur die Gedanken an Jakobus hielten ihn noch am Leben.

Tag für Tag, Nacht für Nacht siechte er so einfach dahin.

Lorenzo hatte aufgegeben und das einzige, was ihn hätte retten können, das wäre gewesen, wenn der Geliebte jetzt in der Nähe gewesen wäre. Aber er war fern. Nur im Geiste waren sie sich nah. Da konnte sie niemand trennen. Da waren die Momente noch real, in denen sie sich geliebt hatten.

Nachts, wenn alle anderen schliefen, konnte er den Körper von Jakobus noch fühlen. Nur in diesem Dämmerzustand war das Leben noch zu ertragen.

Die dumpfe Realität tötete ihn!

Irgendwann rutschte sein Körper nach hinten und Lorenzo sackte an der Wand herab. Niemand kümmerte sich mehr um ihn. Für die Kerkermeister hatte er keinen Nutzen mehr und auch über den Verbleib des Schatzes hatte er nichts sagen können. Wem nutzte er damit noch etwas? Niemanden!

Daher war es allen anderen auch egal gewesen, dass er nichts mehr zu sich genommen hatte.

Lorenzos Blick verschleierte sich und das Letzte, was seine Augen noch sahen, obwohl sie schon geschlossen waren, das war das Gesicht von Jakobus.

Ein unbeschreibliches Glücksgefühl hüllte Lorenzo ein. Nichts konnte ihm mehr geschehen. Die letzten Worte verließen seinen Mund: „Gott! In deine Hände empfehle ich meinen Geist!"

Ein letzter Gedanke: „Jakobus! Ich liebe dich!" Dann umschloss die Finsternis seinen Körper. Stumm glitt er über die Klippe des Todes und ging der Erlösung entgegen. Nun war er wieder frei!

Jakobus war nicht an seiner Seite, aber Lorenzo würde drüben auf ihn warten.

Ein Lächeln umspielte seine Lippen, während er starb.

Sein letzter Herzschlag gehörte dem Geliebten.

48. Kapitel

Frühlingswind

Mitte März war der Schnee endlich geschmolzen und damit stand ihrem weiteren Wege nichts mehr entgegen. Seit ein paar Tagen spannte schon der Gürtel über Avelines Bauch. Diese kleine Wölbung, die ihr ganzes Glück war, würde sie beim Reiten hoffentlich nicht weiter stören.

Die Stute war jedenfalls wie ein Fohlen umhergesprungen, als sie endlich nach Monaten der Untätigkeit wieder aus dem Stall auf die Wiese konnte und auch bei ihr wölbte sich der Bauch etwas.

Jetzt erst mit dem Frühling konnte sich Aveline die Umgebung genauer ansehen. Bisher war sie nur auf dem Weg zur Latrine oder zur Kirche aus dem Haus gekommen.

Es war ein größeres Bergdorf in den Ausläufern der Alpen, in dem sie nun fünf Monate zugebracht hatte und sie würden den Höhenzug auch wieder überqueren müssen, denn das Ziel ihrer Reise lag hinter dem Gebirge weit im Norden.

Im Winter hatte Kuno ihr in mancher Nacht viel von seiner Heimat erzählt und Aveline war nun darauf gespannt, ob das ferne Land ihren Vorstellungen entsprach. Für hundert Tiroler Groschen hatten sie für Ruth noch eine Stute gekauft.

Da sie praktisch kostenlos gewohnt und gegessen hatten und der Wirt ihr dennoch jeden Tag einen Groschen gezahlt hatte, hatten sie nun auch viel Geld im Beutel, der ihr den Gürtel ganz schön herab zog.

An einem Montag brachen sie unmittelbar nach der Morgendämmerung auf.

Kuno ritt vorn auf Wolfgang. Aveline folgte ihm und Ruth ritt etwas versetzt nach hinten neben ihr. Ruth hatte zum Glück damals nur einen Augenblick überlegen müssen, bevor sie zugestimmt hatte, mit ihnen mitzukommen.

Wie immer bildete Tjaden das Ende des Zuges der Freunde und zwischen den beiden bewaffneten Männern fühlte sich Aveline trotz des Schatzes an ihrer Hüfte ganz sicher.

Kleine weiße Wolken wurden vor einem blauen Himmel von einem warmen Frühlingswind nach Norden gedrückt. Dort war auch ihr Ziel, aber zuerst folgten sie dem Höhenzug nach Osten, bis sie zum Pass kommen würden, an dem sie diesen Gebirgszug überqueren konnten.

Es schien immer noch Schnee auf den Gipfeln zu liegen und bei dem Gedanken an die Überquerung im vergangenen Oktober hatte sie ein mulmiges Gefühl in ihrem Bauch. Aveline versuchte das damit zu überspielen, dass sie sich über alles Mögliche mit Ruth unterhielt.

Nach dieser Jahreszeit von Eis und Schnee war der Frühling hier richtig schön. Die Natur schien hier förmlich mit Farbe zu spielen. Grüne Knospen zeigten sich an den Zweigen und unwahrscheinlich viele bunte Blumen leuchteten im Gras zu ihren Füßen.

Mit dem Winter ließ Aveline auch diesen grässlichen Wirt hinter sich. Sicherlich war der beleibte Mann froh gewesen, dass er sie endlich wieder los war, denn Aveline hatte mangels Gästen schon ein paar Tage keine Arbeit mehr in der Küche gehabt. Zähneknirschend hatte er dann schließlich auch zugestimmt, dass Ruth mit ihren mitging.

Auch Kunos und Tjadens Dienste waren nun in dem Dorf nicht mehr gefragt gewesen, denn die Bauern waren auf den Feldern und für Monate würde nun keiner mehr Zeit dafür haben, um in eine Schänke zu gehen.

Selbst wenn sie also nicht sowieso schon beschlossen hätten, zu gehen, sie hätten einfach gehen müssen. Oder eben reiten!

Auf Avelines anraten trug auch Ruth eine Hose unter ihren Strümpfen. Die Freundin hatte ihr erzählt, dass die hohen Frauen normalerweise mit einer Kutsche reisten, aber arme hohe Frauen, so wie Aveline trotz der Münzen eine war, die mussten eben reiten.

Die erste Wegstrecke hatte Aveline ganz schön damit zu tun, ihre Stute im Griff zu behalten. Nach der Zeit des Stehens und der Ruhe im Stall war das Reittier ganz übermütig.

Auch Ruth hatte Mühe, im Sattel zu bleiben, aber die Freundin war ja noch nie in ihrem Leben auf dem Rücken eines Pferdes gewesen. Nur mit Tjadens Hilfe war Ruth in die Steigbügel gekommen.

An den vergangenen Abenden hatte Kuno Aveline erzählt, dass es momentan in den Nächten noch empfindlich kühl sein würde und daher hoffte sie, dass sie unterwegs in kleinen Herbergen übernachten würden.

Den ersten Teil ihres Weges im Oktober hatten sie fast jede Nacht in der Natur unter dem Sternenzelt geschlafen, doch dafür war es jetzt sicherlich noch zu kalt.

In der Zeit der Ruhe hatte Aveline Gefallen an ihrem Bett gefunden und sie hatten ja jetzt auch genügend Geld.

Als Kuno allerdings zum Mittag Brot, Wein und Wurst kaufte, da wurde Aveline klar, dass sie die nächsten Nächte erneut am Feuer unter den Sternen verbringen würden.

Schnell kaufte sie daher ein paar warme Decken, bevor sie sich abermals auf ihr Pferd schwang.

Bis fast zur Abenddämmerung ritten sie weiter nach Osten, bevor die beiden Männer im letzten Schein der Sonne Holz zusammentrugen und das Feuer entzündeten.

Die Pferde bekamen die Hafersäcke umgehängt und die Handgriffe von Kuno und Tjaden zeigten Aveline, dass sie das alles vermutlich seit Jahren so gewohnt waren.

Allerdings gab es nun eben auch zwei Frauen bei diesem Zug und mit dem Entschwinden der Sonne verflog auch der warme Wind des Frühlings.

Der kalte Hauch des Winters kam in der Dunkelheit der Nacht zurück und Aveline hüllte sich mit Ruth in eine der Decken. Von vorn wärmte das Feuer, von hinten die Decke.

Erst jetzt hatten die Männer wieder Zeit zum Reden. Den ganzen Tag lang hatten nur die beiden Frauen geredet, die Männer hatten sorgsam die Umgebung im Blick gehabt.

Kunos blankes Schwert steckte neben ihm in der Erde und er erzählte, dass es bis in seine Heimat zwei Wochen dauerte. Über Hall und Innsbruck würde sie ihr Weg weiter nach München und von dort über Regensburg stetig weiter nach Norden führen.

Anfang April konnten sie damit, so Gott es wollte, beim Herzog vorstellig werden und von ihm ein Lehen im Osten erhalten.

Bis dahin hieß es, so viel Geld wie möglich zu sparen.

Aveline nickte ihm verstehend zu und wusste nun, warum sie die nächsten Tage wohl neuerdings auf der kalten Erde schlafen musste.

Tjaden hatte trockenes Laub gesammelt, das er nun zu einem weichen Lager für die Nacht zusammenschob. An Ruth gekuschelt legte sich Aveline angezogen darauf und sie deckten sich gut zu. Die beiden Männer würden sich dann bei der Wache gegenseitig ablösen.

Mit einem Kuss schickte Kuno sie in einen Traum, in dem sie sich selbst als Herrin auf einer mächtigen Burg sah. Mit hunderten Knechten und Mägden!

Aveline war damit hoffnungslos überfordert und hätte sicher geschrien, aber auch im Traum stand ihr die Freundin souverän zur Seite. In der Art, wie Ruth sie auch im Schlaf wärmte, wie Aveline beim Erwachen aus dem Traum feststellte.

Vorsichtig setzte sich Aveline auf und blickte sich um. Der neue Tag war noch fern. Kuno saß am Feuer und nickte ihr zu. In seiner Anwesenheit war sie sicher. Nichts konnte ihr geschehen! Zufrieden und glücklich legte sie sich zurück.

49. Kapitel
Zurück in der Heimat

Die letzten fünf Tage hatte es nur geregnet. Kuno blickte zu den dunklen Wolken hinauf. Was gut für die Bauern war, das war schlecht für Reisende und noch schlechter für die beiden Frauen, die direkt hinter ihm ritten. Sie klagten zwar nicht, aber selbst er war nass bis auf die Haut.

Bei jedem Blick in Avelines Gesicht sah er die Verzweiflung in ihr. Mittlerweile waren sie etwas südlich von Leipzig angekommen und damit mitten in der Markgrafschaft Meißen.

Fast schon zurück in seiner Heimat!

Aveline nieste hinter ihm und in der Erinnerung an den Winter und ihre Krankheit wurde es nun aber Zeit, in einer Herberge eine Unterkunft zu suchen, um sich dort aufzuwärmen.

In den letzten Tagen hatten sie im Schutz der Bäume in kleinen Waldstücken geruht, aber nun ging es einfach nicht mehr.

Der Pfad war zu einem knöcheltiefen Schlammweg geworden, der nun auch den Pferden das allerletzte Stückchen Kraft abrang.

Durch diese Unwegsamkeit hatte ihre Reise auch noch viel länger gedauert, als Kuno es gedacht hatte.

Hatte er Aveline vor dem Übergang über die Alpen etwas von zwei Wochen erzählt, so waren es mittlerweile fast drei geworden. Und noch immer waren sie nicht am vorläufigen Ziel ihrer Reise angekommen.

Die Wassertropfen schienen an Fäden aufgereiht zu sein, so dicht hintereinander fielen sie zu Boden. Zum Glück war es kein kalter Regen, sondern er hatte schon die Wärme des Frühlings in sich gefangen. Dennoch waren alle sichtlich froh, als Kuno vor einer Herberge sein Ross anhielt und absaß.

Schnell hatte Tjaden die vier Tiere genommen und in einen Stall geführt. Der erfahrene Knappe würde nun die Reittiere trocken reiben und versorgen. Erst danach durfte sich Tjaden um sein eigenes Wohl kümmern.

Kuno betrat mit den beiden Frauen die Herberge und sie hinterließen dabei eine feuchte Spur auf dem Holz des gedielten Fußbodens. Wären die beiden Frauen alleine eingetreten, die Magd im Schankraum hätte wohl auf Nixen getippt, das zeigte zumindest ihr verwunderter Gesichtsausdruck.

„Können wir etwas zu essen, ein Zimmer und eine heiße Wanne bekommen?", fragte Kuno den Wirt, der in den Raum trat.

Aveline platzte dazwischen: „Aber bitte in der umgekehrten Reihenfolge!"

Es würde noch eine Weile dauern, bis sie sich an die neue Situation gewöhnt haben würde, dass Frauen sich nicht in die Gespräche von Männern einmischen durften, aber er hatte im Moment keine Lust, um sie zurechtzuweisen. Das würde schon Ruth übernehmen. Jedenfalls sagte das der Gesichtsausdruck der Zoffmagd.

Eine Mark aus Avelines Beutel ließ die Augen des alten Mannes freudig leuchten und er nahm das Geldstück entgegen.

„Das Bad ist gleich bereit!", sagte der Wirt und schickte seine Schankmagd nach hinten. Danach zeigte er auf das Feuer an der Seite, wo sie kurz Platz nahmen, um zu warten.

Wie Rauch stieg die Feuchtigkeit in der Wärme des Feuers aus ihren Sachen auf.

„Deine Heimat begrüßt uns weinend!", sagte Aveline und zog das Tuch über ihren Haaren ab, um es zu trocknen.

„Herrin! Nicht!", stieß Ruth entsetzt aus.

In Anwesenheit anderer Männer durfte Aveline ihr Haar nicht zeigen. Erschrocken blickte sich Aveline um und warf sich das nasse Tuch blitzschnell wieder über den Kopf.

„Ich muss noch so viel lernen!", murmelte sie und sagte dann: „Bitte entschuldige mein Verhalten!"

Ihr Blick war so, dass er ihr gar nicht böse sein konnte.

„Die Wanne und das Zimmer sind bereit!", sagte die Schankmagd nach einer Weile.

„Ich kümmere mich um das Zimmer!", sagte Ruth und eilte mit der Magd davon.

Der Wirt brachte sie in einen Nebenraum, wo eine schöne große Holzwanne fast bis oben hin mit heißem Wasser gefüllt war. Der alte Mann verbeugte sich und ging.

Nachdem Kuno die Tür verriegelt hatte, streifte sich Aveline die nassen Kleider ab und hängte diese an das Feuer im Kamin. Danach half sie ihm und hängte seine Kleidung daneben.

Zusammen stiegen sie über einen Hocker in den Zuber und es war eine Wohltat!

Am Rande der Wanne lag eine duftende Kräuterseife und mit dieser begann nun seine Gemahlin ihn zu waschen. Es war aber eher ein sanftes Streicheln, als ein Schrubben und er konnte sich diesen zärtlichen Berührungen nicht entziehen.

Schmunzelnd bemerkte Aveline, dass er seine Lanze in Position brachte und wenig später rutschte sie so nah an ihn heran, dass er sein Ziel schon fast erreichen konnte. Avelines kleines Bäuchlein hielt ihn noch davon zurück, aber als sie den Oberkörper nach hinten neigte, gab sie ihm ihren Schoß zum Sturm frei.

Mit geschlossenen Augen und leise stöhnend quittierte sie ihm sein eindringen.

Kurze Zeit später seifte er Aveline ein und wusch ihr auch das Haar, wozu sie ihm den Rücken zukehrte.

Nach einem Kuss stiegen sie zusammen wieder aus der Wanne und trockneten sich auch gegenseitig ab. Da ihre Sachen noch feucht waren, hüllten sie sich in weiße Tücher, die ihnen die Magd dort hingelegt hatte.

Bei Aveline schauten nur noch die Augen unter dem Tuch hervor. Die Nixe hatte sich in ein Gespenst verwandelt und er nickte ihr glücklich zu.

Aveline hatte eine Lehre angenommen. Beim Bad auf ihrer Flucht waren sie noch nicht verheiratet gewesen, jetzt schon. Mit den Kleidern im Arm folgte er ihr zu dem Zimmer, das die Schankmagd ihnen zeigte. Offensichtlich hatte die junge Frau vor der Tür auf sie gewartet.

In ihrem Zimmer saß Ruth, ebenfalls in ein Tuch gehüllt, am Feuer und nahm ihnen die nassen Sachen ab, als sie in den Raum hineinkamen.

„Die Wanne wäre jetzt für euch frei!", sagte Aveline zu Ruth, als gerade Tjaden in den Raum trat.

Mit dem Knappen ging Ruth, von der Schankmagd geführt, aus dem Zimmer.

Tjaden hatte die Packsäcke an der Wand abgestellt und jetzt musste zuerst das Kettenhemd getrocknet und gefettet werden.

Zu zweit breiteten sie es auf dem Boden aus und rieben es mit Tüchern trocken. Danach fetteten sie es gut ein und verpackten es wieder. Rost auf der Rüstung wäre ein unverzeihlicher Fehler und eine Schande für jeden Ritter.

Nachdem Ruth und Tjaden zurückgekommen waren, und sie nun zu viert in Tücher gehüllt am Tisch in ihrem Zimmer saßen, brachte die Schankmagd Brot, Wein und Braten.

„Auf unsere neue Heimat!", sagte Aveline und hob den Becher.

Alle stießen an und tranken den guten Wein.

Ab diesem Tage würde es allerdings häufiger Bier geben, denn Wein gab es in seiner Heimat nicht so oft. Zu kalt war hier das Wetter, als das gute Trauben reifen konnten.

50. Kapitel
Neue Sitten, neue Bräuche, neue Sprache!

Nach zwei Tagen der Rast in der Herberge und dem Gebet am Tage zuvor in der kleinen Kirche des Dorfes, begrüßte die strahlende Sonne Aveline, als sie aus dem Haus ins Freie trat. Gerade führte Tjaden die Pferde aus dem Stall, damit sie die Reise fortsetzen konnten.

„Nun kann ich dir meine Heimat bei Sonnenschein zeigen!", sagte Kuno, als er ihr auf die Stute half. „Das hier ist zwar die Markgrafschaft Meißen, aber sie gehört irgendwie schon dazu. Sachsen liegt weiter im Norden!", erzählte er, während er sich in den Sattel seines Streitrosses schwang.

Von Rücken ihres Reittieres aus konnte Aveline nun das saftige Grün der Wiesen und die ersten Sprossen des Getreides erkennen. Es versprach eine gute Ernte zu werden.

Bevor Aveline von diesem gastlichen Ort fortritt, drückte sie der Schankmagd Erika noch einen Groschen in die Hand. Die junge Frau lächelte und machte einen tiefen Knicks. Huldvoll, wie sie es bei Ruth gelernt hatte, winkte Aveline der etwa gleichalten Magd zu und bemerkte das Strahlen in Kunos Gesicht.

Sie würde noch in die Rolle der Herrin hineinwachsen. Zumindest gab sie sich alle Mühe, allerdings galt es so viele Regeln und Gebote zu befolgen.

Sanft drückte sie die Fersen in die Seite ihrer Stute und das Tier lief geruhsam los. Nachdem sie zu Kuno aufgeschlossen hatte, drückte er seine Sporen in Wolfgangs Flanken.

Nebeneinander ritten sie langsam den breiten Weg entlang.

„Wo ist eigentlich die Burg deiner Ahnen?", fragte sie.

„Weiter im Norden, aber ich werde sie dir nicht zeigen können. Ich möchte keinen Streit mit meinem Bruder riskieren. Auf jeder Burg sollte es nur einen Ritter geben! Aber im Osten ist noch viel

Land frei und der Herzog ist immer auf der Suche nach einem guten Schwert, um die Grenzlande zu sichern!", erklärte ihr Kuno.

„Auf in den Osten!", sagte Aveline, aber im Moment ritten sie nach Norden. Ein oder zwei Tagesritte waren es noch bis zur Burg des Herzogs.

Langsam ließ sich Aveline zurückfallen, damit die Marschordnung der Gruppe wieder eingenommen werden konnte.

Gelegentlich kamen ihnen Wagen entgegen und dabei dachte Aveline an die Worte von Ruth, dass eine hohe Frau eigentlich nicht reiten sollte, sondern in einer Kutsche oder einem Wagen zu fahren hatte.

Es sah sicherlich nicht gut aus, dass sie hier breitbeinig auf dem Rücken des Pferdes saß, aber sie hatten nun mal keinen Wagen und zum Laufen war es sicherlich viel zu weit.

Vermutlich begleiteten nicht viele Frauen einen freien Ritter und wenn er eine Burg als Lehen hatte, so war ihr Platz ja dort. Suchend richtete sie ihren Blick nach rechts, denn irgendwo da drüben würde ihr neues Zuhause sein. Ihr Platz und der, an dem sie ihr Kind zur Welt bringen wollte. In diese Gedanken versunken streichelte sie den kleinen Bauch.

Unendlich lang schlängelte sich der Pfad dahin.

Nach Feldern und strohgedeckten Hütten in den Dörfern führte sie ihr Weg zu einer Stadt, von der Kuno ihr sagte, dass es Leipzig war. Hier waren die Häuser mal wieder aus Stein, die Straßen gepflastert und der ganze Ort von einer hohen Mauer eingefasst.

Nach dem Stadttor war ein buntes Gewimmel von Menschen zu sehen und mitten in dieser Stadt stoppte Kuno auf einem Platz, auf dem viele Stände aufgebaut waren und Bauern Gemüse anboten.

Tjaden fütterte die Pferde und Ruth ging mit dem Korb und ein paar Groschen von Aveline über den Markt, um Wegzehrung für die weitere Reise zu kaufen.

In dieser Zeit führte Kuno Aveline zur Seite, wo Tische und Bänke aufgebaut waren. Dort gab es Brot und heiße Wurst. Auch zwei Becher und ein Krug wurden gebracht, von dem Kuno ihr erzählte, dass er das beste Bier in dieser Gegend enthielt. Schnell goss er ihr den Becher voll und füllte seinen ebenfalls.

Aveline sah zweifelnd in das Gefäß hinein und hielt ihre Nase über den Becher. Der Duft war eigenwillig. Bisher hatte sie noch nie solch ein Bier getrunken. In ihrer alten Heimat hatte es mehr Wein gegeben. In ihrer neuen würde es wohl dann eher Bier sein.

Lächelnd dachte sie daran zurück, wie sie ihm das selbst gebraute Bier in der Kommende über den Mantel gekippt hatte, kurz bevor sie zusammen im Stroh den Vogel gefangen hatten und sie ihre Jungfernschaft an ihn verlor.

Langsam hob sie den Becher an die Lippen und nahm den ersten Schluck. Das Getränk war ziemlich stark!

Kuno setzte seinen Becher an und trank ihn mit einem Zug aus. Anschließend wischte er sich lachend den Mund und den Bart ab und goss sich einen zweiten Becher ein.

Ein weiteres Mal nippte sie an dem Getränk, das ihr an diesem warmen Tag in der Stadt aber sofort in den Kopf stieg.

Aveline hielt sich daher lieber an die Wurst, die wirklich sehr gut schmeckte.

Als sich Tjaden zu ihnen setzte, konnte Aveline ihm heimlich den Becher zuschieben. Es würde sicher eine Weile dauern, bis sie sich an das starke Gebräu gewöhnt haben würde.

Ruth brachte einen Schlauch mit einem leichten Kräuterbier mit. Schnell goss die Magd einen Becher ein und Aveline versuchte dieses Getränk, das aber wesentlich bekömmlicher war und auch viel besser schmeckte. Daran konnte sie sich gewöhnen.

„Ich habe mir das Rezept geben lassen!", sagte Ruth lächelnd und nahm ebenfalls einen großen Schluck.

Ruth sortierte die gekauften Speisen vom Korb in eine Packtasche, die sie dann auf dem Pferderücken anbringen würde.

Jeder biss noch mal in Wurst und Brot, bevor Aveline bezahlte und sie wieder aufbrachen.

Die Sprache war für sie immer noch sehr schwierig zu verstehen.

Mit Ruths Hilfe hatte sie den ganzen Winter geübt und dennoch musste sie manchmal noch mal nachfragen.

Aber schließlich wollte sich Aveline später auch mal mit ihren Mägden unterhalten können und um sich darauf vorzubereiten, redete sie auf dem weiteren Weg wieder mit Ruth, die neben ihr ritt.

Der Aufenthalt in Leipzig hatte ihr gezeigt, wo da noch einiges fehlte, denn Ruth sprach sehr deutlich und fein. Das kam sicher noch daher, dass sie ihre ganze Jugend bei einer hohen Frau auf einer Burg verbracht hatte. Den breiten Dialekt der Marktweiber zu verstehen, das war da schon schwieriger für Aveline, die aus Frankreich kam.

Zu ihrem Glück konnte Kuno Französisch, Latein und sächsisch und half ebenfalls bei dem Gespräch mit. Sie unterhielten sich über alles Mögliche und der Tag verging dabei wie im Fluge.

Kurz vor Sonnenuntergang erreichten sie schließlich noch eine Herberge.

„Morgen sind wir beim Herzog!", sagte Kuno beim Absitzen.

Daher wurde dann am Abend nach dem Essen die Kleidung ausgebessert, damit der Eindruck beim Herrscher ein möglichst guter war.

Bei dieser Tätigkeit half eine der Mägde aus der Schänke mit und auch diese Gelegenheit ließ sich Aveline nicht entgehen, um ihre Sprachkenntnisse zu verbessern.

Zu dritt lachten die Frauen am Tisch bei ihrer Handarbeit, während die beiden Männer die Rüstung säuberten und einfetteten.

51. Kapitel
Auf zu neuen Landen!

Von der Herberge war es gar nicht mehr weit, bis sie an der Elbe standen und über den Fluss die Stadt Wittenberg vor sich sahen. Lange war es her, das Kuno hier gewesen war. Vom Herzog hatte er damals hier sein Schwert erhalten und war zum Ritter geschlagen worden. Nun würde sich zeigen müssen, ob der Regent ihm gewogen war.

Der Herzog von Sachsen - Wittenberg war als Kurfürst und Erzmarschall des Heiligen Römischen Reiches einer von sieben mächtigen Männern, die auch den König zu wählen hatten.

Damals, im Herbst des Jahres 1297, war Kuno hier mit seinem Vater gewesen. Noch gut konnte er sich an alles erinnern. Aus einem Brief seines Vaters hatte er erfahren, dass Herzog Albrecht II. im Jahr darauf bei einer Fehde mit dem Erzbischof von Magdeburg, bei der ihn auch Kunos Vater und Bruder begleitet hatten, an der Elbe von einer Lanzenspitze tödlich verwundet worden war.

Nun war also dessen Sohn Rudolf hier der Herrscher. Damals war der gerade mal dreizehn Jahre alt gewesen und nun lag Kunos Schicksal in seinen Händen.

Aveline war mit ihrem Pferd neben ihn geritten und blickte nun ebenfalls auf den Fluss und die hölzerne Brücke, die sie in die Stadt bringen würde. Noch länger konnte er nicht zögern, ohne sie zu verunsichern.

Entschlossen lenkte er sein Ross zum Beginn des Übergangs und überquerte schweigend die Elbe.

Was würde werden, wenn Herzog Rudolf sein Ansinnen ablehnte? Dann blieb ihm nur das Leben als freier Ritter, aber was würde dann aus Aveline? Und aus seinem Kind, das sie bereits deutlich sichtbar unter ihrem Herzen trug? Alles hing nur an einem Wort des Herrschers.

Grübelnd ritt Kuno auf seinem Ross in die Stadt und zur Burg des Herrschers. Im Burghof saßen sie ab, Tjaden brachte die Pferde zum Stall und Ruth ging zur Küche hinüber. Nun galt es. Er nickte Aveline zu, um sich selbst Mut zu machen, und wandte sich zur Treppe des Palas.

Mit Aveline in seinem Gefolge stieg er schweigend diese Treppe zum Saal hinauf, trat zu einem der Höflinge und brachte sein Anliegen vor.

Der Mann verbeugte sich, bat ihn zu warten und ging zu dem Herrscher.

Vom Eingang des großen Raumes beobachtete Kuno jede Regung im Gesicht des Herrschers. Der Herzog winkte ihn zu sich und mit eiligen Schritten lief er zu ihm hinüber.

Vor dem Mann kniend, wartete Kuno auf die Entscheidung.

„Kuno von Bärenberg. Wart ihr nicht Ritter im Orden der Templer?", fragte Rudolf.

„Ja, das stimmt", entgegnete Kuno.

Aus der Stimmlage Rudolfs hörte Kuno schon die Ablehnung seiner Bitte heraus.

Ein angstvoller Gedanke jagte dabei wie ein Blitz durch seinen Kopf: Was wäre, wenn der Herzog ihn an den König von Frankreich ausliefern würde? Hatte Kuno zu viel gewagt, oder die Situation falsch eingeschätzt?

Er war ein Ritter auf der Flucht und der Papst suchte sicher auch nach ihm.

„Ich glaube, ich kann nichts für euch tun!", entgegnete Herzog Rudolf.

„Aber mein Herzog, sucht ihr nicht immer gute Ritter, um die Grenzen zu sichern?", fragte Kuno vorsichtig nach.

Alle Hoffnungen schienen sich gerade zu zerschlagen und nur mit ganz viel Glück würde er nicht in Eisen gelegt und nach Paris zurück verbracht werden.

War ihre Flucht hier zu Ende?

Sicherlich. Auf die eine oder andere Art.

Fand er Freiheit und ein eigenes Lehen, oder wartete Haft im Kerker auf ihn?

Die Momente, die er auf Knien auf dem Boden verbrachte, dehnten sich zu Jahren. Er wagte nicht, seinen Blick zu heben. War das wirklich das letzte Wort.

„Erhebt euch. Euer Vater war immer ein guter Lehnsmann meines Vaters, so wie euer Bruder ein treuer Gefolgsmann von mir ist. Daher will ich euer Leben schonen und euch nicht der Kirche übergeben, doch ein Lehen habe ich im Moment nicht zu vergeben."

„Mein Herzog, ich danke euch dennoch!", sagte Kuno und erhob sich.

Nun überlegte Kuno, wie er es Aveline sagen sollte.

„Wer ist jene Frau, die dort bei der meinen steht?", fragte der Herzog.

Kuno folgte dem Fingerzeig des Herrschers. Neben Aveline stand eine Frau in einem sehr kostbaren Kleid. Sie hatte einen Säugling im Arm und beide Frauen schienen sich angeregt zu unterhalten.

„Das ist meine Frau Aveline!", antwortete Kuno.

Nun erhob sich auch der Herzog und gemeinsam gingen sie zu den beiden Frauen hinüber.

Auf den paar Schritten überlegte Kuno immer noch fieberhaft, wie er wohl Aveline die schreckliche Nachricht überbringen wollte.

Sie waren Heimatlos und obdachlos.

Ihr Leben würde auch weiterhin auf der Straße sein. Ruhelos umherziehend und dort bleibend, wo es ein paar Münzen zu verdienen gab. So, wie sie es schon im Winter in jenem Dorf im Süden gemacht hatten.

Dann standen sie neben den Frauen und er hörte einfach zu, wie sich die Herzogin mit Aveline über Babysachen austauschten. Beide Frauen waren fast gleich alt. Außer den beiden waren nur noch zwei Mägde in dem Raum, sonst nur Männer und es schien der Herzogin ein besonders Vergnügen zu sein, mit einer ihr fast gleichgestellten Frau zu reden.

Das Aveline bis vor ein paar Monaten ebenfalls nur eine Magd gewesen war, das merkte man ihr kaum noch an.

Dann ruhte der Blick der Herzogin auf ihm und dem Herzog.

„Können wir nicht etwas für die beiden tun?", fragte sie.

Der Blick seiner Frau und das goldige Strahlen seines Sohnes schienen nun den Herzog zu bewegen, noch einmal über diese Angelegenheit nachzudenken.

„Ihr wolltet also meine Grenze sichern?", fragte er nach einer Weile und Kuno bestätigte ihm das.

„In der nordöstlichen Ecke meines Landes, dort, wo die Wenden kaum unsere Sprache sprechen, direkt am Fluss Nysa[8], da gibt es ein kleines Stückchen Land. Nur drei Dörfer sind es und ihr müsstest euch dort auch noch ein Haus bauen und eine Burg. Vermögt ihr das? Oder ist euch das zu viel Arbeit?", fragte Herzog Rudolf.

„Es klingt nach einer Heimat für mich, meine Frau und meine Kinder!", entgegnete Kuno entschlossen.

„So will ich euch damit belehnen. Die Urkunde werde ich euch morgen übergeben. Dort sollt ihr meine Grenze sichern. Eure Hand darauf?"

„Ich will euch treu dienen, so wahr mir Gott helfe!", bestätigter Kuno.

„So sei es! Kuno von Bärenberg, nun seid ihr mein Gefolgsmann! Schwört mir die Treue!"

---

[8] Nysa → die heutige Neiße in der sächsischen Lausitz

Kuno kniete sich vor den Herzog, der legte ihm die Hand auf die Schulter und Kuno sagte: „Ich schwöre, euch immer treu zu dienen!"

„Erhebt euch, Ritter Kuno!"

Der Herzog winkte einen seiner Höflinge zu sich und dieser holte einen Beutel Münzen.

„Besorgt euch ein paar gute Männer. Ihr werdet sie dort brauchen!", sagte der Herrscher und drückte ihm den gut gefüllten Lederbeutel in die Hand.

Wenig später standen Kuno und Aveline auf der Treppe hinab zum Hof.

Nun war alles klar, aber ohne seine Frau wäre sein Plan wohl gescheitert. Dankbar nickte er ihr zu.

Es würde nach Osten gehen, zu neuen Landen, seinem neuen Lehen.

52. Kapitel

Ostwärts, bis zum Rande der Welt?

Zwei Tage waren sie nur in Wittenberg geblieben und dabei hätte Aveline doch noch so viel mehr mit Herzogin Jutta reden wollen. Vieles hätte sie noch von der hohen Frau zu lernen gehabt, aber nun saß Aveline erneut auf ihrem Pferd und ritt hinter Kuno her. Vor ihnen ging gerade die Sonne auf und tauchte ihren Weg in eine goldene Farbe.

Nach Kunos Worten würde es nur einen Tag dauern, bis sie in ihrer neuen Heimat ankommen würden. Allerdings gab es dort noch nichts. Zumindest, wenn sie den Worten des Herzogs vertrauen konnte.

Nur Wiese, Feld und einen Fluss, der die Grenze zwischen den christlichen Sachsen und den heidnischen Slawen bildete. Getaufte Wenden auf dieser und ungetaufte auf der anderen Seite. Und abermals würde Aveline eine neue Sprache lernen müssen, um sich mit den Menschen dort verständigen zu können.

Am Tage zuvor hatten sie für Tjaden ein gutes Schwert in Wittenberg gekauft und den Rest der Münzen zu ihrem Schatz dazugetan. Der Beutel an ihrer Seite drückte damit noch schwerer auf ihre Hüfte.

Schon seit Monaten hatte Kuno ihr erzählt, dass er in den Osten gehen wollte, um die Grenze zu den Heiden zu sichern, doch nun, da es endlich so weit war, kamen Aveline doch ein paar Zweifel an dieser Idee.

Sie war eine Frau aus der Stadt und nun würde sie irgendwo auf einer Wiese leben. Zumindest so lange, bis ein Haus gebaut war. Zwar würde es noch eine ganze Weile dauern, bis sie ihr Kind bekommen würde, aber die Aussicht darauf, es in einem Zelt auf einer Grasfläche zu bekommen, die senkte gerade eine unbewusste Furcht in ihren Bauch.

Dieses Grummeln darin intensivierte sich nur noch durch die Erkenntnis, dass es dort vermutlich auch keine Hebamme gab, die ihre Sprache beherrschte. All das verstärkte nur ihre Kümmernisse.

Ruth zog mit ihrem Pferd nach vorn und wenig später trotteten die beiden Stuten, Kopf an Kopf, den Pfad entlang.

„Was bedrückt dich?", fragte Ruth leise, damit Kuno es nicht hören konnte.

Waren ihre Zweifel so offensichtlich, dass die Magd es sogar von hinten aus hatte sehen können?

Aveline verhielt ihre Stute und ließ sich ein kleines Stückchen weiter zurückfallen, um den Abstand zu ihrem Manne noch etwas mehr zu vergrößern.

„Ich sorge mich um die Geburt!", sagte sie fast flüsternd.

Dabei fiel ihr wieder ein, dass Ruth ihre erste Herrin im Kindbett verloren hatte. Und die war damals in einer Burg niedergekommen. Mit Hebammen und Mägden, die alle ihre Sprache sprachen. Eine Niederkunft an sich war schon schwierig und gefährlich, aber eine Entbindung mitten auf einer Viehweide schien Aveline da direkt in den Himmel zu führen. Für Mutter und Kind!

„Es fühlt sich an, als würde ich an das Ende der Welt reisen. Ohne Aussicht aufs Leben!", erklärte Aveline ihre Zweifel.

„Ich kann dich gut verstehen, denn auch ich trage nun ein Kind unter meinem Herzen, aber glaube mir, auch die Bäuerinnen und Mägde in den Dörfern bekommen Kinder. Es ist noch eine Weile hin und du kannst noch ihre Sprache lernen. Habe Mut, alles wird gut!", erklärte die Freundin.

Ruth legte ihre Hand auf Avelines Arm, mit dem sie die Zügel führte. Diese sanfte Berührung beruhigte Avelines Gemüt und sie beschloss, dem Rat der erfahrenen Magd einfach zu folgen. Und vielleicht war es ein gutes Zeichen, dass sie nach Osten ritten. Der Sonne entgegen, die vor ihnen über dem Weg stand.

Schnell schlossen sie wieder zu Kuno auf, der schon einen großen Vorsprung gewonnen hatte.

Was konnte ihr schon geschehen, wenn der geliebte Mann in der Nähe war? Nichts!

Der Pfad führte sie durch kleine Wälder, an Feldern entlang und durch verschlafene Dörfer. Die Saat war im Boden und damit hatten die Bauern eigentlich nur ihr Vieh zu versorgen und darauf zu achten, dass die Vögel die Samenkörner nicht wieder aus dem Boden holten. Der Regen, dem sie eine Weile ausgesetzt gewesen waren, hatte das Gesäte gut begossen und die ersten grünen Spitzen des Getreides waren schon auf den Äckern zu erkennen.

Es war auch schon deutlich wärmer geworden und die Mäntel konnten zusammengerollt hinter den Sätteln liegen. Ein lauer Frühlingswind wehte in der Mähne der Stute und nur zu gern hätte auch Aveline diese Brise durch ihr Haar streichen lassen, aber die Sitten geboten es, dass sie ihre Locken zu verdecken hatte.

Nur Ruth durfte ihre wundervolle lange Mähne zeigen und ein bisschen beneidete Aveline ihre Zoffmagd gerade dafür.

Gegen Mittag, als die Sonne im Süden, am höchsten Punkt ihrer täglichen Bahn stand, machten sie an einem Bach eine Rast. Die Pferde wurden von Tjaden zur Tränke geführt und Aveline setzte sich mit Ruth in den Schatten eines Baumes.

Von Kuno mit Brot, Wurst und Wein versorgt, konnte sie ihren Blick in das Land hinausschweifen lassen. Auch hier waren gerade nur Wiese, Büsche und Bäume zu sehen. Vielleicht war dies schon ein Vorgeschmack auf ihr eigenes Land und so schlimm sah es gar nicht aus.

Das Gras war grün und an den Bäumen hingen hübsche Blätter, die ihnen Schatten spendeten. Es war nicht so staubig, wie in ihrer Siedlung bei Paris. Vielleicht war das Landleben doch besser, als sie bisher immer geglaubt hatte.

Kurze Zeit später ritten sie weiter und nun schob sich die Sonne immer weiter hinter sie. Mit jedem Schritt der Stute wurde ihr gemeinsamer Schatten vor ihnen etwas länger.

Der Weg schlängelte sich scheinbar endlos weiter nach Osten.

Irgendwann stoppte Kuno, wandte sich zu ihr um und rief: „Wir sind da!"

Nun richtete sich Aveline im Sattel auf und ihr Blick wanderte um sie herum. Das war es also! Hier würden ihre Kinder die ersten Schritte machen.

Die beiden Männer saßen ab und suchten nach Feuerholz, während Aveline vom Rücken des Pferdes aus zum nahen Fluss sah.

„Sollten wir nicht im Dorf für diese Nacht bleiben?", fragte sie ihren Mann und zeigte hinter sich, wo sie die Strohdächer gerade noch so erkennen konnte.

Kunos Blick ging zum Himmel hinauf.

„Ich denke mal, dass es heute nicht regnen wird. Wir sollten diese erste Nacht da bleiben, wo wir auch wohnen werden. Und genau an dieser Stelle wird unsere Burg stehen!", sagte er laut.

„Hier? Warum gerade hier?", fragte Aveline und blickte sich erneut um. Hier war doch nichts!

„Der Fluss und der Bach schließen hier eine kleine Halbinsel ein. Gut zu verteidigen. Und die Grenze ist auch hier!", erklärte ihr Kuno.

„Und eine Hütte gibt es hier auch!", sagte Ruth und zeigte zu einer ziemlich windschiefen Kate, die alleine auf dieser kleinen Erhebung stand.

Als sich Aveline langsam vom Pferderücken in das Gras gleiten ließ, erschien eine alte Frau bei ihr und ihr Auftauchen war so überraschend, das Aveline erschrocken aufschrie.

„Kindchen! Keine Angst. Ich bin Matka und wohne hier!", erklärte die weißhaarige Frau. Die Augen der Alten waren gütig und somit fasste Aveline sofort Vertrauen. Und diese Frau würde ihr auch noch die Sprache der Wenden beibringen können.

Am Ende der Welt gab es Hoffnung für Aveline.

53. Kapitel
Ein Platz zum Kämpfen

Dieser Platz war einfach nur perfekt! Im ersten Licht des neuen Tages stand Kuno auf dem Boden des Ortes, den er am Abend zuvor gefunden hatte. Mit fast schlafwandlerischer Sicherheit hatte er das gefunden, was er gesucht hatte.

Warum hatte noch niemand auf dieser Stelle eine Burg gebaut? Die Erhebung war an drei Seiten von dem Fluss und dem Bach umgeben und nur an der offenen vierten Seite musste man sich da einen Verteidigungswall errichten.

Zu den Gewässerseiten war der Abhang so steil, das niemand einfach so hinaufgelangen konnte, obwohl die Höhe nur etwa drei Klafter[9] betrug.

Die Fläche, die in etwa dreihundert Doppelschritte lang und etwas mehr wie hundertfünfzig breit war, war mit Gestrüpp bewachsen. Das meiste davon nicht mal kniehoch. Nur ein paar mannshohe Bäumchen und einige Sträucher standen hier herum. Eigentlich waren nur die Hütte der alten Frau und der Platz drum herum einigermaßen frei vom Bewuchs.

Die erste Aufgabe war es nun, diesen Wildwuchs zu beseitigen, damit die Baufläche frei war.

Mit vier Leuten war das allerdings ziemlich schwierig und daher musste sich Kuno auf den Weg zu dem Dorf machen, das ebenfalls am Fluss und nur etwas mehr wie tausend Doppelschritte entfernt hinter ihm lag.

Er brauchte Knechte und Aveline würde noch ein paar Mägde benötigen.

---

[9] Klafter → ein altes Längenmaß. Ein Klafter entspricht 6 Fuß und damit etwa 180 cm

Mit ein paar Münzen und dem Versprechen auf freie Kost und Unterkunft sollte das kein Problem sein. Zumal ja auch gerade auf den Feldern nicht viel zu tun war und Knechte und Mägde damit sowieso im Moment keine Beschäftigung hatten.

Um Wolfgang zu schonen, nahm sich Kuno Ruths Stute als Reittier und machte sich auf den Weg.

Es dauerte auch nicht lange, bis er die ersten Gebäude erreicht hatte. Es waren fast zwei Dutzend mit Schilf gedeckte Häuser, ein paar Ställe und Scheuen. Sicherlich lebten hier nicht mehr wie zweihundert Menschen.

Konnte er da drei Knechte und genauso viele Mägde finden?

Suchend ritt er durch diese Siedlung und wurde dabei von zahlreichen Kindern angestarrt, aber sämtliche Erwachsenen ignorierten ihn völlig. Er fühle sich so, als sei er unsichtbar. Dabei waren diese Menschen doch durch den Erlass des Kurfürsten seine Untertanen, die Bewohner seines Lehens.

Gab es hier einen Schulzen? Dem konnte er ja das Schriftstück unter die Nase halten.

Am größten Haus der Siedlung hielt er das Pferd an, sprang zu Boden und fragte eine ältere Frau, die ihn dabei ziemlich verwirrt ansah und etwas in ihrer ihm noch fremden Sprache antwortete.

Wollte sie ihn nicht verstehen? Oder konnte sie es nicht? Vor Gericht war das Wendische schon seit über hundert Jahren verboten, doch die Frau stand eben nicht vor Gericht.

Der Schulze musste hingegen seine Sprache sprechen, doch wo fand Kuno den Mann? Das Gebäude vor dem er stand schien zum Schulzenhof zu gehören, da es das größte des Dorfes war. Kein Gemeindevorsteher hätte es geduldet, dass ein anderer Bauer einen größeren Hof hatte.

Kuno betrat die Hütte und sah sich um. Fünf Männer waren im Gespräch, wovon er nun ebenfalls nichts verstand und irgendwie sahen alle durch ihn hindurch.

„Wo ist der Schulze?", fragte er nun schon deutlich genervt. Ein anderer Ritter hätte jetzt vermutlich schon zugeschlagen, oder das Schwert gezogen, doch noch zwang sich Kuno zur Ruhe. Noch immer war es sein Leitspruch, die Unschuldigen zu beschützen. Das hatte er als Tempelritter geschworen und davon wollte er nur im äußersten Notfall abweichen.

Aber auch weiterhin wurde er ignoriert. Offenbar hatte die Zeit, in der dieses Dorf keinen Herrn gehabt hatte, die Sitten etwas verlottern lassen.

Oder konnte etwas blankes Silber die Männer aufmerksamer machen?

Kuno griff in den Beutel, warf eine Mark auf den Tisch und die Wirkung war durchschlagend.

Er hatte die Aufmerksamkeit der Anwesenden und einer davon erklärte, dass er der Schulze war. Damit wurde es nun Zeit, dass Kuno die gesiegelte Schriftrolle hervorholte. Während der Schulze die Mark in seine Tasche schob, entrollte er das Dokument mit dem kurfürstlichen Siegel daran.

Zwar konnte der Schulze nicht lesen, aber das Siegel hinterließ dann doch den gewünschten Eindruck.

„Was kann ich für euch tun?", fragte der grauhaarige Mann.

Kuno entgegnete: „Ich werde zu euer aller Schutz am Fluss eine Burg errichten. Ich brauche vier Knechte und drei Mägde. Könnte ihr mir da helfen?"

„Gewiss!", entgegnete der Schulze und die offen gehaltene Hand war nicht zu übersehen.

Jeder andere Ritter hätte das mit einem Faustschlag quittiert, er lächelte milde und zog eine weitere Mark aus dem Beutel. Er wollte hier nicht kämpfen, denn er brauchte die Leute und das Wohlwollen des Schulzen war auch nicht verkehrt.

„Vier Knechte und drei Mägde?", fragte der Schulze noch einmal, während er die zweite Mark verschwinden ließ.

Wenig später waren die gesuchten Leute auch schon vor der Hütte des Schulzen angetreten. Die Knechte waren kräftig, die Mägde noch ziemlich jung, aber alles sicherlich gute Arbeiter.

Der Dorfschulze sagte etwas in wendisch und die sieben Leute nickten.

„Sie sind gewillt, gegen freie Kost und Unterkunft zu dienen. Und gegen ein paar Münzen als Lohn hätten sie auch nichts einzuwenden!", erklärte der alte Mann.

„Ich werde in ein paar Tagen auch Kühe, Schweine und Hühner brauchen!", sagte Kuno.

Der Schulze verbeugte sie fast unterwürfig. Der schlaue Mann witterte schon gute Geschäfte.

Als Kuno auf sein Pferd aufstieg, machten sich die sieben Menschen schon auf den Weg. Sicherlich hatte schon jeder im Dorf bemerkt, dass sie dort am Fluss ein Lager aufgeschlagen hatten, denn Neuigkeiten verbreiteten sich ja immer ziemlich schnell.

Langsam folgte er der Gruppe und blickte dabei zu dem Fluss hinüber. Die Nysa war ziemlich breit, allerdings waren an einigen Stellen Sandbänke zu erkennen. Das deutete darauf hin, dass der Fluss wohl mitunter ziemlich flach war und eventuell ein Reiter dort übersetzen konnte.

Er würde Auskünfte darüber brauchen, wo sich diese Furten befanden, um sie gegebenenfalls zu überwachen. Aber gegen ein paar Münzen würde der Schulze ihm diese Information sicher gern zukommen lassen.

Gemeinsam erreichten sie den Lagerplatz und Matka begann sofort die Arbeiten einzuteilen. Er hatte nichts sagen müssen.

Offenbar hatte Aveline schon mit der alten Frau gesprochen, denn nun ging alles ziemlich schnell. Es würde sicher ein paar Tage dauern, bis der Platz beräumt war und danach konnten sie beginnen, die Burg zu errichten.

54. Kapitel
Ein Platz zum Leben

Dieser Platz war einfach nur perfekt! Irgendwie musste Gott es gut mit ihnen gemeint haben, denn hier hatte Aveline nun mit Matka jemanden, der ihre Sprache verstand, ihr beibringen konnte, wie man wendisch sprach und nach ihrer Aussage hatte die alte Frau auch schon mehr wie hundert Kindern auf die Welt geholfen.

Offensichtlich war Matka sowohl Kräuterfrau, als auch Hebamme für die Dörfer der Umgebung. Und die windschiefe Hütte würde für die nächsten Tage ihr gemeinsames Haus sein.

Alle würden da allerdings nicht hineinpassen, denn mit den Knechten und Mägden, die Kuno im Dorf organisiert hatte, waren sie hier ein Dutzend Menschen. Das waren zu viele für den begrenzten Platz in Matkas Behausung.

Rund um Aveline wurden Sträucher aus dem Boden gerissen und Bäumchen umgeschlagen. Mit dem Bauch konnte sie sich nicht bücken und somit war ihr die Aufgabe zugefallen, für das Essen zu sorgen.

Das Gesträuch landete unter dem Topf, den sie aus Matkas Hütte nach draußen geholt hatte.

Es würde jene Rübensuppe geben, deren Rezept ihr Ruth im Winter verraten hatte. Über den Topf gebeugt hustete Aveline, denn das nasse Holz der Sträucher qualmte ziemlich stark, aber das hielt die Mücken auf Abstand, die durch das Roden der Freifläche zu abertausenden über sie herfielen.

Für einen Tag mitten im April war es schon ziemlich warm und die Männer arbeiteten im Unterhemd. Waffen und andere Ausrüstung lagen bei Aveline. Die Mägde halfen ihnen vollständig bekleidet, wie es sich für Frauen gehörte. Die schwangere Ruth und die ältere Matka betätigen sich ebenfalls in gebückter Haltung auf dieser langsam größer werdende Freifläche.

250

Die drei Pferde und das Ross waren unweit des Lagerfeuers an einem größeren Bäumchen festgemacht. Weit genug vom Rauch entfernt, der sie scheuen ließ, aber nah genug, dass Aveline ein Auge auf ihre Tiere haben konnte.

Noch hatten die Reitpferde keinen Platz, um darauf zu weiden, doch ab dem nächsten Tage würde ihnen sicherlich genug Raum zur Verfügung stehen.

In der Suppe rührend richtete Aveline ihren Blick nach oben. Die kleinen weißen Wolken am blauen Himmel ließen auf gutes Wetter in den nächsten Tagen hoffen. Das musste zumindest so lange aushalten, bis das erste Dach über ihnen stand, das groß genug für sie alle war.

Mit nassen Sachen würden sie sonst nicht lange hier arbeiten können und mit Grausen dachte Aveline dabei daran zurück, wie sie in Kunos Heimat hineingeritten waren: mit nassen Kleidern auf den Pferden! Das wollte sie so schnell nicht noch einmal erleben müssen.

Die dampfende Suppe zog neuerdings ihre Aufmerksamkeit auf sich. Schnell rührte sie mit dem großen Holzlöffel um. Kräuter und Gewürze hatte Matka in Unmengen in ihrer Kate gehabt. Sogar solche, von denen nicht mal Ruth etwas wusste und die Zoffmagd war mit Kräutern sehr erfahren.

Zumindest roch die Suppe gut, wenn der Qualm des brennenden Gesträuchs mal durch den Wind zur Seite geweht wurde.

Langsam näherte sich der Tag seinem Ende und alle fanden sich am Topf ein.

Aveline teilte Suppe und warme Wurst aus und die zufriedenen Gesichter der Menschen sagten alles darüber aus.

Schweigend und schmatzend saßen wenig später alle um sie herum auf der Wiese und Aveline gab noch Brot dazu aus.

Mit der beginnenden Dämmerung gingen alle zum Baden in den nahen Fluss. Alle, bis auf Aveline, denn als Herrin durfte sie nicht mit den Mägden zusammen ins Wasser steigen. Sie würde sich später auf der anderen Seite im Bach waschen.

An der Kante der Böschung sitzend blickte sie hinab, wie die Männer und Frauen durch das Wasser tobten. Die Männer links und die Frauen rechts. Trotz der schweren Arbeit plantschten die Mägde ausgelassen wie Kinder im flachen Wasser. Zumindest die jungen aus dem Dorf, denn sie waren sicher gerade mal sechzehn Jahre alt geworden.

Matka saß im flachen Wasser am Rande des Flusses und Ruth stieg gerade an der Seite aus dem Gewässer. Unmittelbar neben Ruth ging der Abhang der Böschung in den Anstieg des Weges über, der die Magd wieder zu ihr zurückbringen würde.

Kuno winkte lachend von unten zu ihr herauf. Für den Ritter war es normal, mit seinen Knechten zu baden. Für die Herrin war es verboten. Aveline fand das ein wenig ungerecht, fügte sich aber murrend in ihr Schicksal.

Nach und nach fanden sich alle abermals am Feuer ein.

Nachdem sich nun Aveline, von allen anderen unbeobachtet, auf der anderen Seite gewaschen hatte, saßen sie alle um das Lagerfeuer herum.

Matka hockte neben ihr und begann ihr die ersten Begriffe in wendischer Sprache beizubringen. Die Mägde sangen ein Lied, dessen Text sie aber noch nicht verstehen konnte. Noch einmal würde Aveline eine neue Sprache lernen müssen. Diesmal von Matka.

Ruth hockte auf der anderen Seite der alten Frau und hörte mit zu, denn auch für die Zoffmagd war diese Sprache noch fremd.

Als die ersten Männer zu gähnen begannen, breiteten alle ihre Decken aus und legten sich in die Nähe des Feuers. Es würde zwar sowieso eine warme Nacht werden, wodurch man auch ohne die wärmenden Flammen schlafen konnte, aber das qualmende Feuer hielt die Mücken fern. Dafür musste natürlich einer wach bleiben, der dann immer ein paar der Zweige nachschob. Dafür teilten sich die Frauen ein und die erste würde Aveline sein.

Es dauerte auch gar nicht lange, da schnarchten alle um sie herum. Die schwere Arbeit hatte alle ermattet, nur Aveline war noch nicht müde.

Zu viele Gedanken kreisten jetzt durch ihren Kopf. Und die Geräusche der Nacht ließen sie gelegentlich zusammenzucken. Anscheinend war auch ein Käuzchen in einem Baum in der Nähe, denn der heißere Ruf dieses Nachtvogels schreckte sie bisweilen aus ihren Grübeleien.

In Avelines Heimat galten Käuzchen als Todesboten und Verkünder des Unheils. Jeden Ruf des Kauzes beantwortete sie daher mit einem Vater-Unser, denn man konnte ja nicht vorsichtig genug sein.

Zwischen den Gebeten stellte sie sich den Flecken so vor, wie Kuno ihn ihr beschrieben hatte. Dabei ging ihr Blick auch über die Schläfer am Feuer.

Diese elf Menschen würden diesen Platz mit ihr teilen. Diesen Ort, an dem sie mit ihren Kindern leben würde.

Noch konnte sich Aveline die Häuser nicht wirklich vorstellen, aber vielleicht würden sie so sein, wie die Hütte der Mutter. Steinhäuser konnten sie hier nicht bauen, das hatte ihr Kuno schon erklärt.

Matka erhob sich schnaufend von ihrem Lager, legte ihr die Hand auf die Schulter und schickte sie mit einer Kopfbewegung wortlos auf ihren Schlafplatz neben Kuno.

Aveline nickte ihr dankbar zu.

Die alte Frau warf eine Handvoll Kräuter in die Glut, deren Duft Aveline die Augen schloss, kaum dass sie sich zu ihrem Mann gelegt hatte. Nun träumte sie von dieser Burg aus Holz und Lehm. Und von den Menschen, die diese bewachten und bevölkerten.

55. Kapitel
Die hölzerne Burg

Nur mit diesen vier Männern war das Errichten der Burg unter Kunos Leitung eine fast unlösbare Aufgabe. In den letzten zwei Wochen hatten sie eine Hütte gebaut, Matkas Kate abgerissen und einen langen Zaun rund um das Areal gezogen. Sonst nichts!

Da sie nun zusätzlich zu den Pferden auch Schweine, zwei Kühe und zwei Dutzend Hühner hatten, waren die Frauen und Mägde nicht mehr für die Arbeiten an der Burg frei.

In Ermangelung von großen Steinen hatte Kuno bereits am ersten Tag beschlossen, dass sie den Turm aus Holz errichten wollten und die Häuser nur aus mit Lehm beschmierten Korbgeflecht zu bauen waren.

Bei der ersten Hütte hatten sie das getestet und es hatte ganz gut funktioniert. Zwischen zwei Wänden aus Korbgeflecht hatten sie Erde gestopft, damit es im Winter in der Hütte warm würde. Die Feuerstelle hatten sie mit aus dem Fluss gefischten kleinen Steinen und Lehm aufgebaut.

Und nun würde der Bau des Turmes folgen. Türme aus Stein kannte Kuno und die hatten entweder ein gutes Steinfundament oder standen auf Felsboden, wie der Turm der väterlichen Burg.

Auf dieser Wiese würden sie etwas anderes brauchen, wenn der Turm nicht vom ersten Herbstwindstoß umgeweht werden sollte. Wie verankerte man dieses wichtigste Bauwerk ihrer Burg?

Reiche Ritter holten sich Baumeister, die dann mit ihren Gehilfen die Bauwerke errichteten. Könige und Fürsten hatten genug Mittel und Untergeben, um das zu finanzieren.

Im Beutel an Avelines Hüfte war da nicht ganz so viel Geld enthalten und daher würden sie es selbst machen müssen. Zum Glück hatte Kuno Ahnung in der Holzbearbeitung und auch Tjaden hatte schon mal einen Belagerungsturm gebaut.

Grübelnd ließ Kuno seinen Blick über seine Baustelle schweifen und vor seinen inneren Augen stellte er sich dabei die Konstruktion vor. Was würde als Fundament funktionieren? Sollte er lange Baumstämme in den Boden rammen? Wie sollte das gelingen? Oder sollte er sie der Länge nach eingraben?

Das konnte glücken! Sie würden Gruben ausheben, Querhölzer hineinlegen und an der Ecke jeweils Stämme tief in den Boden rammen! Von einer daneben zu errichtenden Bühne aus!

Zuerst zog er mit den Männern und den Pferden in das Wäldchen. Mittlerweile hatten sie vier Zugtiere, Sägen, Äxte und viele Bäume standen in der unmittelbaren Nähe.

Nachdem sie bis zum Abend acht große und unzählige kleine Baumstämme in ihr Lager gezogen hatten, schlug Kuno ein paar Pfähle in den Boden, um die zukünftigen Umrisse des Turmes zu markieren. Er hatte sich für die Abmessungen von dreißig Schritten im Quadrat entschieden und die Winkel zusammen mit Tjaden und einer Knotenschnur festgelegt.

Tag für Tag wühlten sie nun einen Graben in die Tiefe und bauten gleichzeitig eine tragbare Bühne neben dieser Grube. Kuno hatte sich dazu entschieden, nur zwei Seiten, quer zum Fluss, als Fundament zu nutzen. An den Ecken gruben sie sich noch tiefer in den Boden, bis sie eine Leiter brauchten, um aus ihrer Fundamentgrube wieder herauszukommen.

An beiden Eckpunkten rammten sie schließlich zwei Stämme so weit in den Erdboden, bis von den mehr als fünf Klafter langen Baumstämmen nur ein etwa einen Mann hohes Stück noch aus dem Boden ragte. Diese beiden Eckpfosten verbanden sie tief in der Erde mit Querhölzern und schütteten danach die Grube wieder zu.

Nach einer Woche schwerster Arbeit hatten sie somit die Gründung der ersten Turmflanke fertig und begannen mit der zweiten Seite.

Eine weitere Woche später ragten nur die vier Eckpunkte des Turmes aus dem Boden, doch das tief gegründete Fundament würde gewiss den Turm tragen können.

Da sich der Leib der Stute zu sehr gerundet hatte, beschlossen sie, nur noch mit drei Pferden in den Wald zu ziehen und nur mit drei Knechten.

Tjaden und ein weiterer Knecht blieben in der Burg, um das Holz zu einem Turm zusammenzusetzen. Die schwere Streitaxt des Knappen hieb auch Stämme ausgezeichnet zurecht.

Am Abend des Tages hatten sie dann ein Viereck am Boden liegen, dass innen und außen an den Eckpfeilern befestigt war. In den Zwischenraum würden sie erneut Erde aufschichten, die sie aus einem Graben entnehmen konnten, den sie ja sowieso an der vierten, bisher noch offenen, Seite anlegen wollten.

Langsam und Tag für Tag wuchs nun der Turm in die Höhe. Viel zu langsam nach Kunos Vorstellungen, denn bis zum Herbst sollte die Burg fertig sein. Zwar war es erst Mai, aber bei diesem Tempo war es abzusehen, dass es noch viele Monate dauern würde, bis der Turm die gewünschte Größe erreichen würde.

Ende Mai, nach fast vier Wochen Bauzeit, hatte der Turm die Höhe, die ein davor stehender Mann nicht mehr mit der Hand erreichen konnte. Ein Geviert aus dicken Baumstämmen, gefüllt mit gestampfter Erde lag am Boden verankert mitten in der Burg.

Damit hatten sie jetzt auch einen Platz, an dem sich die Frauen bei einem Angriff zurückziehen konnten. Mit einer Leiter außen und einer innen konnten sie jederzeit darin Schutz finden.

Zugleich befand sich durch den Erdaushub nun ein Graben zwischen Bach und Fluss, der die bisher noch offene Seite der Burg zum Dorf hin schützen würde. In der Mitte war dieser Graben noch nicht durchstoßen, da sie ja immer noch mit Baumstämmen in das Lager mussten. Irgendwann würde es da eine Brücke geben.

Kuno lobte seine Knechte für die gute Arbeit, allerdings waren diese, und Kuno ebenso, mittlerweile am Ende ihrer Kräfte.

Bisher war alles so geschehen, wie es sich Kuno vorgestellt hatte, aber der Baufortschritt hatte auch weiterhin nicht das gewünschte Tempo. Es würde wohl nur schneller gehen, wenn er mehr Männer haben würde, doch sein Vorrat an Münzen war begrenzt.

Er musste sich daher auf die Arme und die Kraft seiner Knechte verlassen. Zum Glück war das Baumaterial nicht sehr weit entfernt. Man musste die Bäume nur aus dem Wald ziehen. Und natürlich vorher fällen.

In der Zeit des Baues hatten die Knechte Vertrauen zu ihm gefasst, denn auch Kuno griff zur Axt und half beim Transport mit.

Durch die gemeinsame Anstrengung wurde aus dem Häufchen Männer eine kleine verschworene Gemeinschaft. Jeder wusste nun, dass er sich auf den anderen verlassen konnte. Das war zur Verteidigung der Burg wichtiger, als alles andere.

Um sich ein wenig zu erholen, setzte Kuno die Arbeiten erst einmal aus und begann den Männern das Bogenschießen beizubringen, denn im Falle eines Angriffes musste jeder zur Waffe greifen können.

Unzählige Pfeile wurden daher am Zaun abgelegt und am Abend des Tages konnten seine Gefährten ein Ziel schon gut treffen.

Jeder Treffer auf den hölzernen Pfahl wurde bejubelt.

Die Burg würde nicht nur aus Holz bestehen, sondern auch aus Menschen. Und die waren bedeutender, als jede Mauer.

Ohne gute Verteidiger war ihr Turm nutzlos.

56. Kapitel
Pflicht oder Freundschaft?

Der heiße Sommer war mit dem Beginn des Junis über das Land gekommen. Zwar war er in ihrer neuen Heimat nicht ganz so drückend, wie er es für Aveline immer in Paris gewesen war, aber die Nähe zu dem Bach und einem kleinen Weiher sorgte in jeder Nacht für Schwärme von blutrünstigen Mücken.

Die Burg bestand nun aus einem großen strohgedeckten Haus und einem Turm, dessen oberes Ende man bequem vom Sattel eines Pferdes aus mit der Hand erreichen konnte. Von den anderen Häusern, dem Stall und den Scheunen gab es nur Pflöcke im Boden, um die eine Schnur gespannt war.

Die Palisade war ein hüfthoher Zaun aus Korbgeflecht, der die Hühner am Verlassen des Bereiches hindern sollte.

Aveline stand an der Tür der Hütte, drückte ihren Rücken durch und sah den Männern nach, die unter Kunos Leitung mit geschulterten Äxten und drei Pferden in den nahen Wald zogen, um von dort weiteres Baumaterial zu holen.

Wolfgang stand am Zaun und blickte in dieselbe Richtung, aber das Ross war immer noch nicht dazu zu bewegen, seinen Kopf durch ein Geschirr zu stecken. Avelines deutlich runde Stute stand bei ihm, denn die Männer schonten das trächtige Tier.

In der Hütte, gegen deren mit Lehm beschmierte Außenwand Aveline sich nun lehnte, schliefen jede Nacht drei Mägde, vier Knechte, Tjaden, Kuno, Matka, Ruth und sie. Also zwölf Personen, wenn man das ständige nach den summenden Mücken schlagen noch schlafen nennen konnte.

Nur direkt am Feuer war es einigermaßen erträglich. Durch das nächtliche Gedränge in der Hütte blieben die körperlichen Zuwendungen von Kuno für sie auf der Strecke.

Manchmal konnte Aveline aus der Ecke, in der Ruth und Tjaden ihr Lager hatten, verdächtige Geräusche hören, die das Sehnen in ihr nur noch größer machten. Aber gegen das helle Feuer würde jeder in der Hütte sehen können, was sie taten.

In den letzten Wochen hatte Aveline bei Matka die Sprache der Mägde gelernt, aber dennoch wollte wohl keine der drei Mädchen sie verstehen.

Die alte Frau war gerade damit beschäftigt, die Hühner zu füttern und neben Aveline traten die beiden jüngsten Mägde aus dem Haus. Tatjuna und Mascha waren gerade erst sechzehn geworden und hatten große Weidenkörbe mit schmutziger Wäsche dabei.

Zwar war es nicht die Aufgabe der Herrin, die beiden Mädchen zum Wäsche waschen zu begleiten, aber hier im Lager nahmen ihr Matka und Ruth jede Arbeit fort, weil sie sich schonen sollte, doch damit war es Aveline im Lager ziemlich langweilig.

„Ich komme mit!", sagte Aveline daher.

Beide Mägde nickten, denn die Wäsche von zwölf Menschen, die zum Teil stark schwitzten, wollte gewaschen werden und zu dritt ging das viel schneller.

Aveline setzte ihre nackten Füße in das Gras und lief neben den beiden Mädchen her. Strümpfe und Unterkleid trugen sie alle drei nicht, denn dafür war es viel zu warm.

Über den kleinen Steg balancierend, der den Bach überspannte, folgten sie anschließend dem Trampelpfad zum Fluss hinüber. Sie gingen extra etwas weiter fort, denn direkt am Bach wären sie sonst sofort von Mückenschwärmen überfallen worden.

Singend liefen die Mädchen leichtfüßig über die Wiese und Aveline versuchte mit ihnen Schritt zu halten. Der dicke Bauch war dabei etwas hinderlich und innerlich schimpfte sie nun, dass sie diesen Einfall gehabt hatte. Aber sie musste wenigstens keinen der Körbe tragen.

Endlich war der Fluss erreicht und wenig später war Aveline neuerdings in die alten Handgriffe eingetaucht. Die Herrin war verschwunden und die Wäschemagd war noch einmal zum Vorschein gekommen. Selbst das lästige Tuch um den Kopf landete im Gras. Das Kleid vorn in den Gürtel geschoben, stand Aveline mit nackten Beinen bis zum Knie im Fluss.

Falls Kuno sie so sah, würde er sicher mit ihr schimpfen, doch der Geliebte war weit entfernt im Wald.

Die Mädchen sangen bei ihrer Arbeit und Aveline versuchte es ebenfalls. Es ging um Blumen, Mädchen und den Jungen, der sie freien würde. Einige Worte fehlten ihr noch und daher summte sie dann diese Stellen.

Mitten in diesem Gesang hörte sie das Schnauben eines Pferdes. Waren die Knechte schon fertig und brachten die Tiere zur Tränke? Dann musste sie schleunigst das Kleid nach unten ziehen, bevor Kuno sie so erblicken würde!

Aveline drehte sich um und erstarrte.

Keine zehn Schritte hinter ihr standen etwa ein Dutzend bärtiger Männer mit seltsamer Tracht und Waffen am Gürtel. Sie hatten die Pferde am Zügel hinter sich.

„Räuber!", stieß Aveline aus und Mascha drehte sich aufschreiend um.

Kurz darauf waren ihre Hände mit Stricken gefesselt und sie wurden zu dritt hinter den Pferden hergezogen.

Rennend und japsend versuchte Aveline auf den Füßen zu bleiben, denn wenn sie stürzen würde, dann konnte ihr Kind, dessen Bewegungen sie nun schon oft in sich spürte, dabei zu Schaden kommen.

Die Räuber zogen sie zu einem lichten Wäldchen und Aveline betete dafür, dass dies das Ziel war, denn weiter würde sie sicher nicht mehr kommen.

Als sie am ersten Baum vorbei waren, stoppten die Reiter ziemlich abrupt, wobei sie fast mit dem Pferd vor ihr zusammengeprallt wäre.

Langsam ging es noch zwanzig Schritte weiter, bis sie alle auf einer kleinen fast kreisrunden Lichtung standen. Völlig außer Atem versuchte Aveline Luft zu bekommen und auch die beiden jungen Mägde schnauften neben ihr.

Vor ihnen saßen die Männer ab, lösten ihnen zuerst die Gürtel und befreiten danach ihre Hände. Nur einen Wimpernschlag später waren alle drei Frauen nackt, denn ein besonders großer Räuber hatte ihnen nacheinander die Kleider einfach so vom Leib gefetzt.

Mascha hatte dabei gekreischt, Tatjuna und Aveline waren zu entsetzt über diese Behandlung gewesen. Ängstlich blickte Aveline zu dem Mann. Was hatte er mit ihnen vor?

Er trat zu ihr und strich ihr über den Bauch.

„Du bald Mama! Geh!", sagte er gebrochen in ihrer Sprache und wies mit der Hand zur Seite.

Sollte sie wirklich gehen? Was würde dann mit den beiden Mägden geschehen? Angst rang in ihr mit Pflichtgefühl.

„Und die beiden?", fragte sie in wendisch und zeigte auf die Mägde.

„Mit denen werde ich meinen Spaß haben! Du kannst gehen!", antwortete der bärtige Räuber und lachte hämisch.

Abermals schrie Mascha erschrocken auf.

Aveline konnte die Angst in den Augen der beiden Mädchen sehen und sie erinnerte sich daran, wie sie einst am Ufer der Seine nur knapp der Schändung entgangen war.

„Nein! Wir werden alle drei gehen! Es sind meine Freundinnen!", entgegnete Aveline und war selbst von ihrem Mut überrascht.

„Geh endlich!", sagte der Mann drohend und erhob seine Hand zum Schlag.

Aveline hob den Kopf, funkelte ihn an und legte ihre Hände schützend vor ihren Bauch. Was mit ihr geschah, das war egal, wenn nur dem Kind nichts passierte!

Eine schmerzhafte Ohrfeige traf ihre Wange, aber sie blieb stehen. Innerlich wütend blickte Aveline den Räuber nur zornig an.

„Jetzt verschwinde endlich!", brüllte der Mann sie an.

„Nein! Wir gehen alle drei!", brüllte sie zurück und wollte nach Maschas Hand greifen, doch die junge Magd bedeckte mit dieser gerade ihre unbekleidete Scham.

Der Räuber sah ziemlich ratlos aus, denn vermutlich hatte ihm noch nie eine Frau die Stirn geboten. Nun funkelte er sie zornig an.

„Du denkst wohl, deine Schwangerschaft schützt dich?", brüllte er sie so laut an, dass Aveline dabei unwillkürlich zusammenzuckte.

Jetzt war vermutlich der letzte Moment, um noch unbeschadet zu verschwinden, doch sie blieb vor ihm stehen.

Die nächste schmerzende Schelle traf ihre Gesic.t, der Mann fetzte ihr den Marienanhänger vom Hals und das Band aus Leder schnitt kurz in ihre Haut.

Aveline spürte, wie ein Tropfen Blut ihren Hals herab lief. Diese Situation hatte sie doch schon einmal erlebt, aber wo war jetzt ihr Ritter im weißen Mantel?

„Knie dich hin!", schrie der Räuber sie wütend an.

„Ich bin Aveline von Bärenberg! Ich werde nicht vor dir knien! Niemals!", brüllte sie in derselben Lautstärke zurück.

Der Mann schnippte mit den Fingern und zwei seiner Leute stürzten auf sie zu. Mit Gewalt drückten die beiden Männer sie trotz ihrer Gegenwehr an den Schultern in die Knie und erneut schrie Mascha dabei entsetzt auf.

Der Räuber vor ihr ließ seine Hose fallen und stieg umständlich aus den Hosenbeinen.

„Du hast es ja nicht anders gewollt!", sagte er zischend und trat hinter sie.

Aveline versuchte zu kämpfen, doch die beiden Räuber hielten nun ihre Arme fest im Klammergriff und drückten sie mit Gewalt an den Schultern nach vorn, bis sie mit dem Gesicht im Gras lag. So hielten die Männer sie einfach fest, während der Anführer der Räuber sich hinter sie kniete, sie an den Hüften packte und unvermittelt sein Gemächt in ihre Scham rammte.

Vor Schmerz wimmerte Aveline und ungeachtet ihres Wehklagens stieß der Mann weiterhin unbarmherzig in sie, bis Aveline vor lauter Qual die Sinne verließen.

Maschas banges Geschrei war das letzte, was sie noch vernahm.

Stöhnend vor Schmerzen erwachte Aveline auf der Seite im Gras liegend. Die beiden Mädchen hockten nackt und weinend vor ihr.

„Ist euch etwas passiert?", fragte Aveline.

„Nein Herrin! Dank euch blieben wir unbeschadet", antwortete Mascha schluchzend.

„Bitte helft mir auf!", ächzte Aveline.

Beide Mädchen griffen ihr unter die Arme und das Kind trat sie in den Bauch. Alles war gut! Oder eben auch nicht!

Schwankend kam Aveline auf die Füße und blickte sich um, doch die Räuber waren zum Glück fort.

Stöhnend und langsam machte sie sich auf den Weg zum Lager. Nackt und gestützt. Jeder Schritt jagte Schmerzen durch ihren Unterleib. Hätte sie gehen sollen, um der Schändung zu entgehen? Nein, denn dadurch war offensichtlich den Mädchen wenigstens nichts geschehen.

Mit zusammengebissenen Zähnen näherte sie sich schleppend und unsicheren Schrittes dem Steg.

57. Kapitel
In Angst gefangen

Wie jeden Tag seit Wochen, den Sonntag mal ausge-klammert, waren sie auch an diesem Samstag in den Wald gezogen. In seinen Gedanken war Kuno schon beim Gottesdienst, dem sie auch am folgenden Tage wieder in der kleinen Kapelle eines der Dörfer beiwohnen würden.

Der Pfarrer hatte das Schriftstück des Kurfürsten kontrolliert und das Ergebnis dieser Kontrolle von der Kanzel aus verkündet, allerdings hatte das nicht für mehr Zusammenarbeit auf der Baustelle gesorgt.

Die Bauern wussten zwar nun, dass er der rechtmäßige Herr dieses Lehens war, aber dies half ihm nicht viel.

In ein paar Tagen würde die Ernte beginnen und dann wäre erst recht keine Hilfe von den Knechten oder Mägden zu erwarten. Noch immer war die Baustelle mehr ein rudimentärer Verteidigungsbau. Und wenn nach der Ernte sein Anteil in der Burg abgeliefert werden würde, dann mussten die Säcke unter freiem Himmel stehen. Oder unter einer Plane liegen. Der Regen des Herbstes konnte dann alles verderben.

Auf seinem Weg am Morgen hatte er die Felder gesehen. Goldgelbe wogende Ähren auf unübersehbar weiten Äckern. Wenn sich da in Bezug auf den Bau der Burg nach der Ernte nichts tat, so würde er doch noch zur Gewalt greifen müssen.

Momentan setzte Kuno noch auf den gesunden Menschenverstand der Bauern, die wohl kaum den Ertrag ihrer Hände Arbeit einfach so verderben lassen würden. Doch nun war es Zeit, aufmerksam zu sein. Zu schnell konnte einem beim Fällen der Bäume etwas passieren.

Schlag für Schlag hieb er mit der Axt in den Stamm. Die lange geübte Arbeit war zwar körperlich schwer, aber sie hielt ihn auch in der Übung.

Zwanzig Schläge, dann fiel der Baum in die gewünschte Richtung. Nun wurden die Äste gekappt und die tüchtigen Knechte leisteten dabei ganze Arbeit.

Mit seinen Männern war er sehr zufrieden und sie offensichtlich auch mit ihm. Von diesem Tage an mussten allerdings aus dem Stamm Balken gehauen werden. Oder gesägt. Bisher hatten sie immer die ganzen Stämme zum Lager geschleppt, aber ab jetzt sollte der Turm mit Balken weitergebaut werden. Aus diesem dicken Stamm konnten vier gute Balken werden.

Während Tjaden den nächsten Baum fällte, machte sich die Säge mit einem singenden Geräusch an ihr Werk. Unfassbar langsam griffen die Zähne des Sägeblattes. Der Stamm lag dabei quer auf zwei anderen.

Mit Wehmut dachte Kuno an die Sägewerke, die er an den reißenden Bergflüssen im Gebirge gesehen hatte. Die Strömung der Nysa war viel zu gering, als dass an seinem Ufer eine Sägemühle einen Sinn ergeben würde.

Dadurch blieb eben nur die Handarbeit der Knechte. Da sie zu viert waren, konnten sie sich gegenseitig abwechseln. Immer zwei arbeiteten und die anderen beiden ruhten sich aus.

Bei einem dieser Wechsel hörte Kuno eine Frau schreien und sah dann eine der Mägde nackt durch den Wald laufen.

Schnell ging er ihr entgegen, denn da musste definitiv etwas geschehen sein. Keiner lief sonst einfach unbekleidet durch die Gegend.

Auch die Knechte folgten ihm. Wenig später stoppte die Magd vor ihm und versuchte zu Atem zu kommen. Dann begann sie stammelnd: „Die Herrin! Es war furchtbar! Ich konnte nichts tun! Bitte helft!"

„Was ist los?", fragte Kuno.

„Die Herrin! Es war furchtbar! Ich konnte nichts tun! Bitte helft!", wiederholte das nackte Mädchen mit Angst im Blick.

„Das sagtest du schon! Was ist geschehen?", fragte Kuno, gleichzeitig besorgt und aufgebracht.

„Wir sind überfallen worden. Es waren Räuber!", entgegnete Tatjuna und rannte weiter.

„Fangt sie ein!", rief Kuno.

Tjaden stellte sich der Magd entgegen, bevor sie zum nahen Dorf laufen konnte.

„Kümmert euch um sie!", sagte Kuno und hastete zur Burg zurück.

Er hatte Angst um seine Frau, wollte sich diese aber vor seinen Männern nicht anmerken lassen.

Aus dem Augenwinkel nahm Kuno wahr, wie sich der Knappe das strampelnde und quiekende Mädchen auf die Schulter warf. Alle Männer rannten nun hinter ihm her.

Was war passiert? Tatjuna hatte etwas von einem Überfall erzählt! Die Sorge um Aveline trieb ihn zu riesigen Schritten. Hatten Räuber die halbfertige Burg heimgesucht? Warum hatten sich die Frauen dann nicht, wie es abgesprochen war, in den Turm gerettet?

Es war zwar nur ein Knecht in der Burg verblieben, aber der hätte doch jeden Angreifer so lange aufhalten müssen, bis die Frauen in Sicherheit waren!

Und was war mit Aveline? Mit ihrem Kind?

Schnaufend lief er durch den lichten Wald und hörte, dass seine Männer ihm dicht auf den Fersen folgten. Tatjuna zeterte und jammerte auf Tjadens Schulter.

Endlich erblickte er das Fundament des Turmes und hetzte darauf zu.

Mascha eilte ihm im Unterkleid entgegen und er stoppte vor ihr.

„Was ist geschehen?", fragte er schnaufend das Mädchen.

Die Magd entgegnete: „Die Herrin hat uns zum Waschen begleitet und dort sind wir von Räubern überfallen worden!"

„Wie geht es Aveline?", fragte er.

„Sie lebt, ist aber verletzt. Sie hat sich für uns geopfert! Der Anführer der Räuber hat ihr Gewalt angetan!", antwortete Mascha und schlug die Lider nieder.

Nun sah Kuno den Knecht an, der im Lager zurückgeblieben war.

„Ich konnte sie nicht am Verlassen der Burg hindern! Ich habe mit Ruth eine Kuh eingefangen und die Herrin ist mir in dieser Zeit einfach entschlüpft. Vergebt mir Herr!", sagte der Mann, deutlich zerknirscht.

Hinter sich hörte er nun einen der Knechte mit den Pferden kommen. Kuno hatte nicht daran gedacht, mit den Tieren zurückzureiten. Alles andere war ausgeblendet gewesen, nur die Sorge um die geliebte Frau hatte ihn umfangen gehabt.

Kuno drehte sich zu Tjaden um, der gerade die nackte Tatjuna auf den Boden ließ.

„Sorge dafür, dass sie sich anzieht!" sagte Kuno zu seinem Freund und lief dann zur Hütte hinüber, in der er Aveline vermutete, weil Mascha bei ihrer Erzählung mit der Hand auf diese gezeigt hatte.

Vor dem Gebäude hielt ihn Matka auf und sagte: „Sie schläft gerade!"

Fast dankbar nickte Kuno und trat leise an die Tür. Im Halbdunkel des Raumes sah er Aveline auf dem Strohsack liegen.

Langsam wich die Angst und machte einem Zorn Platz und einer Wut auf die Männer, die seiner Frau Gewalt angetan hatten.

58. Kapitel
Im Griff der Angst

Schreiend wachte Aveline auf und das Licht, das durch die offene Hüttentür auf ihr Lager fiel, zeigte ihr an, dass es wohl noch früh am Tage war.

Matka saß neben ihr und auch Mascha hockte an ihrem Kopfende.

„Warum Herrin?", fragte das Mädchen.

Aveline setzte sich mühsam auf.

„Das durfte euch nicht geschehen!", sagte sie.

„Aber er wollte euch laufen lassen. Er hatte euch nur der Kleidung beraubt, damit ihr niemanden zur Hilfe holen solltet!", antwortete Mascha.

„Ich konnte doch nicht zulassen, dass euch beiden ein Leid geschieht!", sagte Aveline stöhnend.

„Dafür ist es euch geschehen!", brach es aus Mascha heraus.

Unvermittelt fiel ihr das Mädchen weinend um den Hals. Nur einen Augenblick später riss sich Mascha los und rannte aus der Hütte nach draußen.

Aveline blickte ihr verwirrt nach und Matka reichte ihr einen Becher mit einem Trunk.

„Gegen die Schmerzen!", sagte die alte Frau und strich ihr über das offene Haar.

Aveline war unter der Decke nackt und sie spürte einen Verband an ihrem Unterleib. Vorsichtig legte sie ihre Hand auf den Bauch, die sofort von innen weggetreten wurde.

„Zumindest meinem Kind ist nichts geschehen!", sagte sie und schluckte das widerliche Getränk in einem Zug herunter.

„Wie lange habe ich gelegen? Weiß Kuno schon davon?", fragte sie anschließend.

„Nicht lange und er ist noch im Wald!", antwortete Matka und nahm das leere Gefäß zurück.

„Schlaf!", sagte die alte Frau und drückte sie auf das Lager zurück.

Das Getränk schloss Aveline unverzüglich die Augen und sie versank in einen Traum, aus dem sie abermals schreiend erwachte, als sie das lachende Gesicht des bärtigen Räubers vor sich erblickte.

Erneut fuhr sie von ihrem Lager auf und entdeckte Kuno, der an der Hüttentür stand.

Er trat zu ihr und kniete sich vor sie hin.

Unter Tränen begann Aveline die Geschehnisse des Tages zu schildern. Sie endete mit den Worten: „Ich war so dumm. Ich habe das Leben unseres Kindes aufs Spiel gesetzt! Bitte schelte mich nicht für meine Unvernunft!"

Aveline schlug die Lider nieder und schämte sich für ihr Verhalten.

Kuno umarmte sie und sagte leise: „Du hast nicht unvernünftig gehandelt. Du hast dich schützend vor deine Mägde gestellt. Darum sind wir hier! Wir sollen die Schwachen und Unschuldigen beschützen. Allerdings wäre es meine Aufgabe gewesen, mich diesen Räubern entgegen zu stellen! Kannst du sie mir beschreiben?"

„Der Mann war groß. Sicher mehr als einen Kopf größer, als ich. Bestimmt auch größer als du und er hat so eine seltsame Fellmütze getragen!", erklärte Aveline mit geschlossenen Augen. Sie hatte ihren Peiniger wieder vor sich.

„Das ist Sladko!", ließ sich Matka vom Eingang her vernehmen.

Kuno blickte zu ihr auf und die alte Frau erzählte weiter: „Seit ein paar Jahren überfällt er hier die Gegend und raubt, was er haben will. Allerdings kommt er meist erst im Herbst, nach der Ernte, aus seinem Versteck. Vermutlich hat ihn der Bau dieses Lagers hervorgelockt!"

„Ich werde ihn jagen und nicht eher ruhen, bis ich dir seinen Kopf vor die Füße legen und dir deinen Anhänger zurückgeben kann!", sagte Kuno ernst.

„Aber er hat ein Dutzend Männer!", versuchte sie ihren Gemahl aufzuhalten.

„Ich habe einen Knappen und vier Knechte!", sagte Kuno entschlossen und erhob sich.

„Tjaden! Mein Panzer, mein Schwert, mein Ross!", rief er, beugte sich zu ihr herab, gab ihr einen Kuss und stürmte aus der Hütte.

Es war ihr unmöglich, ihn aufzuhalten! Nun kroch die Angst um den geliebten Mann in ihren Körper und ließ sie trotz der Hitze frösteln. Tränen füllten ihre Augen.

„Ich war so dumm!", schluchzte Aveline.

„Nein! Herrin, das wart ihr nicht. Ihr habt die beiden Mädchen beschützt", sagte Matka.

Aveline nickte und wischte sich die Tränen fort.

Mascha kam in die Hütte gelaufen und hielt ihr eine Schüssel hin.

„Das gibt Kraft! Meine Mutter hat mir die immer gegeben!", sagte das Mädchen und hielt ihr eine dampfende Brühe unter die Nase.

„Mein Löffel?", fragte Aveline und dachte gleichzeitig daran, dass der in der Tasche an ihrem Gürtel gewesen war. Den hatte jetzt sicher Sladko.

Matka ging nach hinten und kam mit einem neuen Löffel nach vorn. Er hatte einen wunderschön geschnitzten Griff und die alte Magd drückte ihn Aveline in die Hand.

„Für mich? Der ist aber schön. Ich danke dir!", sagte Aveline.

Sie begann die Hühnerbrühe zu löffeln und die war wirklich gut. Als die Schüssel leer war, fiel ihr Mascha erneut weinend um den Hals.

„Danke Herrin! Danke! Danke!", sagte das Mädchen.

„Schon gut! Kann ich dann mein Unterkleid zurück haben?", fragte Aveline.

Mascha lief nach hinten und brachte das Kleid, aber Matka wollte zuerst den Verband und die Wunden kontrollieren.

Aveline war es etwas peinlich, so nackt vor dem Mädchen zu sitzen, während Matka den Verband über ihrer Scham erneuerte, aber die junge Magd strahlte sie jetzt einfach nur glücklich an und sie wollte sie deshalb nicht nach draußen schicken.

Von dort waren jetzt die Geräusche von Pferde zu hören. Vermutlich ritten die Männer jetzt los, um die Räuber zu jagen.

„Viel Glück!", sagte Aveline leise.

Fünf Männer gegen eine ganze Räuberbande!

„Sie stehen unter dem Schutz Gottes!", sagte Matka.

Aveline richtete ihren Blick zu dem hölzernen Kreuz, das ihre Flucht begleitet hatte, und das nun an der hintersten Hüttenwand hing. Ein Lichtstrahl wurde draußen irgendwo reflektiert und traf genau dieses Kreuz. Es war sicher ein Zeichen für sie.

„Mutter Maria! Beschütze meinen Mann und alle seine Begleiter! Sorge für eine sichere Rückkehr!", flüsterte Aveline und betete, danach zog sie sich ächzend das Kleid über.

Sollten die Schmerzen nicht weniger werden? Gerade hatte sie das Gefühl, als würden sie sich noch verstärken. Sicherlich war es nun die Angst um Kuno, die jetzt durch ihren geschundenen Leib raste.

Aveline legte sich auf dem Strohsack zurück und Mascha deckte sie vorsichtig zu. Das Mädchen hockte sich neben sie und sang leise ein Lied. Es war ein Schlaflied, aber Aveline wollte nicht schlafen, denn im Traum würde sicherlich erneut dieser grässliche Räuber auf sie warten.

Um nicht einzuschlafen, stimmte sie in das Lied ein.

Matka ging nach draußen und sie beide sangen in der Hütte. Als das Mädchen allerdings zum dritten Mal das Lied anstimmen wollte, unterbrach Aveline sie.

„Und euch beiden ist wirklich nichts geschehen?", fragte sie.

„Nein! Zum Glück nicht. Als er von euch abgelassen hatte, kam er auf mich zu und ich dachte schon, mein letztes Stündlein hätte geschlagen, aber dann muss ihn wohl jemand gestört haben, denn er ist ohne Hose auf sein Pferd gesprungen und alle sind losgeritten", entgegnete das Mädchen.

„So ein elender Feigling! Vergreift sich an wehrlosen Frauen. Ich hoffe, er hat sich beim Reiten ordentlich den Hintern aufgescheuert!", antwortete Aveline und musste an ihren ersten Ritt denken.

Dabei fielen ihr die schmerzstillenden Blätter wieder ein und sie schickte Mascha, um danach zu suchen. Wenn die heilige Jungfrau Maria es gut mit ihr meinte, dann wuchs dieser Strauch auch hier.

Trotzdem blieb die Angst in ihrem Herzen. Was wäre, wenn die Räuber die Abwesenheit der Männer für einen erneuten Überfall ausnutzen würden? Dunkle Angst legte sich um ihr Herz.

59. Kapitel
Verzweifelte Jagd

Mit donnernden Hufen und er in voller Rüstung voran jagten sie über das Feld. Tjaden hatte sein Schwert dabei, die drei anderen Knechte hatten Knüppel und lange Haumesser. Alle waren sie wild entschlossen, diesen ungeheuerlichen Frevel zu sühnen.

Der eine Knecht war im Lager zurückgeblieben und hatte ihm versichert, die Burg und die darin befindlichen Frauen mit seinem Leben zu verteidigen.

Mascha hatte ihm die beiden Orte beschrieben und nun mussten sie dort nach Spuren der Räuberbande suchen.

Kuno würde Aveline rächen und diese Räuber zur Strecke bringen und er würde nicht eher ruhen, bis er Aveline den Kopf des Anführers zu Füßen legen konnte. Sladko war gerade zu seinem persönlichen Feind aufgestiegen! Noch nie hatte Kuno solch eine Wut auf jemanden gehabt, wie er es jetzt gerade in sich gegen diesen Räuber fühlte.

Mit einem Zug am Zaumzeug stoppte er Wolfgang, das Ross ging vorn hoch und Kuno sprang in das Gras am Ufer der Nysa. Tjaden eilte sofort zu ihm.

Zusammen suchten sie nach Spuren, aber es gab nur niedergetretenes Gras und die Wäschekörbe der Frauen an dieser Stelle. Nun folgten sie im Trab der Spur der Pferde, die in der Wiese deutlich zu sehen war.

Schnurgerade führten diese zu dem von Mascha beschriebenen Wäldchen. Die Knechte nahmen die Messer zur Hand und Kuno zog sein Schwert nach vorn, denn es konnte ja sein, dass sich die Räuber noch in der Nähe befanden, obwohl das ziemlich unwahrscheinlich war.

Mit gezogenem Schwert sprang Kuno auf der Lichtung zu Boden. Dort lagen die zerfetzten Kleider der drei Frauen und auch ein paar Stricke. Im Gras war auch Blut zu erkennen, aber noch mehr als das interessierte ihn der Weg, den die Räuber auf ihrer überstürzten Flucht eingeschlagen hatten.

Und auch das hatte ihm Mascha erzählt. Die junge Magd hatte, trotz ihrer Todesangst, sehr viele Einzelheiten behalten und die Abläufe korrekt schildern können, wie Kuno jetzt feststellte.

Vermutlich hatten sich die Ereignisse dieses Tages tief in ihr Gedächtnis eingebrannt. Und sicherlich auch in das von Aveline.

Sein Knappe war neben ihn getreten, während die drei Knechte vom Sattel aus die Umgebung überwachten. Zusammen sammelten sie die Kleidungsreste auf und banden diese auf einem Pferd fest. Danach zeigte Kuno in die Richtung, in die, den Abdrücken der Hufe nach, die Räuber geflohen waren.

Der Vorsprung war noch nicht so groß, als dass sie diese Männer nicht einholen würden.

Wenige Augenblicke später folgten sie im gestreckten Galopp der unübersehbaren Fährte auf dem Waldboden. Die Räuber waren im Gehölz einer Schneise gefolgt, die sie sicher schon oft benutzt hatten. Die Länge der Abrücke der Pferde zeugte davon, dass auch die Männer vor ihnen in derselben aberwitzigen Geschwindigkeit durch den Laubwald galoppiert waren.

In Unkenntnis des Weges hätte da jeder Ast oder Strauch zu einem tödlichen Zusammenprall führen können. Oder zu einem Hinterhalt?

Wollten die Räuber ihre Verfolger genau dazu verleiten?

Aus dem vollen Lauf bremste Kuno sein Ross und auch die Männer hinter ihm stoppten.

Tjaden schloss zu ihm auf und Kunos Augen suchten den Waldpfad ab. Vorsichtig und im Schritt ließ er Wolfgang den Weg weitergehen und wurde schon nach drei Schritten von der Richtigkeit seiner Vorahnung überzeugt.

Die Räuber hatten eine dünne Schnur in Halshöhe über diesen Pfad gezogen.

Es war eine tödliche Falle! Mit einem Hieb seines Schwertes kappte Kuno das Seil und vorsichtiger folgten sie nun weiter der Schneise.

Tjaden war sichtbar blass geworden, denn ohne Kunos Vorahnung wären sie jetzt sicher schon einen Kopf kürzer gewesen.

Und durch die geringere Geschwindigkeit fiel ihnen auch eine verdeckte Grube auf dem Weg auf.

Die Wut in Kuno wurde von der Routine des Kämpfers verdrängt.

Unbändiger Zorn konnte den Tod bringen. Das hatte ihm Ignatius vor vielen Jahren in Tartosa beigebracht. Nur der Ritter, der mit kühlem Kopf kämpfte, der konnte Sieger im Kampf bleiben. Im Nahkampf musste man zwar einfach dorthin schlagen, wohin man traf, aber auf einer Verfolgung musste der Verstand eingeschaltet werden.

Und diese Räuber kannten sich hier offensichtlich bestens aus. Vermutlich hatten sie diese Fallen bereits vor langer Zeit vorbereitet.

Endlich hatten sie den Wald passiert und standen auf einer Wiese. Nun hätten sie wieder die volle Geschwindigkeit aufnehmen können, aber die immer noch deutliche Spur der Räuber zeigte auf den Fluss.

Möglicherweise war da eine Furt, doch beim Überschreiten des Gewässers hätten sie auch die Grenze von Sachsen überschritten und damit die Grenzlinie zu ihren slawischen Nachbarn verletzt.

Das würde einen größeren Konflikt nach sich ziehen!

Die Räuber konnten ungehindert die Nysa passieren. Kuno und seine Knechte aber nicht. Es würde zu einem offenen Kampf führen, den er nicht gewinnen konnte. Und der Kurfürst würde sich hüten, einen Kreuzzug zu beginnen, nur weil Kuno seine Frau rächen und seine Ehre verteidigen wollte.

Im Schritt ritten sie bis zum Ufer und sahen in den Fluss.

Jeder andere hätte ihn überqueren dürfen, er konnte es nicht und er hinderte auch seine Knechte daran, denn nun unterstanden auch diese dem Herzog.

Noch schlimmer war aber, dass die Räuber am anderen Ufer eine andere Furt suchen und nochmals zu dieser Seite zurückkommen konnten. Und zwar ohne das Kuno es bemerken würde.

Damit konnte sich diese Bande um Sladko in der Sicherheit des slawischen Herrschers zurückbewegen, danach einfach aus dem Nichts irgendwo zuschlagen und sich anschließend wieder hinter die Nysa zurückziehen.

Und niemand wusste, wo diese Übergangsstellen der Räuber waren.

Zumal er auch nicht alle mit seinen paar Männern bewachen konnte. Hätte er ein großes Heer, dann vielleicht, aber mit nur vier Knechten?

Vom fertiggestellten Turm aus wären die Räuber wahrscheinlich zu sehen, aber der war momentan noch so kurz, dass man von seinem oberen Rand noch nicht mal das Ufer des Flusses sah. Und der floss ja praktisch am Fuße des Turmes.

Es war eine verzweifelte Situation und die Ernte würde nun nur dazu führen, dass Sladko und seine Männer in ein paar Tagen jede Menge Ziele zum Berauben haben würden.

Missmutig zog Kuno am Zügel seines Rosses. Ihm blieb nichts anderes übrig, als ab dem nächsten Tag umher zu reiten und zu versuchen, die Räuber irgendwo zu stellen.

Schließlich hatte er seiner Frau versprochen, die Bande unschädlich zu machen. Und es war ja auch seine Aufgabe, die Dörfer vor Sladko zu beschützen.

Langsam ritten sie zurück, denn die Räuber würden wohl kaum an diesem Tage zurückkommen.

60. Kapitel
Ein schlauer Plan

Tagelang war Tjaden praktisch nicht mehr aus dem Sattel gekommen. Vom Sonnenaufgang bis in die späten Abendstunden waren sie unterwegs, auf der Jagd nach dieser Bande von Räubern. Die Gruppe um Sladko überfiel nun die Dörfer der Umgebung und jedes Mal war Tjaden gerade mit den Männern in einem anderen Dorf.

Es war das Spiel wie Katze und Maus und mitunter hatten die Räuber nur wenig Vorsprung, aber das hatte bisher jedes Mal völlig ausgereicht, dass sie auf die schützende andere Flussseite gelangen konnten.

In den vergangenen Nächten war Aveline immer schreiend aus ihren Albträumen erwacht und er konnte so rein gar nichts tun, um die kleine Schwester irgendwie aus dieser Furcht zu erlösen.

Und abermals war ein Tag der sinnlosen Jagd vorbei und erneut hockten sie abends am Feuer vor der Hütte, die Aveline nun schon eine Woche nicht mehr verlassen hatte.

Sechs Männer saßen dort und diskutierten ihre Möglichkeiten aus. Aufteilen ging nicht, da ein einzelner zu schwach war, um es mit dem Dutzend Räubern aufzunehmen. Und bei einer gemeinsamen Jagd hatten sie auch weiterhin das Nachsehen.

Es brauchte einen Plan, um die Bande zu stellen.

Ideen flogen hin und her und wurden sofort wieder verworfen. Schließlich fragte einer der Knechte: „Warum können wir nicht, als Bauern verkleidet, über den Fluss gehen und denen dort auflauern?"

„Wojciech würde es nicht dulden!", ließ sich Matka vernehmen, die gerade ächzend aus der Hütte trat, in der sie sich wieder um Aveline gekümmert hatte.

„Wer ist Wojciech?", fragte Tjaden.

„Der Stammesführer der Slawen! Sein Gebiet ist auf der anderen Seite des Flusses!", antwortete die alte Frau.

Natürlich würde der slawische Herrscher sofort den Betrug bemerken. Zumal sie ohne Waffen die Räuber auch nicht bezwingen konnten.

Sie waren wieder am Anfang der Überlegungen.

„Und was ist, wenn wir ihn fragen, ob er uns hilft? Vielleicht räubert Sladko ja auch auf der anderen Seite und bringt sich dann immer bei uns in Sicherheit?", fragte ein anderer der Knechte.

„Ich kann seine Sprache nicht!", gab Kuno zurück.

„Aber Matka kann sie. Oder?", sagte Tjaden und blickte die alte Frau an.

„Ja. Das könnte ich. Und ich kenne Wojciech schon seit seiner Geburt", setzte sie hinzu.

„Würdest du uns dann morgen begleiten? Mich und Tjaden?", bat Kuno und die alte Frau nickte.

Am folgenden Morgen trafen sich Kuno, Matka und er bei dem Gatter der Pferde. Sie alle waren unbewaffnet, denn ihre slawischen Nachbarn würden wohl kaum einem schwer gepanzerten Ritter den Zutritt zu ihrer Siedlung gewähren. Wobei einer alleine auch kaum etwas ausrichten konnte.

Sie trugen ihre besten Kleider und in die Mähnen der Pferde hatte Mascha gerade bunte Schleifen hineingeflochten. Kuno griff nach dem Halfter des Rosses und Matka führte Ruths Stute am Zügel aus dem umzäunten Bereich.

Nun mussten sie auf Matka und ihre Beredsamkeit vertrauen.

Nachdem sie aufgesessen waren, trabten die drei Pferde langsam nebeneinander her. Nach Matkas Beschreibung würden sie nicht lange bis zum Dorf von Wojciech brauchen. Vermutlich hatte auch er sich dazu entschlossen, sein Lager in der Nähe des Flusses aufzuschlagen.

Sie folgten dem Weg zu der Lichtung und von dort ritten sie entlang der Schneise zur Furt. Da sie die Fallen ja nun kannten, konnten sie diese auch umgehen.

Nicht viel später trabten sie durch den Fluss, der an dieser Stelle gerade nur so tief war, dass ihre Schuhe beim Reiten über dem Wasser blieben. Sozusagen trockenen Fußes eilten sie dann auf der anderen Seite die Nysa weiter hinab.

Obwohl Tjaden niemanden sehen konnte, war ihm doch klar, dass ihr Übertritt nicht unbemerkt geblieben war. Sicherlich waren Späher im Unterholz. Er hoffte nur, dass es keine Beobachter der Räuber waren, denn unbewaffnet waren sie eine zu leichte Beute.

Unter Matkas Führung folgten sie nun einem ausgetretenen Pfad, der auch die Radspuren von Fuhrwerken zeigte, bis sie vor sich die strohgedeckten Dächer eines Dorfes erblickten.

Männer, Frauen und Kinder gingen unbekümmert ihren Tätigkeiten nach und nur ein paar Kinder sahen ihnen zu, wie sie das Dorf durchquerten, um danach zu einem befestigten Platz abzubiegen.

Ein paar größere Häuser waren von einer Palisade umgeben. So ähnlich hatte sich auch Tjaden die Burg vorgestellt, die sie gerade bauten. Aber hier gab es keinen Turm. Das Tor stand weit offen und zwei mit Speeren bewaffnete Wachen standen daneben. Ihre runden Schilde zierte ein roter Drachen.

Vor den Posten stoppten sie und Matka fragte etwas, woraufhin die Posten sie passieren ließen.

Auf einem freien von Häusern umsäumten Platz liefen zwei kleine Kinder barfüßig über ihren Weg. Ein kleiner Junge, der sicher erst fünf Jahre alt war, rannte auf Matka zu, die gerade vom Pferd gestiegen war. Die alte Frau wirbelte den jauchzenden Jungen umher und herzte danach das kleine Mädchen, das etwas jünger als der Junge war.

„Das sind die Kinder von Wojciech!", sagte sie, nachdem die beiden Kleinen zur Hütte gelaufen waren.

Nun warteten sie auf den Stammesführer, der wenig später in prächtiger Kleidung aus einer der Hütten auf sie zu trat. Trotz der Hitze des Sommers trug er Pelz am Kragen und an der Mütze. Vermutlich war dies eine Art von Statussymbol.

Zusammen saßen sie anschließend am Feuer.

Kuno und Wojciech redeten, Matka übersetzte.

Ein Plan wurde gerade geboren, denn offenbar war Sladko auch auf dieser Seite verhasst. Es dauerte somit auch nicht lange, bis sich alle einig waren.

Kuno würde die Räuber jagen und Wojciech würde mit seinen Männern den Übertritt der Räuber über den Fluss verhindern.

Mit einem Handschlag verabschiedeten sie sich alle voneinander und somit waren er, Kuno und Matka noch vor dem Abend wieder zurück in ihrem Lager.

Am nächsten Morgen würde die Jagd nun weitergehen und hoffentlich zu einem positiven Ausgang führen.

Am Feuer wurde der Plan noch einmal besprochen, damit jeder seinen Platz kannte. Danach gingen alle zu ihren Strohsäcken, wobei Tjaden noch einmal nach Aveline sah.

Wenn der Plan gelang, so würden sie vielleicht bereits am nächsten Tag die Angst aus ihren Augen nehmen können.

Vorsichtig streichelte er ihre Wange und nickte ihr beruhigend zu.

61. Kapitel
Wem kannst du trauen?

ie ganze Nacht hatte Kuno wach gelegen. Der Besuch bei Wojciech hatte ihn zutiefst aufgewühlt. Der Mann lebte da drüben, auf der anderen Flussseite, genau in der Art, wie er es hier auf dieser ebenfalls wollte. Sie hatten sich zwar nicht mit den Worten verstanden, aber mit den Blicken waren sie sich einig geworden.

Und dabei stand doch eigentlich die Religion zwischen ihnen.

Kuno war ein getaufter Christ und Wojciech eine ungläubiger Heide. Dementsprechend sollte er sich nicht mit ihm auf irgendetwas einlassen, aber er hatte in den Augen des Mannes gesehen, dass er sich auf ihn verlassen konnte.

Aveline lag noch neben ihm auf dem Strohsack, aber an ihren Bewegungen in der Nacht hatte Kuno gespürt, dass auch sie nicht in den Schlaf gekommen war. Vermutlich versuchte sie, die immer noch regelmäßig kommenden Albträume zu vermeiden.

Erneut flogen seine Gedanken auf die andere Seite der Nysa. Dort hatte er auch die beiden Kinder und die Frau von Wojciech gesehen. Der Mann war in etwa im Alter von Tjaden, seine Frau ein paar Jahre älter als Aveline.

Vielleicht lebte er in ein paar Jahren so, wie Wojciech es jetzt schon tat. Mit Frau und Kindern beschützt und behütet durch das feste Haus und eine Palisade aus Holzstämmen davor.

Aber konnte er dem Mann trauen?

Kuno dachte zurück an die Erzählungen von Ignatius. Der Freund hatte ihm oft erzählt, wie er im Heiligen Land gelebt hatte. So oft hatte er gesagt, dass er unter den Heiden mitunter edlere Männer gefunden hatte, als unter den Christen.

Manch einer der Pilger hatte sich überheblich benommen oder für etwas Besseres gehalten. Und mancher Mamelucken hatte das letzte Brot mit Ignatius geteilt. Der Freund hatte häufig mit ihnen Räuberbanden gejagt und bisweilen hatten Mamelucken christliche Pilger beschützt.

Vermutlich machte Kuno jetzt mit Wojciech hier nichts anderes.

Mit dem anderen Stammesführer würde er nun zusammen kämpfen. Da die Slawen keine Pferde hatten, waren ihnen die Räuber bisher immer entschlüpft. Kuno hatte die Pferde, aber nur fünf. Wojciech hatte die Männer und konnte die Übergänge bewachen. Wenn alles so gelingen würde, wie sie es sich am Feuer, mit Matkas Übersetzung, ausgemacht hatten, so würden sie Sladko und die Räuber zwischen sich bringen und dann gemeinsam zuschlagen. Im Kampf brauchte man sich nicht zu verstehen. Da war allen ganz klar, wer der Feind war.

Leise richtete sich Kuno von seinem Lager auf, streifte die Decke vorsichtig von sich, um Aveline nicht zu stören, und kniete sich vor das Kreuz, das schon so lange seinen Weg beschützt hatte. Würden sie auch an diesem Tage den göttlichen Beistand haben? Obgleich sie mit Heiden kooperieren würden?

Ein stummes Gebet flog zum Himmel hinauf und mitten darin legte Aveline ihm die Hand auf die Schulter. Auch sie kniete sich zu ihm und im Schein der Glut konnte er ihre Augen sehen. Angst war darin, aber nicht vor den Räubern, sondern davor, dass er in den Kampf zog.

Fünf Männer gegen ein Dutzend. Wie konnte er Aveline beruhigen? Um die anderen nicht zu wecken, beugte er sich zu ihrem Ohr, zeigte auf das Kreuz und flüsterte: „Ich vertraue auf die Kraft Gottes. Er hat uns bis hierher beschützt und wird das auch weiterhin tun!"

„Und ich glaube an die Stärke der Jungfrau Maria. Sie hat uns beide zusammengeführt und wird uns jetzt hier nicht trennen!", entgegnete Aveline ihm flüsternd.

Kuno nickte ihr zu und küsste sie. Durch die Tür fiel der erste Streifen Sonnenlicht in die Hütte und erinnerte ihn nun daran, dass

282

seine slawischen Verbündeten sich vermutlich gerade jetzt auf den Weg machten, um die Übergangsstellen zu besetzen.

Sladko war sicherlich auf ihrer Seite, denn im Schutze der Dunkelheit überfiel er gern am Morgen die Dörfer. Damit war es nun Zeit.

„Männer! Zu den Waffen!", sagte er laut.

Sofort erhoben sich die Knechte.

Tjaden stand bereits an der Tür der Hütte. Er hatte sich offenbar in der Nacht hinaus geschlichen und schon die Pferde gesattelt. Damit war es nun Zeit, dass der Knappe ihm in die Rüstung half.

Die oft geübten Handgriffe saßen und es dauerte nur wenige Augenblicke, da stand Kuno, mit dem Helm in der Hand, an der Tür, wo er sich von Aveline verabschiedete.

Ab jetzt musste er auf seinen Knappen, sein Ross und sein Schwert vertrauen. Gottes Beistand war ihm hoffentlich auch sicher, denn er handelte ja im Auftrag des Kurfürsten und damit im Sinne des Herrn!

Am Gatter der Pferde, mit dem Blick nach Osten, vollzogen sie alle ein letztes Gebet, bevor sie sich auf die Rücken ihrer Reittiere schwangen. Auch die trächtige Stute musste an diesem Tage wieder einen Reiter tragen, aber sie konnten heute nicht auf das Reittier verzichten.

Tjaden und die Knechte begleiteten ihn, wie all die Tage zuvor, doch diesmal würden sie Hilfe erhalten. Nun galt es nur, die Räuber aufzustöbern und in die gestellte Falle zu treiben.

Wo sollten sie nach den Räubern suchen? Zwar waren die drei Dörfer nicht so weit voneinander entfernt, aber er konnte seine Kräfte auch nicht zersplittern. Gegen zwölf Räuber hatten sie alleine keine Chance.

„Herr! Gib mir ein Zeichen, in welche Richtung ich mich wenden soll!", rief Kuno nach oben und der Helm verstärke das Rufen zu einem Dröhnen.

Wolfgang zuckte unter ihm nach links.

War dies das gewünschte Zeichen? Seinem Ross konnte er trauen und schon zog er den Zügel herum. Dort lag das am weitesten entfernte Dorf.

Im gestreckten Galopp, so schnell, wie es die trächtige Stute nur zuließ, jagten sie ihrem Ziel entgegen. Zumindest wusste Kuno nun, dass, wenn es heute nicht gelang, er sicherlich am nächsten Tage es noch einmal versuchen konnte. Und danach immer wieder, bis die Räuber endlich unschädlich gemacht waren.

Die Wut der ersten Tage war nun einer Zuversicht gewichen. Kaltblütig würde er die Männer töten, wenn sie nur in die Reichweite seines Schwertes kommen würden.

Auch darauf konnte er vertrauen.

Die drei Komponenten eines Ritters waren bei ihm: Wolfgang trug ihn, Tjaden würde seinen Rücken freihalten und das Schwert würde danach blutige Ernte einbringen.

„Mit Gott für Aveline!", sagte er laut und hetzte mit Wolfgang dieser Siedlung entgegen.

62. Kapitel
Die Hilfe eines Freundes

Es war ein Gemetzel gewesen! Tjaden hatte mit den Knechten am Ufer Position bezogen, während Wojciech und dessen Männer auf der anderen Seite der Nysa mit Lanzen gestanden hatten. Mitten im Fluss hatte Kuno die Räuber einen nach dem anderen niedergemacht.

Gegen den gepanzerten Ritter hatten die Räuber nicht den Hauch einer Chance gehabt. Die Hiebe ihrer Schwerter waren an Kunos Kettenhemd, Schild und Helm abgeprallt.

Die Knechte hatten danach nur noch die herrenlosen Pferde einsammeln müssen.

Zum Schluss hatte Kuno Sladko gepackt, ihn an das Ufer gezogen, wo er den Räuber auf die Knie gezwungen hatte, wie dieser es zuvor mit Aveline getan hatte. Mit einem einzigen Hieb des breiten Reiterschwertes hatte Kuno danach dem winselnden Mann den Kopf vom Rumpf getrennt.

Pferde und Waffen der Räuber hatten sie anschließend gerecht untereinander aufgeteilt. Nun hatte Wojciech sechs Pferde und sechs Schwerter bekommen und sie ebenfalls. In der Mitte des Flusses hatte Kuno mit Wojciech diesen Packt mit einem Handschlag besiegelt und obwohl die beiden Anführer sich nicht verstehen konnten, so war doch eine Art von Freundschaft mitten in der Nysa entstanden.

Mit Sladkos Kopf an seinem Sattel und dem Anhänger von Aveline in der Hand war Kuno dann vor ihnen her geritten. Es war eine Art von Triumphzug durch zwei der Dörfer gewesen.

Hatten die Dorfbewohner sie bisher ignoriert, so wurden sie nun frenetisch bejubelt. Die Taten von Sladko und seinen Räubern waren den Menschen hier schon lange ein Dorn im Auge gewesen, aber gegen ihn hatten sie sich nun mal nicht wehren können.

Wie versprochen hatte Kuno Aveline den Kopf des Räubers vor die Füße gelegt und ihr den Anhänger zurückgegeben. Doch die Angst in den Augen der Frau war dadurch nicht kleiner geworden.

Am folgenden Morgen war dann auf ihrer Burgbaustelle ein Wunder geschehen: Hatten sie bisher zu fünft versucht, das Lager zu befestigen, so standen mit einem Male etwa zweihundert Männer vor dem Rohbaus des Turmes.

Von jedem Dorf war eine Abordnung eingetroffen und auch Wojciech war mit einem Teil seiner Männer hier bei ihnen. Jeder wollte nun beim Bau mithelfen.

Tatjuna hatte schon zuvor in den Dörfern herumerzählt, dass sich Aveline für sie geopfert hatte und nun war durch den Tod von Sladko auch der Ritter in der Gunst der Bauern aufgestiegen.

Während Kuno mit Matkas Hilfe die Arbeiten einteilte, befand sich Tjaden nun vor der Hütte, um Aveline zu beschützen. Das Gewimmel der vielen Männer hatte sie eindeutig geängstigt.

In voller Rüstung, die am Tage zuvor noch Kuno getragen hatte, stand Tjaden nun also direkt vor dem einzigen Zugang zur Hütte. Er würde mit dem Schwert jeden zurückdrängen, der sich auch nur diesem Gebäude zu nähern versuchte. Doch die Männer hatten alle schnell etwas zu tun.

Ein Teil von ihnen begann die Hütten, Ställe und Scheunen zu bauen. Der größere Teil der Gruppe fing aber damit an, Balken aus den Stämmen zu sägen. Man konnte zusehen, wie der Turm in die Höhe wuchs.

Die deutlich gerundete Ruth kochte mit den jungen Mägden für zweihundert hungrige Männer Suppe. Matka lief im Lager umher und Kuno beaufsichtigte den Bau des Turmes.

Zwei Wochen später…

Tjaden stand noch immer an seinem Platz, den er vom Beginn der Morgendämmerung bis zum Einbruch des Abends nicht um einen Schritt verließ. Rund um ihn herum war die Burg regelrecht in die Höhe geschossen. Nun war deutlich zu sehen, was ihnen Kuno am Anfang des Baus in den Sand gezeichnet hatte.

Der Rohbau des Turmes war nun fast zehn Klafter hoch. Fünf würden noch folgen, bevor das Dach den Turm nach oben abschließen würde. In der Scheune war schon das erste Korn eingelagert, dass eines der Dörfer als Abgabe entrichtet hatte. Sowie auch als Dank für die Rettung von den Räubern und als Gabe an Aveline.

Mitunter waren Mägde aus den Dörfern gekommen, um Aveline persönlich zu danken, doch er hatte sie jeweils abweisen müssen. Die kleine Schwester, als die er sie immer noch sah, war im Moment noch nicht bereit, ihren Pflichten als Herrin nachzukommen.

Zum Glück hatten die Mägde dafür Verständnis. Mascha sowie Tatjuna kümmerten sich dann immer rührend um die Besucher.

Auf dieser Stelle in der Rüstung in der Sonne zu stehen war für ihn nicht so einfach, aber für Avelines Sicherheit machte er das gern. Obwohl es sicherlich nicht nötig war, denn wer würde schon ein Lager überfallen, in dem gerade zweihundert kräftige Männer mit Äxten und Sägen beschäftigt waren. Jeder Angreifer würde da aus Furcht sofort Reißaus nehmen.

Auch Tiere gab es nun genug und zum Glück hatte Kuno am Anfang das Lager groß genug bemessen. Innerhalb des Zaunes waren nun zehn Pferde, das Ross, mehrere Dutzend Hühner und Gänse, fünf Kühe, zwei Ochsen und zehn Schweine untergebracht.

Immer wieder blickte sich Tjaden um und sah über die Schulter in das Halbdunkel der Hütte. Oft trafen die Augen von Aveline dabei seinen Blick.

Und trotz des toten Räubers war die Furcht immer noch in ihrem Gesicht zu erkennen. Wenn er ihr doch nur helfen konnte, doch an ihrer Ängstlichkeit konnte nur sie selbst etwas ändern.

Einstmals, als Tjaden noch jung gewesen war, hatte Kunos Vater ihm gesagte: „Man muss sich seiner Angst stellen, sonst wird sie übermächtig!" Doch wie konnte er Aveline dabei einen Dienst erweisen? Vielleicht konnte es Ruth? Oder Matka?

Sein erster Kampf fiel ihm erneut ein. Da hatte er versucht, die Ängstlichkeit nicht zu nahe an sich heran zu lassen, aber diese unsichtbare Gefahr war überall gewesen. Und auch Kuno hatte sich der Furcht damals stellen müssen. Vermutlich jeder, der in eine Schlacht zog.

Wer ohne Furchtsamkeit war, der wurde übermütig und verlor sein Leben. Nur die Angst konnte einen davor schützen. Sie war eine wichtige Hilfe, aber man durfte ihr nicht das Schwert in die Hand geben, sonst richtete sie sich gegen einen selbst. Dann wurde man von ihr gelähmt.

Vielleicht wäre es gut, die Angst wie einen alten Freund zu sehen, der einem half, im Felde zu überleben. Sollte er das Aveline raten?

Tjaden kniete sich vor die Schwester, schaute ihr in die Augen und begann von seinem ersten Kampf zu berichten. Er sah ihre fragenden Augen. Vielleicht wusste sie noch nicht, warum er es ihr erzählte, doch mit jedem Wort von ihm verstand es Aveline mehr.

Nachdem er geendet hatte, sagte Aveline: „Ich danke dir mein Freund!" Dann erhob sie sich und machte einen Schritt auf ihn zu, aber sie konnte die Hütte noch nicht verlassen.

Noch nicht. Bald sicherlich.

Und die Ängstlichkeit würde dann auch für sie zu einem Freund werden. Oder zu einer Freundin?

63. Kapitel
Marias Weiher

Unendlich lange hatte Aveline in der Abgeschiedenheit dieser Hütte nun schon zugebracht. Nur wenige Schritte vor ihr wuchs der Turm in die Höhe. Hunderte Männer arbeiteten auf dem Lagerplatz und es sah aus, wie ein Bienenstock oder Ameisenhaufen. Ein von Kuno konstruierter Kran zog Baumstämme hinauf. Vier Männer in einem gigantischen Rad trieben ihn an.

Tjaden stand in voller Rüstung direkt neben der Tür. Das war für den Freund sicherlich eine Tortur in der Hitze des Sommers und dennoch wich er im Tageslicht nicht einen Schritt zur Seite.

Eigentlich war Aveline doch sicher und nachdem Kuno ihr Sladkos abgetrennten Kopf vor die Füße gelegt hatte, konnte ihr von ihm nichts mehr geschehen. Dennoch begann sie zu zittern, wenn sie sich auch nur der Tür näherte.

Die beiden jungen Mägde bedienten sie und lasen ihr jeden Wunsch von den Augen ab.

Hätte sie nicht da draußen die Aufsicht über die Mägde haben müssen? Allerdings konnte sie die Frauen nur über Mascha beaufsichtigen. Von ihrem Lager aus sah Aveline den Pfahl, auf den Kuno Sladkos abgetrennten Kopf gesteckt hatte. Nun war dessen Schädel fort, aber der Räuber war immer noch in ihr. Sie konnte ihn immer noch in ihrem Schoß spüren!

Fast jede Nacht hörte sie ihn lachen und keine davon war seit diesem verdammten Tag ohne Albtraum gewesen.

Abermals schob sich Aveline langsam zur Tür und brach kurz davor in die Knie. Angstschweiß stand ihr auf der Stirn, aber sie konnte nichts dagegen tun. Die körperlichen Schmerzen waren längst verschwunden, die Schmerzen ihrer Seele waren nur zu deutlich.

Die ganze Zeit ihrer Flucht war sie furchtlos gewesen und nun? Jetzt fesselte ein toter Mann sie an diesen Platz!

Und der Bauch wuchs weiter. Keinen Monat würde es mehr bis zur Geburt ihres Kindes dauern. Sollte sie bis an ihr Lebensende hier in diesem Raum hausen? Von hier aus ihrem Kind beim Spielen zusehen? Nein! Das durfte nicht sein! Und dennoch gelang es ihr nicht, die schützende Hütte zu verlassen.

Langsam neigte sich auch dieser Tag seinem Ende zu. Die Mägde und Knechte wuschen sich und das Abendmahl wurde am Feuer eingenommen.

Aveline hockte zehn Schritte von den anderen entfernt, einsam mit ihrer Schüssel auf dem Strohsack. Sie war wütend, denn es durfte doch nicht sein, dass dieser tote Räuber ihr Leben bestimmte!

Jedoch schaffte es Aveline nicht, ihm die Stirn zu bieten. Dem lebenden Räuber gegenüber hatte sie es vermocht und litt grausam deswegen. Ihre Tränen tropften in den Napf.

Mit der Dämmerung trat Matka vor der Hüttentür.

„Heute ist Vollmond! Maria möchte den Schmerz von dir nehmen!", sagte die alte Frau.

Aveline drehte sich zum Kreuz um, fiel auf die Knie und wollte mit dem Gebet beginnen, als Matka sagte: „Komm!"

„Ich kann nicht!", entgegnete Aveline.

„Doch! Du stehst unter Marias Schutz!", sagte die Alte sanft und es war ein göttlicher Lockruf.

Avelines Finger tasteten sich zu dem Anhänger mit dem Bild der Maria und sie vernahm in sich den Ruf: „Komm zu mir!"

Mühsam kam Aveline auf die Füße und machte einen Schritt. Dann noch einen. Am Türrahmen blieb sie stehen. Zitternd blickte sie Matka an, die ihr nun von draußen die Hand reichte und sie mit der anderen zu sich winkte.

Nur ein einziger Schritt trennte Aveline von der Freiheit.

„Maria hilf mir!", flüsterte Aveline.

Eine Kraft durchflutete sie, die sich wie ein warmer Umhang um sie legte und wie von selbst schob sich ihr Fuß in das Gras.

Aveline hatte ein Bein in der Hütte und eines davor. Sie stand auf der Schwelle zwischen Sicherheit und Freiheit!

Kuno erhob sich und trat zu ihr.

„Du schaffst es!", sagte er.

Erneut hatte der Schmerz sie gepackt. Dann war es ihr, als ob jemand sie unsichtbar von hinten an den Schultern packte und nach draußen schob. Mit einem Aufschrei stand sie mit beiden Beinen im Gras.

Die Mägde umringten und beglückwünschten sie, aber so wirklich wohl war Aveline dabei nicht.

Matka sagte nun: „Wir müssen gehen!"

„Wohin?"

„Zum Weiher der Maria!", entgegnete die alte Frau, nahm sich eine Fackel und entzündete diese am Feuer.

„Ist das weit?", wollte Aveline wissen.

Die weißhaarige Frau wiegte den Kopf.

„Ich komme mit!", sagte Kuno.

„Ja! Du musst sogar, aber das Schwert lass hier!", erklärte Matka, als Kuno sich den Schwertgurt umlegen wollte.

Zu dritt verließen sie das Lager, obwohl Aveline kurz zuvor noch nicht mal die schützende Hütte verlassen wollte. Der Mut der Maria hatte sie eingehüllt.

Matka hatte Aveline an der Hand gegriffen und leuchtete ihr den Weg.

Kuno schloss sich ihnen mit einer Fackel an und sie verließen die Burg.

Barfuß lief Aveline über eine Wiese und bemerkte nach einer Weile, dass sie auf einen fast kreisrunden Teich zuhielten.

An seinem Ufer war eine seltsame Stille.

Am Bach hinter ihnen quakten die Frösche, doch hier schien es keine zu geben und Aveline fand das seltsam.

„Warte hier!", sagte Matka zu Kuno.

Danach ging die alte Frau mit Aveline weiter um den Weiher herum. Auf der anderen Seite befand sich ein hölzerner Steg, der direkt auf die große Silberscheibe des Mondes zuzuführen schien, die sich in dem Wasser spiegelte.

„Dies ist seit hunderten von Jahren ein Platz für die Mutter Gottes!", erklärte die alte Frau und zeigte mit der Fackel auf zwei hölzerne Figuren, die links und rechts neben dem Beginn des Steges im Gras standen.

Auf der einen Seite war eine schwangere Frau abgebildet, auf der anderen eine Mutter mit ihrem Kind im Arm. Die Figuren standen sicher schon ewig hier, denn das Holz war verwittert und die Gesichter kaum noch zu erkennen.

„Maria war schwanger und sie war eine Jungfrau. Du wirst durch dieses Ritual zu einem Ebenbild von Maria! Rein und unschuldig, wie sie", erklärte Matka.

„Aber ich bin keine Jungfrau mehr! Und rein? Sladko hat mich doch geschändet!", versuchte Aveline der alten Frau zu erläutern.

„Vertraue auf die Kraft der Mutter Gottes!"

„Ja! Das werde ich tun!", entgegnete Aveline nun entschlossen. Der Anhänger um ihren Hals gab ihr nun Kraft. War Maria nicht die ganze Zeit schon ihre Schutzherrin? Ihr konnte Aveline vertrauen!

„Lege dein Kleid ab!", forderte die alte Frau sie auf.

Aveline streifte sich unverzüglich das Gewand über den Kopf und drückte Matka den Stoff in die Hand.

„Du wirst erwartet!", sagte die Alte und wies mit der brennenden Fackel auf den Steg hinaus.

Langsam setzte Aveline ihren Fuß auf das erste Brett. Es knarrte und gab unter ihr etwas nach. Wie lange lag diese verwitterte Bohle schon hier? Würde der Steg ihr Gewicht tragen können?

Vorsichtig ging Aveline Schritt für Schritt weiter. Der Holzweg führte sie bis zur Mitte des Teiches. Vor sich sah sie die Fackel von Kuno, der am anderen Weiherufer auf sie wartete und hinter ihr leuchtete Matka.

Was machte sie hier? Sollte sie nicht Angst haben? Ein Zweifel erfasste sie, doch eine unsichtbare Kraft zog sie weiter.

Nackt, mit nur dem Anhänger der Maria um den Hals schob sie sich vorwärts. Zwanzig Schritte hinter ihr stand die alte Frau, etwas weiter vor ihr wartete der Geliebte. Dort wollte sie hin!

Einen Schritt vor dem Ende des Steges blieb sie stehen und sah auf das Spiegelbild des Mondes hinab. Unbewegt lag es im Wasser zu ihren Füßen.

Mit einem Mal kam ein Wind auf und kräuselte die Teichoberfläche. Die Silberscheibe zerbrach in tausende Wellensterne.

Aveline schloss die Augen und hob ihren Kopf zum Mond am Himmel. Nun hörte sie eine liebliche Stimme in ihrem Kopf, die sagte: „Ich werde dich heilen! Dein Schmerz wird vergehen!"

Mit geschlossenen Augen sah sich Aveline selbst aus dem Gewässer steigen. Unschuldig und mit flachem Bauch, wie sie gewesen war, bevor sie Kuno getroffen hatte.

Ohne ihr Zutun machte sie einen weiteren Schritt und fiel in den Teich. Das Wasser war eiskalt! Sollte das nach den heißen Tagen nicht wärmer sein?

Es nahm ihr den Atem und alles zog sich in ihr zusammen. Im Wasser verschmolz sie mit sich selbst. Die geschändete schwangere Frau und die unschuldige Jungfrau wurden eins!

Die Furcht in ihr wich einem unglaublichen Glücksgefühl.

Das Wasser schlug über ihr zusammen und Aveline sank auf den Grund des Gewässers hinab.

64. Kapitel
Beim Leben eines Kindes

Voller Ungeduld wartete Kuno ein paar Schritte vom Ufer des Teiches entfernt im Gras stehend darauf, was nun geschehen würde. Der Weiher maß sicher nur etwa vierzig Schritte im Durchmesser und war mehr ein kleiner Tümpel.

An einer Seite wuchs dichtes Schilfgras und auf der gegenüberliegenden Seite sah er die Fackel der alten Frau. Gespannt blickte er hinüber. Was machten die beiden da drüben? Würden sie zusammen den Teich umrunden, um hier wieder zu ihm zurückzukommen?

Schließlich bemerkte er, das Aveline den Steg betrat. Die geliebte Frau war nackt im Mondlicht. Was hatte Matka mit ihr vor? Diese ganze Zeremonie war schon seltsam, aber wenn sie Aveline half, dann musste es wohl so sein.

Zu Matka hatte seine Frau ja vollstes Vertrauen, sonst hätte sie weder die schützende Hütte verlassen, noch wäre sie hierher mitgekommen.

Und auch er musste auf Matkas Fähigkeiten hoffen. Gleichzeitig musste er ihr schon jetzt dafür dankbar sein, dass Aveline das Haus nach mehr wie drei Wochen endlich wieder verlassen hatte.

Seine Augen fixierten den wunderschönen gerundeten Leib seiner Frau, die direkt vor ihm mit ausgebreiteten Armen im Mondschein stand.

Auf einmal sprang Aveline in den Teich und versank sofort darin!

Kuno wollte zu ihr laufen, um sie zu retten, doch etwas stoppte ihn. Er war ein starker Mann und konnte dennoch keinen einzigen Schritt näher an den Weiher kommen.

„Komm schon! Bitte! Aveline, tauche wieder auf!", bettelte er um das Leben von Frau und Kind.

Die Zeit verging so unglaublich langsam und nur die glatte Oberfläche des Gewässers war vor ihm zu sehen. Wo blieb sie? Vor Angst hielt er die Luft an.

Endlich tauchte Aveline direkt vor ihm aus den Fluten auf!

Für einen Moment stand sie im Weiher, das Wasser reichte ihr bis zu den Knien und sie breitete die Arme zur Seite aus. Mit dem Blick zum Mond verharrte sie, bevor sie zu ihm sah.

Langsam kam sie auf ihn zu und das Wasser des Teiches perlte von ihrem Leib ab. Der Mond spiegelte sich in den Tropfen auf ihren Locken und auf den Haaren ihrer Scham. Es sah aus, als trüge Aveline glitzernde Edelsteine auf ihrem Körper.

Ohne einen Laut stieg sie aus dem Teich und blieb zwei Schritte vor ihm stehen.

„Maria hat mir den Schmerz genommen! Nun bin ich wieder frei und ein Ebenbild von ihr!", sagte Aveline leise.

Einen weiteren Schritt trat sie auf ihn zu und erklärte dann: „Sie hat mir offenbart, dass unser Sohn leben wird, wenn dein Samen vor Sonnenaufgang in meinen Leib gelangt, anderenfalls werden er und ich sterben!"

„Aber wie soll das gehen?", fragte Kuno und blickte auf den beträchtlichen Bauch herunter, der schon eine ganze Weile ihr zärtliches Beisammensein verhinderte.

„Erinnerst du dich an jene Nacht im Stall? An jenem Tag, an dem unsere Flucht begann?", fragte Aveline.

„Wie könnte ich diesen Morgen vergessen!", entgegnete Kuno und die Bilder davon waren sofort erneut in seinem Kopf.

„An jenem Morgen habe ich unser Kind empfangen! Genauso wie damals werde ich nun deinen Samen empfangen! So will es Maria!", sagte Aveline mit fester Stimme.

Kuno nickte und zog sich das Wams aus.

Zusammen gingen sie ein paar Schritte auf die Wiese, wobei sich Kuno schon das Unterhemd über den Kopf streifte. Schnell hatte er sich dann auch seiner Hose entledigt und das Bild dieser wunderschönen Frau im Mondlicht sorgte dann auch ganz schnell dafür, dass seine Lanze auf dieses Liebesspiel vorbereitet war.

Kuno nahm ihr Gesicht in beide Hände und ihre Lippen fanden sich. Sich küssend standen sie voreinander auf der Grasfläche und die Fackel, die er ein paar Schritte entfernt in die Erde gesteckt hatte, beleuchtete den Platz zusätzlich zum Mond.

Aveline löste sich aus dem Kuss und drückte sanft gegen seine Schultern.

Wie damals legte er sich flach auf den Rücken und Aveline hockte sich über seine Leibesmitte. In Anbetracht ihres Bauches konnte sie sich allerdings nicht auf seine Brust aufstützen, sondern stützte ihre Hände in die seinen. Die Finger ineinander verschränkt sah er zu ihr hinauf.

Aveline senkte ihren Unterkörper herab, aber so sehr sie auch drückte oder schob, es konnte ihr nicht gelingen, sein steil aufgerichtetes Glied in ihrem Schoß zu platzieren.

Keuchend und stöhnend versuchte sie es immer wieder, wobei ihre Beine vor Anstrengung zitterten.

„Es geht nicht!", klagte sie und setzte hinzu: „Die Mutter Maria hat mich zu ihrem Ebenbild gemacht! Schwanger als Jungfrau!"

Den Tränen nah kniete sie sich verzweifelt über ihn hin.

„Ich will nicht, dass mein Kind sterben muss!", jammerte sie weiter.

Das wollte auch er nicht, aber die Zeit verging. Die Sonne würde früh aufgehen und am Himmel waren schon die ersten hellen Schimmer des neuen Tages zu sehen.

Bisher war Kuno untätig gewesen, um seine Gemahlin nicht zu verletzen, doch nun musste es sein! Das Kind durfte nicht sterben! Und Aveline ebenfalls nicht!

„Warte!", sagte Kuno entschlossen.

Er packte sie bei den Hüften, bugsierte ihren Schoß über der richtigen Stelle, teilte mit der Spitze seines Gliedes ihre Scham und riss Aveline danach mit aller Kraft nach unten.

Der Schrei ihres Schmerzes war sicher noch im Lager zu hören gewesen, doch der Widerstand ihrer jungfräulichen Scham war überwunden.

Abermals griffen ihre Hände ineinander und nun bewegte sie schnell ihren Unterleib auf und ab. Damit trieb sie ihn an.

Das Bild dieser schönen Frau über ihn, die glücklich schnaufte, und die lange gelebte Enthaltsamkeit sorgten dafür, dass er in dem Moment seinen Samen in ihren Leib spritzte, als die ersten Sonnenstrahlen ihren Körper berührten.

In goldenes Licht getaucht nahm Aveline mit geschlossenen Augen stöhnend seine Morgengabe entgegen.

Glücklich rutschte Aveline anschließend zur Seite, legte sich in das Gras und hauchte: „Ich danke dir! Ich liebe dich!"

Nur einen Augenblick später schlief sie entspannt neben ihm ein.

Matka erschien mit der Fackel, legte Avelines Kleid neben ihm ab, nickte ihm zu und ging davon.

Jetzt waren sie alleine am Ufer dieses kleinen Teiches. Glücklich streichelte er den Bauch seiner Frau. Er würde einen Sohn haben und wenn Avelines Annahme stimmte, dann fehlten nur noch ein paar Tage bis zur Geburt, denn schließlich war der Beginn ihrer Flucht fast genau neun Monate her.

Vorsichtig strich er ihr eine Haarsträhne aus dem Gesicht. Er liebte diese Frau mit jeder Faser seines Herzens. Allerdings konnte er sich nicht vorstellen, dass die heilige Maria ihr Kind getötet hätte, wenn er nur einen Augenblick länger gezögert hätte.

Aveline musste da sicher etwas falsch verstanden haben, aber dennoch war es schön gewesen, ihr wieder so nahe zu sein. Und als Krönung dieses Morgens trat ihm der ungeborene Sohn in die Seite.

Entspannt legte er seinen Arm schützend um Aveline und blickte in den Himmel.

„Lieber Gott! Ich danke dir, dass du mir meine Gemahlin zurückgegeben hast! Lasse Schmerz und Angst für immer von ihr fern sein!", sagte er leise nach oben.

Es dauerte eine ganze Weile, in der er keinen Blick von ihrem Gesicht nahm, bis Aveline mit einem Seufzer erwachte und diese wunderschönen grünen Augen aufschlug.

Er küsste Aveline und streichelte zärtlich ihre Wange.

„Wir werden unseren Sohn Beowulf nennen! So stark wie jener legendäre Recke soll auch er werden!", sagte Kuno.

Aveline nickte, strahlte ihn an und küsste ihn.

„Wir sollten jetzt zurück zu den anderen gehen!", sagte sie und setzte sich auf.

Kuno zog ihr Kleid zu sich und übergab es ihr, dann erhob er sich ebenfalls und suchte seine Sachen zusammen.

Wenig später gingen sie Hand in Hand zur Baustelle des Turmes hinüber, die man selbst aus dieser Entfernung gut sehen konnte.

Aveline war völlig entspannt und nichts erinnerte mehr an die Frau, die fast einen Monat lang die Hütte aus Furcht nicht verlassen konnte.

Schon aus einiger Entfernung waren die Hammerschläge und Axthiebe zu hören. Ihre gemeinsame Burg, das Zuhause für ihren Sohn, nahm Gestalt an.

65. Kapitel
Die Pflichten einer Herrin

Barfuß schlenderte Aveline an Kunos Hand durch den jungen Tag. Die Sonne war noch nicht sehr weit auf ihrem Weg über den Himmel. Der Morgentau im Gras benetzte ihre Zehen und dennoch war schon der Lärm der Arbeiten zu hören.

Entspannt und glücklich war sie jetzt und der Schmerz lag weit hinter ihr. Er war im Teich geblieben.

Wie eine Art von neuer Taufe war es gewesen. Oder eine zweite Geburt, denn nackt, rein und unschuldig war sie aus den Tiefen des Gewässers aufgestiegen.

Unberührt und dennoch schwanger.

Mit jedem Schritt, mit dem sie sich dem Lagerplatz näherte, sah Aveline immer deutlicher, was sich in diesen paar Wochen geändert hatte. Die Häuser, Ställe und Scheunen waren fertig und wurden gerade mit Schilf gedeckt. Der Turm war nun nicht mehr zu übersehen, obwohl er noch nicht vollendet war.

Kuno führte sie über den Bach und fragte: „Hast du Maria wirklich richtig verstanden? Hätte sie wahrhaftig unser Kind und dich getötet, wenn wir nicht…" Dabei zeigte er mit dem Daumen über seine Schulter nach hinten.

„Ich glaube, dass ich Beowulf nicht hätte zur Welt bringen können! So eng wie mein Schoß vorhin noch war hätte es nicht gelingen können! Ich danke dir!", antwortete sie.

Am Ende des Steges stieg sie in das Gras, stellte sich auf die Zehenspitzen, umfasste den Hals ihres Gemahls und gab ihm einen Kuss.

Es waren nur noch ein paar Schritte, dann stand sie vor dem Turm. Der Zaun um ihre Burg bestand immer noch aus Korbgeflecht, doch durch Bach, Fluss und die Erhebung, auf der die Bauwerke standen, würde die Burg auch mit diesem Zaun leicht zu verteidigen sein. Die schlammigen Ufer der Gewässer auf beiden Seiten verhinderten sicherlich erfolgreich jeden Angriff.

Rund um sie herum waren mehr als hundert Männer beschäftigt und nur ein paar Frauen befanden sich dazwischen. Sechs mit ihr und die sollte sie eigentlich anleiten, aber jede der Frauen wusste gerade, was sie zu machen hatte. Jede, bis auf sie!

Aveline wusste, dass sie ihre Pflichten als Herrin übernehmen musste, die sie schon viel zu lange vernachlässigt hatte, doch wie verloren stand sie in dem Menschengewimmel.

Suchend sah sie sich um. Was blieb für sie zu tun? Die jungen Mägde räumten Stroh in einen der Ställe, Matka molk gerade eine Kuh und Ruth kochte Suppe in einem riesigen Kessel auf dem offenen Feuer.

Welche Tätigkeit war übrig? Ein gackern lenkte ihre Aufmerksamkeit nach links. Die Hühner! Die konnte sie füttern!

Aveline bückte sich nach dem Futterkorb, als ihr Bauch von einer schmerzhaften Welle durchzuckt wurde, die ihr für einen Augenblick den Atem nahm.

Vorsichtig schob sie sich zu den Hühnern, streute Korn und redete dabei mit dem Federvieh. Auch ein paar Gänse waren mittlerweile dazugekommen, aber die versorgten sich auf einer umzäunten Wiese selbst.

Gedankenverloren ließ sie ihren Blick über den Zaun in das Land hinaus schweifen. Mit der Sonne hinter ihr konnte sie weit über die Wiesen am Fluss entlang schauen. Ein paar zottelige Kühe standen dort und wurden von einem Jungen beaufsichtigt.

Alles war so friedlich hier. Warum war sie all die Tage nicht nach draußen gegangen? Wegen der Angst? Die war nun weit fort.

Langsam drückte sie ihren Rücken durch, denn die Last ihres Bauches zerrte an ihr.

Kuno trat an sie heran und sah besorgt aus.

„Alles gut. Ich habe mich nur unglücklich bewegt!", sagte sie und rieb sich den schmerzenden Bauch mit der Hand.

„Warum sollte mein Samen eigentlich bis zum Sonnenaufgang in deinen Schoß gelangen? Das würde doch nur einen Sinn ergeben…", begann Kuno.

Aveline beendete seinen Satz: „…wenn heute der Tag der Geburt für unseren Sohn ist!"

Etwas lief in diesem Moment feucht an ihrem Bein herab und bildete eine Lache im Sand unter ihr.

„Matka! Ruth!", rief Kuno nach den beiden erfahrensten Mägden, die wenig später bei Aveline eintrafen und sie unter den Armen packten.

„Nein! Alles gut! Es ist nichts!", versuchte Aveline die beiden Frauen abzuwehren, als die nächste schmerzhafte Welle ihren Körper zusammenpresste.

„Dein Sohn will da raus!", sagte Matka und zog Aveline trotz heftiger Gegenwehr zur Hütte.

In dieser saß Aveline wenig später auf einem Hocker und sah fast amüsiert zu, wie fünf Frauen um sie herumwirbelten. Die gelegentlichen Schmerzen vergingen immer schnell wieder. Die Mägde mussten sich irren und das Kind würde bestimmt noch Zeit brauchen.

„Habt ihr nicht alle eure Pflichten?", fragte Aveline die aufgescheuchte Meute.

Besonders die drei jungen Mädchen, die aufgeregt umherschnatterten, gingen ihr gerade auf die Nerven.

„Unsere Aufgabe ist es, unserer Herrin bei ihrer wichtigsten Pflicht zu helfen. Unser Herr wird heute einen Sohn bekommen und wir unterstützen euch!", sagte Mascha.

„Ja! Aber doch nicht alle! Matka bleibt bei mir, ihr anderen geht an eure Arbeiten. Das wird sicher noch eine ganze Weile dauern!", erklärte Aveline und verscheuchte das Gesinde.

Nur langsam und scheinbar widerwillig verließen die Mädchen die Behausung. Ruth musste sie regelrecht ins Freie drängen.

Als die letzte endlich draußen war, atmete Aveline hörbar auf und strich sich über den Bauch.

„Waren wir deshalb in der letzten Nacht am Weiher?", fragte Aveline die alte Frau.

„Nicht nur deshalb! Es war auch ein wirklich schöner Vollmond!", gab Matka schmunzelnd zurück.

„Ich habe noch gar nichts gegessen und nun habe ich die anderen fortgeschickt!", stöhnte Aveline, als ihr Bauch sie laut anknurrte.

Matka nickte ihr zu und ging nach draußen. Wenig später brachte sie eine Schüssel Suppe und ein Stück Brot zu Aveline.

Während Aveline sich stärkte, betastete Matka Avelines Bauch und den Schoß und sie sah, wie die erfahrene Hebamme die Stirn in Falten zog. Nach ihrer Erzählung hatte Matka schon einigen hundert Kindern auf die Welt geholfen und da war diese Geste seltsam.

„Was ist?", fragte Aveline daher zwischen zwei Bissen Brot.

„Ich war schon bei einigen Geburten dabei, aber du bist die erste Gebärende, die bei den Wehen an das Essen denken muss!", antwortete Matka sichtlich verwundert.

„Ich hatte Hunger!", sagte Aveline und leckte den Löffel ab.

„Ach Kindchen!", sagte Matka und schüttelte lächelnd den Kopf.

„Kann ich irgendwas machen? Ich habe schon viel zu lange nutzlos in dieser Hütte gesessen!", sagte Aveline und gab die leere Schüssel zurück.

„Im Moment noch nicht! Habe Geduld!", sagte die Alte und ging.

Einen Augenblick später kam Matka mit einem kleinen Krug von draußen zurück.

„Milch?", fragte Aveline, als sie in das Gefäß sah.

„Ja! Trink!", forderte Matka sie auf.

Bisher hatte sie noch nicht so oft Milch getrunken. Im Hause der Mutter in Paris hatten sie keine Kuh gehabt. Nur bei den Mönchen in der Kommende hatte sie schon mal einen Becher erhalten, allerdings hatte das anders geschmeckt, als diese hier, die sich Aveline nun munden ließ.

Die Milch war warm und sie trank bis zum letzten Tropfen alles aus.

„Und nun?", fragte Aveline, während sie Matka das leere Tongefäß zurückgab.

„Nun ziehst du das Kleid aus und legst dich auf den Strohsack!", wies Matka sie an.

Als Aveline sich erhob, sauste solch eine starke Wehe durch ihren Leib, das sie laut aufschreien musste.

66. Kapitel
Schreie im Wind

Der Schrei von Aveline hatte das ganze Lager in Aufruhr versetzt und nun stand Kuno mit ausgebreiteten Armen vor der Hüttentür und versuchte zweihundert Menschen davon abzuhalten, dieses Gebäude zu stürmen. Platz war darin gerade mal für zwölf!

Mägde, Knechte und Arbeiter versuchten nun zu sehen, was da gerade passierte, doch das war ja wohl offensichtlich: Sein Sohn wollte auf die Welt kommen!

Nur unter Beihilfe von Tjaden und Ruth bekam er die Situation wieder unter Kontrolle. Während die schwangere Ruth die jungen Mägde zur Seite nahm, kümmerte sich Tjaden um die Arbeiter.

Kuno blieb an der Tür stehen. Einerseits, um seine Frau vor zu aufdringlichen Helfern zu schützen und andererseits, um zu sehen, wann sein Sohn nun endlich geboren war.

In scheinbar immer kürzer werdenden Abständen hörte er Avelines Schreie und konnte doch so rein gar nichts für sie tun. Nur Matka konnte ihr im Moment helfen.

Unfassbar lang dehnte sich für ihn die Zeit und er dachte an den Morgen zurück. Da hatte Aveline ebenfalls geschrien, doch ohne diesen Schrei im Morgengrauen hätte sein Kind nicht auf die Welt kommen können und nun musste er auf die Jungfrau Maria vertrauen.

Sein Blick ging zu dem Weiher, der von seiner Position aus nur zu erahnen war.

„Wenn das alles gut geht, so baue ich dir eine Kapelle an diesen Teich und stifte dir mein Kreuz! Bitte hilf ihr!", flüsterte Kuno und bekreuzigte sich.

Alles lag nun in der Hand Gottes und er musste Vertrauen zu ihm haben.

Wie konnte er sich ablenken? Sollte er einfach irgendwie mitarbeiten? Würden die Männer erneut zur Hütte laufen, wenn er seinen Platz nun verlassen würde? Vielleicht?

Oder die Mägde? Die ganz sicher, denn die Mädchen waren viel zu neugierig! Konnte Ruth die drei jungen Frauen unter ihrer Aufsicht halten? Möglicherweise, aber in der Hütte war ja auch noch Matka und zu zweit sollte es den beiden älteren Frauen wohl gelingen, die Neugier der jüngeren Mägde im Zaum zu halten.

Schließlich machte sich Kuno an die Arbeit, aber er blieb in der Nähe der Hütte.

Am großen Haus, das einmal sein und Avelines Wohnhaus werden würde, war noch der Rest vom Dach zu decken. Das war keine so schwere und gefährliche Arbeit und er musste sich da nicht darauf konzentrieren.

Das Stroh hinaufreichen konnte er auch so. Anders wäre es gewesen, die Balken mit dem Beil in Form zu schlagen, wie es Tjaden nur zwanzig Schritte von ihm entfernt gerade tat.

Zügig ging die Arbeit voran und eventuell würden sie in der Behausung schon am Abend einziehen können. Dann würde er mit Frau und Kind zum ersten Mal in ihrem eigenen Herrenhaus schlafen können.

Mascha, die leichteste der Mägde, stand oben auf den Dachsparren und nahm ihm das gebündelte Stroh ab. Mittlerweile war die Magd recht geschickt und bei dieser Arbeit hatte er damit auch eine der Mägde im Blick.

Bei jedem Schrei von Aveline zuckte Mascha über ihm zusammen und es war sicher nur eine Frage der Zeit, dass er sie unten auffangen musste, daher behielt er sie immer fest im Auge.

Wie lange konnte diese Niederkunft nur dauern?

Noch ein Bündel Stroh reichte er hinauf. Offenbar das letzte, denn er fand keines mehr in seiner Nähe. Als er es an Mascha übergab, hörte er hinter sich das Schreien eines Kindes und im selben Moment verlor die Magd oben den Halt.

Schreiend fiel Mascha in seine Arme und ohne sie abzusetzen eilte er zur Hütte hinüber, wo Matka ihn mit den Worten: „Dein Sohn!", erwartete und ihm das blutige Kind in die Hand drückte, nachdem er Mascha dann doch zu Boden gelassen hatte.

„Mein Sohn!", schrie Kuno und hielt das Kind in die Höhe.

Ein allgemeiner Jubelschrei hallte über die Baustelle und jeder lief nun erneut zu ihm herüber. Den nackten, schreienden Säugling hochhaltend stand Kuno schon wenig später in einer Traube von Menschen.

Erneut brauchte er Ruth, Tjaden und Matka, damit er die Situation abermals in den Griff bekam, denn mit dem hochgehaltenen Kind hatte er keine Hand frei.

Immer weiter drückte ihn die Menge zurück, bis er einen Brüller loslassen musste, dass alle verstummten. Selbst der Säugling schwieg.

Hinter ihm tauchte Aveline in der Hüttentür auf und nun bestürmten die Menschen seine Frau mit den Glückwünschen, wodurch er Platz bekam und zur Seite treten konnte.

Schnell übernahm Ruth das Kind, lief zur Seite um es zu waschen und Kuno blickte ihr nach.

Nun hatte die Burg, die sie gerade errichteten, einen Erben!

Es dauerte eine Weile, bis sich die Arbeiter neuerdings an den Bau machten und Kuno für den Abend eine große Feier ansagen konnte. Diese Ankündigung ging in allgemeinen Jubel über, denn Bier und Schweinebraten war ja nicht zu verachten.

Nun musste er mit Tjaden zwei der Schweine schlachten, die wenig später über dem Feuer gebraten wurden.

Als Kuno wieder zur Hütte ging, saß Aveline neben der Tür und hatte das Kind in ihrem Arm. Erleichtert lächelte sie und er musste ihr einen Kuss geben.

Die Männer stimmten ein Lied an, von dem ihm Aveline erzählte, dass es ein alter Gesang des Ruhmes war, den die wendischen Männer zu Ehren des neuen Stammhalters sangen.

Aveline war bei ihren Worten zu Tränen gerührt und ihm ging es ähnlich. Nur mit Mühe konnte er die Tränen zurückhalten, doch als Ritter und Herr über Leben und Tod seiner Untertanen war es wohl nicht sehr klug, solche Rührung vor ihnen zu zeigen.

Mascha trat zu ihnen und sagte: „Das Dach ist nun vollendet!"

Offenbar hatte sie das letzte Bündel alleine befestigt und da das Haus damit fertig war, wollte er jetzt auch Aveline die Behausung zeigen, in der sie dann ab dem Abend nach der Feier schlafen würden.

Aveline war noch etwas wackelig auf den Beinen, was nach den Anstrengungen der Geburt wohl auch normal war.

Mascha fasste sie einfach unter und so gingen sie die paar Schritte bis zur Tür des Hauses.

Aveline hatte das Innere noch nicht gesehen, da sie bis zum Abend zuvor die andere Hütte nicht verlassen hatte. Nun wurde es Zeit, dass er ihr das zeigte, was er in den letzten Tagen für sie vorbereitet hatte.

Er war auf ihre Reaktion gespannt und freute sich insgeheim darauf, was die geliebte Frau beim Anblick des Wohnraumes für Augen machen würde.

Ein bewundernder Schrei erklang von ihr, als er die Tür öffnete.

Schmunzelnd betrat er hinter ihr das Haus.

67. Kapitel
Blumen, die ewig blühen

as Innere des Gebäudes verschlug Aveline die Sprache. Mit offenem Mund stand sie in der Tür und sah in den Raum. Dieser war etwa zwanzig Schritte lang und mehr als sieben breit! Von außen hatte das gar nicht so riesig gewirkt!

Durch drei große Fenster auf jeder Längsseite wurde der gewaltige Innenraum von Sonnenlicht geflutet, dass von den gelben Wänden reflektiert wurde. Aber das Beste daran war, dass diese Wände mit wunderschönen Blumen, mit Ranken und Sträuchern bemalt waren.

Über jedem Fenster befand sich das Abbild eines Vogels. Raben und Adler saßen dort abwechselnd mit gespreizten Schwingen, als wollten sie jeden Moment durch das geöffnete Fenster darunter nach draußen fliegen. Mitten im Raum stand ein großer Tisch mit Bänken drum herum. Die gegenüberliegende Wand hatte an der linken Seite einen aus Flusssteinen gemauerten Kamin mit einem Schornstein und rechts eine verschlossene Tür.

„Hier drin werden wir unsere Gäste empfangen"; erklärte Kuno und trat an den großen Tisch.

Daran würden ohne Probleme zwanzig Menschen Platz haben! In der Mitte der anderen Wand, ihr praktisch gegenüber, war das Bild eines großen Löwen zu sehen, der mit erhobener Pranke den Gast begrüßte.

„Den kenne ich doch!", sagte Aveline und zeigte darauf.

Dabei musste sie an die Raubkatze denken, die sie vor fast einem Jahr auf Kunos Tuch gestickt hatte. Damals war das Raubtier nicht viel größer als ihre Hand gewesen, doch dieses Bild hier war riesig! Das Abbild des Tieres war fast so groß wie Kuno.

„Wer hat das denn so schön gemalt?", fragte Aveline und trat an eine der Wände heran.

„Ich", ließ sich Mascha fast schüchtern vernehmen.

„Alles?", fragte Aveline und wandte sich zu der Magd zurück.

„Ja! Bei dem Löwen musste ich etwas improvisieren. Euer Tuch hat mir geholfen und Tjaden hat mir auch noch Modell gestanden. Gefällt es euch?"

„Es ist wirklich wunderschön. Wo hast du gelernt, so zu malen?", sagte Aveline und trat zu der Raubkatze.

„Ich habe mir die Vögel, Blumen und Bäume angesehen. Mein ganzes Leben lang schon. Sie sind so schön!", antwortete Mascha.

„Ja! Das sind sie wirklich! Und deine Bilder ebenfalls!", entgegnete Aveline und strich dem Mädchen über die Wange.

„Und was ist hinter dieser Tür?", wollte Aveline nun wissen.

„Da befindet sich unser Schlafgemach!", sagte Kuno und ging ihr voraus.

Der Raum hinter dem Durchgang war nur in etwa halb so groß, wie der davor, aber auch dieser war bunt bemalt und hatte an jeder Seite ein Fenster. Der Kamin war mit seiner Steinseite in den Raum hineingebaut und würde sicher im Winter wohlige Wärme spenden. Aber das schönste war das große Bett, das direkt vor Aveline stand.

Es war an eine Wand angebaut und ragte in den Raum.

„Das ist ja ein Bett, wie es die Kurfürstin hat!", sagte Aveline begeistert und trat an das Holzgestell heran.

„Ich hatte dir doch so eines versprochen, als wir in Wittenberg waren. Erinnerst du dich?", erklärte Kuno.

„Ja! Danke dir!"

Das Bett ruhte auf einem hohen Holzsockel und hatte rings herum Vorhänge aus dickem Wollstoff, die man schließen konnte. Auch obendrauf war Wolle, damit man von unten aus das Strohdach nicht sehen musste.

Aveline bestieg den Sockel und setzte sich auf das Bettgestell. Nun begann ihr Sohn zu quengeln und sie musste seinen Hunger stillen. Schnell legte sie sich das Kind an die Brust und sah sich weiter um, während Beowulf ausgiebig trank.

„Das habe ich schon mal gesehen!", sagte sie und zeigte auf die Fenster.

„Ja. Das sind Butzenscheiben. Du hast sie bestimmt in der Kommende in Paris erblickt!", sagte Kuno und trat an eines davon.

Er schob den Riegel nach oben, zog den Fensterflügel auf und ein verführerischer Bratenduft wehte von draußen herein.

„Ich habe die Scheiben von einem Händler erhalten", sagte Kuno nicht ohne Stolz.

Aveline nickte und blickte sich weiter um. Zwei offene Truhen standen an einer Wand und würden die Kleidung aufnehmen. Ein zweites Bettgestell stand an der hinteren Wand.

„Wer soll denn dort schlafen?", fragte Aveline.

„Die Amme mit unseren Kindern!", erklärte Kuno und schloss das Fenster wieder.

„Eine Amme? Das könnte ja nur Ruth sein, wenn sie ihr Kind geboren hat!", sagte Aveline.

„Wenn Ruth meine Amme wird, so brauche ich eine neue Zoffmagd! Mascha! Möchtest du meine Zoffmagd werden?", fragte sie weiter.

„Gern Herrin, wenn ich es vermag."

„Lass dir einfach alles vor Ruth zeigen!", sagte Kuno.

„Wir werden mal einen starken Sohn haben. Beowulf trinkt mir die ganze Brust leer!", sagte Aveline, hob das Kind hoch, das gerade mit einem lauten Rülpser die Mahlzeit beendete.

Kuno trat an das Bett, während sich Aveline mit einer Hand das Kleid oben schloss. „Ich hätte gern mit dir das Bett heute Nacht ausprobiert!", sagte der Mann und strich dem Sohn über den Kopf.

„Schlafen werden wir darin sicher gut, aber für das andere gib mir mal noch ein paar Tage. Heute früh war meine Scheide zu eng für dein Schwert. Jetzt wird sie wohl etwas zu weit sein, um dir darin Halt zu geben!", entgegnete Aveline schmunzelnd.

Maschas Antlitz bekam einen Anflug von roter Farbe, die dem blassen Mädchen allerdings ganz gut zu Gesicht stand.

„Aber wenn Ruth jetzt zur Amme wird und Mascha zur Zoffmagd, dann brauchen wir noch Mägde, denn diese Burg muss doch bewirtschaftet werden!", begann Aveline und dachte nach.

„Mindestens zehn Mägde brauchen wir!", sagte sie nach kurzem Überlegen.

„Ich werde sehen, was ich für meine Herrin tun kann!", sagte Kuno und verbeugte sich mit einem schelmischen Lächeln.

„Hat meine Herrin sonst noch einen Wunsch?", setzte er kurz darauf hinzu.

„Wenn du mich so fragst! An dem Fenster da drüben hätte ich gern eine Bank, damit ich dort abends meine Handarbeiten machen kann", entgegnete sie und Kuno küsste sie.

„Wenn wir schon nicht das Bett testen können, so lass uns doch wenigstens die Geburt unseres Sohnes feiern! Unsere Gäste warten bereits draußen!", sagte Kuno und half ihr auf.

Vor dem Haus war schon ein Stimmengewirr zu hören.

„Ein Schwein wird da wohl nicht reichen!", sagte Aveline und sah über die große Menge an Menschen, die sich zur Feier versammelt hatten.

„Deswegen hat Tjaden auch noch ein zweites über dem Feuer!", sagte Kuno und zeigte mit dem Daumen hinter sich.

Neben dem Haus, praktisch direkt vor dem Fenster, drehte der Knappe den Spieß über einem weiteren Feuer. Daher war also der leckere Bratenduft gekommen, der Aveline in ihrem Schlafgemach solch einen Appetit gemacht hatte.

„Lasst uns feiern!", rief Kuno und wurde dafür bejubelt.

68. Kapitel
Alles geht seinen Weg

Tjaden blickte zu Aveline hinüber, die sich gerade auf die Bank vor dem Haus gesetzt hatte. Sie war nun ganz die Herrin, die sie nicht besser sein konnte. Es war wohl eine göttliche Fügung gewesen, dass er sie einst, in der ersten Nacht ihrer Flucht, nicht getötet hatte. Damals hatte er es nicht verstanden, was Kuno an ihr gesehen hatte, nun wusste er es.

Aveline war die perfekte Frau für den Freund. Und eine Art von kleiner Schwester für Tjaden. Immer noch. Er würde jederzeit sein Leben für sie geben, falls das notwendig sein würde.

Mit dem Säugling auf dem Schoß beaufsichtigte sie die Mägde. Es war verblüffend, wie sie das meisterte, denn sie sah auch, dass Tatjuna gerade trödelte. Und die junge Magd befand sich hinter Aveline!

Mit einem Fingerschnippen trieb die Herrin die Magd zur Eile an und Tatjuna rannte los. Nicht mal zu ihr umgedreht hatte sich Aveline dabei.

Seit fast einem Monat war sie nun schon Mutter und bei Ruth würde es in ein paar Tagen auch so weit sein.

Schon beinahe eine Woche lang konnte seine Gefährtin keinen Gürtel mehr um den Bauch legen. Gerade trat Ruth mit Mascha aus der Hütte. In den letzten vier Wochen hatte sie der jungen Magd all das beigebracht, was eine zünftige Zoffmagd so wissen musste.

In wenigen Tagen würde Ruth das Amt der Amme übernehmen, genau an jenem Tag, an dem sie ihr Kind gebären würde. Dass es ein Sohn war, der dann Beowulfs Knappe würde, das war zumindest für ihn sicher. Und die runde Stute im Gehege würde danach sicherlich ein Ross zur Welt bringen.

Damit hätte Beowulf dann alles, was ein Ritter brauchte: einen Knappen und ein Ross!

Vor ein paar Tagen hatte Kuno mit den Knechten begonnen, aus den Resten des Baumaterials am Weiher eine kleine Kapelle zu errichten. Die Hammerschläge des Baus waren bis zu ihm zu hören.

Erneut kamen ein paar Frauen aus einem Dorf in das Lager. Täglich holten sie bei Matka Kräuter, Tinkturen und Ratschläge ab, aber sie brachten dabei auch immer ein paar kleine Geschenke für Aveline mit.

Tatjuna hatte in allen Dörfern der Umgebung herumerzählt, wie sich Aveline für sie und Mascha geopfert hatte und dies, im Zusammenhang mit der Tötung von Sladko, hatte den Ausschlag dafür gegeben, dass es nun diese Burg hier gab.

Mit einer Kopfbewegung überblickte er den Bereich. Es gab nun das große Haupthaus, drei Häuser für das Gesinde, zwei Scheunen, vier Ställe und natürlich nicht zu vergessen auch den Turm, der weit über die Landschaft aufragte.

Ohne Aveline hätte es das alles sicher nicht gegeben. Nur durch ihren Einsatz hatten sie die wendische Bevölkerung für sich gewinnen können.

Wenn in ein paar Tagen die Kapelle fertig war, dann würden sie dort auch die Taufe von Beowulf vornehmen und auch die seines Sohnes würde dort stattfinden.

Die Besatzung ihrer Burg war nun ebenfalls gewachsen. Nach der Ernte hatte Kuno kein Problem gehabt, genug Knechte und Mägde anzuwerben, die nun den Winter über in ihrem Lager versorgt werden würden.

Nun waren sie zehn Knechte und zehn Mägde. Dazu der Ritter, Aveline, er und Matka, die eigentlich über allen stand und vermutlich ganz glücklich damit war, in der kalten Jahreszeit beschützt und versorgt zu sein.

Eingebettet zwischen Bach und Fluss waren sie hier sicher und die Heerscharen von Mücken, die sie am Anfang noch jede Nacht überfallen hatten, die waren verschwunden, nachdem sie das Schilf aus dem Bach geholt, getrocknet und danach auf die Dächer gelegt hatten.

Hier war ein Platz entstanden, auf dem man gut leben konnte. Sicherlich war es schon immer seine Bestimmung gewesen, hier mit Kuno zu wohnen und all das verdankte er zu einem nicht geringen Teil auch Aveline.

Und selbst für sein Kind, das in Ruth heranwuchs, schuldete er der kleinen Schwester seinen Dank.

69. Kapitel
Liebe oder niedere Minne?

Bereits seit einer Woche hatte sein Freund Tjaden nun ebenfalls einen Sohn und damit war dessen Gefährtin Ruth zur Amme geworden, die nun auch seinen Sohn mitbetreute. Und damit hatte Aveline zum ersten Mal auch wieder Zeit für ihn.

Weil die Kapelle nun auch fertiggestellt war, hatte Kuno damit eigentlich nicht mehr viel zu tun und so kam es, dass er den warmen Tag dafür nutzen wollte, wieder etwas näher bei Aveline zu sein.

Nach der Einteilung der Restarbeiten nahm er seine Gemahlin daher beim Arm und führte sie zum Tor hinaus, danach liefen sie ein Stück am Fluss entlang, bis er, seiner Meinung nach, weit genug von der Burg entfernt war.

Und schon wenig später lagen ihre Kleider im Gras und sie badeten nackt zusammen im Fluss. Das Wasser war einfach herrlich. Nicht zu warm und nicht zu kalt. Auch die Strömung war nicht so stark, wodurch sie nicht allzu viel Kraft brauchten, um zu schwimmen.

In einer kleinen Ausbuchtung der Nysa tollten sie wie die Kinder im hüfttiefen Fluss umher.

Schließlich hob er Aveline auf seine Arme und trug sie auf die Wiese hinaus. Unter einen Baum gebettet konnte er es nun nicht mehr erwarten. Sein Verlangen trieb ihn in ihren Körper, aber die Zeit des Verzichts war wohl zu lange gewesen, denn schon nach zwei Stößen schoss er seinen Samen in ihren Leib, sehr zu Avelines Unwillen, die gern noch mehr von ihm gehabt hätte.

Stöhnend und schnaufend fiel er neben sie in das hohe Gras und begann sie zu streicheln, um nochmals zu Kräften zu kommen.

Seine Fingerspitzen zogen die Rundung ihrer vom Stillen prallen Brust nach und die seinen Berührungen folgende Gänsehaut war nicht der Kühle geschuldet, sondern Avelines Verlangen.

Deutlich konnte Kuno in ihren Augen die noch immer nicht befriedigte Lust erkennen. Während er sie weiter streichelte, suchte Kuno in seiner Erinnerung nach den Worten des Liedes, dass Ignatius ihm einst in Paris vorgesungen hatte.

Als diese ihm neuerdings einfielen, begann er zu singen: „Unter der Linde an der Heide, da unsere zweier Betten waren, da möget ihr finden, schön anzusehen, gebrochen Blumen in dem Gras. Vor dem Walde in einem Tal, Tandaradei, schön sang dort die Nachtigall. Dass er bei mir läge, wüsste es jemand, verhüte es Gott, so schäm ich mich. Was er mit mir tat, soll niemand niemals erfahren, nur er und ich und ein kleines Vöglein, Tandaradei, doch das mag wohl verschwiegen sein."

„Es ist, glaube ich, eine Birke, unter der wir gerade liegen. Und der Vogel ist eine Ente!", entgegnete sie schelmisch.

Kuno musste lächeln und verschloss ihren Mund mit einem Kuss.

„Das ist alles so herrlich hier! Du glaubst gar nicht, wie sehr ich mich nach dieser Nähe gesehnt habe!", sagte Aveline.

Bei diesen Worten gingen Avelines Finger auf die Suche. Zart streichelnd fuhr sie seine Brust hinab und versuchte dabei spielerisch zu ergründen, ob er schon wieder für sie bereit war.

Noch war ihre Bemühung allerdings vergebens.

Somit begann sie zu erklären: „Meine Pflicht ist es ja, ein Kind von dir zu empfangen. Einen Bruder für Beowulf. Jetzt wäre ich dafür bereit!"

Aveline schob sich im Liegen etwas näher an ihn heran, wodurch er ihren weichen Körper noch besser spüren konnte.

Nach seinen Erzählungen hatte auch Ignatius mit seiner Flynn ähnliches erlebt. Aber nun musste Kuno diese Erinnerungen abschütteln.

Seine Finger begannen nun abermals ihren nackten Leib zu erkunden. Sich gegenseitig streichelnd lagen sie im Gras. Das hier war nicht die niedere Minne, es war die Liebe in ihrer reinsten Form.

In ihrer körperlichsten Bedeutung. Beide sehnten sich nun danach, sich ganz besonders nahe zu sein und sein Körper begann auf ihre Streicheleinheiten zu reagieren.

Diese intime Nähe sorgte nun dafür, dass Aveline schon nach wenigen Augenblicken bei seinen Berührungen lustvoll aufstöhnte. Seine Gefährtin war im Moment so voller Verlangen und sie hatte recht mit ihrer Aussage.

In den letzten Tagen hatten sie jede Nacht nahe beieinander gelegen, aber da nun auch Mascha in das Schlafgemach eingezogen war, waren sie nie alleine gewesen. Damals im Winter hatte es Aveline offensichtlich nichts ausgemacht, dass Tjaden mit in ihrem Bett gelegen hatte. Nun, nach etwas mehr wie einem halben Jahr, war sie völlig in ihrer Rolle als Herrin aufgegangen.

Als er es nicht mehr aushalten konnte, rollte sich Kuno über sie und noch bevor er ihr die Schenkel mit den Knien öffnen konnte, zog sie selbst die Beine zur Seite.

Kuno spürte die Feuchte ihrer Scham und stöhnend nahm Aveline ihn in ihrem Körper auf. Unter seinen Stößen bebend kam sie ihm schon bald mit dem Becken fordernd entgegen.

Hier waren sie gemeinsam vereint und die Ente würde von dem nichts verraten, was sie nun sehen und hören musste.

Sich windend und jammernd blieb Aveline unter ihm im Gras. Als sie ihm in die Schulter biss, da schoss er sein Glück in ihren Leib.

Gemeinsam stöhnend kamen sie nur langsam wieder zu Atem.

„Ich danke dir mein Herr!", flüsterte Aveline wenig später, als er neben ihr auf der Seite lag und ihren heißen Körper abermals streichelte.

Die Erschöpfung durch ihr Liebesspiel und seine streichelnden Finger machten Aveline schläfrig und nach einer kurzen Weile zog es ihr die Augen zu.

Während sie leise zu schnarchen begann, bewunderte er ihren schönen Körper. Es war nun bald ein Jahr her, dass sie am Ufer der Seine aufeinander getroffen waren und nun lagen sie hier an der Nysa.

Fast dreißig Jahre hatte er sie nicht gekannt und nun konnte er sich gar nicht mehr erinnern, wie es vorher gewesen war. Und er wollte es auch gar nicht mehr wissen, er wollte Aveline nie mehr missen.

Auf der Seite liegend betrachtete er sie und dachte an seinen Bruder. Dessen Frau hatte der Vater gesucht und bis zur Hochzeit hatten sie sich nicht gesehen. Da war es bei ihm und Aveline anders gewesen.

Sie hatten sich beide ineinander verliebt.

Wie das bei seinem Bruder und dessen Frau wohl gewesen war? Nach zehn Jahren war da jetzt sicher eine Art von Gewöhnung eingetreten, aber Kuno hatte in den Augen seiner Schwägerin niemals diesen Glanz gesehen, den Avelines Augen jeden Morgen ausstrahlten, wenn er sie küsste.

Er konnte sich an ihrem Körper nicht satt sehen. Hier lagen sie nun nackt nebeneinander. Wie Magd und Knecht und nicht wie der Herr und die Herrin über ein paar hundert Menschen.

Seine Finger glitten durch ihre Locken und er sah das Glänzen auf ihrer Haut. Es war Wasser aus der Nysa und Schweiß von der Anstrengung der Lust, auf ihrem Leib miteinander vermischt und einen unglaublichen Wohlgeruch verströmend.

Er liebte diese Frau!

70. Kapitel
Einfaches Leben

Aveline stand an ihrem Haus und spähte über den Zaun in die Nysa hinab, die vor ihren Füßen nach Norden strömte. Auf den Tag genau ein Jahr war es nun her, dass sie mit Kuno zusammengetroffen war, doch der Platz lag nun viele Tagesritte weit im Westen. Dieser Fluss hier führte auch jetzt noch viel Wasser und Avelines Augen glitten über die grünen Wiesen an seinem Ufer.

Ganz anders war es damals im staubigen Paris gewesen. Hier war die Hitze erträglich. Das Geschnatter von zwei ihrer Mägde holte sie aus ihren Erinnerungen heraus und ohne sich umzuwenden wusste sie, dass Tatjuna eine davon war. Sie hatte jetzt zehn Mägde, aber die jüngste von ihnen war mitunter noch wie ein Kind.

Langsam drehte sich Aveline um, blickte zu Tatjuna und hob eine Augenbraue. Mehr musste sie selten tun. Wie unter einem Pfeil duckte sich die junge Frau hindurch und eilte zum Gänsegatter, wo sie schnatternd erwartet wurde.

Avelines Leben hier war einfach, aber schön. Schwere Arbeiten, wie sie diese in Paris machen musste, hatte sie hier nicht mehr. Hier musste sie mehr organisieren und koordinieren. Trotzdem, oder gerade deswegen, sehnte sich Aveline manchmal zurück zu ihrer Wäscherei.

Aber der eine Versuch, der durch Sladkos Schändung an ihr endete, hatte ihr völlig gereicht.

In mancher Nacht hatte sie auch weiterhin das höhnische Lachen des Räubers im Ohr, doch die Angst war fort. Zumindest meist.

„Aveline! Wo sind deine Mägde?", hörte sie Kuno rufen.

Er hatte den Bogen und ein Bündel Pfeile bei sich. Es wurde Zeit für die Übungen.

Aveline ließ ihren Pfiff erschallen und aus allen Häusern und Ställen tauchten langsam die Frauen auf. Alle bis auf Matka, die sicherlich den Bogen nicht mehr spannen konnte.

Die Übungen waren wichtig, denn im Falle eines Angriffes mussten auch die Frauen zur Waffe greifen können.

Kuno hatte ein Brett in etwa zwanzig Schritten Entfernung neben dem Turm aufgestellt.

Aveline begann als erste. Die Herrin sozusagen mit gutem Beispiel voran.

Kuno erklärte ihr, und damit allen anderen Frauen gleich mit, wie der Bogen zu spannen und zu zielen war. Beinahe hätte sie bei dieser erneuten Unterweisung die Augen verdreht, doch sie konnte sich beherrschen. Kuno nahm das alles immer viel zu ernst!

Langsam zog Aveline die Sehne mit dem Pfeil nach hinten, bis ihre Fingen an ihrer Wange anlagen. Über den Pfeil sah sie zu dem Brett und ließ dann los.

Surrend schnellte die Sehne nach vorn und schob den Pfeil davon. Das Geschoss traf den Rand des etwa eine Elle breiten Brettes.

„Nicht schlecht!", lobte Kuno.

Aber Aveline wusste, dass sie in der Mitte treffen musste, um einen Angreifer zu töten. Mit jedem weiteren Pfeil tasteten sich die Geschosse langsam zur Brettmitte voran.

Erst nach dem zehnten Versuch traf jeder Pfeil in der Mitte.

Nun versuchten es auch die anderen. Tatjuna traf bereits mit dem zweiten Versuch und hüpfte jubelnd umher.

Aveline lobte die Magd, die daraufhin rote Ohren bekam.

Nun übernahm Aveline ihren Sohn und Mascha übernahm Ruths Sohn.

„Soll ich wirklich?", fragte Ruth unsicher, während sie von Tatjuna den Bogen übernahm.

Aveline nickte, aber auch nach dem zwanzigsten Pfeil traf die Amme nicht das Brett.

„Bei einem Angriff beschützt du einfach im Turm unsere Söhne!", erlöste Aveline die Freundin, die Beowulf wieder übernahm. Sie war sichtbar froh, die Waffe abgeben zu können.

Weiter gingen die Übungen und am Rand waren nun die Knechte fast vollständig versammelt, die den Mägden beim Schießen zusahen.

Aveline ließ ihren Blick über die kleine Gruppe von Menschen schweifen. Zehn Knechte und zehn Mägde. Eigentlich ihre Untergebenen, aber wenn man es genau nahm, dann waren es alles Freunde. Ihre Freunde! Und dort stand auch Kuno, die Liebe ihres Lebens! Hier war ihr Zuhause! Bei ihrem Mann, ihrem Geliebten, ihrem Gefährten.

Aller Kummer, alle Angst war fern, wenn sie nur bei Kuno war.

Ein Schrei vom Pferdegatter ließ sie herumfahren. Was war da los? Tatjuna stand dort und zeigte auf die Stute. Das Fohlen wollte auf die Welt kommen!

An jenem ersten Tag ihrer Flucht war dieses Leben entstanden, das nun geboren wurde.

Matka erschien aus ihrer Hütte und schlurfte zum Gatter hinüber. Die Übungen waren vergessen und zwanzig Menschen standen wenig später am Zaun, wobei keiner etwas tat, bis auf Matka und Mascha.

Die Zoffmagd half der Stute, auch wenn es eigentlich nicht ihre Aufgabe war. Nun ging auch Aveline hinein und kniete sich neben den Kopf der Stute. Streichelnd beruhigte sie das liegende Tier.

Ihre Augen suchten Kuno und in seinem Blick sah sie, dass auch er gerade an jenen Tag zurückdachte. Elf Monate hatte die Stute ihr Fohlen ausgetragen und sie dabei von der Seine in Paris bis hierher an die Nysa gebracht.

Schwer kämpfte das Pferd mit dem offenbar großen Fohlen, denn sie war in den letzten Wochen übermäßig dick geworden. Vermutlich hatte das große Ross auch ein großes Kind gezeugt.

Es dauerte eine ganze Weile, bis Matka und Mascha das Füllen aus dem Leib der Stute gezogen hatten. Mit Stroh rieb Aveline das kleine Pferd trocken und sagte dann: „Es ist ein kleiner Hengst!"

„Und es wird sicherlich ein gutes Ross!", erklärte Tjaden, der zu ihr trat.

Der Kleine versuchte schon aufzustehen und Tjaden half der Stute auf.

„Willkommen in unserer Gemeinschaft!", sagte Aveline und strich dem Hengstfohlen über den Kopf. Kniend blickte sie hinauf zu den Menschen, die ihre Gemeinschaft waren. Eine große Familie, die sie früher nicht gekannt hatte.

Lange war sie nur mit ihrer Mutter zusammen gewesen. Hier hatte sie Tjaden, Kuno, Mascha, Matka und all die anderen. Und vom Tor kam nun Wojciech mit seiner Frau Swetlana. Oft waren die beiden Stammesanführer von der anderen Seite bei ihnen und gerade ritten die beiden zum Gatter.

„Wir machen heute eine große Feier!", erklärte Aveline, erhob sich und teilte die Arbeiten ein. Anschließend begrüßte sie Swetlana mit einer Umarmung. Sie beide waren ebenfalls Freundinnen geworden.

Familie und Freunde, was wollte sie mehr? Alles war gut.

Während sie mit Swetlana zum Haus ging, beugte sich Kuno über das Fohlen. Wojciech blieb bei ihm.

Sicherlich würden die Männer ihre Sachen zu klären haben, die beiden Frauen redeten da schon über Handarbeiten und zeigten sich die Stücke, an denen sie gerade arbeiteten.

Das Leben konnte so schön sein.

71. Kapitel
Pfade in das Morgen

Das Fohlen hatte ihn und Tjaden auf eine Idee gebracht. Sie hatten ja fünf Stuten und Wolfgang. Da ließ sich bestimmt eine gute Zucht aufbauen. Streitrösser wurden immer gebraucht und gut bezahlt. Tjaden hatte bei Kunos Vater viel über die Aufzucht und Ausbildung der Rösser gelernt und wenn die Pferde erstklassig waren, so konnten sie damit ein gutes Geld verdienen können.

Sonst gab es ja hier nicht viel zu holen. Die Böden waren zwar gut, aber die paar hundert Menschen hatten sowieso schon genug damit zu tun, sich selbst am Leben zu erhalten und er hatte nicht vor, sie auch noch auszuplündern.

Kuno trat vor das Tor seiner Burg und sah sich um. Hier hatte er eine Heimat gefunden. Vor vielen Jahren war er aufgebrochen, um die Menschen zu beschützen, um den Pilgern den Weg in das Heilige Land zu sichern, aber erst hier hatte er eine Aufgabe erhalten, die ihn wahrhaftig ausfüllte.

Auf der hölzernen Brücke stehend, dachte er an dieses Jahr zurück. Er hatte die ganze Zeit Glück gehabt. Der Tag der Flucht, der ihn der Verhaftung entzogen hatte, die Reise durch die Unwegsamkeit der Natur, die ihn nun hierher geführt hatte und seine Familie. Alles war in diesem einen Jahr geschehen.

Still lächelnd dachte er an seine Gemahlin. Durch Aveline war er ein anderer Mensch geworden. Vielleicht sogar ein besserer. Wer konnte das schon wissen. Zumindest aber ein glücklicherer. Die Frau und sein Sohn machten ihn nun komplett. Er hatte Familie, Freunde und ein Heim. Das war es, was einen Mann ausmachen sollte!

Das Kreuz, das ihn seit Paris begleitete hatte, das war nun auf dem Altar der kleinen Kapelle aufgestellt, deren Dach er in einiger Entfernung sehen konnte. Der hölzerne Bau stand genau an der

Stelle, an der er in jener so schicksalshaften Nacht auf Aveline gewartet hatte. Auf dem heiligen Hain, der schon seit undenklichen Zeiten der Mutter Gottes geweiht war.

Hufgeräusche ließen ihn zur Seite sehen. Wojciech kam mit zwei seiner Knappen den Pfad zur Burg herauf. Auch mit seinen Nachbarn verstand sich Kuno ausgezeichnet. Die gleiche Aufgabe hatte sie sich sehr ähnlich gemacht und auch der slawische Freund lebte hier für seine Leute und seine Familie.

Wenn man wirkliche Freundschaft gefunden hatte, so war der Glaube völlig egal. Und da Wojciech mit seiner Frau sogar an der Taufe von Beowulf teilgenommen hatte, waren sie sich daher noch viel näher gekommen.

Am besten konnte man doch eine Grenze dadurch sichern, wenn sich die Menschen auf beiden Seiten gut verstanden.

Auch da drüben jenseits der Nysa waren Bauern mit ihrer täglichen Arbeit beschäftigt. Nicht mal die Sprache unterschied sie, denn so wie viele seiner Leute nach drüben zum Markt fuhren, so kamen die Menschen von jenseits der Furt auch zu ihm herüber.

Man mochte sich, verstand sich und gelegentlich wurde sogar gegenseitig geheiratet. Wenn man in den Köpfen keine Mauern hatte, warum sollte man dann welche zwischen den Menschen ziehen?

Vielleicht war es ganz gut, dass er hier war. Die Toleranz, die er bei Ignatius gelernt hatte, die zahlte sich nun hier aus.

Die Reiter waren derweil bei ihm angelangt und mit einer Handbewegung lud er sie dazu ein, in die Burg hineinzureiten.

Wojciech nickte ihm zu und Kuno folgte den Männern. Nicht einer der Knechte in der Burg störte sich an dem Eintreffen der Reiter. Alle Mägde gingen ihren Arbeiten nach. Eine friedliche Stimmung lag über dem Gelände.

Aveline saß mit seinem Sohn vor dem Haus auf der Bank und erhob sich davon, als er zu den Männern an das Gatter der Pferde trat. Langsam kam sie schlendernd die paar Schritte herüber und stellte sich anschließend zu ihnen.

Ganz die Herrin hielt sie sich aus dem Gespräch zurück. Sie hatte viel in der Zeit gelernt und er wusste nun, dass ihr erstes Zusammentreffen damals an der Seine kein Zufall gewesen war.

Alles war vorherbestimmt gewesen.

Mit Aveline hatte er die Wege beschritten, die ihn nun in eine glückliche Zukunft bringen würden.

Solange sie an seiner Seite war, war alles gut.

72. Kapitel
Angekommen!

s war der Morgen des zweiten Oktobers und Aveline lag schon wach in ihrem Bett. Ihre Gedanken flogen zurück, denn genau ein Jahr zuvor hatte sie im Stroh der Kommende bei Paris ihre Unschuld an Kuno verloren.

Noch gut konnte sie sich an dieses Gefühl erinnern. Diese wundervolle Empfindung, so ganz geborgen in Gottes Schoß zu sein, obwohl sie damals eher an die begangene Sünde gedacht hatte. Sie legte die Hand auf ihren Bauch und horchte in sich hinein. Mit jenem intimen Moment der Nähe hatte das begonnen, was sich nun für sie als so wunderschön herausgestellt hatte.

Sie war nicht im Fegefeuer gelandet, Aveline war im Himmel!

Die Vorhänge des Bettes waren zugezogen und nur ein kleiner Schein von Helligkeit fiel durch einen schmalen Spalt zu ihr herein. Es war die Seite, die zur Bank zeigte und vermutlich brannte dort noch eines der Talglichter, denn der Sonnenschein konnte es noch nicht sein. Den würde sofort der Hahn vermelden, der vor dem Fenster sein Gehege hatte.

Aveline lauschte auf die Schlafgeräusche der Menschen in dem Raum. Seit Mascha hier mit eingezogen war, waren sie nun fünf Erwachsene und zwei Kinder in dem Wohnbereich und Aveline konnte im Moment jeden davon am Klang unterscheiden.

Sie hörte das Grummeln ihres Sohnes, der bei Ruth im Bett lag, das leise Schnarchen von Mascha und das dunkle Schnarchen von Tjaden.

Aveline drehte sich auf die Seite, stützte den Kopf in die Hand und blickte zu ihrem Gemahl. Der Lichtschein beleuchtete Kunos Gesicht, der neben ihr auf dem Rücken lag und sie beobachtete, wie sich seine Brust hob und senkte.

Fast war sie bereit, sich wieder auf ihn zu stürzen und ihn so zu wecken, wie sie es schon ein paar Male getan hatte. Nur Mascha, die keine Armlänge von ihrem Kopf entfernt auf ihrem Strohsack lag, hielt sie im Moment noch davon ab. Die junge Frau hatte einen sehr leichten Schlaf.

Mit jedem Atemzug von Kuno gingen ihre Gedanken zurück zu all der Zeit, die seit jenem Tag im September vergangen war, an dem sie das erste Mal am Ufer der Seine aufeinander getroffen waren.

Einst hatte sie geglaubt, es sei ein Märchen und würde nie wahr werden können, doch hier hatte sie nun ihr Glück gefunden. Es lag direkt vor ihr und sie brauchte nur die Hand danach ausstrecken.

Wenn sie bei Kuno war, dann konnte ihr nichts geschehen und selbst Sladkos dunkles Lachen, das sie gelegentlich in der Nacht noch als Albtraum vernahm, hatte dann keine Macht mehr über sie. In Kunos Nähe war die Angst fort!

Zärtlich streichelten ihre Fingerspitzen die Wange ihres Gefährten. Nur ganz vorsichtig, um ihn nicht wach zu machen, aber wie es eben nicht anders zu erwarten war, weckte diese sanfte Berührung Kuno dann doch.

„Guten Morgen meine Schöne!", sagte er und küsste sie.

Dieser Kuss war so unglaublich schön, sie könnte sterben dafür.

Nun streichelten seine Finger ihr Gesicht und ihren Hals. So sanft von einem Mann, der sonst mit diesen Händen Pferde aufzäumte und alle anfallenden Holzarbeiten in der Burg verrichtete. Nichts auf der Welt konnte schöner sein, als dieses Gefühl. Noch näher rutschte sie an ihn heran.

„Erinnert sich mein Herr noch an den 2. Oktober des letzten Jahres?", flüsterte Aveline.

„Wie könnte ich diesen Tag jemals vergessen!"

Nicht nur der Schein des Lichtes ließ seine Augen bei diesen Worten leuchten. So nah, wie sie ihm im Moment war, konnte sie seine Regung spüren, die sich dabei gegen ihren Bauch zu drücken begann.

„Genau daran kann ich mich noch gut erinnern!", seufzte sie und glitt mit ihrer Hand unter die Decke, um den Grund dieses schönen Sinnesreizes näher zu erforschen.

Schnell wurde sie fündig, griff zu und Kuno stöhnte auf.

„Bis in die Scheue schaffe ich es diesmal aber nicht!", flüsterte er ihr ins Ohr.

Schmunzelnd nahm sie seine Aufforderung entgegen, schlug die Decke zurück und streifte sich das Unterkleid über den Kopf.

Damit bot sie seinen Fingerspitzen nun viel mehr zum Streicheln an und ein Schauer der Vorfreude durchlief ihren Körper, als er das Angebot annahm.

Endlos würde sie das aber nicht durchhalten, denn ihr ganzer Körper verlangte schon nach mehr und es dauerte auch nicht lange, bis sich auch Kuno danach sehnte.

Nun waren ihr das knarrende Bett und die neben ihr schlafende Zoffmagd völlig gleichgültig.

Mit einer schnellen Bewegung rollte sich Kuno über sie. Ihn küssend streifte sie mit ihren Fingern sein noch störendes Unterhemd herauf und zog es ihm über den Kopf.

Haut auf Haut lagen sie so und Aveline konnte sich kein schöneres Gefühl auf der Welt vorstellen.

Sie war angekommen und wurde geliebt.

„Du bist so wunderschön", seufzte Kuno und streichelte ihr Gesicht.

Vor Lust stöhnend nahm sie den Mann in sich auf. Hier wurden sie eins!

Aveline hatte ihr Glück gefunden und bei jedem Stoß von Kuno tanzten kleine Sterne um sie herum.

ENDE

Zeitliche Einordnung der Handlung:

5800 Steinzeit

- Anfang des Buches „**Schicha und der Clan des Bären**"

- Ende des Buches „**Schicha und der Clan des Bären**"

5500 Steinzeit

2200 Beginn der Bronzezeit

1200 Beginn der Eisenzeit

800 –

800 Beginn des allmählichen Niederganges der Bronzezeit

800 Erste Anfänge und Städtebildungen der etruskischen Kultur

750 Aufstieg der Etrusker zur Seemacht

700 –

600 –

600 Blütezeit der Bronzekunst der Etrusker im orientalischen Stil

570 Amasis wird ägyptischer Pharao

555 Anfang des Buches „**Auf Bärenspuren**"

551 Ende des Buches „**Auf Bärenspuren**"

550 Koalition der Etrusker mit Karthago gegen Griechenland

540 Sieg der Etrusker zur See gegen die Griechen bei Alalia

524 etruskische Niederlage bei Kyme gegen die Griechen

500 –

500 Blüte der etruskischen Stadt Capua

400 –

387 die Kelten fallen in Rom ein

300 –

218 der karthagische Feldherr Hannibal überquert die Alpen

200 –

100 –

73 Flucht von Spartacus aus der Gladiatorenschule in Capua

71 Tod von Spartacus und Ende des Sklavenaufstandes

55 Expedition Caesars nach Britannien

44, 15. März, Kaiser Caesar wird in Rom ermordet

37 Anfang des Buches „**Das siebente Mädchen**"

15 Der römische Feldherr Drusus zieht mit seinem Heer über die Pässe der Alpen und dringt in das Gebiet der Kelten des Voralpenlandes ein

11 Drusus dringt, im Rahmen der römischen Feldzüge, bis in das Stammesgebiet der Cherusker vor

11 in der Schlacht bei Arbalo kämpften verbündete germanische Stämme gegen die Römer unter Drusus

10 Ende des Buches **„Das siebente Mädchen"**

0 –

0 Anfang des Buches **„Die Rache der Barbarin"**

9 Niederlage des Feldherrn Varus gegen die Cherusker unter Arminius

10 Ende des Buches **„Die Rache der Barbarin"**

34 Anfang des Buches **„Das Schwert des Gladiators"**

43 Beginn der Eroberung Südbritanniens

50 Colonia (heute Köln) wird zur Stadt erhoben

54 Nero wird römischer Kaiser

54 Anfang des Buches **„Die römische Münze"**

56 Ende des Buches **„Das Schwert des Gladiators"**

57 Anfang des Buches **„Die Tochter aus dem Wald"**

58 große Teile der Stadt Colonia brennen nieder

64 Brand Roms und daraufhin erste Christenverfolgung

68 Anfang des Buches **„Im Schatten des Feuerberges"**

68 Aufstände in Gallien und Spanien

68 Selbstmord Kaiser Neros

68 die Bataver, ein germanischer Stamm, erheben sich und belagern Colonia

69, im Herbst, erneuter Aufstand der Bataver gegen die römische Herrschaft in Niedergermanien

70, im Herbst, Niederschlagung des Bataveraufstandes

70 die Stadt Colonia erhält eine acht Meter hohe Stadtmauer

75 Ende des Buches **„Die römische Münze"**

75 Ende des Buches **„Die Tochter aus dem Wald"**

79, Herbst, Ausbruch des Vesuvs und Untergang Pompejis und Herculaneums

80 Einweihung des Kolosseums in Rom

85 wird Colonia die Hauptstadt der römischen Provinz Germania inferior

85 Ende des Buches **„Im Schatten des Feuerberges"**

98 Trajan wird römischer Kaiser

100 –

161 Marc Aurel wird römischer Kaiser

200 –

300 –

306 Konstantin der Große wird römischer Kaiser

324 Konstantin bekennt sich zum Christentum und macht diese zur Staatsreligion

375 die Hunnen unterwerfen die Alanen und die Goten oder vertreiben diese aus ihren Siedlungsräumen

376 Anfang des Buches **„Sturm über den Stämmen"**

376 Flucht der Donaugoten vor den Hunnen und teilweise Aufnahme der Goten in das römische Reich

384 Ende des Buches **„Sturm über den Stämmen"**

400 –

406 Rheinübergang der Vandalen und Einfall in das römische Reich

407 die Vandalen und andere germanische Stämme ziehen plündernd durch Gallien

409 Weiterzug der Vandalen und Alanen nach Spanien

410, Ende August, Eroberung Roms durch die Westgoten

429 die Vandalen und Alanen setzen unter Geiserich von Spanien nach Afrika über

439 die Stadt Karthago fällt an die Vandalen

440 angelsächsische Söldner rebellieren in Britannien gegen König Vortigern

451 Feldzug des Hunnen Attila nach Gallien

452 die Hunnen fallen in Italien ein, ziehen sich aber bald wieder zurück

453 nach Attilas Tod zerbricht das Hunnenreich

455 Plünderung Roms durch die Vandalen unter Geiserich

500 –

590 Æthelberth, König von Kent, überfällt Wessex

597 Bischof Augustinus landet in Kent

597 Anfang des Buches **„An fremder Küste"**

598 Ende des Buches **„An fremder Küste"**

600 –

601 Augustinus wird zum Erzbischof von Cantwaraburg (dem heutigen Canterbury) geweiht

700 –

764 Anfang des Buches **„In den finsteren Wäldern Sachsens"**

772, im Sommer, Zerstörung der Irminsul

772 Anfang der Sachsenkriege Karls des Großen

782 Blutgericht von Verden (Aller)

783, im Sommer, Gefechte mit Beteiligung sächsischer Frauen

785 Taufe Widukinds in der Königspfalz Attigny

787 die ersten Überfälle der Nordmänner auf Westeuropa finden statt

790 Überfälle der Nordmänner auf Schottland und Irland

792 letzte größere Erhebungen der Sachsen gegen die Franken

792 Zwangsdeportationen der Sachsen und Neuvergabe von sächsischem Land an fränkische Siedler

793 Überfall und Plünderung des Klosters Lindisfarne durch Nordmänner

795 Überfall von Wikingern auf das Kloster Iona in Irland

799 Beginn der Wikingerüberfälle auf das Frankenreich

796 Karls Belehrung durch seinen Berater Alkuin

797 mit dem Capitulare Saxonicum wurden die Sondergesetze gegen die Sachsen gelockert

800 –

800 Kaiserkrönung Karls des Großen

800 König Godfred von Dänemark gerät im kriegerische Konflikte mit Karl dem Großen

800 erste nordische Siedler treffen auf den Färöern und auf Island ein

800 unzählige Angriffe der Nordmänner auf die sächsischen Küsten

802 das sächsische Volksrecht (Lex Saxonum) wird verabschiedet

802 Ende des Buches „**In den finsteren Wäldern Sachsens**"

804 Ende der Sachsenkriege

805 Anfang des Buches „**Westwärts auf Drachenbooten**"

810 dänische Wikinger greifen wiederholt die friesische Küste an

814 Tod Karls des Großen

825 Ende des Buches „**Westwärts auf Drachenbooten**"

840 erste Überwinterung der Wikinger im Frankenreich

840 norwegische Nordmänner überfallen Irland und gründen Dublin

844 Überfälle der Nordmänner auf Spanien

845 Plünderungen von Hamburg und Paris durch die Wikinger

858 schwedische Wikinger gründen Kiew

889 Wanzleben wird erstmals als Haufendorf erwähnt

900 –

913 Herzog Heinrich von Sachsen stellt ein ungarisches Heer bei Merseburg

926 Heinrich handelt mit den Ungarn einen zehnjährigen Waffenstillstand für Sachsen aus

937 Otto I. der Große, gründete das St.-Mauritius-Kloster in Magdeburg

938 die Ungarn ziehen erneut gegen die Sachsen

952 Anfang des Buches „**Der Gefolgsmann des Königs**"

955, 10. August, Schlacht gegen die Ungarn auf dem Lechfeld bei Augsburg

955 Otto beginnt einen großen Neubau des Doms zu Magdeburg

962, 2. Februar, Krönung Ottos zum Kaiser

968 Beginn des Baues der Burg Wanzleben

980 Ende des Buches „**Der Gefolgsmann des Königs**"

1000 –

1100 –

1142 Heinrich der Löwe wird Herzog von Sachsen

1143 Gründung Lübecks, der ersten deutschen Ostseestadt

1147 Anfang des Buches „**Im Zeichen des Löwen**"

1147 Wendenkreuzzug, dauert als Kreuzzug drei Monate

1152 Königskrönung von Friedrich Barbarossa in Aachen

1155 Kaiserkrönung Friedrich Barbarossas in Rom

1156 Besiedlungszug in Lommatzsch

1157 Gründung des deutschen Kaufmannsbundes

1159 Wiederaufbau Lübecks

1160 Anfang des Buches „**Kaperfahrt gegen die Hanse**"

1160 der slawische Burgwall Dobin, liegt am Schweriner See, wird zerstört

1160 Lübeck erhält das Soester Stadtrecht

1160 Gründung der Kaufmannshanse

1161 Vermittlung eines Handelsprivilegs an die Stadt Lübeck durch Heinrich den Löwen

1161 Gründung der Gotländischen Genossenschaft, als Vorstufe der Hanse

1162 Kloster Altzella, bei Nossen, wird gegründet

1163 Ende des Buches „**Im Zeichen des Löwen**"

1180 Heinrich verliert das Herzogtum Sachsen

1200 –

1200 Gründung des Petershofes in Novgorod als Außenstelle der Hanse

1200 Ende des Buches „**Kaperfahrt gegen die Hanse**"

1210 Anfang des Buches „**Die Sklavin des Sarazenen**"

1212 Kinderkreuzzug mit Ziel Jerusalem

1212 Friedrich II. wird König

1217 Beginn des fünften Kreuzzuges, Kreuzzug nach Damiette in Ägypten

1220 Ende des Buches „**Die Sklavin des Sarazenen**"

1221 Ende des Kreuzzuges von Damiette in Ägypten

1250 Anfang der Blütezeit der Städtehanse

1300 –

1307, September, Anfang des Buches „**Die Braut des Templers**"

1307, 14. September, Geheimer Befehl Philipps IV. zur Verhaftung der Templer

1307, 13. Oktober, der „schwarze Freitag", Gefangennahme aller Templer in Frankreich

1307, 25. Oktober, Geständnis von Jacques de Molay

1307, 22. November, Papst Clemens V. zieht das Verfahren gegen die Templer an sich

1307, 24. Dezember, Jacques de Molay widerruft sein Geständnis

1308, 2. Oktober, Ende des Buches „**Die Braut des Templers**"

1309, im März, Papst Clemens V. bestimmt Avignon zum neuen Sitz der Päpste

1310, 12. Mai, Verbrennung von 54 Tempelrittern bei Paris

1311, 16. Oktober, Eröffnung des Konzils von Vienne

1312. 22. März bis 3. April, Aufhebung des Templerordens durch Papst Clemens V.

1312, 2. Mai, Übertragung der Templergüter an die Johanniter

1314, 18. März, Jacques de Molay wird zusammen mit Geoffroy de Charnay auf dem Scheiterhaufen in Paris verbrannt

1314, 29. November, König Philipp IV. stirbt nach einem Jagdunfall

1315 Beginn einer Hungersnot, die als „Der große Hunger" in zwei Jahren mit sintflutartigen Regenfällen, sehr kalten Wintern und vielen Überschwemmungen Millionen Menschen in Europa dahinraffte

1321 Anfang des Buches „**Frauenwege und Hexenpfade**"

1337 der hundertjährige Krieg zwischen England und Frankreich beginnt

1337 Ende des Buches „**Frauenwege und Hexenpfade**"

1340 der englische König Eduard III. fällt mit seinem Heer in Frankreich ein

1342, im Juli, das Magdalenenhochwasser, eine verheerende Überschwemmungskatastrophe, lässt in Mitteleuropa zahlreiche Flüsse über die Ufer treten

1346 in der Schlacht von Crécy schlagen 8.000 englische Langbogenschützen die verbündeten europäischen und französischen Ritter vernichtend

1347 die Beulenpest erreicht die europäischen Häfen am Mittelmeer und breitete sich schnell überall aus

1348, 7. April, Gründung der Karls-Universität in Prag, der ersten mitteleuropäischen Universität

1349, 10. Januar, die Wormser Gemeinde der Juden wird blutig ausgelöscht

1349, 1. März, Pogrom gegen die Juden in Speyer

1349 Anfang des Buches „Der schwarze Tod"

1349, 24. Juli, in der Frankfurter „Judenschlacht" sterben fast alle Juden in Frankfurt am Main

1349, 23. August, Die Juden von Mainz erheben sich gegen ihre Verfolger. Der Aufstand wird blutig niedergeschlagen und das Stadtviertel brennt ab. Zahlreiche Menschen kommen dabei ums Leben

1350 Ende des Buches „Der schwarze Tod"

1353 Giovanni Boccaccio schreibt sein Decamerone

1356 mit der goldenen Bulle wird erstmalig festgeschrieben, dass der deutsche König durch Mehrheitswahl von sieben Kurfürsten bestimmt wird

1400 –

1431, 30. Mai, Jeanne d'Arc, die Jungfrau von Orléans, stirbt in Rouen auf dem Scheiterhaufen

1434 Cosimo de Medici kehrt nach Florenz zurück und wird der mächtigste Bankier der Stadt

1440 Johannes Gutenberg erfindet den Buchdruck mit beweglichen Lettern

1442 Anfang des Buches „Ein Jahr unter Gauklern"

1443 Ende des Buches „Ein Jahr unter Gauklern"

1452, 15. April, Leonardo da Vinci wird in Anchiano bei Vinci geboren

1479 Anfang des Buches „Nur ein Hexenleben ..."

1482 Johann Tetzel beginnt sein Theologiestudium in Leipzig

1486 der Dominikaner Heinrich Kramer veröffentlicht sein Traktat „Der Hexenhammer", lateinisch „Malleus Maleficarum"

1487 Ende des Buches „Nur ein Hexenleben ..."

1487 - Anfang des Buches „Rosen hinter Burgmauern"

1492 Christoph Kolumbus erreicht die großen Antillen und entdeckt damit Amerika

1498 Vasco da Gama erreicht an Bord seiner Nau auf dem Seeweg um Afrika herum Indien

1500 –

1504 Johann Tetzel beginnt seine Tätigkeit im Ablasshandel

1509 Ende des Buches „Rosen hinter Burgmauern"

1517 Anfang des Buches „Die Bruderschaft des Regenbogens"

1517, 31. Oktober, Luther verkündet seine Thesen in Wittenberg

1518 Müntzer und Luther sind in Wittenberg

1520 Müntzer predigt in Zwickau

1522 das „Neue Testament" erscheint auf Deutsch

1523, zu Ostern, Katharina von Boras Flucht aus dem Kloster

1524 Bauern- und Handwerkeraufstände in Sachsen

1525, 15. Mai, Schlacht bei Bad Frankenhausen

1525, 27. Mai, Müntzer wird in Mühlhausen enthauptet

1525, 27. Juni, Heirat Luthers mit Katharina von Bora

1525, im Dezember, Kloster Buch wird geschlossen

1526 Niederschlagung der letzten Bauernaufstände

1527 Ende des Buches **„Die Bruderschaft des Regenbogens"**

1530 Reichstag zu Augsburg beschließt die Duldung des evangelischen Glaubens

1534 die gesamte Bibel ist nun auf Deutsch lesbar

1600 –

1612 Anfang des Buches **„Im Feuersturm"**

1617, 13. September, ein Stadtbrand verwüstet weite Teile Tangermündes

1618, 23. Mai, Fenstersturz zu Prag

1618 Anfang des dreißigjährigen Krieges

1619, 22. März, Grete Minde stirbt in Tangermünde auf dem Scheiterhaufen

1619 Ende des Buches **„Im Feuersturm"**

1620, 08. November, Schlacht am Weißen Berg bei Prag

1630 Anfang des Buches **„Im Schein der Hexenfeuer"**

1631 Eintritt Sachsens in den dreißigjährigen Krieg

1631, 10. Mai, Verwüstung der Stadt Magdeburg durch kaiserliche Truppen

1631 Anfang des Buches **„Die Räubermühle"**

1632 die Pest wütet in Sachsen

1632, 16. November, Schlacht bei Lützen

1634, 25. Februar, Albrecht von Wallenstein wird in Eger ermordet

1634 Ende des Buches **„Die Räubermühle"**

1639 schwedische Truppen brennen Dresden teilweise nieder

1641 nochmalige Zerstörung Dresdens durch die Schweden

1648 der „Westfälischer Friede" wird geschlossen

1648, 24. Oktober, Ende des dreißigjährigen Krieges

1650 Ende des Buches **„Im Schein der Hexenfeuer"**

1683, 3. Mai, die osmanische Armee erreicht Belgrad

1683, 9. Juli, Anfang des Buches **„Ein Sommer unter der Mondsichel"**

1683, 14. Juli, die Osmanen beginnen die Belagerung Wiens

1683, 12. September, Schlacht am Kahlenberg und Sieg der kaiserlichen Truppen über die Osmanen

1683, 12. September, Befreiung Wiens

1683, 1. November, Ende des Buches **„Ein Sommer unter der Mondsichel"**

1694 Friedrich August I. wird unerwartet neuer Herzog und Kurfürst von Sachsen

1697, 15. September, Friedrich August I. wird in Krakau zum polnischen König gekrönt

1700 –

1710 Anfang des Buches **„Anna und der Kurfürst"**

1712 Thomas Newcomen konstruiert die erste verwendbare Dampfmaschine

1715 Ende der „Kleinen Eiszeit", einer Periode relativ kühlen Klimas, mit besonders kalten Zeitabschnitten seit 1675

1715 Ende des Buches **„Anna und der Kurfürst"**

1756 bis 1763 der Siebenjährige Krieg tobt in Mitteleuropa

1776 Gründung der Vereinigten Staaten von Amerika mit der Unabhängigkeitserklärung

1789, 14. Juli, Beginn der französischen Revolution in Paris

1793 Beginn des Interventionskriegs gegen Napoleon, an dem auch Sachsen teilnahm

1794 die Gesellen streiken in Dresden

1796 der Interventionskrieg endet mit einer Niederlage für die preußischen, österreichischen und sächsischen Verbündeten

1800 –

1800 Anfang des Buches **„Der russische Dolch"**

1806 Preußen und Russland verbünden sich gegen Napoleon. Sachsen schließt sich ihnen an

1806 Krieg der Verbündeten gegen Napoleon

1806, 14. Oktober, Schlacht bei Jena und Auerstedt, die Verbündeten werden von Napoleon vernichtend geschlagen

1806, 20. Dezember, das Kurfürstentum Sachsen tritt dem Rheinbund bei und wird durch Napoleon zum Königreich

1812 von Sachsen aus beginnt der Feldzug gegen Russland. Sachsen ist mit 21.000 Mann daran beteiligt

1812, 23. Juni, Napoleon überquert mit seinem Heer die Mehmel

1812, 17. August, Schlacht um Smolensk

1812, 7. September, Schlacht von Borodino

1812, 14. September, Napoleon rückt in Moskau ein

1812, 13. Oktober, Napoleon beschließt den Rückzug

1812, 3. November, Schlacht bei Wjasma.

1812, 26. bis 28. November, Schlacht an der Beresina

1812, 14. Dezember, Kaiser Napoleon macht, seinen Truppen auf dem Rückzug aus Russland vorauseilend, in Dresden Station

1813, 2. Mai, Schlacht bei Großgörschen, Sieg Napoleons gegen Russen und Preußen

1813, 20. und 21. Mai, Schlacht bei Bautzen, weiterer Sieg Napoleons gegen Russen und Preußen

1813, 26. und 27. August, Schlacht bei Dresden, Napoleon errang seinen letzten Sieg auf deutschem Boden

1813, 16. bis 19. Oktober, Die Völkerschlacht bei Leipzig brachte Napoleon eine verheerende Niederlage. Die sächsischen Truppen liefen zu den russischen und preußischen Truppen über

1813, 11. November, die belagerte Festungsstadt Dresden kapituliert

1815, 18. Juni, Schlacht bei Waterloo

1815 Ende des Buches **„Der russische Dolch"**

1825 die Gesellschaft „Stockton and Darlington Railway" eröffnet die erste öffentliche Eisenbahnstrecke in England

1835, im Dezember, Eröffnung der Eisenbahnstrecke Nürnberg - Fürth

1839, 7. April, Fertigstellung der ersten sächsischen Eisenbahnstrecke von Leipzig nach Dresden

1847 Anfang der Buches **„Eine sächsische Revolution"**

1848, 21. Februar, Karl Marx und Friedrich Engels veröffentlichen das Manifest der Kommunistischen Partei

1848, 22. bis 24. Februar, Februarrevolution in Frankreich

1848, 18. März, Berliner Barrikadenaufstand

1848, 31. März bis 3. April, das Frankfurter Vorparlament tritt zusammen

1848, 24. März, Beginn der Erhebung in Schleswig-Holstein

1848, 18. Mai, die deutsche Nationalversammlung tritt in der Frankfurter Paulskirche zusammen

1849, 28. März, Verabschiedung der Paulskirchenverfassung

1849, 3. bis 9. Mai, Dresdner Maiaufstand

1849, 30. Mai, Ende der Frankfurter Nationalversammlung

1849, 30. Juni, Beginn der Belagerung von Rastatt

1849, 18. Juli, Ende der Buches **„Eine sächsische Revolution"**

1849, 23. Juli, die Festung Rastatt fällt und damit Endet die Revolution

1852, 8. Mai, Ende der Schleswig - Holsteinischen Erhebung

1900 –

1939, 01. September, Angriff der Wehrmacht auf Polen

1939, 01. September, Anfang des Buches **„Liebe in stürmischen Zeiten"**

1939, 03. September, Frankreich und das Vereinigte Königreich erklären Deutschland den Krieg

1940, 10. Mai, Der Angriff deutscher Verbände auf die Niederlande beginnt

1940, 24. Juni, französischer Waffenstillstand wird unterzeichnet

1941, 22. Juni, deutscher Überfall auf die Sowjetunion

1942, 23. August, Beginn des Kampfes um Stalingrad

1943, 02. Februar, Ende des Kampfes um Stalingrad

1943, 05. bis 16. Juli, Schlacht am Kursker Bogen

1945, 13. bis 15. Februar, schwere Luftangriffe auf Dresden

1945, 7. Mai, bedingungslose Kapitulation aller deutschen Truppen

1949, 23. Mai, Gründung der BRD

1949, 07. Oktober, Gründung der DDR

1953, 17. Juni, Volksaufstand und Streiks in der DDR

1954 Ende des Buches **„Liebe in stürmischen Zeiten"**

2000 –

Von Uwe Goeritz ebenfalls beim Verlag BoD erschienen (BoD – Books on Demand, Norderstedt, nähere Informationen finden Sie unter www.BoD.de)

„Schicha und der Clan des Bären",
  die ISBN lautet 978-3-7386-0262-3
  108 Seiten für 7,90 Euro

„In den finsteren Wäldern Sachsens",
  die ISBN lautet 978-3-7357-7982-3
  108 Seiten für 7,90 Euro

„Der Gefolgsmann des Königs",
  die ISBN lautet: 978-3-7357-2281-2
  116 Seiten für 7,90 Euro

„Im Zeichen des Löwen", die ISBN lautet: 978-3-7347-5911-6
  116 Seiten für 7,90 Euro

„Kaperfahrt gegen die Hanse",
  die ISBN lautet: 978-3-7386-2392-5
  108 Seiten für 7,90 Euro

„Die Bruderschaft des Regenbogens",
  die ISBN lautet: 978-3-7386-5136-2
  112 Seiten für 7,90 Euro

„Im Schein der Hexenfeuer",
  die ISBN lautet: 978-3-7347-7925-1
  112 Seiten für 7,90 Euro

„Die Räubermühle", die ISBN lautet: 978-3-8482-0893-7
  112 Seiten für 7,90 Euro

„Der russische Dolch", die ISBN lautet: 978-3-7412-3828-4
  116 Seiten für 7,90 Euro

„Das Schwert des Gladiators",
  die ISBN lautet: 978-3-7412-9042-8
  116 Seiten für 7,90 Euro

„Frauenwege und Hexenpfade",
die ISBN lautet: 978-3-7448-3364-6
116 Seiten für 7,90 Euro

„Die Sklavin des Sarazenen",
die ISBN lautet: 978-3-7448-5151-0
308 Seiten für 9,90 Euro

„Die Tochter aus dem Wald",
die ISBN lautet: 978-3-7448-9330-5
116 Seiten für 7,90 Euro

„Anna und der Kurfürst", die ISBN lautet: 978-3-7448-8200-2
312 Seiten für 9,90 Euro

„Westwärts auf Drachenbooten",
die ISBN lautet: 978-3-7460-7871-7
120 Seiten für 7,90 Euro

„Nur ein Hexenleben ..", die ISBN lautet: 978-3-7460-7399-6
312 Seiten für 9,90 Euro

„Sturm über den Stämmen",
die ISBN lautet: 978-3-7528-7710-6
124 Seiten für 7,90 Euro

„Die Rache der Barbarin", die ISBN lautet: 978-3-7528-4103-9
128 Seiten für 7,90 Euro

„Im Feuersturm – Grete Minde",
die ISBN lautet: 978-3-7481-2078-0
312 Seiten für 9,90 Euro

„Rosen hinter Burgmauern",
die ISBN lautet: 978-3-7347-0321-8
312 Seiten für 9,90 Euro

„Auf Bärenspuren", die ISBN lautet: 978-3-7412-9116-6
316 Seiten für 9,90 Euro

„Im Schatten des Feuerberges",
die ISBN lautet: 978-3-7481-3800-6
120 Seiten für 7,90 Euro

„Ein Sommer unter der Mondsichel - Wien, im Jahre 1683",
die ISBN lautet: 978-3-7494-5288-0
328 Seiten für 9,90 Euro

„Der schwarze Tod - Mainz, im Jahre 1349",
die ISBN lautet: 978-3-7494-7180-5
336 Seiten für 9,90 Euro

„Eine sächsische Revolution",
die ISBN lautet: 978-3-7528-8679-5
336 Seiten für 9,90 Euro

„Liebe in stürmischen Zeiten",
die ISBN lautet: 978-3-7519-1929-6
160 Seiten für 7,90 Euro

„Das siebente Mädchen", die ISBN lautet: 978-3-7504-3239-0
328 Seiten für 9,90 Euro

„Ein Jahr unter Gauklern",
die ISBN lautet: 978-3-7519-8230-6
336 Seiten für 9,90 Euro

„An fremder Küste", die ISBN lautet: 978-3-7534-7768-8
332 Seiten für 9,90 Euro

Aktuelle Informationen und Neuerscheinungen finden sie immer im Internet unter:

www.Goeritz-Netz.de